BASTEI LÜBBE

Über den Autor:

Der englische Bestsellerautor Alan Titchmarsh ist der berühmteste und einer Umfrage zufolge attraktivste Fernsehgärtner und Gartenjournalist des Königreiches. Er schreibt für *BBC Gardener's World, The Daily* und *Sunday Express.* Darüber hinaus hat er außer *Drei Sterne für Dad* drei weitere Romane und eine Autobiografie verfasst.

Alan Titchmarsh

Viel länger als ein Sommertag

BASTEI LÜBBE

BASTEI LÜBBE TASCHENBUCH
Band 15 061

1. Auflage: Dezember 2003
2. Auflage: Juni 2004

Bastei Lübbe Taschenbücher ist ein Imprint
der Verlagsgruppe Lübbe

Deutsche Erstveröffentlichung

Die englische Originalausgabe erschien 2001 unter dem Titel *Only Dad*
bei Simon & Schuster UK Ltd.

Umschlaggestaltung: Gisela Kullowatz
Titelfoto: getty-images/Stone/Rob Boudreau
Satz: hanseatenSatz-bremen, Bremen
Druck und Verarbeitung: GGP Media, Pößneck
Printed in Germany
ISBN 3-404-15061-9

Für Minna und Pops
mit all meiner Liebe

Danksagung

Wenn ein Vater zweier Töchter ein Buch über einen Vater und eine Tochter schreibt, dann werden zwangsläufig Fragen gestellt. Vor allem von den Töchtern. Aber es ist das Privileg eines Autors, solche Fragen nicht zu beantworten, was bedeutet, dass der Leser wohl oder übel entscheiden muss, wo die Realität aufhört und die Geschichte anfängt.

Zu tiefem Dank verpflichtet bin ich Clare Ledingham, die eine stete Quelle der Ermutigung und des Trostes bleibt, Suzanne Baboneau für die geistigen Anregungen, Amanda Harris für ihre unendliche Energie, ihren durchtriebenen Humor und ihre Kenntnis der britischen Geografie, Luigi Bonomi, der mein Selbstvertrauen immer wieder stärkt, und Hazel Orme, deren meisterhafte Beherrschung der englischen Sprache nur noch von dem Ausmaß ihres Feingefühls übertroffen wird.

Und ich muss meinen beiden Töchtern danken und sie an die juristische Absicherung auf der Rückseite des Titelblatts erinnern: »Namen, Charaktere, Orte und Ereignisse sind entweder ein Produkt der Fantasie des Autors oder werden in einem fiktiven Sinn gebraucht.« Man kann nie wissen; womöglich glauben sie es ja. Ich bin immer schon ein Träumer gewesen.

Oh, das Leben ist ein glorreicher Liederzyklus,
ein Medley aus Improvisationen.
Und die Liebe ist etwas, das nie schief gehen kann,
und ich bin Marie von Rumänien.

Dorothy Parker

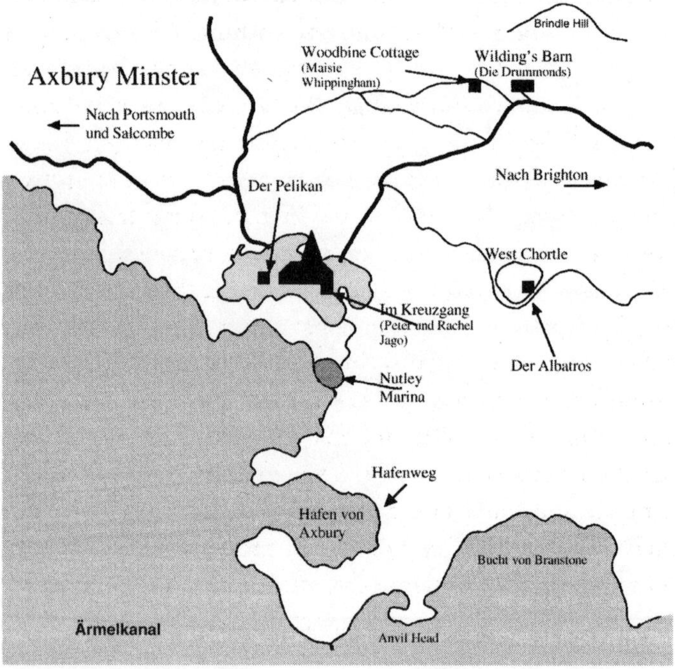
Axbury Minster
Nach Portsmouth und Salcombe
Woodbine Cottage (Maisie Whippingham)
Wilding's Barn (Die Drummonds)
Brindle Hill
Nach Brighton
Der Pelikan
West Chortle
Im Kreuzgang (Peter und Rachel Jago)
Der Albatros
Nutley Marina
Hafenweg
Hafen von Axbury
Bucht von Branstone
Ärmelkanal
Anvil Head

Erstes Kapitel

Es gibt ein paar Dinge, die man über Tom Drummond wissen sollte. Zunächst einmal hatte er nie die Absicht, ein Restaurant zu besitzen. Nun ja, ein halbes. Nicht dass irgendetwas Schlechtes dabei ist, ein halbes Restaurant zu besitzen, aber es wäre vollkommen falsch, daraus zu schließen, dass er ein besonderes Interesse an Ernährung oder ein brennendes Bedürfnis, Gäste zu bewirten, hätte. Er hatte weder das eine noch das andere. Er wurde durch bloßen Zufall Besitzer eines halben Restaurants. Ursprünglich hatte er die Absicht, Bauer zu werden. Oder, um genau zu sein, seine Mutter hatte die Absicht, dass er Bauer werden sollte. Tom selbst träumte davon, Schriftsteller zu werden, aber es ist nicht leicht, eine allein erziehende Mutter davon zu überzeugen, dass man arbeitet, wenn man nichts weiter tut, als mit ausdrucksloser Miene aus dem Fenster zu starren. Also wurde Tom, teils, um seiner Mutter eine Freude zu machen, und teils, weil ihn auch keine andere Arbeit ausgesprochen reizte, Bauer. Seine Mutter war überrascht, und Tom war überrascht, wie ausgesprochen gut es ihm gefiel.

Nun könnte man sagen, auf den Sussex Downs Schafe zu hüten, das sei nicht dasselbe, als wenn man sich in den Cairngorms als Kleinpächter abrackert, aber trotz ihrer angeblich sanften Lage in der Südhälfte des Landes werden die welligen Hügel über Axbury Minster im Winter oft von schneidenden Winden gepeitscht. Tom und der alte Bill Wilding spürten regelmäßig, wie die Drahtschnur der Heuballen sie auf den Knöcheln schnitt, wenn sie das duftende Sommerheu den dankerfüllten Southdown-Schafen hinwarfen, und das Eis auf dem Ententeich krachte wie ein Pistolenschuss, wenn der Absatz eines gut aufgesetzten Gummistiefels es durchbrach. Doch an schönen Sommertagen wurden die sanften, samtigen Hügel von verschwommenen Formen aus tiefgrünem Waldland und hellblauem Himmel umrahmt, und von Sonnenaufgang bis Sonnenuntergang hütete Tom die Schafe, räumte die Gräben frei, machte Heu und beackerte den Boden mit singendem Herzen und beschwingtem Schritt.

Freunde fragten ihn, weshalb er das tat. Warum verpflichtest du dich für ein Taschengeld zu Sklavenarbeit, du mit deinem mustergültigen Schulabschluss und deinem glänzenden Reifezeugnis? Er wusste, warum: weil es ihm Zeit zum Nachdenken gab, Zeit zum Träumen, Zeit, um in seinem Kopf zu schreiben. Und so war er, trotz der langen Arbeitszeiten und des kärglichen Lohns, so glücklich – um einen landwirtschaftlichen Begriff zu benutzen – wie ein Schwein im Schlamm.

Doch das Glück war von kurzer Dauer. Der alte Bill Wilding gab mitten im tiefsten Winter den Löffel ab, und im Frühjahr wurde die Farm verkauft. Nach nur zwei Jahren war Tom arbeits- und seine Mutter besinnungslos. Man brachte sie in ein Pflegeheim. Über Monate hinweg verschlechterte sich ihr Zustand langsam, aber sicher, und im folgenden Sommer schied sie in aller Stille aus diesem Leben und ließ Tom mit einem kleinen Reihenhaus, einer kleineren Erbschaft, einem schweren Herzen und dem Ziel, neu anzufangen, zurück.

Es war an der Zeit zu schreiben. Bedauerlicherweise stellte sich heraus, dass es nicht an der Zeit war zu veröffentlichen. Nachdem Tom ein Jahr lang seine kunstvoll geschmiedete Prosa zu Papier gebracht hatte, waren erst zwei Shortstorys in gedruckter Form erschienen – eine in einer Regionalzeitung und die andere in der *Lady*. Es reichte bei weitem nicht für den Stoff, aus dem die Träume sind. Tom gestand sich ein, dass es an der Zeit war, sich stärker dahinter zu klemmen. Aber wohinter? Über einem Teller Suppe in einem örtlichen Bistro ging er die Spalte mit den Stellenangeboten durch. Die Offerten wirkten nicht auf Anhieb attraktiv: »Hausratversicherung: Berufserfahrung erforderlich für Kundenbetreuung und Telefondienst« oder »Expandierender Immobilienmakler sucht Trainee-Unterhändler«. Schwer, sich dafür überhaupt zu begeistern. Er begann schon ernsthaft darüber nachzudenken, wie er die Rolle der »Stellvertretenden Oberschwester für Vollzeit-Tagschicht« ausfüllen könnte, als er mit dem Küchenchef – einem blonden, frisch aussehenden jungen Mann namens Peter Jago – ins Gespräch kam. Gemeinsam beklagten sie ihr jeweiliges Schicksal: Tom, der mit sich und den Resten einer bescheidenen Erbschaft nichts anzufangen wusste, und Peter, dem es erfrischenderweise an allem fehlte, was auch nur annähernd wie Bescheidenheit aussah, verzweifelt entschlossen, allein einen Neuanfang zu wagen. Es war im Grunde tollkühn – sie kannten sich überhaupt nicht –, aber sie taten sich zusammen und eröffneten ein Bistro, den Pelikan, wo Tom das Restaurant schmiss und Peter in seiner weißen Kluft am heißen Herd schuftete.

Zu jedermanns bis auf Peters Überraschung lief das Unternehmen gut an. Denn Peter hatte die Küche voll im Griff, und Tom mit seiner ungezwungenen Art erwies sich als der geborene Wirt.

So fing es also an. Und es hörte damit nicht auf. Der Erfolg ermutigte die beiden, in einem benachbarten Dorf ein zweites Bistro zu eröffnen, den Albatros. Doch mit einer ironischen Wendung, die so bitter war wie eine unreife Kumquat, erwies sich der Name als passender, als die beiden voraussehen konnten. Obwohl sie sich annähernd fünf Jahre lang ins Zeug legten, um Gewinn aus dem Geschäft zu schlagen, zwang die Saisonabhängigkeit sie letztendlich, einen Schlussstrich unter das Projekt zu ziehen und zu verkaufen.

In anderer Hinsicht war der Albatros jedoch ein voller Erfolg: Peter konnte seine kulinarischen Künste lediglich einem der beiden Lokale widmen, und so hatte er eine junge Köchin eingestellt, ein dunkelhaariges Mädchen mit einzigartigem Humor, scharfem Verstand und einem Lächeln, das einen griesgrämigen Gast drei Tische weiter dahinschmelzen lassen konnte.

Es ließ auch Tom dahinschmelzen. Binnen eines Jahres hatten sie geheiratet, und Pippa erklärte ihm mit einem warnenden Aufschlag ihrer nussbraunen Augen, wenn er glaubte, durch die Hochzeit könne er jetzt auch privat von ihren Kochkünsten profitieren, dann hätte er sich aber gründlich getäuscht. Doch Tom hatte diesen Schritt ganz bestimmt nicht wegen seiner gastronomischen Vorlieben gewagt; er hatte sie geheiratet, weil er in seinem ganzen Leben noch nie so restlos, irrational und lächerlich verliebt gewesen war.

Etwas, worüber sich Tom Drummond ebenfalls nicht viele Gedanken gemacht hatte, war die Möglichkeit, Vater zu werden, sodass er ziemlich überrascht war, als Pippa ihm eröffnete, das Getrappel kleiner Kinderfüße sei nicht mehr weit entfernt. Im Verlauf der folgenden Monate stellte er sich auf die nahende Ankunft ihres Nachwuchses ein.

Tom war durchaus nicht auf den Kopf gefallen; er war ebenso schnell von Begriff wie der übliche männliche Durchschnitt. Und so benötigte er, als Natalie Daisy Drummond – kurz Tally – am 5. Mai 1985 in sein Leben trat, nur wenige Sekunden, um zu begreifen, dass er Vater einer Tochter geworden war und dass sein Leben von nun an nicht mehr ihm selbst gehören würde.

Finanziert teils durch den Verkauf des Albatros und teils durch die Erbschaft der verstorbenen Eltern Pippas zog die Familie Drummond aus dem winzigen Reihenhaus in der Stadtmitte, das Toms Mutter gehört hatte, in eine umgebaute Scheune, die früher einmal eines von Bill Wildings Nebengebäuden gewesen war. Mit mehreren tausend Quadratmetern Land war es ihr Himmel auf Erden. Tally wuchs zwischen Butterblumen und Gänseblümchen auf, während ihre Mutter Kräuter zog, um damit das Bistro und ein paar andere benachbarte Geschäfte zu beliefern.

Wenn man Gespräche in den örtlichen Geschäften belauschen würde, so könnte man feststellen, dass die allgemeine Ansicht lautet, dass die Drummonds das ideale Leben führen – eine Ansicht, die zwar mit einem Anflug von Neid, aber ohne jegliche Gehässigkeit behaftet ist.

Die Drummonds leben nun schon seit Jahren in ihrer Scheune, dem Wilding's Barn, ohne dass je ein böses Wort fällt. Nun ja, abgesehen von dem tagtäglichen Knatsch darüber, wer Tally in die Schule fährt, Toms verzweifelten Klagen über Tallys laute Musik, wenn er wieder einmal seinen inzwischen schon legendären ersten Roman in Angriff nimmt, Pippas regelmäßigem Jammern über die niedrigen Preise, die sie für frische Kräuter bezahlt bekommt, und Toms gelegentlichen Erkundigungen bei Tally nach den Männern – oder vielmehr Jungen – in ihrem Leben.

Er versucht, seiner Tochter möglichst nicht auf den Wecker zu gehen, aber es fällt ihm nicht leicht. Und es gelingt ihm nicht immer.

Zweites Kapitel

Jeder Vater, der eben diese Rolle überleben will, lernt sehr rasch, die unterschiedlichen Nuancen im Tonfall seines Nachwuchses zu erkennen. Vermutlich ist es ein Rückfall in die Zeit, als wir noch auf allen vieren krabbelten und eine Sprache benutzten, deren Wortschatz weniger spitzfindig, aber dafür treffender war als unsere heutige hoch entwickelte *Lingua franca.* Tom Drummond hatte gelernt, Tallys minimalistische Ausdrucksweisen, subtile Tonartwechsel und Vokalabwandlungen zu deuten, so wie ein Gnu am Wasserloch auf das Grunzen, Ächzen und Glucksen seiner Nachkommen reagiert.

An diesem Morgen war es der Tonfall, der die Bitte um einen Gefallen erahnen ließ – stets vorgebracht mit dem, wie Tom es mittlerweile im Stillen nannte, »Drei-Ton-›Dad‹«, bei dem die mittlere Note einen Halbton unter der ersten und der letzten lag.

»Da-a-ad?«

Tom seufzte und steckte den Kopf um die Ecke von Tallys Zimmertür. »Hmm?«

»Bist du beschäftigt?«

»Sehe ich beschäftigt aus?«

Tally schätzte den verträumten, nachdenklichen Gesichtsausdruck ihres Vaters ab und berechnete in Sekundenschnelle, dass der beste Ansatz vermutlich eine Mischung aus Gekränktheit und Bestürzung war. »Es ist nur, Mum hat gesagt, sie würde mich in der Stadt absetzen, und jetzt ist sie ohne mich gefahren.«

Er sah sie an, während sie die Reißverschlüsse an den Seiten ihrer kurzen, braunen, hochhackigen Stiefel hochzog, über denen schlanke Beine in einer weißen Jeans steckten, und fragte sich, wie er es fast jedes Mal tat, wenn er sie ansah, was aus all den Jahren geworden war. Auch wenn es vielleicht klischeehaft klang, kam es ihm doch so vor, als habe sie noch gestern – kniehoch und pummelig – seinen Finger mit ihrer plumpen Faust umklammert und den Arm um sein Bein geschlungen, wenn sich ein Fremder näherte.

Jetzt war sie sechzehn, nach außen hin selbstbewusst und doch geplagt von Unsicherheiten, bildhübsch und doch besorgt wegen vereinzelter Pickel, von schlanker Statur und doch in Angst vor der ersten Orangenhaut auf den Oberschenkeln.

Sie hatte den Kopf zu einer Seite geneigt und fuhr sich mit schnellen Bürstenstrichen durch ihr feines, helles Haar. Ihr Gesicht, frei von Make-up bis auf etwas Wimperntusche und frei von Pickeln, wenn man die drei an ihrer rechten Schläfe nicht zählte, trug eine bekümmerte Miene zur Schau, die nur ihr Vater aufheitern konnte. Eine unwiderstehliche Herausforderung.

»Na ja, warum ist sie denn ohne dich gefahren?«

Tally zuckte mit den Schultern und blickte verständnislos. »Weiß nicht.«

»Sie ist ohne dich gefahren, weil es halb elf ist. Sie musste um zehn Uhr in Axbury sein, um ein paar Kräuter abzuliefern. Sie hat es dir gestern gesagt.«

Tally blickte angemessen zerknirscht. »Hab verschlafen.«

»Das wundert mich nicht. Wann bist du denn gestern Abend nach Hause gekommen?«

»Kurz nach elf.« Sie sprach die Worte leichthin, bemüht, ihnen wenig Bedeutung beizumessen.

Tom neigte den Kopf und sah sie unter seiner gerunzelten Stirn hervor an. »Viertel nach zwölf.«

»Tatsächlich?« Sie versuchte, schockiert zu blicken.

Ihr Vater nickte.

»Warum hast du nicht geschlafen?«

»Das hätte ich gern getan. Aber ich wollte wissen, dass du zu Hause bist.«

»Aber du wusstest doch, dass ich mit Emma zusammen war.«

»Das heißt nicht, dass ich mir keine Sorgen mache ...«

Sie trat auf ihn zu und lächelte, dann legte sie den Kopf an seine Brust und umarmte ihn. »Du bist süß.«

»Hör auf, mich einzuwickeln.« Er küsste sie auf den Kopf. »Wenn du in zwei Minuten fertig bist, nehme ich dich mit. Aber dann fahre ich los, ob du fertig bist oder nicht. Ich will mich mit deiner Mum auf einen Kaffee treffen.«

Sie stellte sich aufrecht hin und sah zu ihm hoch. Er war dankbar, dass sie immer noch kleiner war als er. Knapp.

»Danke, Dad, du bist ein Schatz.«

Er wandte sich zur Treppe. »Wohl eher ein Trottel.«

Während Tally sich den letzten Schliff gab, was einfach unerlässlich war, bevor es dem Rest der Welt gestattet werden konnte, sie in Augenschein zu nehmen, schloss Tom die Hintertür des Hauses ab und schnappte sich die Autoschlüssel von dem Haken in der Küche. Er verließ das Haus durch die Vordertür und ging quer über den gepflasterten Hof auf das offene Ende der Scheune zu, wo der Land Rover unter einem bemoosten Pfannendach stand. Er schloss gerade das Auto auf, als das vertraute »Huh-huh!« die klare Morgenluft durchdrang.

Toms Stimmung sank, nicht so sehr wegen des Geräuschs, sondern wegen seines Timings. Maisie Whippingham war eine gute Seele, aber von der umfangreichen Liste ihrer persönlichen Unzulänglichkeiten war die Unfähigkeit, für irgendetwas den richtigen Augenblick zu wählen, die am besten entwickelte. Zu ihren anderen Mängeln gehörten ein Modebewusstsein, verglichen mit dem Vivienne Westwood spießig wirkte, und ein unzureichendes Verständnis für die Grundprinzipien der Zeit. Es war nicht so, dass Maisie sich ständig verspätete, es war nur so, dass sie nicht erkennen konnte, dass sich die Zeit auf einer stündlichen Basis messen ließ. Sie nahm die Tage, Wochen, Monate und Jahre zur Kenntnis, aber alle weiteren Unterteilungen besaßen kaum eine Bedeutung für sie. Sie aß, wenn sie hungrig war, und sie schlief, wenn es dunkel wurde; ihr Tatendrang war im Sommer beträchtlich und im Winter verschwindend gering. Jetzt, im Juni, war sie am fleißigsten.

Sie winkte hinter der Hecke des Woodbine Cottage hervor, das gegenüber von Wilding's Barn auf der anderen Seite des Feldwegs lag, und bat Tom zu sich herüber.

»Ich kann jetzt nicht, Maisie. Ich muss Tally in die Stadt fahren und mich dann mit Pippa treffen, und ich bin schon spät dran.«

»Ja. Natürlich. Entschuldige. Ich wollte dich nur wissen lassen, dass ich bald eine ganze Menge Dung bekomme.«

»Wann denn?« Tom erkannte die Sinnlosigkeit der Frage, kaum dass er sie gestellt hatte.

»Irgendwann.«

»Heute?«

»Vermutlich.« Maisie lächelte unbestimmt unter dem Wirrwarr aus pfeffer- und salzfarbigem Haar hervor, das sie mit einem Turban zu bändigen versuchte.

Tom stemmte die Hände in die Hüften. »Wofür brauchst du denn Dung, Maisie?«

Maisies Garten war weniger ein Garten als vielmehr ein Naturschutzgebiet. Mutter Natur hatte längst die Oberhand gewonnen, und bis auf die alljährliche sommerliche Attacke mit einer Machete, um für einen alten Kiefernholzstuhl und eine Staffelei eine Bresche in das Brombeergestrüpp zu schlagen, betrachtete Maisie das Stückchen Land um Woodbine Cottage als sichere Zufluchtsstätte für Vögel, Igel und andere Vertreter der Tierwelt, die sie eines Tages auf die Leinwand zu bannen hoffte. Die Malerei war ihre Leidenschaft, und so unkenntlich ihre Sujets auch sein mochten, sobald sie sie in einem Rahmen verewigt hatte – ihr gefiel die Vorstellung, eine Künstlerin zu sein, und sie las in jeder freien Minute über Malerei, Bildhauerei und andere Formen ornamentaler Kreativität – von Origami bis Makramee. Es gab viele davon. Bis sie fünfundfünfzig war, hatte sie in einer Bank in London gearbeitet. Dann hatte sie sich aus dem Beruf zurückgezogen, ihre Londoner Wohnung verkauft, sich von jeglicher Art von Zeitmessern getrennt, die bis dahin ihr Leben regiert hatten, Woodbine Cottage gekauft und sich angeschickt, eine *Landlady* zu sein – oder was sie unter einer *Landlady* verstand.

Sie ging zu Auktionen, wenn sie sich den richtigen Tag gemerkt hatte, kaufte seltsame Kunstobjekte, um das Cottage einzurichten, und kleidete sich wie eine Kreuzung aus Edith Sitwell und Vita Sackville-West. Der heutige Turban war farbenprächtig, mit einem glitzernden Goldband, und sie trug einen marineblauen Fischermantel, abgerundet mit einem lilafarbenen Chenilleschal, dazu eine braune Kordhose, die in kniehohen Stiefeln steckte. Sie war ganz offensichtlich im Outdoor-Look.

»Ich will eine Ladung auf den Kräutergarten werfen«, sagte sie.

»Aber du hast doch gar keinen Kräutergarten.« Tom versuchte, nicht allzu bissig zu klingen.

»Noch nicht. Fehlen noch Suppenkräuter und so. Wie in Pippas Garten.«

Tom warf einen Blick über die niedrige Weißdornhecke, die Pippas ordentlichen Kräutergarten umsäumte, in dem eng geschlossene Reihen von Fenchel und Koriander von Petersilien- und Schnittlauchrabatten umgrenzt wurden. Senfkohl und Pimpernellen drängelten sich zwischen orangefarbenen Ringelblumen und Wigwams aus Gartenwicken um Licht und Luft. Es war Pippas Leidenschaft und ihr Vergnügen, und Maisie hatte sich ganz offensichtlich davon anstecken lassen.

»Dann hast du ja noch ein gutes Stück Arbeit vor dir, was?« Tom nickte in Richtung des kopfhohen Dickichts aus Brombeergestrüpp und Disteln, das aus Maisies Grundstück entsprang.

»Bekomm ja Hilfe. Mr. Poling. Kommt morgen.«

»Na dann, viel Glück. Lass es uns wissen, wenn wir dir zur Hand gehen sollen. Später jedenfalls. Bisschen im Stress im Augenblick.«

Maisie nickte halb dankbar, halb verständnisvoll – eine visuelle Hilfe, die ihre Art zu sprechen ergänzen sollte, die sich in stakkatoartigen Schüben äußerte. »Sag Pippa – wir sprechen uns später. Brauche Informationen. Kerbel und so.« Sie winkte noch einmal, bevor sie sich wieder ins Woodbine Cottage verkroch, wobei sie sich an dem Stapel alter Zeitungen vorbeizwängte, der immer höher wuchs und die kleine Veranda und das spiralförmige Geißblattgewächs eines Tages zu überwuchern drohte. Das war das andere an Maisie: Sie konnte nichts wegwerfen. Alles könnte noch zu gebrauchen sein. Eines Tages.

Tom warf einen Blick auf die Armbanduhr. Von Tally keine Spur. Er machte die Tür des Land Rovers auf, ließ den Motor an und drückte auf die Hupe, dann fuhr er auf den gepflasterten Hof hinaus, um auf seine Tochter zu warten. Noch immer keine Spur. »Ich fahre jetzt!«, rief er zu ihrem Zimmerfenster hoch und ließ den Motor ein paar Mal aufheulen. Tally stürzte aus der Haustür, eine Jacke in einem Arm und eine Tasche über dem anderen. »Entschuldige! Ich hatte mein Handy vergessen.«

Tom schüttelte den Kopf, während sie auf den Sitz neben ihm kletterte. »Hast du die Tür abgeschlossen?«

»Oh! Entschuldige!« Ihr Gesicht verzerrte sich, und sie wühlte in ihrer Tasche nach den Schlüsseln.

Tom seufzte, stellte den Motor ab und zog seine eigenen Schlüssel aus der Zündung. »Ich geh schon«, murmelte er resigniert. »Manchmal frage ich mich, ob du in einer Scheune geboren wurdest«, sagte er, als er zurückkehrte.

»Nein. Ich lebe bloß in einer.«

Er warf ihr zum Spaß einen bösen Blick zu, dann fuhr er in Richtung Axbury Minster davon. Wie immer, wenn sie neben ihm saß, fühlte er sich wie im siebten Himmel.

Drittes Kapitel

Axbury Minster war die Sorte Stadt, über die Anthony Trollope einst schrieb, sie sei eine Art Oxford im Taschenformat mit schlammigen Füßen. Früher war es einmal eine Marktstadt gewesen – und war es noch immer, wenn man den Bauernmarkt am ersten Montag eines jeden Monats zählte –, doch die Tage seiner Viehauktionen gehörten schon seit gut zwanzig Jahren der Vergangenheit an, und aus den Schafhürden war inzwischen eine kleine Fußgängerzone geworden, die mit gut beschuhten anstatt paarhufigen Füßen beschritten wurde.

Das Münster selbst war nicht Sussex' hübschestes Beispiel des frühen Perpendikularstils, aber für die Einheimischen war es immer noch das Herzstück der Gemeinde, ganz gleich, was irgendwelche Außenstehende dachten, und es hielt die Stadt zusammen, zumindest architektonisch, wenn auch nicht unbedingt geistlich.

Der Pelikan nahm das Erd- und Untergeschoss in einem Teil einer georgianischen Häuserreihe ein, was sich prachtvoller anhört, als es tatsächlich war. Es stand unter Denkmalschutz, aber es stand auch schief – nach Nordosten. Zum Zeitpunkt seiner Erschaffung im Jahr 1730 hatte der Architekt einen schlechten Tag gehabt, und seine Proportionen blieben, wenn auch großzügig in vertikaler Hinsicht, fünf Stockwerke, bescheiden in der Breite und knauserig im Fundament. Doch das Gebäude besaß einen anheimelnden Charme, und das Münster lag lediglich einen Steinwurf entfernt, sodass etwas von seiner Aura auf seine etwas gewöhnlicheren Verwandten abstrahlte.

Nachdem er Tally vor der Teestube von Axbury abgesetzt hatte, wo sie unter mädchenhaftem Gekreische ihrer Freundin Emma in die Arme gefallen war, parkte Tom den Land Rover in dem schmalen Hof hinter dem Restaurant und trat durch die Küchentür ein. Die üblichen Szenen des mittäglichen Chaos – Dampfwolken und gequältes Gemurmel des Küchenpersonals, das über den Flammen und Kochplatten eines Ofens zauberte – würden sich erst noch einstellen. Es war Viertel vor elf an einem Samstagmorgen, die Ruhe vor dem Sturm – sie machten um zwölf auf. Ellen, eine pummelige, liebenswürdige Alte aus der Siedlung am anderen Ende der Stadt, deren Arme in einem kräftigen Rosarot glänzten, nachdem sie seit zehn Jahren ununterbrochen in Spülmittel getaucht wurden, wischte den Küchenboden, um ihn für den Ansturm herzurichten.

»Morgen. Und was für'n schöner.« Sie presste ein Lächeln hervor, das den lückenhaften Zustand ihrer Zahnreihen erkennen ließ.

»Herrlich.«

»Dachte, Sie hätten heute Mittag frei?«

»Hab ich auch. Ich hab nur hier oben geparkt. Peter da?«

Ellen nickte in Richtung des Restaurants und wischte sich geschickt mit dem Handrücken einen Tropfen von der Nasenspitze.

Tom drückte die Pendeltür der Küche auf und ging nach vorn ins Bistro. Er schlängelte sich zwischen geschrubbten Kiefernholztischen und Wiener Stühlen hindurch, an gerahmten Opernplakaten und gipsumrandeten

Spiegeln vorbei, bis hin zu der Bar, die sich über eine Seite des Restaurantbereichs erstreckte. Der Pelikan umfasste zwei lange und schmale Speiseräume im Erdgeschoss, dazu die Küche im hinteren Teil. Der Keller erstreckte sich über die gesamte Tiefe des Gebäudes und war zu den Essenszeiten meist gerammelt voll, vor allem freitags und samstags. Sonntags hatten sie geschlossen und verschnauften.

Peter stand hinter der Bar und füllte die Kühlfächer mit Lagerbier auf. Er sah auf, als die Küchentür aufschwang. »Na, Sehnsucht nach uns?«

»Hab hier nur geparkt. Alles in Ordnung?«

»Komisch, dass du fragst.«

»Was soll das denn heißen?«

»Sam hat gekündigt.«

»Was?«

»Sagt, er hat einen neuen Job gefunden. In Brighton. Als Teilhaber. Dieser Schuft.«

Tom schnitt eine Grimasse. »Na ja, das kannst du ihm doch eigentlich kaum vorwerfen. Du hast schließlich genau dasselbe getan.«

»Ich weiß, aber sein Timing ist nicht unbedingt das beste, oder? Der Sommer steht vor der Tür und überhaupt. Alle drehen durch!«

Sam arbeitete seit fast drei Jahren im Pelikan. Peter hatte ihn als seinen Assistenten eingestellt und ihn aufgebaut. Er war schnell von Begriff, hatte nicht nur rasch gelernt, sondern auch seinen eigenen kreativen Stil entwickelt, was bedeutete, dass sich Peter hin und wieder unter der Woche einen Tag frei nehmen konnte – etwas, was dank der Zuverlässigkeit von Sally, der Oberkellnerin, auch Tom möglich war. Die beiden, Sam und Sally, hatten

Toms und Peters Leben ein gewisses Maß an Freizeit und Privatleben wiedergegeben.

Sam nahm auch die Zügel in die Hand, wenn Peter einen seiner »Momente« hatte. Alle Küchenchefs haben sie: Sie treten auf, wenn die nicht enden wollende Bereitstellung kunstvoll angerichteter Köstlichkeiten offensichtlich im Ungleichgewicht mit der Anerkennung durch die Gäste steht. Mit anderen Worten, ihm platzte der Kragen, wenn er glaubte, dass sein Werk als selbstverständlich betrachtet wurde.

Diese gelegentlichen Wutanfälle verrauchten im Allgemeinen schnell. Am nächsten Tag kehrte er zurück, als sei nichts gewesen, und Tom hatte gelernt, mit diesem kreativen Temperament umzugehen – wobei er sich bisweilen fragte, ob sich seine eigenen literarischen Fähigkeiten durch einen gelegentlichen Zornesausbruch vielleicht steigern ließen.

Sams Kündigung war eine schlechte Nachricht. Es sah aus, als würden sie wieder in die dunkle Steinzeit zurückgestoßen werden – zumindest in der Küche.

Peter streckte die Hände über den Kopf aus, dann fuhr er sich damit durch sein helles, lockiges Haar. »Das ist eine schöne Pleite. Rachel wird begeistert sein.«

Rachel Jago war Peters treibende Kraft, auch wenn sie noch nicht sehr lange das Steuer in der Hand hielt. Sie hatten erst zwei Jahre zuvor geheiratet – es war Rachels dritter Anlauf. Ihr erster Ehemann war mit seiner Sekretärin und ihr zweiter Ehemann war einfach so durchgebrannt. Peter hatte sich einer langfristigen Beziehung fünfzehn Jahre oder länger widersetzt, dem Ansturm von Rachels Entschlusskraft hatte er jedoch nachgegeben. Sie war die einzige Person, der er je begegnet war, deren Wille seinen eigenen bezwang, und er schien in ständiger Ehrfurcht vor ihr zu leben. Die Tatsache, dass Peter sein eigenes Restaurant besaß, war aus Rachels Perspektive praktisch, und sie aß fast jeden Tag im Pelikan, mit ein oder zwei Freundinnen im Schlepptau. Es wurmte sie noch immer, wenn Tom ihr nach dem Essen eine Rechnung präsentierte, nicht dass sie es sich anmerken ließ: Dann lächelte sie stets breit, während sie ihren Gästen zumurmelte: »Die Bücher müssen ordentlich geführt werden. Hier gibt's nichts umsonst«, bevor sie ihre goldene Kreditkarte auf die Untertasse legte und ihren scharlachroten Lippenstift nachzog.

Rachel hätte es gefallen, wenn Peter eine Kette von Restaurants betrieben hätte – am besten Le Caprice und das Ivy. Sie sah ihn als eine Art Terence Conran auf Speed und tat ihr Bestes, um ihn zu überreden, das Kochen aufzugeben und stattdessen ausschließlich unternehmerisch tätig zu werden. Das Albatros-Desaster war lange vor ihrer Zeit passiert. »Das Klima ist inzwischen anders. Die Leute wollen Abwechslung – sie wollen nicht Woche für Woche in ein und dasselbe Restaurant gehen. Eröffne ein neues. Ich würde kommen und meine ganzen Freundinnen ebenfalls. Du hast zu viel Talent, um es in einem einzigen Lokal zu verschwenden.«

Nachdem er ihrer Argumentation annähernd zwei Jahre fast tagtäglich zugehört hatte, glaubte Peter allmählich, dass das, was sie sagte, vernünftig war – was Rachel am logischen Ansatz eines Arguments fehlte, machte sie durch ihre Hartnäckigkeit wett. Bis jetzt war sich Tom ihres offensichtlichen Fortschritts nicht bewusst, aber er hatte eine gewisse Spannung bemerkt, wenn er in ihrer Gegenwart war. Die Wahrheit war, dass Rachel zum ersten Mal in ihrem Leben einem Menschen begegnet war, der ihr gewachsen war: Tom Drummond wirkte nach außen hin vielleicht sanft und still, aber sie wusste, dass er darunter ein Mann aus Stahl war. Das verunsicherte sie.

Auch Pippa entging das nicht. Sie las in Rachel wie in einem Buch und neckte Tom, indem sie andeutete, der eigentliche Grund, weshalb Rachel in seinem Beisein nervös wirke, sei, dass sie ein Auge auf ihn geworfen habe. Bei dieser Vorstellung lief Tom ein Schauder über den Rücken, und er umarmte seine Frau, um sie zu beschwichtigen. Rachel mit ihren extravaganten Ambitionen, ihrem kurzen, rotbraunen Haar, ihren scharf geschnittenen Zügen und dem Vermögen, das sie für ihre Garderobe ausgab, das vermutlich mit der Rechnung des Vatikans für liturgische Gewänder mithalten konnte, war nicht Toms Typ.

Was war sein Typ? Er hatte sie vor siebzehn Jahren geheiratet, als er zweiundzwanzig und sie zwanzig war, und hatte von ihrer ersten Begegnung an gewusst, dass es niemals irgendjemand anders für ihn geben würde. Seltsam war, dass er bis dahin nicht einmal entscheiden konnte, ob er Zucker zum Tee nahm oder nicht.

Jetzt verließ Tom den Pelikan und einen fluchenden Peter und ging die schmale Gasse hinunter auf das Münster zu. Durch das Fenster von Parson's Pantry sah er sie, wie sie geduldig wartete, während die adrette Inhaberin ein Brot in eine Papiertüte packte und in den Korb legte. Als sie durch die Tür ins Freie trat, sah sie ihn, und ihr Gesicht hellte sich auf. »Ich dachte, du wolltest schreiben.«

»Musste Chauffeur spielen.«

»Sie hätte den Bus nehmen sollen.«

»Na ja ...«

»Du lässt dich so leicht breitschlagen.«

Tom grinste. »Wie wär's jetzt mit dem Kaffee? Die Worte fließen heute Morgen nicht.«

»Na, dann komm, mein literarisches Genie.«

Toms Buch war eine Art Familienwitz geworden. Niemand erwartete, dass er es je zu Ende bringen würde, am allerwenigsten Tom selbst, aber es wurde bis ins kleinste Detail so ernst genommen, als sei es der Teppich von Bayeux oder die Firth-of-Forth-Brücke in Schottland. Es war etwas, was Stückchen für Stückchen getan werden musste, und es hielt Tom bei Verstand.

Pippa hakte sich bei ihm unter, und sie machten sich auf den Weg zu dem modernen Café mit seinen legierten Stühlen und Tischen auf dem Gehsteig, genau gegenüber der Teestube von Axbury, in die Tally und ihre Freundinnen am liebsten gingen. Pippa warf einen Blick auf die düstere Außenwand der braun gestrichenen Teestube. »Ist sie dort drin?«

»Ja. Und bestimmt am Lästern. Schon witzig, was? Man hätte eher vermutet, dass wir dort drüben sind und sie auf dieser Seite. Eher ihre Altersgruppe.«

Pippa lachte. »Nein, sie finden's toll dort, mit all den entzückenden Alten. Dort müssen sie sich keine Gedanken machen, dass ihre Gespräche belauscht werden könnten. Und es gibt herrlichen getoasteten Teekuchen.«

Während sie dasaßen und ihren Kaffee schlürften, erzählte Tom ihr von Sam und von Peters Reaktion.

»Na ja, aber das ist doch verständlich«, sagte Pippa einsichtig. »So ein Mist. Was wollt ihr denn jetzt machen?«

»Eine Anzeige aufgeben, denke ich.«

»Wann will Sam gehen?«

»Ende nächsten Monats.«

»Das ist wirklich ein Jammer, aber jetzt lässt es sich nicht mehr ändern.«

»Jetzt lässt sich was nicht mehr ändern?«, fragte Tom.

»Die Pläne.«

»Was für Pläne?«

»Urlaubspläne.«

»Wessen Urlaubspläne?«

»Unsere.«

»Wir haben keine.«

»Jetzt haben wir welche.«

Tom beäugte sie misstrauisch.

»Sieh mich nicht so an. Wann haben wir das letzte Mal Urlaub gemacht – einen Familienurlaub?«

»Letztes Jahr.«

Pippa seufzte und stützte den Kopf in die Hände. »Ein verlängertes Wochenende in Bath würde ich nicht als richtigen Urlaub bezeichnen.«

»Und das heißt?«

»Du brauchst Urlaub. Wir *alle* brauchen Urlaub – du hast doch selbst gesagt, dass die Worte nicht mehr fließen. Du brauchst eine Pause, musst die Kreativität ankurbeln.«

»Augenblick ...«

»Kein Aber. Es ist bereits gebucht. Zwei Wochen in der Toskana, eine kleine Villa mit einem eigenen Weinberg.«

»Wann?«

»Ende des Monats. Tally wird mit ihren Prüfungen fertig sein, und Peter kann das Bistro allein schmeißen.« Er sah sie mit offenem Mund an. »Du bist nicht unersetzlich, weißt du. Es ist doch nur ein Restaurant«, sagte sie sanft.

»Und was ist mit Sam?«

»Gebt eine Anzeige auf, dass ihr nach einem Nachfolger sucht. Das könnt ihr regeln, bevor wir fahren. Und außerdem, du kochst schließlich nicht, also bist du gar nicht für die Küche zuständig. Das ist Peters Problem.«

Tom schüttelte den Kopf. »Nein. Rachel ist Peters Problem.«

»Der Ärmste.«

»Aber trotzdem ...«

Pippa leerte ihre Tasse und lächelte. »Willst du denn nicht mit zwei flotten Mädchen in Urlaub fahren?«

»Na ja, schon, aber ...« Er versuchte, sich ein paar Worte zusammenzuschustern, die erklären würden, weshalb der Zeitpunkt nicht günstig war, aber er brachte nichts hervor als einen erstickten Schrei gespielten Schmerzes.

Mit einem verdächtig geschickten Timing tauchte der Kopf eines blonden jungen Mädchens im Eingang des Cafés auf. »Wie hat er's aufgenommen?«, rief sie.

Ihre Mutter wandte sich um und zwinkerte ihr zu. »Wie ein Lamm.«

Ihr Vater trank noch einen Schluck seines inzwischen lauwarmen Kaffees. »Ich weiß gar nicht, weshalb ich mir überhaupt Gedanken mache.«

Aber er tat es eben doch.

Viertes Kapitel

»Findest du, dass ich zu nachgiebig bin?«

Pippa tauchte aus dem Tiefschlaf auf und wandte sich zu ihm um, die Augen noch immer fest geschlossen, während sie sich mit einem Arm die Decke über die Schultern zog, um sich warm zu halten. »Hmm? Was?«

»Entschuldige. Ich dachte, du bist schon wach. Ich hab nur nachgedacht.«

»Gefährlich.« Sie schob eine Hand unter der Decke hervor und streichelte ihm seitlich über den Kopf. »Worüber nachgedacht?«

»Ob ich ein leichtes Opfer bin oder nicht.«

Sie schlug ein Auge auf. »Wie kommst du denn auf die Idee?«

»Weiß nicht.« Er lag auf dem Rücken und starrte an die Decke. »Midlife-Crisis, nehme ich an.«

»Bisschen früh, oder?«

»Ich bin neununddreißig.«

Sie schlug das andere Auge auf. »Na ja, ich bin siebenunddreißig und ich habe nicht vor, meine innerhalb der nächsten zehn Jahre zu haben.«

»Es ist nur so, dass ich hin und wieder Bilanz ziehe und mich frage, was ich eigentlich erreicht habe. Was ist aus all der Zeit geworden?«

Sie lagen im Bett, Sonntagmorgen, und die Sonne fiel durch einen Spalt zwischen den Vorhängen ins Zimmer. Das Haus war still, aber die Luft draußen erfüllt von Vogelgesang und Landgeräuschen – dem fernen Blöken von

Schafen, einer Brise, die in den Blättern einer hoch aufragenden Platane raschelte, dem tiefen, rauen Tuckern eines Traktors, der seine Bahnen zog.

»Warum glaubst du denn, dass du nichts erreicht hast?«

»Na ja, ich überlege nur, ob ich die Zügel fester in die Hand hätte nehmen sollen, anstatt mich herumschubsen zu lassen von ... du weißt schon ...«

»›Den Pfeilen und Schleudern des wütenden Geschicks‹?« Pippa unterdrückte ein Gähnen.

»Etwas in der Richtung. Schicksal.«

»Du? Herumgeschubst? Dass ich nicht lache.« Sie kuschelte sich an ihn und legte ihm einen Arm um die Taille.

»Na ja, du warst es schließlich, die diesen Urlaub für uns arrangiert hat.«

»Aber nur, weil du keine Zeit dafür hattest.«

»Es ist nur so, dass ich mich manchmal frage, wieso ich dort gelandet bin, wo ich gelandet bin. Ich meine, ich hatte eigentlich nie vor, so zu leben.«

»Schönen Dank auch.«

»Ich meine nicht uns. Ich meine mein Leben. Arbeit. Diese Dinge. Warum zum Teufel betreibe ich eigentlich ein Restaurant? Das ist doch lächerlich.«

»Es ist erfolgreich.«

»Schon, aber ... es ist nicht das, was ich vorhatte.«

»Was hattest du denn vor?«

»Ich weiß es eigentlich nicht. Ich glaube nicht, dass ich es je gewusst habe. Ich schreibe gern, aber vielleicht bin ich nicht motiviert genug. Offenbar habe ich einfach diese fernen Träume von irgendetwas – ich bin mir nicht ganz sicher, was.«

»Und das hier ist es nicht?«

Er setzte sich auf und wandte sich zu ihr um. »Na ja,

nein – ja. Ich meine, du und ich, das ist das, was ich wollte, was ich *will*, aber was den Rest betrifft, da bin ich mir nicht sicher.«

»Na, über den ersten Punkt bin ich aber erleichtert.«

»Aber verstehst du, was ich sagen will?«

»Ich verstehe genau, was du sagen willst«, sagte sie. »Wir alle werden von Geburt an dazu abgerichtet, eine Art Lebensplan aufzustellen, eine berufliche Laufbahn, der wir sklavisch folgen, bis wir in Rente gehen. Und danach haben wir dann Zeit, all die Dinge zu tun, die wir in den Jahren zwischen achtzehn und fünfundsechzig zurückstellen mussten, in der Gewissheit, dass wir unsere Ziele erreicht haben.« Sie küsste ihn auf die Wange. »Du kannst dir nicht erklären, wieso du mit neununddreißig dein Leben noch immer nicht selbst bestimmst oder in welche Richtung du dich bewegst. Die Wahrheit ist, dass das im Grunde niemand kann. Die meisten Leute sind doch zu Tode gelangweilt.«

»Vermutlich.«

»Ich bitte dich, Schatz. Kennst du vielleicht irgendwelche Leute, die über ihr Leben selbst bestimmen?«

»Peter. Rachel.«

Jetzt war es an Pippa, sich aufzusetzen. »Und diese beiden sind deine Rollenbilder, oder? Ein launischer Küchenchef und seine ständig nörgelnde Frau.«

»Ach, du weißt doch, was ich meine!«

»Ich weiß überhaupt nicht, was du meinst.« Ein schelmischer Ton schwang in ihrer Stimme mit. »Es sei denn, du willst von Zeit zu Zeit Wutanfälle bekommen und dich von deiner Frau herumschikanieren lassen, bis du Dinge tust, die du nicht tun willst.«

»Na ja, das tust du doch sowieso.«

»Du ...!« Sie zwickte ihn, und er stieß einen Schrei aus.

»Lass das, sonst werde ich ...«

»Was? Was wirst du sonst tun?« Sie zwickte weiter.

»Das.« Er stemmte seinen nackten Körper über ihren, dann schlang er die Arme um sie und küsste sie. Es klopfte an der Schlafzimmertür, und er rollte sich rasch von ihr ab und zog sich die Bettdecke bis zum Hals hoch. Die Tür ging auf, und ein zerzauster Teenager trat ein, ohne das unterdrückte Grinsen auf den Gesichtern seiner Eltern wahrzunehmen.

»Kann ich das Badezimmer haben?«

»Es gehört ganz dir.«

»Danke.« Die verschwommene Erscheinung in einem übergroßen T-Shirt mit dem Schriftzug »Ich bin blond – bitte sprechen Sie langsam« zog sich aus dem Zimmer zurück und schloss hinter sich die Tür.

»Das war knapp!«, kicherte Pippa.

»Vermutlich glaubt sie sowieso nicht, dass wir es tun.« Tom verzerrte das Gesicht. »Igitt! Wie abstoßend! Leute in unserem Alter!«

»Gehört sich verboten!«

»Kommt ja nicht ... sehr oft vor«, murmelte Tom.

»Beklagst du dich etwa?«

Tom blickte nachdenklich. »Ja, ich denke schon.«

»Na ja, sie nimmt ein Bad. Wie schnell kannst du sein?«

»Ach, du kennst mich doch ... so schnell, wie du willst.«

»Psst! Sie wird dich noch hören«, sagte Pippa lachend.

Sie lagen sich in den Armen, heiß und erschöpft.

»Bad ist frei!«, ertönte ein Ruf aus der Ferne.

»Danke«, rief Pippa, während sie Tom über die Stirn strich. »Du bist ja ganz verschwitzt«, bemerkte sie.

»Na ja, ich will schließlich nicht, dass du denkst, ich würde halbe Sachen machen.«

»Den Vorwurf würde ich niemals gegen dich erheben.«

Er zeigte ein zufriedenes Lächeln. »Da bin ich aber froh.«

»Dann stehst du jetzt wohl besser auf.«

»Ich glaube auch. Was hat Madame heute für Pläne?«

»Auf die Piste. Mit einem von ihren Typen, glaube ich.«

»Einem von? Wie viele hat sie denn?«

»Nur die zwei.«

Ein süffisanter Tonfall schwang in Toms Stimme mit. »Kann sich nicht entscheiden?«

»Will nicht. Will sich noch ein bisschen die Hörner abstoßen.«

»Das sollten doch die Kerle machen. Frauen sollten treu sein. Monogam.«

»Tom! Willkommen im einundzwanzigsten Jahrhundert.«

»Geht sie immer noch mit diesem ... wie heißt er gleich wieder – Blob?«

»Blip«, berichtigte Pippa.

»Was ist das denn für ein Name?«

»Es ist sein Spitzname.«

Tom blickte verwirrt. »Wie kommt ein Bursche denn zu einem Spitznamen wie Blip?«

»Seine Eltern hatten schon vier Kinder, dann kam er noch hinterher. Sie hatten eigentlich keine mehr geplant. Er war der Blip auf dem Bildschirm ihrer Geburtenkontrolle.«

»Der arme Kerl. Wirkt ein bisschen wie ein Waschlappen auf mich.«

»Eigentlich nicht. Er ist süß, nur ein bisschen schüchtern ... vor allem, wenn du in der Nähe bist.«

»Aber es ist nichts Ernstes?«

»Oh, ich glaube, Blip hätte gern etwas Ernstes, aber Tally sagt, er ist nur ein Freund.«

Tom blickte nachdenklich. »Denkst du je darüber nach, wie es gewesen wäre, wenn ... wir noch mehr bekommen hätten?«

»Manchmal. Es wäre schön gewesen, sie hätte ein bisschen Gesellschaft gehabt. Aber sie scheint sich doch ganz gut gemacht zu haben. Und gegen die Natur kann man eben nichts ausrichten, oder?«

Tom beugte sich vor und gab ihr einen Kuss. »Besser hätte es doch gar nicht kommen können, oder?« Er sah, dass in ihren Augen Tränen glänzten, und wechselte das Thema. »Und wer ist der andere Kerl?«

»Frag sie selbst.«

Tom blickte gekränkt. »Ich will sie nicht aushorchen.«

»Aber du brennst vor Neugier, es zu erfahren!«

»Ja. Und ich will keiner von diesen Vätern sein, die sich ständig einmischen und an den Freunden ihrer Töchter herumnörgeln.«

»Aber du wirst so einer sein.«

Tom lächelte gezwungen. »Ich weiß.«

»Na ja, du musst dir keine allzu großen Sorgen machen. Wie ich dir gesagt habe, sie ist eher an Freundschaften als an Liebesbeziehungen interessiert. Will sich nicht festnageln lassen.«

»Das wird nicht immer so bleiben.«

»Nein, aber ich denke, wir sollten dankbar sein, solange es so ist.« Pippa schlüpfte aus dem Bett und trat ans Fenster und riss die Vorhänge auf, um die Sonntagmorgensonne ins Zimmer zu lassen. »Schöner Tag.« Sie wandte sich zu ihm um.

Tom betrachtete sie, umrahmt vom Morgenlicht. Ihr dunkelbraunes Haar fiel ihr sanft um die Schultern, ihre Brüste waren rund und fest, ihre Taille war immer noch eine Taille, und ihre Beine waren, wenn auch kurz, sehr hübsch, schlank und leicht gebräunt. »Du siehst entzückend aus.«

»Ich wünschte, ich könnte dasselbe von dir behaupten.«

Tom warf die Decke zurück und stieg aus dem Bett. Er war größer und breiter als sie, und er fixierte sie mit einem schelmischen Grinsen. »Na warte! Jetzt reicht's aber!« Er bewegte sich langsam auf sie zu.

»Tom! Hör auf! Du weckst Tally!«

»Sie ist schon wach.«

»Du weißt, was ich meine!« Sie drückte sich um das Bett, während er ihr nachsetzte wie ein Wolf seiner Beute. »Ich warne dich! Ich werde schreien!«

»Schreie werden dir gar nichts nützen, Süße! Wenn ich mit dir fertig bin, wirst du nicht mehr schreien können.«

»Dad, benimmst du dich schon wieder kindisch?« Die Stimme kam vom Treppenabsatz vor ihrer Schlafzimmertür. »Zieh dich an und benimm dich deinem Alter entsprechend. Ich habe Tee gekocht.«

Tom und Pippa erstarrten und sahen sich mit weit aufgerissenen Augen an, bevor sie in schallendes Gelächter ausbrachen.

*

»Also, äh, was hast du heute vor?« Tom versuchte beiläufig zu klingen, während er Toast mit Marmelade kaute.

»Ausgehen.« Wie er erwartet hatte, war Tallys Antwort unverbindlich.

»Jemand, den ich kenne?«

»Dad! Sei nicht albern.«

Tom hustete, als ihm ein Krümel in die falsche Kehle geriet, und nahm dann einen Schluck Kaffee, um ihn hinunterzuspülen. »Reine Neugier.«

Pippa nahm ihm gegenüber am Küchentisch Platz und wandte sich an Tally. »Du weißt ja, wie Väter sind, ständig in Sorge um das Wohlergehen ihrer Kinder.«

Tally hob den Blick in Richtung Himmel. »Und du weißt, wie Töchter sind«, sagte sie. »Unverantwortlich und flatterhaft. Vor allem nach den Prüfungen, wenn sie nichts weiter wollen als ... auf die Pauke hauen!« Sie lächelte ihren Vater an. »Keine Sorge, Dad. Ich bin keine Schlampe.«

Tom würgte an seinem Kaffee, dann fing er sich wieder. »Ich will's hoffen.«

»Du kannst ganz unbesorgt sein«, fuhr Tally fort. »Soweit ich erkennen kann, ist das Einzige, wofür sich Typen interessieren, schlafen, trinken und furzen.«

Tom hielt mitten im Kauen inne, verblüfft erstens von der Offenheit seiner Tochter und zweitens von ihrer Genauigkeit.

Tally erwärmte sich für ihr Thema. »Es stimmt. Sie sind im Grunde Kinder. Ich bin noch nicht bereit für Kinder.«

»Das ist ja erleichternd.«

»Ich glaube, sie versucht dich zu beruhigen«, warf Pippa ein.

»Ich werde versuchen, die Ruhe selbst zu sein.« Er leerte seine Tasse. »Also, wohin soll ich dich heute fahren?«

»Ich werde abgeholt.«

»Dem Himmel sei Dank. Endlich einmal ein Freund mit einem eigenen Auto.« Dann wurde ihm die Kehrseite der Medaille bewusst. »Ist er ein guter Fahrer?«, fragte Tom besorgt.

»Dad! Hör auf, dir Sorgen zu machen!« Sie legte eine Hand auf seine. »Er fährt sehr vorsichtig, und er weiß, dass ich gar nicht erst in sein Auto einsteigen werde, wenn er trinkt. Okay?« Sie sah auf die gefurchte Stirn ihres Vaters.

Tom seufzte. »Entschuldige.«

»Oh, es ist im Grunde sehr schmeichelhaft. Einen fürsorglichen Dad habe ich ganz gern. Bis zu einem gewissen Punkt.«

»Und nicht weiter?«

Tally lächelte. Das Geräusch von Reifen, die auf Kies knirschten, und zwei kurze Huptöne verkündeten die Ankunft des Beau des Tages. Das Objekt seiner Zuneigung erhob sich vom Tisch und verabschiedete sich. »Es wird nicht spät werden. Alex muss heute Abend mit seinen Eltern ausgehen, also werde ich so gegen sechs zurück sein. Okay? Bis dann.« Sie gab ihrer Mutter einen Kuss auf die Wange, tätschelte ihrem Vater den Kopf, als sei er ihr Lieblingshund, und rannte zur Haustür hinaus, den berauschenden Duft eines Parfüms hinterlassend, von dem sich ihr Vater wünschte, er wäre jung genug, um es zu erkennen.

»Na, das war also das.« Pippa begann den Tisch abzuräumen.

Tom starrte aus dem Fenster. Dann fragte er beiläufig: »Wer ist eigentlich Alex?«

*

Es war auch Rachels und Peters freier Tag, aber er würde nicht, wie es die Drummonds vorhatten, nach Lust und Laune verbracht werden. Das Leben in Cross Walk No. 1 – einem eleganten Stadthaus mit weißer Fassade im Schatten des Münsters – wurde genau geplant. Die Sonntage begannen mit einem späten Frühstück, zubereitet von Peter, und endeten mit einem Dinner für Freunde, in erster Linie Rachels, das, wie sie beharrlich erklärte, in Gemeinschaftsarbeit entstand. Das bedeutete, dass Peter kochte und sie den Tisch deckte. Die Zeit dazwischen erlaubte es Peter eventuell, eine halbe Stunde zu entkommen, um mit Delia, seinem Jack Russell, Gassi zu gehen, wurde aber hauptsächlich mit Projekten ausgefüllt, die Rachels Kopf entsprangen. Heute besuchten sie *Payne, Ward und Hatherley*, eine Immobilienfirma. Es war ein Glücksfall, dass sie sonntags den ganzen Tag geöffnet hatten.

Rachel hatte genau den richtigen Ort für Peters neues Restaurant gefunden – ein anderes georgianisches Stadthaus, das aber weitaus eleganter war als der schwankende Schutthaufen, in dem sich der *Pelikan* befand. Peters Widerstand bröckelte bereits: Das Einzige, was er jetzt noch benötigte, war ein letzter Anstoß. Um Tom würde sie sich später kümmern, sobald das Geschäft unter Dach und Fach war. Wie Peter ihrer Meinung nach in der Lage oder auch nur gewillt sein sollte, das neue Projekt seinem Partner zu verschweigen, das lässt sich nur schwer begreifen, aber Rachel Jago war eine Frau mit einer Mission, und nichts würde sie davon abhalten, ihren Willen durchzusetzen, nicht einmal Tom Drummond. Die Aussicht, ihn auch zu überreden, übte einen starken Reiz auf sie aus. Und was war mit Pippa? Sie würde vorsichtig behandelt werden müssen – aber sie würde einknicken: Das Einzige, was man benötigte, war der richtige Ansatz.

Jeder macht Fehler in seinem Leben, falsche Berechnungen, falsche Annahmen – und auch Rachel stand kurz davor. Wieder einmal.

Fünftes Kapitel

»Gefällt dir der Wagen?«

»Ist in Ordnung. Es ist nicht viel Platz für Heuballen da.«

Alex Blane-Pfitzer wandte sich mit einem verständnislosen Blick zu Tally um. Dann verstand er den Witz. »Oh, sehr komisch. Aber dafür ein bisschen schneller als ein Pferdetransporter.«

»Hmm.« Tally war entschlossen, sich unbeeindruckt von dem schwarzen Mazda MX5 zu geben. Schließlich sollten Leute solche Autos nicht zu ihrem achtzehnten Geburtstag geschenkt bekommen. Selbst wenn sie aus zweiter Hand stammten.

»Also, wohin?«

»Dachte, das hättest du schon entschieden.«

Alex ließ sich nichts anmerken. »Zum Jachthafen oder dem alten Hafen?«

»Zum alten Hafen. Er ist hübscher.«

»Okay.« Er gab Gas und bretterte die Straße hinunter. Tally hustete höflich und wies mit einem Kopfnicken auf das Schild mit der Geschwindigkeitsbeschränkung am Straßenrand. Hätte es irgendjemand anders getan, hätte Alex erst recht aufs Gaspedal gedrückt. In diesem Fall verlangsamte er das Tempo.

Tally schien den Fahrtwind in den Haaren zu genießen, selbst bei der eher bescheidenen Geschwindigkeit, und atmete den frischen Duft des Frühsommers ein. Alex warf immer wieder einen kurzen Blick auf sie, in der Hoffnung, sie würde es nicht bemerken, da er eine Storm-Sonnenbrille trug.

»Gefällt dir die Gegend?«, fragte er.

Sie nickte. »Hier ist England am schönsten.«

»Schöner als London?«

»Viel schöner. Kann den Geruch nicht ausstehen. Und die Leute. Sie sehen die ganze Zeit so unglücklich aus – wie sie mit diesen langen Gesichtern herumlaufen.«

»Aber London ist cool.«

»Wen interessiert denn schon, was cool ist?«

Alex wandte sich zu ihr um und lachte. »Du bist komisch.«

Tally zuckte die Schultern und sah seitlich auf die Böschung, wo Fingerhut und Sternmieren, Wiesenkerbel und Lichtnelken blühten. »Vielleicht«, murmelte sie.

Alex zwängte sich in eine Parklücke neben dem alten Hafen, stieg aus und ging auf Tallys Seite hinüber, um ihr die Tür zu öffnen. Er bot ihr eine Hand an, die sie nahm, dann zog er sie hoch. Einen Augenblick lang standen sie sich gegenüber, und er schob seine Sonnenbrille über die Stirn hoch. Dann lächelte sie und sagte: »Mach ihn lieber zu. Willst ihn dir doch nicht klauen lassen.«

»Nein.« Der Augenblick war vorbei. Alex kam zu sich und klappte das Verdeck zu, dann schloss er die Türen ab.

»Das sind die Autos, die sich am leichtesten knacken lassen, weißt du«, sagte Tally nüchtern.

»Wie bitte?«

»Sportwagen. Das hab ich irgendwo gelesen. Ein Autoknacker braucht drei Sekunden, um sie aufzubrechen.«

Alex sah sie verwirrt an. »Ach ja?«

»Dachte nur, das würde dich interessieren.«

»Danke.«

Er streckte die Hand aus, sie nahm sie, und sie gingen den Weg entlang, der vom Hafen aus um die Bucht führte. Tally war ein seltsames Mädchen. Er versuchte sie zu beeindrucken, aber jedes Mal schien es ihm zu misslingen. Andere Mädchen wären begeistert von seinem Lebensstil, sogar dankbar, ihn zu teilen, aber nicht so Tally Drummond. Und doch gab es im Augenblick keine, deren Gesellschaft er bevorzugen würde. Sie war ... nun ja ... eine Herausforderung.

Es war ein perfekter Junimorgen – eine sanfte Wärme von der Sonne, die Luft still, nachdem sich die frühmorgendliche Brise gelegt hatte. Von dem gewundenen Pfad um die Bucht – im Grunde nicht mehr als getrockneter und flach getretener Schlamm zwischen rauen Grasbüscheln – konnten sie kleine Boote erkennen, die den Ärmelkanal entlangfuhren. Sie umrundeten ein kleines Wäldchen, tiefgrün in seinem Sommerkleid, und eine Amsel schmetterte ihren Warnruf, während sie aus einem undurchdringlichen Brombeergestrüpp hervorflatterte. Sie setzten sich auf eine Bank, von der die Farbe abblätterte, um die Aussicht zu betrachten. Alex legte Tally einen Arm um die Schulter und lehnte sich zurück.

Tally ergriff als Erste das Wort. »Gefällt dir London wirklich besser als das hier?«

»Ach, an den Wochenenden bin ich ganz gern hier, aber mir fehlen die Action und die Gesellschaft. Keine Kumpel hier unten, eigentlich – na ja, ein oder zwei, denke ich.«

Sie schien ihn nicht zu hören, nicht aus mangelndem Interesse, sondern weil sie in irgendetwas vertieft war, was sie vor sich sah. Die Sonne glitzerte auf dem ebbenden Gezeitenwasser des Axe, und in der Ferne hörten sie die Stimmen von Jachtcrews, die Segel hissten und Fender einzogen. Möwen und Austernfischer durchdrangen die Luft mit ihren schrillen Rufen, und sie fragte sich, wie irgendjemand die Geschäftigkeit einer Großstadt all dem hier vorziehen konnte.

Alex sah, dass er nicht zu ihr vordrang. Er strengte sich noch mehr an. »Vielleicht ist es, weil du hier geboren bist.«

Auf einmal war Tally ihre unverhohlene Schroffheit etwas peinlich. »Ich nehm's an. Ich liebe einfach die Geräusche und die Gerüche.« Sie wandte sich zu ihm um. »Wie lange kommst du schon hierher?«

»Seit ein paar Jahren – seit meine Eltern hier unten ein Haus gekauft haben. Mein Dad arbeitet rund um die Uhr. Wir wohnen in Holland Park, aber er hat noch irgendetwas gesucht, wo er an den Wochenenden abschalten kann. Einen Schlupfwinkel. Deswegen hat er das Sommerhaus gekauft.«

»Er muss erfolgreich sein.«

»Hab noch nie darüber nachgedacht. Bekomme ihn eigentlich nicht oft zu Gesicht. Außer an den Wochenenden.« Er stocherte mit einer Zehe in den glatten Kieselsteinen, suchte nach einem passenden, um ihn übers Wasser hüpfen zu lassen. »Was ist mit deinem Dad? Was macht er?«

»Er hat ein Restaurant. Ich sehe ihn jeden Tag.«

»Du Glückliche.«

»Ja.« Sie sagte es leichthin, aber bedeutungsvoll.

»Du musst ihn besser kennen als ich meinen.«

»Darüber habe ich eigentlich noch nie nachgedacht. Er ist einfach da.«

»Versteht ihr euch?«

Sie blickte nachdenklich. »Ja, ich denke schon. Manchmal ist er anstrengend und ein bisschen zerstreut – als ob er nicht wirklich da ist – aber er ist an sich immer da ... wenn du verstehst, was ich meine.«

»Kannst du mit ihm reden?« Alex saß völlig still und starrte auf das Wasser hinaus.

Tally nickte. »Immer. Manchmal will ich nicht, aber ich weiß, dass ich es kann, wenn ich will. Er ist eben ... na ja, mein Dad. Und bei euch?«

»Ach, du weißt doch.«

»Nein, weiß ich nicht.«

Alex zögerte, nicht gewillt, illoyal zu sein. »Wir haben uns nicht sehr oft zu Gesicht bekommen, da ich woanders zur Schule gegangen bin und mein Dad in der City arbeitet.«

»Hat er dir den Wagen gekauft?«

»Ja.«

»Die Versicherung muss ein Vermögen kosten.«

Ihr praktisches Denken überraschte ihn. »Ich nehm's an.«

»Aber du kennst ihn eigentlich gar nicht?«

Alex zuckte die Schultern. »Manchmal denke ich, er würde gern mehr reden, aber es ist nicht ganz einfach, also gehe ich ihm die meiste Zeit aus dem Weg. Die Ferien sind mehr oder weniger die einzige Zeit, zu der wir uns sehen. Wir fahren jeden August nach Salcombe, und manchmal im Frühsommer für etwa eine Woche. Wir haben dort ein Ferienhaus. Dad segelt gern.«

»Und du?«

»Ja, ich auch. Bis er anfängt zu brüllen!« Er grinste. »Mum geht nicht mehr mit ihm segeln. Er ist ein bisschen aufbrausend.«

Tally lächelte mitfühlend. »Ich kann mich nicht erinnern, dass mein Dad je gebrüllt hat. Er wird einfach still.« Sie stand auf und trat an den Rand des Wassers, dann wandte sie sich um und sah zu Alex zurück. »Und was ist mit dir? Was wirst du mit deinem Leben anfangen?«

»Hängt von meinem Abi ab. Ich werde nach Edinburgh gehen, wenn meine Noten gut genug sind.«

»Um was zu studieren?«

»Wirtschaftswissenschaften.«

»Igitt!«

Er hob einen Stein auf und ließ ihn über das sich kräuselnde Wasser hüpfen. »Und du?«

»Ach, ich will das tun, was alle anderen offenbar auch wollen. Meeresbiologie. Aber ich habe ja eben erst die Zehnte abgeschlossen, das heißt, ich bin dir zwei Jahre hinterher.«

»Der ideale Altersunterschied.« Er sah, wie sie errötete, und jetzt war es an ihr, einen Stein aufzuheben und in das klare Wasser zu werfen.

Tally betrachtete sein Spiegelbild in der schimmernden Wasseroberfläche, sah, wie er die Arme beugte und streckte, während er noch mehr Kieselsteine übers Wasser hüpfen ließ. Sie ging die Böschung ein Stück hoch und setzte sich auf den grasbewachsenen Wegesrand, zog die Knie bis ans Kinn an, glitt mit den Händen über den weichen Jeansstoff und sah ihm beim Steinewerfen zu. Emma hatte Recht, er *war* attraktiv, nicht der verwöhnte Balg, den Tally vermutet hatte. Um ehrlich zu sein, hatte sie nur deswegen eingewilligt, mit ihm auszugehen, weil sie geschmeichelt war, dass er sie und nicht Emma gefragt hatte, als er sie in der Teestube sah. Er war groß – über einen Meter achtzig – und hatte kurzes, helles Haar, das er sich auf der Stirn zu dieser Tolle hochgekämmt hatte, die jetzt offenbar alle hatten. Er trug feste Leinenschuhe, Jeans, die seinen tadellosen Po betonten, und ein weit geschnittenes hellrosa Hemd, das er über seiner Jeans trug. Sein Gesicht, das oft finster blickte, war kantig, seine Augen hellblau. Und er hatte hübsche Hände. Das war ihr sofort aufgefallen. Aber es war offensichtlich, dass er von seinen Eltern verhätschelt wurde. Das wurde sie auch, aber es kam ihr irgendwie anders vor.

Er wandte sich von der Wasserkante ab und kam auf die Stelle zu, an der sie saß. Sie schauderte leicht, dann lächelte sie ihn fast entschuldigend an. Er setzte sich neben sie, beugte sich zu ihr hinüber und küsste sie. Sie spürte, wie ihr Gesicht sich ihm mit einer Natürlichkeit näherte, die sie überraschte. Sie schloss die Augen, als er seine warmen Lippen auf ihre presste. Sie waren weicher, als sie erwartet hatte. Und er roch nach Seife. Es war ein schöner Kuss.

Sie löste sich von ihm und sah wieder aufs Wasser hinaus. Sie verspürte eine seltsame Beklommenheit, die sie bislang noch nie verspürt hatte. Sie konnte sich nicht denken, wieso.

Eine Zeit lang saßen sie schweigend da. Dann fragte er: »Gehst du mit irgendjemandem?«

»Eigentlich nicht.«

»Kann ich dich wieder sehen?«

Sie schwieg einen Augenblick und lächelte schüchtern. »Wenn du willst.«

Sie standen auf und gingen weiter den Weg an der Flussmündung entlang, er mit dem Arm um ihre Schulter und sie mit den Händen in den Taschen.

»Wir haben ein Problem.« Tom stand in der Küchentür, klimperte mit den Autoschlüsseln und blickte leicht gereizt.

»Was für ein Problem?« Pippa sah von dem Korb auf, den sie mit Sandwiches und Chips, einer Flasche Wein und zwei Gläsern füllte.

»Wohin wolltest du denn gern für unser Picknick fahren?«

»Egal. Warum?«

»Wie wär's hinter der Scheune?«

»Na ja, ich dachte eigentlich, wir könnten vielleicht ein bisschen weiter fahren. Zur Küste hinunter? Oder auf die Downs hoch?«

»Könnte knifflig werden.«

»Wieso?«

»Maisies Dung ist gekommen.«

»Was hat das denn damit zu tun?« Pippa blickte verwirrt.

»Er liegt mitten auf dem Feldweg. Ich weiß, ich habe einen Land Rover mit Vierradantrieb, aber ich will damit eigentlich nicht unbedingt über einen Haufen Mist fahren.«

Pippa grinste. »Dann wohl doch eher hinter der Scheune.«

»So was Blödes!« Tom hängte die Schlüssel wieder an den Haken. »Ich weiß nicht, wie wir vierzehn Tage in Urlaub fahren wollen – offenbar können wir ja nicht einmal für einen halben Tag von hier verschwinden.«

Pippa reckte den Hals, um durch die Tür etwas zu erkennen. »Wieso sie glaubt, dass sie so viel Dung benötigt, um Kräuter zu ziehen, ist mir ein Rätsel. Sie werden einen Meter achtzig groß und ohne jede Würze sein. Wie schafft sie ihn denn fort?«

»Oh, Mr. Poling rackert sich mit einer Schubkarre für sie ab, aber es wird wohl noch ein paar Stunden dauern, bis er irgendwas erreicht hat, und bis dann werden wir die beste Zeit des Tages verloren haben.«

»Will er, dass wir ihm helfen?«

»Will nichts davon wissen. Sagt, er will uns unseren Sonntag nicht verderben. Ich hatte nicht das Gefühl, ihm sagen zu können, dass er das bereits getan hat.«

»Und was ist mit Maisie?«

»Noch nicht auf den Beinen. Glaubt offensichtlich, dass es noch mitten in der Nacht ist.«

»Na, dann komm.«

»Wohin?«

»Sieht aus, als würden wir ein bisschen wandern gehen. Die Bewegung wird uns gut tun. Wer als Letzter oben auf dem Brindle Hill ankommt, ist ein Waschlappen.«

Tom zog die Augenbrauen hoch. »Brindle Hill? Mit dem ganzen Zeug? Geht's dir noch gut?«

»So gut wie nie. Obwohl, ich nehme an, du bist ein bisschen erschöpft nach deinem Frühsport.« Sie grinste. »Ein Mann in deinem Alter und das alles.«

Tom nahm den Picknickkorb vom Tisch, richtete sich zu seiner vollen Größe auf, ließ die Muskeln spielen und sagte in einem Ton, der eine gute Oktave tiefer als normal war: »Ich werde es wieder tun, sobald ich Sie dort oben habe, Madame.«

»Was hast du denn heute Morgen? Muss irgendwas im Wasser sein.«

»Nein, das ist es nicht.«

»Was denn dann?«

Tom grinste von einem Ohr zum anderen. »Ich fahre in Urlaub.«

Sie stahlen sich an dem Haufen Pferdedung vorbei, und sie duckten sich unter die überwucherte Weißdornhecke, als Maisies Stimme aus einem Schlafzimmerfenster schallte. »Ich bin in einer Minute unten, Mr. Poling. Hab verschlafen, leider. Schreckliche Träume.«

Wie Schulkinder, die den Unterricht schwänzen, kicherten sie und gingen den Feldweg über den Zauntritt rechts neben der Wagenspur weiter und begannen zwischen den mit Schafen gesprenkelten Weiden mit dem Aufstieg auf den Brindle Hill.

Bald war der Wilding's Barn nicht mehr als eine Streichholzschachtel unter ihnen, und der Himmel wurde größer – hellblau und umrahmt von blassgelb verfärbten Wolken. Tom hechtete mit Riesenschritten den grasbewachsenen Hang hinauf, während er die satte, klare Luft tief einatmete und den Korb in regelmäßigen Abständen von einer in die andere Hand nahm. Pippa bemühte sich nach Kräften, mit ihm mitzuhalten, aber schließlich hielt sie an einem Zauntritt inne, um nach Luft zu schnappen, und hielt sich die Seite. »Schon gut, schon gut, ich gebe auf. Du bist vielleicht alt, aber du bist in Form.«

Tom wandte sich um und sah zu ihr hinunter. »Alles in Ordnung mit dir?«

Sie nickte, außer Atem, mit geröteten Wangen.

Sein Herz schlug höher bei ihrem Anblick – das Haar zu einem Pferdeschwanz zusammengebunden, braune Beine, die aus ihren dunkelblauen Shorts hervorragten, die Konturen ihres Körpers verborgen unter einem weiten, grün-rosa Rugby-T-Shirt. Er stellte den Korb im Gras ab und ging die paar Schritte zurück, um ihr zu helfen, dann schlang er die Arme um sie, während sie den Kopf keuchend an seine Brust legte.

»Bist du sicher?«

Sie lachte unter ihrer Atemlosigkeit. »Seitenstiche. Das ist alles.« Dann gab sie ihm einen Klaps auf den Hosenboden und schob ihn weiter. »Gleich geschafft.«

»Nein. Lass uns hier bleiben. Weiter müssen wir eigentlich gar nicht mehr.«

Sie ließen sich aufs Gras fallen und genossen die Aussicht. Hinter ihnen erstreckte sich ein Amphitheater sanft gewellter Hügel, auf denen Schafe grasten, deren klagendes Blöken hinaushallte und in der warmen Luft verklang. Unter ihnen sahen sie den gewundenen Axe, der vom Hafen mit seiner Bootsflottille in die breiter werdende, schlammfarbene Bucht und das silbern glitzernde Meer dahinter führte. Die winzigen blassen Dreiecke der Segel flatterten und glitten übers Wasser wie Teichläufer. Rings um sie herum schwankten Butterblumen in der Brise, und die perlenden Töne einer Feldlerche, die sich in die Lüfte schraubte, schwebten hoch über ihnen.

Pippa streifte ihr Haarband ab, warf den Kopf zurück und schüttelte ihr Haar aus, bevor sie sich mit einem Seufzer wieder aufs Gras fallen ließ. »Ah, das ist ein Leben!«

Tom beobachtete, wie sie die Augen schloss, mit frischer Farbe auf den Wangen, während ihr Haar vor dem weichen, grünen Weideland dunkel glänzte. Er pflückte eine langstielige Butterblume und strich ihr damit unters Kinn und über die Wange. Sie lächelte und murmelte: »Was machst du denn da?«

»Will bloß feststellen, ob du Butter magst.«

»Ist ungesund.«

»Ich nehme an, alles, was schön ist, ist ungesund.«

Sie schlug ein Auge auf. »Nicht alles.«

Er ließ die Blume fallen, legte ihr eine Hand auf die Stirn, streichelte sie sanft und glitt mit den Fingern durch ihr Haar. »Tut mir Leid, wenn ich in letzter Zeit ein bisschen anstrengend war.«

Sie schloss die Augen wieder, und er glitt mit seiner Hand an ihrem Körper nach unten und dann unter ihr T-Shirt, spürte die feinen Konturen ihrer Rippen, die Weichheit ihrer Brüste. Sie seufzte, während er ihre Haut streichelte, und erwiderte den Kuss, den er ihr auf die Lippen drückte.

Er legte sich neben sie aufs Gras und lauschte auf ihr Atmen – gleichmäßiger jetzt, und tiefer. Wieder wandte er sich zu ihr um, um sie zu betrachten, das Gesicht nur wenige Zentimeter von ihrem entfernt, dann begann er, ihr die Shorts aufzuknöpfen. Sie schlug die Augen auf. »Tom?«

»Hmm?«

»Was machst du denn da?«

»Was glaubst du denn, was ich mache?«

»Hier?«

Er erstickte ihre Worte mit noch einem Kuss, diesmal tief und sehnsuchtsvoll, und sie erwiderte ihn, indem sie an seiner Lippe knabberte. Der Geruch des zerdrückten Grases stieg ihr in die Nase, während sie spürte, wie seine Hand in ihren Shorts nach unten glitt. Sie schob die Hände unter sein Hemd, überrascht von ihrer Bereitschaft, sich auf der Kuppe eines Hügels lieben zu lassen. Ein Teil von ihr hatte das Gefühl, sie sollte sich zumindest einmal umblicken, um sich zu vergewissern, dass niemand in der Nähe war, doch dem anderen Teil war es egal. Sie schnallte seinen Gürtel auf, spürte die Härte seines Körpers an ihrem eigenen, und ihr Atem wurde schneller.

Tom schloss sie in seine Arme. Ein paar Minuten später lagen sie keuchend auf dem Hang, nachdem sie sich wie zwei ängstliche Teenager geliebt hatten.

Die Augen geschlossen, fühlte sich Tom wie in einer Art Schwebezustand, und er presste die Finger ins Gras, um nicht die Balance zu verlieren. »Alles okay mit dir?«

»Mmm.«

Es dauerte ein paar Augenblicke, bis er die Stille erneut unterbrach. »Ich liebe dich«, sagte er.

Sie blieben noch fast eine halbe Stunde liegen, bevor sie sich endlich über ihr Picknick hermachten. Tom spürte die Wärme der Sonne auf seinem Gesicht, als er sich nach hinten lehnte und seine Gedanken schweifen ließ – Gedanken an den Urlaub, an Pippa, an die Arbeit. Und an Tally und was sie in diesem Augenblick wohl machte.

Sechstes Kapitel

Jeder Mann, der je in einem Haushalt gelebt hat, der ausschließlich aus Frauen besteht, wird wissen, dass ständig eine Verschwörung im Gange ist. Sie mag offen ausgesprochen sein, sie mag vielleicht nur unbewusst sein, aber sie ist immer da.

Im Laufe der Jahre hatten Tally und ihre Mutter eine Art intuitive Gedankensprache entwickelt. Es gab Zeiten, zu denen sie mit vereinten Kräften darum kämpften, Tom über kritische Phasen hinwegzuhelfen; es gab andere, zu denen sie eine geschlossene Front bildeten, um irgendein Manöver zu durchkreuzen, das er ins Auge gefasst hatte; es gab sogar Augenblicke, wenn auch zugegebenermaßen selten, in denen sie einen geballten Angriff gegen ihn richteten, und sie fühlten sich gewiss nicht abgeneigt, von Zeit zu Zeit einen Überfall auf seine Brieftasche zu machen, aber stärker als alles andere war ihre uneingeschränkte Bereitschaft, ihm zur Seite zu stehen, wenn irgendwelche Kräfte von außen eine Bedrohung darstellten.

Es war Dienstagmorgen. Es waren noch vier Tage bis zum Urlaub, die Prüfungen waren vorbei, und Tally hatte einen Tag schulfrei. Sie entschied, dass es für sie und Pippa an der Zeit war, einen Einkaufsbummel zu machen. Es war die Art Ausflug, die Pippa liebte – auch wenn ihre Tochter sie überreden würde, Kleider zu kaufen, die viel zu jugendlich für sie waren. Pippa probierte weite Baumwollröcke an, die ihr bis an die Knöchel reichten, und

Tally hielt winzige Trägertops hoch, die sie für Pippas schlanke Figur für ideal hielt. Dann wurde ein unpassendes Kleidungsstück nach dem anderen an Tallys zierliche Gestalt gehalten, und eine Art Handel entspann sich, in dessen Verlauf nach und nach jeweils ein unpassendes Kleidungsstück gegen irgendetwas Vernünftiges eingetauscht wurde, bis sich die beiden erschöpft, aber doch aufgekratzt angesichts der Aussicht auf zwei Wochen Urlaub in der Toskana in Tallys Lieblingsteestube auf zwei Stühle plumpsen ließen und sich ein Mittagessen bestellten. »Glaubst du, sie werden ihm gefallen?«, fragte Pippa zögerlich.

»'türlich. Du siehst umwerfend aus.«

»Bei diesem Top bin ich mir nicht so sicher.«

»Es sieht klasse aus.«

Ein besorgter Blick. »Nicht zu jung?«

»Oh, Mum!«

»Na ja, es ist nicht einfach ...«

»So alt bist du nun wirklich nicht ... Dad schon, aber du doch nicht.«

»Sei nicht gemein!«

»Ist mit ihm alles okay?«, fragte Tally leichthin.

»Ja. Warum?«

»Ach, ich weiß nicht. Er wirkt irgendwie gedankenverloren.«

»Hat viel um die Ohren, mit Sams Kündigung und allem.«

»Vermutlich. Sonst nichts?«

»Ich glaube nicht.« Sie hielt einen Augenblick inne. »In letzter Zeit ist er ganz schön nachdenklich gewesen. Ich glaube, er ist ein bisschen rastlos.«

»Vermutlich nur sein Alter.«

Pippa wollte sie schon tadeln, aber Tally fuhr einfach fort. »Nein, ich meine nicht ... na ja, ich meine, ich will nicht unfreundlich sein ... es ist nur so, ich glaube, Dad hat im Grunde noch nie wirklich das getan, was er will, oder?«

Pippa seufzte. »Eigentlich nicht.«

»Warum nicht?«

»Wegen uns.«

»Was soll das heißen?«

»Ich denke, er hätte vielleicht ein bisschen mehr Abenteuerlust, wenn er sich nicht um uns kümmern müsste.«

»Aber wir können uns doch selbst um uns kümmern.«

Ein beschwichtigender Tonfall schwang in Pippas Stimme mit. »Ich weiß, aber dein Dad sieht das eben anders.«

»Wie schade.«

»Eigentlich nicht. Ich denke, ein Teil von ihm liebt sein Leben, aber er glaubt, dass er nicht viel erreicht hat.«

»Und was glaubst du?«

Pippa blickte schwermütig. »Ich glaube, er hat eine Menge erreicht, aber vielleicht hat er das Gefühl, dass er sein Potenzial noch nicht voll ausgeschöpft hat. Und ich glaube, dass er ein wunderbarer Mann ist.« Pippa lehnte sich auf ihrem Stuhl zurück.

»Das hast du aber schön gesagt.«

Pippas Tonfall änderte sich. »Viel zu schmalzig.«

Ihr Gespräch wurde von einer Kellnerin mit einer faden, freudlosen Stimme unterbrochen: »Zwei Kaffee, einen Räucherlachs-Frischkäse-Bagel und einen Käse-Tomaten-Toast?« Sie erkannte Tally, begrüßte sie mit einem Kopfnicken und steckte die Rechnung unter eine Untertasse.

Tally rührte ihren Kaffee um. »Kann ich dich etwas fragen?«

Pippa sah von ihrem Bagel auf.

»Du und Dad. Seid ihr noch immer verliebt?«

»Das ist eine sehr persönliche Frage.«

»Entschuldige.«

»Warum fragst du?«

»Weil Emma sagt, dass ihre Eltern nur noch ihr und ihrem Bruder zuliebe zusammen sind.«

»Ach Gott.«

»Findest du das richtig?«

»Ich weiß nicht. Ich finde es traurig.«

»Ja.«

»Aber vermutlich tun sie es doch, weil sie glauben, dass es richtig ist.«

»Würdet ihr – du und Dad – mir zuliebe zusammenbleiben?«

»Was für eine Frage.«

»Würdet ihr?«

Pippa dachte darüber nach. »Ich glaube, wir würden es tun, aber das ist nicht der Grund, weshalb wir es getan haben. Die Antwort auf deine Frage ist Ja.«

»Oh, gut.« Tally strahlte und biss ein Stück von ihrem getoasteten Sandwich ab, dann murmelte sie: »Ich hoffe, es regnet.«

»Was?« Pippa runzelte die Stirn.

»Na ja, es hat doch keinen Sinn, irgendwohin zu fahren, wo es heiß ist, wenn es hier auch heiß ist. Das ist doch Verschwendung.«

Pippa lächelte. »Keine Sorge. Die Stürme sind schon unterwegs. Ich hab's heute Morgen in den Nachrichten gehört.«

Wie aufs Stichwort ging die Tür der Teestube auf, und Rachel Jago schneite mit ein paar Freundinnen im

Schlepptau herein, deutete auf den Tisch am Fenster, an dem zwei liebenswürdige alte Damen kaum ihre Tassen geleert hatten, und trieb eine junge Kellnerin an, das Geschirr abzuräumen. Während die beiden verwunderten Damen hinausschlurften, machte sich Rachel lautstark ans Werk, ihre Gesellschaft am Tisch unterzubringen, zum Ärger anderer Gäste, die ihr Mittagessen gern in Ruhe einnehmen wollten.

Es dauerte ein paar Augenblicke, bis sie Pippa und Tally bemerkte. Dann erhob sie sich mit aller Förmlichkeit vom Tisch, entschuldigte sich gegenüber ihren schick gekleideten Begleiterinnen und ging hinüber zu dem Tisch, an dem Mutter und Tochter saßen. »Pippa! Tally! Wie schön, euch zu sehen!« Sie küsste die Luft neben ihren Wangen und schwatzte sogleich weiter. »Ihr müsst doch schon fast im Urlaub sein? Wunderbar! Was für eine Zeit, um wegzufahren! Aber wir werden das schon schaukeln. Die Jungs führen heute ein Vorstellungsgespräch mit einem neuen zweiten Küchenchef oder was auch immer, und ich erwarte, dass Sally die Stellung halten wird. Das tut sie im Allgemeinen.«

Unter dem Tisch glitt Tally mit einer Hand über die ihrer Mutter und drückte sie: die Röte stieg Pippa in die Wangen. Bevor eine von ihnen irgendetwas sagen konnte, fuhr Rachel bereits fort: »Und ich sehe, ihr habt Besorgungen gemacht. In Axbury? Gott! Ich hoffe, ihr habt etwas gefunden. Ich finde es unmöglich, hier irgendetwas zu kaufen. Peter ist ganz süß und lässt mich einmal im Monat nach London fahren. Der Gute! Wüsste gar nicht, was ich machen würde, wenn ich das nicht könnte. Na ja, etwas für den Urlaub zu kaufen, das ist wohl nicht ganz dasselbe. Ist doch eigentlich egal, wer dich in Urlaubskleidung sieht, oder? Jedenfalls, ich muss weiter. Hab ein paar Freundinnen auf einen Kaffee eingeladen, bevor wir einen Besuch bei ...« Untypischerweise verloren sich ihre Worte. Einen Augenblick lang schien sie etwas durcheinander zu sein, unsicher, was sie sagen sollte, dann fing sie sich und gesellte sich wieder zu ihren Freundinnen.

Pippa warf Tally einen Blick zu und murmelte: »Sag jetzt nichts.«

Tallys Gesicht war leuchtend rosa. »Wie hältst du das bloß aus?«

»Ich denke an etwas Schönes.«

»Armer Dad. Wie hält er das aus?«

»Er denkt an etwas Unschönes.«

»Sie ist ein solches Miststück.«

»Psst! Nicht so laut.«

Aber es bestand keine Gefahr, dass Rachel sie hörte: Sie und ihre beiden Freundinnen schrien inzwischen vor Lachen und hatten ganz vergessen, dass sie da waren.

Es hatte eine Zeit gegeben, als Peter Jago und die Drummonds sich häufig trafen. Bevor Rachel auf der Bildfläche erschien, war Peter regelmäßig auf einen Drink oder ein Abendessen im Wilding's Barn vorbeigekommen. Er und Tom waren gute Kumpel, die einander selten überdrüssig wurden. Seine Besuche wurden seltener, als er mit Rachel zusammenkam. Sie hatte ihre eigene Clique und schien sich mit Peters Freunden nicht wohl zu fühlen. Stets bestrebt, der Mittelpunkt der Aufmerksamkeit zu sein, schien sie zu welken, wenn andere Mitglieder der versammelten Gesellschaft selbst eine Geschichte zu erzählen hatten.

Ihr Unbehagen übertrug sich auf Tom und Pippa, die

es nach einer Weile für freundlicher hielten, Peter nicht in die Lage zu bringen, eine Einladung ablehnen zu müssen. Sie beobachteten, wie sich das Gleichgewicht der Kräfte verschob: Peter, in Gesellschaft immer übersprudelnd und gesprächig, stand allmählich im Schatten seiner dominanten Frau. Sie brachte ihn vor fremden Leuten mit intimen Details aus ihrem Privatleben in Verlegenheit, und Pippa lernte rasch, bei den seltenen Anlässen, zu denen sie sich im selben Raum befanden, auf Distanz zu Rachel zu gehen.

Auch die Freundschaft zwischen Tom und Peter hatte sich verändert, bis es eher eine Art Arbeitsbeziehung war. Es bedrückte Tom, aber er tat sein Bestes, nicht allzu viel darüber nachzugrübeln.

In der Küche des Pelikans herrschte heute ein lebhaftes Treiben. Pfannen klapperten zwischen den Kochstellen, Ellens Arme steckten bis zu den Grübchen ihrer Ellbogen in Seifenwasser, und Peter hatte einen gewaltigen Lachs aus einem Fischkochtopf genommen und legte ihn nun in Teilen auf Teller.

»Tisch dreiundzwanzig!« Er schlug mit einer Hand auf das Warmhaltefach, um die Aufmerksamkeit eines jungen Kellners zu wecken. »Na los, dalli! Dreiundzwanzig!« Der rotgesichtige junge Mann hob die Teller auf ein Tablett, dann schlängelte er sich zwischen den Öfen hindurch und durch die Pendeltür zurück ins Restaurant. »Dieser Kindskopf! Wieso nehme ich überhaupt frische Zutaten, wenn das Essen eine halbe Woche hier steht und alt wird, bevor es gegessen wird?«

Sam, der sich mit vier Tellern Jakobsmuscheln abrackerte, hielt den Kopf gesenkt und tröpfelte etwas Sauce über die Teller. Er schob sie auf den heißen Stahl und murmelte die Tischnummer etwas weniger lautstark als sein Arbeitgeber: »Sieben.«

Peter warf Sam von der Seite einen Blick zu. »Du wirst schon etwas lauter brüllen müssen, wenn du diesen Lahmarsch auf dich aufmerksam machen willst.«

In diesem Augenblick tauchte Sallys Kopf über dem Warmhaltefach auf, und sie nahm die Teller mit Jakobsmuscheln. »Sieben?«, fragte sie. Sam nickte. »Alles klar, Chef?«, fragte sie.

Es war ein ganz normaler Tag in der Küche des Pelikans. Vorn im Restaurant empfing und begrüßte Tom in einem weißen Hemd und mit Krawatte die Gäste. Er führte sie an ihre Tische, nahm die Bestellungen entgegen, empfahl einen passenden Wein, wenn sie es wünschten, und räumte die Tische mit einer großen Geschicklichkeit ab, während er trotzdem noch Zeit fand, mit Stammgästen zu plaudern und Neuankömmlinge willkommen zu heißen. Es war, fand er, keine Arbeit für einen erwachsenen Mann. Peter war der Wichtige – er kochte das Essen. Das Restaurant stieg oder fiel in der Wertschätzung der Leute aufgrund seines kulinarischen Geschicks. Toms Arbeit fand zwar im Rampenlicht statt, war aber nicht so klar umrissen. Die Kunst, gastfreundlich und entgegenkommend zu sein, ohne allzu vertraulich oder unterwürfig zu werden – das war alles.

In Wirklichkeit beruhte der Erfolg des Pelikans auf Toms ungezwungener Art ebenso wie auf Peters Leistungen in der Küche, und das war es, mehr als alles andere, was ihn in Schwung hielt.

Es überraschte ihn, wie sehr er im Laufe der Jahre die Gesellschaft anderer Leute schätzen gelernt hatte. Er hatte nicht damit gerechnet. Es war die Einsamkeit der

Landwirtschaft und des Schreibens, die ihn am meisten reizte – immer noch –, aber inzwischen schätzte er, bis zu einem gewissen Punkt, doch auch den Wert seiner Bemühungen im Restaurant. Es gehörte eben alles zur Vielfalt des Lebens, sagte er sich. Mancher Leute Bestimmung war es, ein Hansdampf in allen Gassen zu sein, andere hatten eine riesige Verantwortung für andere Menschen, Chirurgen und Krankenschwestern, Lehrer und Piloten, und andere, wie er selbst, eigneten sich eher dazu, im Vergnügungspark des Lebens zu arbeiten. Essen zu gehen war ein Vergnügen, und ihm kam eine wichtige Rolle dabei zu, den Leuten zu helfen, ein fröhlicheres Leben zu führen. Manchmal glaubte er es fast.

Es war eine Mittagsschicht, die sich kaum von anderen Mittagsschichten unterschied. Es gab unerwartete Gäste, die schworen, sie hätten vorbestellt, obwohl sie es nicht getan hatten, es gab Gruppen, die zu sechst erschienen, wenn man vier Personen erwartet hatte. Es gab Pärchen, die sich nur verstohlen anblickten, und Geschäftsleute, die sich lautstark unterhielten und zu viel tranken. Es gab ein oder zwei Verwechslungen, als Lachs serviert wurde, wo ein Steak erwartet wurde. Zwei Gläser wurden zerbrochen, eine Handtasche vergessen und ein Tischtuch mit Rotwein befleckt. Aber nachdem der letzte Gast gegangen und die Jalousie an der Tür heruntergezogen war, verspürte Tom sein übliches Gefühl von stiller, wenn auch inhaltsloser Befriedigung.

Er überließ es Sally und den beiden jungen Kellnerinnen, sauber zu machen, und schlenderte in die Küche, während er sich die Krawatte lockerte und die Ärmel hochkrempelte.

Peter wusch sich gerade die Hände. »Alles klar, Chef?«,

fragte er. Der Druck der Mittagsschicht war von ihm gewichen, und die Hitze auf seiner Stirn hatte sich zusammen mit der Hitze in der Küche abgekühlt.

»Alles in Ordnung«, erwiderte Tom. »Eine Handtasche, die wir noch nicht hatten, als wir anfingen, aber Sally hat den Inhalt überprüft und bereits einen Anruf getätigt. Rechnet in einer Weile mit einem Klopfen an der Tür.«

Peter trocknete sich die Hände ab und knöpfte seine weiße Kluft auf. »Also, und wann kommt die große und einzige Hoffnung?«

Tom warf einen Blick auf die Armbanduhr. »Vier Uhr.«

»Das heißt, wir haben noch eine Stunde, um uns eine Strategie zurechtzulegen.«

Tom zögerte. »Es ist im Grunde deine Entscheidung. In meinem Bereich wird er nicht arbeiten.«

Peter wandte sich an Ellen, die in diesem Augenblick ihr Abtropfbrett mit einem Schwammtuch abwischte. »Gibt's eine Chance auf einen Tee?«

Sie sah nicht auf. »Wasser ist aufgesetzt.« Dann fügte sie, nur für sich hörbar, hinzu: »Wie jeden Tag.«

»Na, dann komm. Verschwinden wir aus diesem elenden Loch.«

Die beiden Männer gingen aus der Küche an einen frisch gesäuberten Ecktisch im hinteren Bereich des Restaurants, und während die Mädchen den Unrat der Mittagsschicht dieses Tages beseitigten, studierten sie den Brief des einzigen Bewerbers auf die Anzeige in der *Axbury Gazette*.

Sie brauchten nicht sehr lange. Der Brief war kurz, und das Briefpapier verriet nicht viel.

Sehr geehrter Sir,

ich antworte auf Ihre Anzeige in der *Axbury Gazette* wegen eines zweiten Küchenchefs. Ich habe mehrere Jahre Berufserfahrung im Restaurantgewerbe und möchte mich gern um die Stelle bewerben. Meinen Lebenslauf füge ich zu Ihrer Durchsicht bei und würde mich freuen, von Ihnen zu hören.

Mit freundlichen Grüßen

K. Lundy

»Keith oder Kevin?«, fragte Peter, während er den Brief auf einen Hinweis untersuchte.

»Wird nicht gesagt. Könnte auch Karen sein.«

»Dann sollte sie es aber sagen.«

»Nicht, wenn sie glaubt, dass sie kein Vorstellungsgespräch bekommt, weil sie das falsche Geschlecht hat.«

»Und was ist mit geschlechtsspezifischer Diskriminierung?«

»Ist vielleicht gesetzeswidrig, kommt aber immer noch vor.«

»Sogar in Küchen?«, fragte Peter mit aufgerissenen Augen.

»Vor allem in Küchen.«

»Und wo ist der Lebenslauf? Hier steht: ›Meinen Lebenslauf füge ich bei.‹« Mit einer übertriebenen Geste suchte Peter in dem leeren Umschlag.

»Muss vergessen haben, ihn dazuzustecken.«

»Erbärmlich.«

»Ach, das kannst du nicht wissen. Wir machen alle Fehler.«

Peter schüttelte den Kopf. »Immer bereit, das Beste von jemandem zu denken ...«

»Bis ich das Schlimmste weiß.«

Ellen hustete laut und schob zwei Tassen Tee vor sie auf den Tisch.

»Danke«, sagten sie einstimmig.

»Zucker?«, fragte sie. Sie nickten.

Ellen senkte den Blick auf die Tassen. »Dann rührt um.« Ihr tägliches Ritual war vollzogen, und sie schlurfte zurück in die Küche.

Siebtes Kapitel

Nach einem falschen Alarm – die Dame, die zuvor ihre Handtasche vergessen hatte – hatten sich die beiden Männer angesichts der Aussicht, ein potenzielles neues Mitglied des Personals kennen zu lernen, in einen Zustand maßloser Besorgnis hineingesteigert. Kellner und Kellnerinnen hatten sie ohne Umstände oder Probleme eingestellt, aber ein zweiter Küchenchef, das war etwas anderes. Peter kaute an den Fingernägeln, Tom trommelte mit seinen auf den Tisch. Viertel nach vier. Noch immer nichts. Dann, um zwanzig nach vier, kam das Klopfen, auf das sie gewartet hatten. Sie saßen allein im Restaurant – das Personal war in der Pause zwischen Mittags- und Abendschicht. Tom warf Peter einen bedeutungsvollen Blick zu und ging, ohne etwas zu sagen, um die Tür zu öffnen.

Vor ihm stand eine zierliche Frau mit kurz geschnittenem hellem Haar, zwischen fünfunddreißig und vierzig. In ihren hellgrünen Augen glänzte eine Mischung aus, wie es schien, Wut und Sorge, und sie hielt den Riemen einer Leinentasche umklammert, die ihr über die Schulter hing.

»Mr. Jago?«, fragte sie mit einer Stimme, die vor unterdrückter Emotion zitterte.

»Drummond«, sagte Tom.

Die Frau streckte ihm eine Hand entgegen, und Tom drückte sie. Der Griff war fest, der Blick war es nicht. »Kate Lundy. Es tut mir so Leid, dass ich mich verspätet habe. Kein sehr guter Anfang. Ich bin wegen des Jobs hier.« Sie versuchte zu lächeln.

Tom bat sie mit einer Handbewegung herein, voller Neugier, weshalb sie so verstört war, aber außer Stande, danach zu fragen. »Treten Sie ein. Tee? Kaffee?«

»Wasser, bitte.«

Tom wies auf den Tisch, an dem Peter eben einen Stuhl zurückschob. »Alles in Ordnung mit Ihnen?«, fragte er, verwundert über das äußere Erscheinungsbild ihrer Kandidatin.

»Ja. Entschuldigung. Ich hasse es, zu spät zu kommen.« Sie ließ die Tasche von der Schulter gleiten, gab Peter die Hand und setzte sich.

Tom füllte an der Rückwand der Bar ein Glas mit Wasser. »Das macht eigentlich gar nichts. Wir haben hier sowieso nur ein bisschen ausgespannt.« Sie lächelte ihn dankbar an und trank einen Schluck. Peter sah Tom an und zog die Augenbrauen hoch.

Tom versuchte das Eis zu brechen. »Wir waren uns nicht ganz sicher, ob Sie ein Kevin oder ein Keith sein würden.«

Sie stellte das Glas ab. »Entschuldigung. Bei manchen Küchenchefs bekommt man gar nicht erst ein Vorstellungsgespräch, wenn man eine Frau ist.«

Peter packte den Stier bei den Hörnern. »Hatten Sie schon viele Vorstellungsgespräche?«

»In letzter Zeit nicht, aber in der Vergangenheit ist es schon ein Problem gewesen.«

»Was glauben Sie, warum?«

Kate zuckte die Schultern. »Manche Küchenchefs schnauzen lieber einen Mann als eine Frau an.« Sie beruhigte sich langsam.

Peter lehnte sich auf seinem Stuhl zurück. »Stört es Sie, wenn man Sie anschnauzt?«

»Bin's gewohnt.«

Tom schaltete sich ein, bemüht, das Gespräch auf eine weniger konfliktgeladene Grundlage zu stellen.

»Was für Berufserfahrung haben Sie denn? Es ist nur – es war kein Lebenslauf dabei.«

Sie vergrub den Kopf in die Hände. »O Gott! Entschuldigung. Ich dachte, ich hätte ihn beigefügt.«

Tom gab sich beschwichtigend. »Vergisst man leicht.«

Sie griff in ihre Leinentasche und durchwühlte den Inhalt, während sie sagte: »Ein Fischrestaurant ...«

»Fish & Chips?«, fragte Peter spitz.

»Steinbutt mit Rösti.«

Peter versuchte unbeeindruckt zu wirken. Tom unterdrückte ein Lächeln.

»Hier ist es.« Sie reichte Peter ein zusammengefaltetes Blatt Papier und fuhr fort. »Ich habe zwölf Monate in Brian Turner's Restaurant in Kensington gearbeitet ...«

Peter überflog den Lebenslauf. »Das ist fünf Jahre her.«

»Danach sechs Monate im Claridge's.«

Er versuchte die Oberhand zu behalten. »Nicht sehr lange.«

»Lange genug, um zu wissen, dass ich kleine Restaurants bevorzuge, in denen die Arbeit lohnender ist.«

Er räusperte sich. »Sie scheinen seit ein paar Jahren nicht gearbeitet zu haben.«

»Nein.«

Die beiden Männer sahen sie an, warteten auf eine Erklärung.

»Private Probleme.«

Peter schlug die Beine übereinander und lehnte sich zurück. »Was für Probleme?«

Tom schaltete sich ein. »Könnten Sie sechs Tage die Woche arbeiten? Wir servieren jeden Mittag und Abend bis zu hundert Mahlzeiten.«

»Kein Problem.«

Peter sah zu Boden und verschränkte die Arme. »Ich verliere einen Kollegen, mit dem ich die letzten drei Jahre zusammengearbeitet habe und der all meine kleinen Marotten kennt.«

»Ich werde mein Bestes tun, mich an sie zu gewöhnen«, entgegnete Kate.

Peter starrte sie an. Tom biss sich auf die Lippe, um ein Lächeln zu unterdrücken.

»Wir haben Ihnen den Job noch nicht angeboten«, sagte Peter. »Und was ich bis jetzt gehört habe, ist nicht unbedingt ermutigend.«

»Peter ...« Tom spürte, wie die Stimmung umzuschlagen drohte, aber Kate fiel ihm ins Wort. »Nein. Sie haben Recht. Ich tauche zu spät auf, sehe völlig fertig aus, ich vergesse meinen Lebenslauf, dann versuche ich Sie mit ein paar schicken Restaurants zu beeindrucken, aber ohne Referenzen, und dann sage ich Ihnen auch noch, dass ich seit ein paar Jahren nicht mehr gearbeitet habe. Warum sollten Sie mich einstellen?«

»Genau.«

»Ich werde Ihnen sagen, warum. Weil ich verdammt gut bin.« Sie wurde etwas lauter, was die beiden Männer überraschte. »Ich arbeite gut unter Druck, und trotz allem, was Sie aufgrund meines Aussehens vielleicht denken, bin ich zuverlässig. Ich kann mich taub stellen, wenn man mich anschnauzt, und ich lerne schnell – vor allem wenn es um die kleinen Marotten des Küchenchefs geht.«

Peter stand der Mund offen.

»Wenn Sie eine kreative Primadonna wollen, bin ich nicht Ihre Frau. Wenn Sie eine Fußmatte wollen, bin ich nicht Ihre Frau. Aber wenn Sie eine zuverlässige zweite Küchenchefin wollen, die ihr Handwerk versteht und unter Druck cool bleibt, dann sehen Sie sie vor sich. Ich werde nicht mit minderwertigen Zutaten kochen, und ich kann Ihnen nicht versprechen, dass ich nicht zurückbrüllen werde, wenn man mich anbrüllt, aber ich werde Sie nicht enttäuschen.«

Die beiden Männer saßen völlig reglos da.

Kate hob ihre Tasche vom Boden auf. »Es tut mir Leid. Sie haben vermutlich noch jede Menge andere Vorstellungsgespräche, und ich bin zu spät gekommen, sodass Sie jetzt im Rückstand sind. Meine Anschrift haben Sie ja auf dem Brief.« Sie erhob sich, und die beiden Männer taten dasselbe. Sie streckte die Hand aus und zwang sich zu einem knappen Lächeln. »Rufen Sie mich nur kurz an, um mir Bescheid zu geben.« Und dann, resigniert, aber humorvoll: »Ich werde nicht den Atem anhalten.« Damit verabschiedete sie sich, und Tom und Peter standen da und starrten schweigend auf das pendelnde »Geschlossen«-Schild an der Tür.

»Es wäre Wahnsinn, sie einzustellen.« Peter stemmte den Kronkorken von einer Flasche Beck's.

»Wieso?«

»Weil sie, ganz gleich, was sie sagt, absolut unzuverlässig ist.«

»Woher willst du das wissen?«

Er nahm einen Schluck aus der eiskalten Flasche, dann stellte er sie auf dem Bartresen ab. »Sieh sie dir doch an. Wenn sie in einen solchen Zustand gerät, wenn sie eine schlechte Fahrt hatte und eine Viertelstunde zu spät auftaucht, wie zum Teufel wird sie denn dann in der Küche sein? Sie wird alle fünf Minuten in Tränen ausbrechen.«

»Das weißt du nicht.«

»Ach, ich bitte dich, Tom. Wir hatten in der Vergangenheit genügend zweite Küchenchefs wie sie. Du weißt doch, was für ein Dreckskerl ich bin, wenn ich arbeite. Wie will sie denn damit fertig werden?«

»Ehrlich gesagt, finde ich, sie ist damit ganz gut fertig geworden.«

»Das war noch gar nichts.«

»Es war das erste Mal, dass sie dir begegnet ist, und sie hat sich geweigert, sich herumschikanieren zu lassen. Und du warst wirklich ein bisschen hart zu ihr.«

»Ein bisschen hart?«

»Ja, du elender Kerl, du hast ihr keine Chance gegeben.«

»Nein. Aber sie hat sie genutzt.«

»Genau.«

»Und was ist mit Referenzen?«, fragte Peter.

»Wir können um welche bitten.«

»Wozu?«

»Willst du damit sagen, du wirst nicht mit ihr zusammenarbeiten?«, fragte Tom.

»Ich will sagen, wir sollten uns noch ein paar andere Leute ansehen, bevor wir eine Entscheidung fällen.«

»Es gibt keine anderen Leute. Sie ist die Einzige, die sich beworben hat«, erinnerte ihn Tom.

»Dann nehmen wir sie also nur in Ermangelung eines Besseren?«

»Das habe ich nicht gesagt. Ich nehme an, sie ist besser, als sie wirkte.«

»Wie kannst du dir da so sicher sein?«

Tom zuckte die Schultern. »Intuition. Sie hatte irgendetwas, eine Art innere Stärke.«

»Großer Gott! Jetzt kommst du mir noch mit einer freudianischen Analyse.«

»Es ist nicht freudianisch, und ich analysiere sie nicht – ich verlasse mich nur auf mein Gefühl.«

»Gefährlich.«

»Wie lautet die Alternative?«

»Na ja, auf deine Verantwortung. Aber eines will ich dir gleich sagen, in dem Augenblick, in dem's dort drinnen Tränen gibt« – Peter wies auf die Küche – »fliegt sie raus.«

»Wie du willst. Ich denke, du wirst angenehm überrascht sein.«

Peter leerte die Flasche und warf sie in eine Kiste. »Manchmal begreife ich dich einfach nicht. Du bist so weich geworden. Früher warst du dynamisch und draufgängerisch, und sieh dich einmal jetzt an.«

Tom war überrascht. »Was meinst du damit?«

»Wo ist deine Abenteuerlust?«

»Ich bin derjenige, der sagt, wir sollten sie einstellen. Du willst auf Nummer sicher gehen.«

»Ach, ich meine nicht, was sie betrifft. Ich meine, was den Pelikan betrifft. Warum willst du nicht, dass wir uns erweitern, ein zweites Lokal eröffnen?«

Tom sah ihn unverwandt an. »Das haben wir doch schon einmal versucht. Wir wissen, dass es nicht klappt.«

»Nicht geklappt hat. Das Klima ist inzwischen anders, aber wir sind immer noch hier, in demselben alten Lokal, mit denselben alten Gesichtern.«

Er hätte es wissen müssen, dass so etwas kommen würde, dachte Tom. Er hatte bemerkt, dass Peter wieder zu grübeln begonnen hatte, aber er hatte es auf seine Sorgen wegen Sams Weggang zurückgeführt.

»Und weiter?«

»Rachel ist der Ansicht, wir sollten es noch einmal versuchen.«

»Ah.« Tom nickte bedächtig. »Verstehe.«

»Ich wünschte wirklich, das würdest du.«

»Also, wie lautet der Plan?«

Peter war weiter gegangen, als er beabsichtigt hatte, und versuchte nun, klein beizugeben. »Plan? Kein Plan. Ich finde nur, wir sollten noch einmal darüber nachdenken, das ist alles.«

Tom war nicht gewillt, diese uralte Geschichte wieder aufzuwärmen, die in den letzten Jahren regelmäßig ihr Haupt erhoben hatte – seit Rachel auf der Bildfläche erschienen war. Er wechselte das Thema. »Und was die unmittelbare Zukunft betrifft, werden wir Ms. Lundy eine Chance geben?«

»Klar. Warum nicht? Vorausgesetzt, sie kann ein paar Referenzen beibringen. Sie wird nicht lange bleiben, aber was haben wir schon zu verlieren?«

»Außer dem Gesicht?« Tom sah ihn an, den Kopf auf eine Seite gelegt.

»*Touché*, du alter Gauner. *Touché*.«

*

Tom erledigte den Anruf an jenem Abend von der Rückwand der Bar aus. Es war viel los um diese Zeit, aber er hielt es für das Beste, Kate Lundy nicht länger auf die Folter zu spannen. Außerdem wollte er sie zum Lächeln bringen. Er wählte die Nummer. Eine sanfte Stimme nahm ab, ganz anders als die, die er am Nachmittag gehört hatte. Im Hintergrund hörte er Musik, Sheryl Crow oder Reba McEntire.

»Könnte ich bitte mit Kate Lundy sprechen?«

»Am Apparat.«

»Hier ist Tom Drummond.«

»Oh, ja.« Besorgnis schlich sich in ihre Stimme.

»Wollte Ihnen nur sagen, dass wir Sie sehr gern bei uns in der Küche hätten, falls Sie den Job noch wollen.«

Schweigen.

»Hallo?«

Immer noch Schweigen.

»Sind Sie noch da?«

»Ja. Es ist nur ... ich dachte ... na ja ...«

»Vermutlich wirklich kein guter Anfang.« Sein Tonfall war freundlich. »Wir hatten einen etwas anstrengenden Tag, und ich nehme an, Sie auch.«

»Ja.«

»Na ja, jedenfalls, so ist die Lage. Wenn wir ein paar Referenzen haben könnten? Das wäre ganz nützlich.«

»In Ordnung, ja, darum werde ich mich kümmern.«

»Können Sie am Montag anfangen?«

»Natürlich.« Ihr Tonfall klang ungläubig.

»Um zehn Uhr dann?«

»Zehn Uhr ist in Ordnung.« Sie riss sich zusammen. »Danke, Mr. Drummond.«

»Tom.«

»Ja. Danke. Also, dann sehen wir uns am Montag.«

Dann fiel es ihm ein. »Das heißt, nein, das werden wir nicht. Ich habe ein paar Wochen Urlaub. Sie werden allein mit dem Küchenchef fertig werden müssen. Sind Sie sicher, Sie schaffen das?«

»Ein Sprung ins kalte Wasser.«

»Leider ja. Aber Sam wird auch noch da sein – das ist derjenige den Sie ersetzen werden – also werden Sie nicht ohne Verstärkung sein.«

»Danke.«

»Also dann, viel Glück, und wir sehen uns, wenn ich wiederkomme.«

Tom legte den Hörer auf und kehrte zurück in den lebhaften Betrieb des Restaurants. Was für ein Zeitpunkt, um in Urlaub zu fahren! Trotzdem, es ließ sich nicht ändern. Und was könnte er schon ausrichten, wenn er bliebe, außer Kate Lundy moralische Unterstützung zu bieten? Es war Peter, den sie beeindrucken musste. Es war in gewisser Weise ein Glücksspiel, aber andererseits war alles ein Glücksspiel – selbst der anhaltende Erfolg des Pelikans. Heutzutage konnte man nichts mehr als selbstverständlich betrachten, am allerwenigsten den Erfolg.

Kate Lundy legte den Hörer auf und lehnte sich auf dem Sofa zurück, während sie sich an ein Kissen klammerte. Sie schloss die Augen und hauchte ein »Danke« an denjenigen, wer immer es war, der über sie wachte. Dann stand sie auf und warf noch einmal einen Blick auf das offiziell aussehende Blatt Papier, das auf der niedrigen Glasplatte des Tischs vor ihr lag, bevor sie es zusammenfaltete und in einen Ordner mit der Aufschrift »Bank – Versicherung – Persönliches« abheftete.

Sie schenkte sich ein Glas eisgekühlten Weißwein ein, dann trat sie ans Fenster, um auf die Straße hinauszusehen. »Zum Wohl«, murmelte sie. »Auf den Rest deines Lebens. Einen Neuanfang.« Der Wein schmeckte besser als noch vor ein paar Minuten, und vielleicht würde in ein paar Tagen das mulmige Gefühl im Bauch allmählich nachlassen. Es war nur natürlich, sagte sie sich. Schließlich kam es nicht alle Tage vor, dass man geschieden wurde.

Achtes Kapitel

Pippa hatte kaum bemerkt, wie er neben ihr ins Bett geschlüpft war. Er wusste, dass sie sich – notgedrungenerweise – an seine späte Rückkehr aus dem Restaurant gewöhnt und gelernt hatte, ihn fast unbewusst zu begrüßen. Er drückte sie an sich, und die Kälte seiner Haut ließ sie leicht schaudern, bevor sie wieder in einen tiefen Schlaf fiel. Er würde ihr die Neuigkeit am nächsten Morgen erzählen, wenn sie voll aufnahmefähig für die Nuancen und Schattierungen des Vorstellungsgesprächs sein würde, und für Peters neu aufgeflammtes Interesse an einer Geschäftserweiterung.

Tom dachte über Kate Lundy nach: Würde sie sich als Glücksgriff erweisen – oder würde Peter doch Recht behalten? Er küsste seiner Frau den Nacken, drehte sich auf die andere Seite und schlief ein.

Als er aufwachte, war das Bett leer – wie üblich. Er war die Eule, sie die Lerche. Er stolperte durchs Zimmer zu seinem Morgenrock, trat an das Schiebefenster und stemmte es hoch. Rußfarbene Gewitterwolken brauten sich im Westen zusammen, und ein leises Donnergrollen durchbrach die stille Luft. Das Blattwerk des Küchengartens war in ein seltsames und bedrohliches Licht getaucht: Die blaugrünen Kohlköpfe schienen fast zu leuchten. Dann sah er Pippa auf allen vieren zwischen der Petersilie, wie sie an Stängeln schnippelte und sie in kleine Plastikbeutel legte. »Du wirst dich beeilen müssen«, rief er.

Sie sah zu ihm hoch. »Ich weiß.«

»Bist du bald fertig?«

»Ich muss noch Minze und Koriander schneiden.«

Tom erkannte, dass sowohl sie als auch die Kräuter patschnass zu werden drohten. »Ich bin gleich unten.«

»Danke.« Sie holte ihn nicht gern früh aus dem Bett, wenn er erst so spät schlafen gegangen war, aber heute war sie froh über seine Hilfe.

Er kam in Jeans und Sweatshirt aus dem Haus. Sie stand auf und gab ihm einen flüchtigen Kuss auf die Wange. »Mein Retter.«

»Das klingt ein bisschen dramatisch.«

»Dramatisches Wetter.«

Er arbeitete neben ihr zwischen den Reihen von Kräutern, steckte sie in die Beutel, während sie sie schnitt, und atmete den frischen Geruch der Minze ein, deren flaumige Blätter seine Haut streiften, und den beißenden, pfefferartigen Geruch des Korianders.

»Noch mehr zu säen?«

»Ja, aber das wird warten müssen. Erst muss ich die hier in die Stadt bringen.«

»Soll ich dich hinfahren?«

»Nein. Frühstücke du erst einmal.« Sie lächelte und stapelte die Beutel in eine große Holzsteige. »Wir haben das Wetter geschlagen, das ist das Wichtigste.«

Ein Platscher auf einem Rhabarberblatt kündigte den Beginn des Wolkenbruchs an. Sie rannten in Deckung, als der Himmel aufbrach, und stellten sich unter das Pfannendach eines Vorbaus, als der Regen herunterprasselte. Der Duft feuchter Erde stieg ihnen in die Nasenlöcher.

Er legte den Arm um sie und atmete tief durch. »Herrlicher Geruch.«

»Der Beste, den's gibt. Man hört fast, wie alles wächst.«

Er wandte sich zu ihr um, dann beugte er sich hinunter und küsste sie. Sie sah ihn verdutzt an, dann schlang sie die Arme um seinen Hals und erwiderte den Kuss begierig. Er glitt mit den Händen unter ihrem T-Shirt nach oben, strich ihr über die Brüste und zog sie an sich. »Ich muss los«, murmelte sie.

»Hmm?« Er bedeckte ihren Mund mit Küssen, und sie lächelte, während sie sie erwiderte.

»Zu den Geschäften.«

»Ach, pfeif auf die Geschäfte.« Er glitt mit einer Hand in ihren Shorts nach unten und strich ihr über den Po, aber sie wandte sich ab.

»Tom!«

»Hmm?«

»Ich komme zu spät.«

Er zog seine Hand zurück und fuhr ihr mit den Fingern durchs Haar. »Keine Zeit für mich?«

»Jede Menge Zeit für dich, aber nicht jetzt.«

Tom seufzte. »So war es schon immer.«

»Lügner.«

Tom grinste. »Einen Versuch wert.«

Binnen einer Stunde war sie wieder da, hatte ihre Runde gemacht, und er ging hinaus, um sie zu begrüßen. Er küsste sie auf den Kopf, legte ihr einen Arm um die Schulter, und sie rannten in Richtung Scheune, um sich unterzustellen, und lehnten sich gegen das alte Steingemäuer, während der peitschende Regen auf die Kräuter prasselte und ein ständig wechselndes Gemisch von Gerüchen freisetzte – fruchtiges Basilikum, anisartigen Fenchel, den süßen Sommerduft des Rosmarins.

»Nächste Woche werden wir die alle in der Wildnis riechen können«, sagte sie, »von warmer Sonne beschienen.«

»Ja.« Tom versuchte an zwei Wochen in Italien zu denken, aber mit dem Kopf war er immer noch bei der Arbeit. Jetzt erzählte er Pippa von den Ereignissen des vergangenen Tages.

»Was meint Peter?«

»Ich denke, er kann es kaum erwarten, Recht zu behalten, ist überzeugt, dass sie ein hoffnungsloser Fall ist.«

»Dieser Dummkopf. Na, ich hoffe, dass er sich täuscht.«

»Glaubst du, es war richtig von mir, ihr eine Chance zu geben?«

»Ja, das glaube ich.«

»Sie war in einem völlig aufgelösten Zustand.«

»Dafür gab es vermutlich einen Grund.«

»Sie hat uns nicht gesagt, was es war.«

Pippa sah zu ihm hoch. »Dafür solltest du dankbar sein.«

»Was meinst du damit?«

»Wenn sie zu einer langen Erklärung ausgeholt hätte, warum sie so durch den Wind war, dann hättet ihr gewusst, dass ihr einen Jammerlappen vor euch habt.«

»Aber *wir* erzählen uns gegenseitig unsere Probleme.«

»Wir sind verheiratet. Da gehört das mit dazu.«

Er lachte kurz auf. »Ja. Vermutlich.« Er wühlte in ihren Haaren. »Gibt es irgendetwas, was du dir von der Seele reden willst?«

»Eigentlich nicht. Nur dass ich wünschte, wir hätten mehr Zeit für uns.«

»Ja. Es ist alles ein bisschen viel, was?«

»Diese letzten paar Tage sind so schön gewesen ... haben mir einfach klargemacht ... du weißt schon ...« Sie brach ab, und er sah, dass sie mit den Tränen kämpfte.

»Hey!« Er schlang die Arme um sie, während der Regen um sie herum niederprasselte. »Was ist los?«

»Bin nur ein bisschen müde, denke ich. Brauche Urlaub. Genau wie du. Entschuldige.« Er wischte ihr mit den Fingerrücken die Tränen von der Wange, dann schloss er sie in seine Arme und begann zu summen. Sie begann zu lachen, als sie die Melodie erkannte – *»Night and day ... you are the one ... Only you beneath the moon and under the sun.«*

»Na komm.« Er zog ein frisches Taschentuch aus der Hosentasche. »Wisch die Tränen ab und zeig mir, was du dir für die Reise gekauft hast.«

Sie putzte sich geräuschvoll die Nase, dann sah sie ihn von der Seite an. »Was meinst du damit?«

»Diese Einkaufstour, die ihr gestern nach Axbury unternommen habt.«

»Woher weißt du ...?«

»Eine Einkaufstüte kann ich auf eine halbe Meile Entfernung riechen. Das macht die Übung in der Küche.«

Als sie das Haus erreichten, lachte sie, und binnen einer Stunde hatte sie alles anprobiert, was Tally für sie ausgesucht hatte. Tom zog lediglich einmal die Augenbrauen hoch, bei einem knappen Top, das, wie sie eingestand, Tallys Idee gewesen war. Panik huschte über sein Gesicht, und Pippa versicherte ihm, dass es lediglich in und um die Villa getragen werden würde, nicht in der Öffentlichkeit.

Beim Kaffee beobachtete er, wie die Pippa, die er kannte, wiederkehrte – willensstark und humorvoll und verärgert nur dann, wenn sie das Gefühl hatte, dass er sich kleiner machte, als er war, oder sich auf die Füße treten ließ. Er winkte, als sie in dem alten Volvo Estate, von dem zu trennen sie sich standhaft weigerte, noch einmal in Richtung Axbury davonfuhr, und er verspürte eine fürsorgliche Liebe zu seiner Frau in sich aufwallen.

Pippa hatte angeboten, wieder als Köchin zu arbeiten, als Tally in die Schule gekommen war, aber Tom hatte ihr abgeraten, unter anderem weil sie sich einig waren, dass es nicht unbedingt eine gute Idee war, zusammenzuarbeiten, und dass es, wenn sie für ein Konkurrenzlokal arbeiten würde, noch schlimmer sein würde.

Sie hatten gehofft, noch mehr Kinder zu bekommen, aber es hatte nicht geklappt. Tests ergaben, dass die Ursache dafür bei Pippa lag. Die Enttäuschung der beiden war groß, wurde jedoch abgemildert durch Tallys sonniges Gemüt und ihre Fähigkeit, ihre Eltern ständig und immer wieder zu überraschen. Erst als sie dreizehn wurde, schwante ihnen, dass ihre Probleme vielleicht erst anfingen – nicht aufgrund der Wesensart ihrer Tochter, die so sonnig und unkompliziert blieb wie eh und je – sondern aufgrund ihrer Attraktivität für das andere Geschlecht.

Der Regen hatte aufgehört. Die Vögel hatten wieder zu singen begonnen. Tom stieg die Treppe hoch und blieb vor seinem Arbeitszimmer stehen. Er drückte die Tür auf und trat an den Tisch vor dem Fenster. Auf einer Seite des Laptops lag ein roter Ordner, auf dem ein schwarzes Dymo-Prägeband mit der Aufschrift »Wellenbewegungen« klebte. Er klappte den Deckel auf und überflog den einleitenden Abschnitt: »Ich hatte nie die Absicht, mich mit Eleanor Norwich einzulassen. Ich sagte mir, dass es völlig aussichtslos sein würde – dass ich weder die Ausdauer noch das Aussehen besaß, das zu einer dauerhaften

Beziehung führen würde. Ich wünschte, ich hätte zugehört.«

Eleanor Norwich. Er schien mit ihr aufgewachsen zu sein. Nun ja, inzwischen war es schon so lange her, dass er ihren Namen auf diese Seite geschrieben hatte, dass er es fast getan haben könnte. Er fühlte die Stärke des Manuskripts – etwa zweieinhalb Zentimeter. Einhundertundneunundvierzig Seiten. Er hatte vorgehabt, einen Thriller zu schreiben, aber es schien sich eher zu einer Art sanften Liebesgeschichte zu entwickeln. Das Leben spiegelt die Kunst wider. Er seufzte und ging sich duschen.

Tally fiel es schwer, sich auf Shakespeare zu konzentrieren – wenn es das war, was sich der Englischlehrer unter ein bisschen Spaß nach der Prüfung vorstellte, dann teilte sie diese Vorstellung jedenfalls nicht, und die Schulglocke erlöste sie endlich um halb vier von ihrem Schicksal. Sie stopfte ihre Bücher mit einem Gefühl von Erleichterung, das stärker war als sonst, in die Tasche und ging mit Emma in die Stadt, auf eine Cola und ein Stück Teekuchen in ihr Lieblingslokal.

»Wirst du dich noch einmal mit ihm treffen?«

Tally schlürfte langsam an ihrem Tee, ließ Emma auf eine Antwort warten. »Vielleicht.«

»Hast du ... äh ...« Emma hatte die Augen vor gespannter Erwartung weit aufgerissen.

»Emma!«

»Ich bin bloß neugierig.«

Tally schüttelte den Kopf, dann bekam sie Mitleid mit ihrer Freundin. »Er küsst sehr gut.«

»Manchen reicht das eben.«

Tally runzelte die Stirn, während sie ein Stück Teekuchen abbrach und es sich in den Mund steckte. »Mmm.« Sie schluckte. »Aber was ist mit Blip?«

»Was soll mit ihm sein? Alex sieht viel besser aus.«

»Ich gehe mit Alex nicht aufgrund seines Aussehens aus.«

»Oh! Du *gehst* also mit Alex aus?«

»Nein. Das heißt, ja, aber nicht so, wie du denkst.«

»Wie denn dann?«

»Er ist nur ein Freund.«

»Das hast du von Blip auch gesagt.«

»Ich weiß. Aber Alex ist witzig.«

»Und Blip nicht?«

»Doch, natürlich. Na ja ... es ist anders. Ach, ich weiß nicht. Alex ist viel zu verwöhnt. Ich meine, sieh dir doch bloß diesen Wagen an.«

»Ist doch nicht schlecht.«

»Er ist alles, was ich an einem Typen hasse – von sich selbst überzeugt, zu viel Geld, hochnäsig. Nur dass er gar nicht so ist. Ich dachte, er wäre es, aber er ist wirklich süß. Und es war wirklich schön mit ihm.«

»Und mit seinen Küssen.«

»Psst!« Tally sah sich ängstlich um, ob sie belauscht wurden, aber die üblichen Kaffeekränzchen älterer Damen schienen gleichgültig gegenüber allem außer der eigenen schlechten Gesundheit und dem Wetter.

Emma sah ihre Freundin forschend an. »Irgendetwas ist komisch an dir.«

Tally hielt mit dem Kauen inne. »Was meinst du mit ›komisch‹?«

Emma lehnte sich auf ihrem Stuhl zurück. »Du siehst anders aus. Vor allem wenn du von ihm sprichst.«

Tally errötete. »Sei nicht albern.«

»Es stimmt aber. Siehst du? Du wirst rot.«

»Wenn du mir jetzt auf die Tour kommst, dann gehe ich.« Sie griff nach ihrer Tasche.

Emma packte sie am Handgelenk. »Dummkopf. War doch nur ein Witz. Aber ...«

»Was?«

»Bist du verliebt?«

»'türlich nicht. Ich habe ihn doch erst einmal getroffen.«

Emma schnitt eine Grimasse.

»Ich will einfach nichts überstürzen.«

»Miss Selbstbeherrschung.«

»Du weißt, was ich meine.«

»Du wirst vielleicht gar nichts dagegen machen können.«

»Hast du wieder diese blöden Zeitschriften gelesen?«

»Cosmopolitan.«

»Dachte ich mir schon. Das merke ich doch jedes Mal.«

Emma grinste, dann setzte sie eine nachdenkliche Miene auf. »Findest du ...« Sie sprach den Satz nicht zu Ende.

Tally beobachtete sie einen Augenblick lang. »Finde ich was?« Sie aß noch ein Stück von ihrem Teekuchen.

»Findest du es okay, es zu tun? Ich meine, wenn es etwas Ernstes ist?«

»Was zu tun?«

»Sich zu lieben. Sex zu haben. Du weißt schon.«

Tally hielt mit dem Kauen inne. »Warum fragst du?«

»Wollte bloß wissen, was du denkst.«

»Warum?«

Emma rutschte auf ihrem Stuhl hin und her. »Druck.«

»Von welcher Seite?«

»Ach ... du weißt schon.«

Tally fixierte Emma mit einem festen Blick. »Das ist deine Entscheidung.«

»Würdest du?«

»Nein. Ich meine ... ich glaube nicht. Nicht einfach nur Sex.«

»Das dachte ich mir schon. Und sich lieben?«

Tally blickte nachdenklich. »Ich weiß nicht. Noch nicht.«

»Hmm.« Emma entwickelte ein unnatürliches Interesse an den Krümeln auf ihrem Teller.

»Will Toby?«

Emma nickte schweigend.

»Und ... habt ihr?«

»Sind gestern kurz davor gewesen.«

Tally streckte eine Hand aus und griff nach Emmas. »Du musst nicht, weißt du.«

Emma nickte. »Ich weiß. Es ist nur, eine Hälfte von mir will es gern, und die andere Hälfte hat Angst. Ich will keine Schlampe sein. Verstehst du?«

»Ich wusste gar nicht, dass es so ernst ist.«

»Ich auch nicht.«

»Wie lange schon?«

»Einen Monat.«

»Nicht sehr lange.«

»Nein.«

»Abwarten. Aber wenn du es tust ... dann wirst du doch ... also ...«

»Vorsichtsmaßnahmen treffen?«

»Ja.«

»Oh, keine Sorge. Toby hatte es schon übergezogen, als ich gestern Abend einen Rückzieher gemacht habe.«

Sie starrten sich einen Augenblick lang an, bevor sie in

schallendes Gelächter ausbrachen. Ihre Ausgelassenheit war von kurzer Dauer.

»Hi!«

Als Tally und Emma aufsahen, stand ein schlanker junger Mann mit dunklem, kurz geschnittenem Haar vor ihnen. Er trug einen marineblauen Schulblazer, aber die Krawatte hatte er gelockert, und das weiße Hemd hing ihm aus der Hose. Über die Schulter hatte er eine Manchester-United-Tasche geschlungen. Tally errötete. »Hi, Blip!«

»Willst du noch eine Cola?«, fragte er.

»Nein, danke. Ich hab noch.«

»Emma?«

Emma schüttelte den Kopf und saugte an ihrem Strohhalm, aber ihre Dose war leer, und ein schlürfendes Geräusch war die Folge.

Tally gewann die Fassung wieder. »Setz dich. Wie geht's denn so?«

»Ganz gut.« Blip blickte etwas beklommen, aber er ließ sich auf dem Stuhl gegenüber den beiden Mädchen nieder und warf seine Tasche auf den Boden. »Hab überlegt, ob du vielleicht Lust hast, heute Abend diesen neuen Brad-Pitt-Film zu sehen. Er hatte ganz gute Kritiken. Dachte, wir könnten danach vielleicht irgendwo eine Pizza essen.«

Emma sah von Blip zu Tally und von Tally zu Blip, wie ein Wimbledon-Zuschauer, der einen Ballwechsel verfolgt.

»Oh! Das tut mir Leid«, platzte Tally hervor. »Ich kann heute Abend nicht. Ich muss packen.«

»Ich dachte, du fährst erst am Samstag?«

»Schon, aber ... du weißt doch ... noch jede Menge zu erledigen.«

»Verstehe.« Blip sah geknickt aus. »Dann vielleicht, wenn du wieder da bist?«

»Ja.«

»Ich wollte den Ort, an den ihr fahrt, nachschlagen – in der Toskana. Auf der Landkarte konnte ich ihn nicht finden.«

»Er ist sehr klein.«

»Oh.«

Schuldgefühle zwickten Tallys Gewissen. »Es ist nicht weit von Florenz«, fügte sie hinzu.

»Verstehe. Das ist schön.«

Tally schenkte ihm ein Lächeln, doch das Gespräch versiegte zu einem betretenen Schweigen. Blip lächelte matt und erhob sich. Er fuhr sich mit einer Hand durch sein stacheliges Haar, dann griff er nach seiner Tasche. »Vielleicht sehen wir uns noch einmal, bevor du fährst?«

»Vielleicht.« Und dann, da sie das Gefühl hatte, ein wenig zu cool zu sein, fügte sie hinzu: »Das würde mich sehr freuen.«

Er nickte Emma zu, winkte Tally und verließ die Teestube, ohne sich noch einmal umzublicken.

»Armer Blip«, sagte Emma.

»Armer Blip«, wiederholte Tally.

Neuntes Kapitel

Letztendlich sah Tally Blip nicht mehr, bevor sie abfuhr. Ebenso wenig sah sie Alex, da er nach London zurückgekehrt war und vor ihrer Abreise nicht mehr nach Sussex kommen würde. Pippa hatte ihre Kunden informiert, dass sie die nächsten vierzehn Tage keine Kräuter liefern würde, und Maisie erklärt, dass die Pflanzen um diese Jahreszeit nur wenig Wasser benötigten, um hübsch weiter vor sich hin zu wachsen, und dass sie sich um die Ernte nicht kümmern müsse, es sei denn, für ihren eigenen Bedarf. »Eigenen Bedarf. Ja. Schön. Nicht viel Wasser.«

Tom hatte den Pelikan verlassen – und einen leicht verärgerten Peter, eine augenzwinkernde Sally und eine mürrische, durch ihre Zahnlücken lächelnde Ellen.

Am Freitagabend bereiteten die Drummonds ihr letztes Abendessen vor der Abreise vor.

»Ich finde immer noch, wir hätten wirklich allein essen können.« Tom war dabei, den Tisch zu decken.

»Aber wir haben sie seit Ewigkeiten nicht gesehen. Und sie hat Tally noch länger nicht gesehen.«

»Vermutlich.«

»Spiel jetzt bloß nicht den Griesgram.« Pippa wandte sich vom Spülbecken um, schüttelte das Wasser aus einer Hand voll Grünzeug und warf es in seine Richtung. »Ich werde dir in diesem Urlaub schon auf die Sprünge helfen. Auch wenn deine Tochter glaubt, dir ist nicht mehr zu helfen.«

»Das stimmt nicht.«

»Dann bist du wohl nur ein bisschen geladen.«

Er hob seine Stimme. »Ich bin nicht geladen.«

Sie zog eine Augenbraue hoch.

»Nicht sehr.« Er grinste verlegen. »Na gut, wann kommt sie denn eigentlich?«

»Jeden Augenblick.«

Tally kam die Treppe hinuntergepoltert. »Sie ist da, sie ist da!« Pippa trocknete sich die Hände ab, Tom stellte das letzte Weinglas auf den alten Küchentisch aus Kiefernholz, und die drei gingen an die Tür, um ihren Gast zu begrüßen.

Der schmutzige Golf GTi hielt knirschend auf dem Kies auf der anderen Seite des Hofs, und die Gestalt in ihm winkte wie verrückt. Janie Giorgioni tauchte aus den Wrackteilen ihres Wagens auf, mit einem breiten Grinsen und weit ausgebreiteten Armen. »Hallo, meine kleinen Goldstücke! Wie zum Teufel geht es euch? Es ist eine verdammte Ewigkeit her!«

Pippa warf ihr einen warnenden Blick zu.

»Na, aber so ist es doch!« Sie lachte, während Tally auf sie zurannte und ihr um den Hals fiel.

»Es ist *sooo* schön, dich zu sehen, Janie.«

Janie drückte ihr Patenkind in ihren Armen an sich. »Oh, und dich erst, mein Schatz. Wie geht's dir denn? Was machen die Jungs? Irgendwelche anständigen dabei?«

»Ein oder zwei.«

Janie wandte sich an Pippa – »Schön, dich zu sehen, Darling« – und küsste sie auf beide Wangen, bevor sie sich zu Tom umdrehte. »Und Sie, Mr. Drummond, kümmern Sie sich auch gut um meine Mädchen?«

Tom machte ein böses Gesicht. »Nein, ich schlage sie täglich. Das ist die einzige Möglichkeit, sie in Schach zu halten.«

»Du Schuft!« Sie grinste und küsste ihn mitten auf den Mund. »Du hast die beiden gar nicht verdient.«

»Ich weiß. Komisch, wie sie immer wieder zu mir zurückkehren, um noch mehr zu bekommen. Muss mein natürlicher Charme sein.« Er küsste sie auf die Wange und sagte: »Schön, dich zu sehen, Janie, auch wenn wir morgen in Urlaub fahren.«

»Oh, es tut mir so Leid. Aber es ist der einzige Abend, an dem ich Zeit habe, bevor ich wieder in den eisigen Norden hochfahre, und wenn ihr schon ins Paradies auf Erden fahrt, wollte ich euch doch zumindest meine Grüße mitgeben.«

Janie Giorgioni hatte einen italienischen Vater und eine schottische Mutter. Sie war groß wie ihre Mutter und dunkel wie ihr Vater, doch obwohl sie hinreißend gut aussah, war sie standhaft ledig geblieben und erklärte stets, dass Heiraten Wahnsinn sei und man die Männer weitaus leichter im Zaum halten könne, indem man ihnen nicht alles gebe, was sie wollten. Sie betrachtete Toms und Pippas glückliche Ehe als seltene Ausnahme, und trotz einer heimlichen Bewunderung für ihr Durchhaltevermögen erklärte sie ihnen in regelmäßigen Abständen, dass sie nur »bis jetzt« glücklich gewesen seien und dass sich alles von einem Tag auf den anderen ändern könne.

Sie und Pippa hatten sich auf der Hotel- und Gaststättenschule kennen gelernt, wo Janie trotz ihrer italienischen Wurzeln die englische Küche gelernt hatte. Aber andererseits war Janie immer schon anders als andere gewesen. Seit jenen Tagen hatte sie ein Dutzend Mal den Job gewechselt und arbeitete inzwischen irgendetwas in der Tourismusbranche. Sie verbrauchte Männer wie andere Frauen Strumpfhosen, und trotz gelegentlicher tränenreicher Telefongespräche mit Pippa fand sie ihr Lächeln im Allgemeinen rasch wieder und nannte ihren letzten Ex »einen Dreckskerl genau wie alle anderen auch«.

Tom starrte sie an, wie sie vor ihm stand, in schwarzen Hosen und schwarzem Pulli, mit dem dichten, rabenschwarzen Haar, das ihr bis auf die Schultern fiel, einen Samtschal mit Leopardenmuster lässig um die Schultern geworfen. Er fragte sich, wie sie es geschafft hatte, im Leben so weit zu kommen, ohne sich zu binden, auch wenn er sich beim besten Willen nicht vorstellen konnte, was für ein Typ Mann je Janies andere Hälfte sein würde. Und doch glaubte er, hin und wieder einen Hauch von Wehmut zu entdecken, auch wenn Wehmut eigentlich nicht Janies Sache war. Zumindest nicht in Gesellschaft.

Sie klappte den Kofferraum ihres Wagens auf und warf Kleider und glänzende Einkaufstüten zur Seite, während sie mit einer panischen Suche begann. »Hier muss es irgendwo sein.«

»Was?«, fragte Tally.

»Der Wein. Kann euch doch nicht fahren lassen, ohne euch in die richtige Stimmung zu bringen. Ah! Hier ist er ja.« Sie holte zwei Flaschen hervor und hielt sie Tom hin. »Für dich. Mach sie schnell auf. Ich bin am Verdursten!«

Tom las die Etiketten. »Brunello di Montalcini, 1990. Großer Gott! Da hast du aber tief in die Tasche gegriffen.«

»Natürlich. Wie lange ist es her, dass ich euch das letzte Mal gesehen habe? Fast ein Jahr. Was hast du denn erwartet? Valpolicella?«

Tom grinste. »Na, dann komm, du alter Drachen. Lass dir von mir ein Glas einschenken.«

»Nenn mich bloß nicht alt.« Sie gab ihm einen Klaps auf den Hosenboden. »Du hast mindestens drei Jahre mehr auf dem Buckel.« Sie wandte sich wieder zum Wagen um. »Augenblick. Da war doch noch etwas. Ja.« Sie zog eine scharlachrote Designer-Plastiktüte zwischen anderen Tüten hervor und hielt sie Tally hin. »Für dich, Schätzchen. Etwas für den Urlaub.« Und dann: »Aber lass es deinen Vater nicht sehen. Er wird einen Anfall bekommen.«

Tally nahm das Geschenk mit aufgerissenen Augen entgegen und warf einen Blick in die Tüte. »Wow! Oh, wow!« Sie zog das Dreieck aus schwarzem, seidigem Stoff hervor.

»Was ist das denn?«, fragte Tom mit zusammengekniffenen Augen, als versuchte er, irgendetwas zu erkennen. »Ein Taschentuch? Ein Kopftuch?«

Tally hob den Blick zum Himmel. »Es ist ein Top!« Sie gab ihrer Patin einen Kuss und flüsterte: *»Stupendo! Grazie!«*

Janie rümpfte die Nase und murmelte: »*Prego*. Wenn du erst ein bisschen braun gebrannt bist, sieht es richtig toll aus.«

»Hmm? Was?« Tom versuchte angestrengt, das Gespräch aufzuschnappen.

»Ich sagte, ich könnte einen Mann gebrauchen, aber mangels dessen werde ich mich eben mit einem Glas Wein zufrieden geben.«

Tom verzog das Gesicht. »Schon gut, hab verstanden.«

Letztendlich tat Janies Gesellschaft ihnen allen gut. Pippa verdrängte ihre Flugangst, Tom vergaß seine Sorgen, und Tally stellte fest, dass ein Glas des schweren Rotweins unerwartete Farbe auf ihre Wangen und unerwartete Worte über ihre Lippen brachte: Erst als sie damit hervorplatzte, dass Alex Blane-Pfitzer gut küsste, wurde ihr bewusst, dass es vielleicht eine gute Idee wäre, das Thema zu wechseln – und den Inhalt ihres Glases.

Janie erheiterte sie alle nur zu gern mit der Saga ihres zuletzt entschwundenen Kombattanten Jason. »Völlig uneinsichtig. Hat erwartet, dass ich alles für ihn tue – und ich meine wirklich alles, waschen, bügeln, kochen. Er konnte nicht einmal einen Wagen zur Inspektion anmelden, ohne mich zu bitten, die Telefonnummer nachzuschlagen. Erbärmlich.«

»Wieso hast du dich denn dann überhaupt mit ihm eingelassen?«, erkundigte sich Tom.

»Unvergleichlich im Bett. Unglaubliche Ausdauer.«

Tom verschluckte sich an seinem Wein.

»War nur 'n Witz. Ach, ich weiß nicht, er schien durchaus nett zu sein. Sah klasse aus. Letztendlich habe ich mich einfach gelangweilt, nehme ich an. Ich mag Männer, die etwas Leben in sich haben. Ich glaube, nach einem halben Jahr hatte ich den letzten Tropfen davon aus Jason herausgepresst.«

Tally machte sich über einen gemischten Salat her, während sie mit aufgerissenen Augen den Abenteuern ihrer Patentante zuhörte.

»Ich meine, sieh doch einmal dich an, Pippa. Warum bist du diese Drohne nicht schon längst losgeworden?« Sie schwenkte den Kopf in Toms Richtung.

»Weiß ich eigentlich auch nicht. Bin irgendwie nie dazu gekommen. Aber er kann den Wagen ohne meine Hilfe zur Inspektion bringen, und ich denke, das ist doch schon etwas.«

Tom nahm sich noch etwas von Pippas Fischpastete. »Du erträgst es einfach nicht, stimmt's, Janie? Wenn wir uns ständig gegenseitig an die Gurgel springen würden, dann wärst du glücklich.«

»Ja. Aber dann hätte ich nicht mehr so viel Freude an meinen Besuchen hier. Allerdings, wenn ihr von Zeit zu Zeit einen kleinen Streit vom Zaun brechen könntet, dann würde ich mich schon etwas besser fühlen.«

Der hoffnungslose Ausdruck auf den Gesichtern ihrer Gastgeber machte ihre Verzweiflung vollkommen. »Ich meine, zankt ihr euch denn nie?«

Pippa warf Tom einen Blick zu. »Manchmal.«

»Worüber denn?«, fragte Janie.

»Dumme Sachen«, sagte Tom.

Tally kicherte. »Zum Beispiel, wer an der Reihe ist, die Mülleimer ans Ende der Straße zu bringen.«

»Nur weil es deine Mutter immer vergisst.«

»Ich vergesse es nicht«, schaltete sich Pippa ein. »Ich bringe sie nur nicht so früh raus wie du.«

»Aber wenn du zu lange damit wartest, flitzen sie vorbei, und dann hast du sie wieder für eine Woche verpasst.«

»Wann habe ich das letzte Mal gewartet, bis ...?« Sie brach ab, den Blick auf Janie gerichtet, die übers ganze Gesicht strahlte.

»Wunderbar!«, sagte sie. »Endlich glaube ich Anzeichen einer zerbröckelnden Ehe zu erkennen.«

Der Nachtisch war ein buntes Allerlei aus Resten, die

vor dem Urlaub aufgegessen werden sollten, wofür sich Pippa entschuldigte. »Tut mir Leid. Das muss alles raus«, ordnete sie an, während sie Käsestücke, Joghurts am Rande des Verfallsdatums und ein paar Äpfel aus dem Kühlschrank holte.

»O Gott!«, sagte Janie. »Erinnere mich, dass ich wieder hierher komme, wenn ich neue Antikörper aufbauen muss.« Sie zwängte ein Messer durch ein besonders hartnäckiges Stück Cheshire und schnitzte das Kernhaus aus einem halben verschrumpelten Apfel, den Tally übrig gelassen hatte. »Jedenfalls«, sagte sie, während sie ihr Glas hob, »auf euch und euren Urlaub. *Alla salute!*«

Es war elf Uhr, als Janie sich verabschiedete. Tom erkundigte sich, ob sie denn noch fahren könne, und Janie versicherte ihm, ihr Limit läge bei fünf Gläsern und sie hätte ja nur drei gehabt. Er blickte zweifelnd. Janie küsste Pippa und Tally und wandte sich dann an Tom. »Weißt du, es gibt Zeiten, du alter Esel, da finde ich dich wirklich entzückend.« Sie küsste ihn auf die Wange.

Tom legte die Stirn in Falten. »Was sollen wir nur mit dir machen?«

»Findet einen anständigen Mann für mich. Nein. Findet einen unanständigen Mann für mich – mit denen hat man mehr Spaß.« Sie sah ihn mit ernster Miene an. »Im Allgemeinen.«

Während Pippa und Tally abräumten, brachte Tom Janie zu ihrem Wagen. Sie hielt einen Augenblick inne, bevor sie einstieg, und sagte mit einer für sie untypischen Zärtlichkeit: »Pass gut auf die beiden auf, Tom. Sie sind sehr kostbar.«

»Das werde ich.«

»Und sag Pippa, ich werde mich melden, sobald sie

wieder da ist. Wir sollten nicht so lange warten, bis wir uns wieder sehen.«

»Okay. Und du pass auch auf dich auf, du alte Schreckschraube.«

»Gauner!« Sie schenkte ihm ein beschwichtigendes Lächeln, ließ den Wagen an und jagte über den groben Kies davon, dem nächsten ungeeigneten Mann hinterher.

Tom starrte ihr nach. Er fragte sich, wonach Janie im Leben eigentlich wirklich suchte, und kam zu dem Schluss, dass er es wohl kaum herausfinden würde, schließlich konnte er selbst auch oft nicht entscheiden, was er wollte. Er trat vor bis an das hohe Gatter, das vom Hof auf eine etwa 4 000 Quadratmeter große Koppel führte. Der frische Geruch feuchter Wiesen stieg ihm in die Nase, und die Geräusche von Pippa und Tally, die sich in der Küche unterhielten, wehten in die stille Nachtluft hinaus, gespickt mit dem Klirren und Klappern von Gläsern und Geschirr. Eine Eule schrie in einer Eiche über der Baumreihe. Er wandte dem Gatter den Rücken zu, lehnte sich dagegen und sah über den lichtbeschienenen Hof zur Küche hinüber. Er beobachtete die beiden zusammen, locker, entspannt und scherzend, und in einem Augenblick der Klarsicht begriff er, dass sein Gefühl von Nutzlosigkeit, wie Pippa vermutet hatte, auf nichts als Erschöpfung zurückzuführen war. Mit einer in letzter Zeit untypischen Reglosigkeit beobachtete er, wie die beiden über irgendeinen Witz lachten, sich Teller und Gläser reichten und einander zuarbeiteten. In diesem Augenblick, an genau diesem Abend, konnte er sich keinen Ort vorstellen, an dem er lieber sein wollte, und niemand anders, mit dem er lieber zusammen sein wollte als mit den beiden Frauen, die in den letzten sechzehn

Jahren sein Leben geteilt hatten. Er klopfte einmal auf den glatten Torpfosten und ging ins Haus.

Am frühen Samstagmorgen packten die Drummonds im Wilding's Barn ihre Koffer. Nun ja, Tom packte: Pippa und Tally hatten den Großteil ihres Packens noch vor Janies Ankunft erledigt. Tom raffte, wie immer im letzten Augenblick eine wüste Mischung aus allem, was er finden konnte, zusammen. Pippa hatte angeboten, es ihm abzunehmen, aber er hatte ihr höflich gedankt und erklärt, er würde es selbst tun. Jetzt wünschte er, er wäre nicht so stur gewesen.

Mit gefurchter Stirn grub er sich durch den Inhalt einer tiefen Schublade mit Socken, als die beiden Frauen die Köpfe durch die Schlafzimmertür steckten. »Können wir reinkommen?«, fragte Tally.

»Hmm?«

»Was wirst du auf der Reise anziehen?«

»Weiß nicht. Hab noch nicht darüber nachgedacht.«

Pippa und Tally sahen sich an, dann tauchte Pippas Hand hinter der Tür hervor auf, mit einem Kleiderbügel, an dem ein kurzärmeliges weißes Baumwollhemd und eine marineblaue Freizeithose hingen, noch mit den Etiketten versehen.

»Was ist das denn?«, fragte Tom verwirrt.

»Können dich doch nicht in deinen alten Kleidern fahren lassen, oder?«, sagte Pippa grinsend.

»Oder Schuhen.« Tally brachte ein Paar Wildleder-Halbschuhe zum Vorschein.

»Aber ich dachte ...«

»Dass wir nur für uns Einkäufe machen würden? Oh, nein. Wollten nicht, dass du uns enttäuschst.« Tally warf die Schuhe ihrem Vater zu, der mit jeder Hand einen auffing. Sie kam ins Zimmer und hockte sich auf die Bettkante.

Pippa verharrte an der Tür. »Meinst du, wir werden vielleicht in irgendwelche schicken Restaurants gehen?«, fragte sie.

»Na, das will ich doch hoffen. Wär doch schade, es nicht zu tun.« Tom saß inzwischen auf dem Bett und probierte seine neuen Schuhe an.

»Gut. Dann dürfte auch das hier gut zu gebrauchen sein.« Sie brachte den anderen Arm zum Vorschein und noch einen Kleiderbügel, über den ein hellblauer Leinenanzug drapiert war.

»Was? Das ist ja grauenhaft!«

»Das weißt du doch gar nicht, bevor du ihn nicht anprobiert hast.«

»Aber ...«

»Komm schon, Dad. Mach für uns eine Modenschau.«

»Ich weiß nicht. Ich lasse euch beide einen Tag lang allein, und was passiert? Ihr gebt mein ganzes Geld für blaue Anzüge aus.«

»Nicht das ganze.« Tallys Augen glänzten. »Ein bisschen davon haben wir noch übrig, um uns ein paar Kleinigkeiten zu gönnen.«

Fünf Minuten später stand er vor ihnen, in dem hellblauen Anzug, einem cremefarbenen Polohemd und den neuen Halbschuhen. »Wie sehe ich aus?« Er warf von der Seite einen Blick in den Spiegel und fuhr sich mit einer Hand durch sein dunkles Haar.

»Zum Anbeißen.« Tally saß auf dem Bett, die Beine unter sich zusammengerollt, in einem weiten T-Shirt, das sie fast vollständig umhüllte.

Pippa beäugte ihn mit einem kritischen Blick. »Sehr schick. Ausgesprochen attraktiv, wirklich.« Sie trat auf ihn zu, zupfte ein Stück Baumwollgarn von der Schulter des hellblauen Anzugs und kniff ihn in die Wange. »Äußerst attraktiv.«

»Ich schwirre ab.« Tally ging schnurstracks auf die Tür zu und rief dann, während sie die Treppe hinuntersprang: »Wie lange noch, bis wir fahren?«

»Eine Stunde«, rief ihr Pippa hinterher, dann sah sie zu Tom hoch. »In Blau hast du mir schon immer gefallen.«

Toms Hand schmerzte von dem Druck. Pippa war noch nie gern geflogen, und Abflug und Landung zehrten besonders an ihren Nerven. Er schob ihre Fingernägel sanft aus seiner Haut, und sie sah ihn entschuldigend an.

Auf der anderen Seite des Gangs nickte Tally rhythmisch zu irgendetwas in ihrem Walkman und spähte durch das Fenster auf eine feuchte Startbahn von Gatwick, die Hand über den Gang ausgestreckt, um die ihrer Mutter zu halten.

Sobald das Flugzeug seine Reiseflughöhe erreicht hatte, lockerte sich Pippas Griff. »Ist das nicht lächerlich? Ich hätte ein paar Gläser Gin trinken sollen.«

»Das sagst du jedes Mal.«

»Ich weiß. Ich wünschte, er würde mir schmecken!«

Tom sah sie mitfühlend an. »Alles in Ordnung?«

Sie nickte. »Wird gleich besser sein.«

Der Flug von Gatwick nach Pisa dauerte zwei Stunden und zehn Minuten. Pippa versuchte, Interesse an der Plastikmahlzeit zu entwickeln, und Tom flößte ihr ein Glas Sekt ein, aber erst nachdem die Räder auf italienischem Asphalt knirschend zum Stillstand gekommen waren, lehnte sie sich zurück, lächelte Tom tapfer an und murmelte: »Schönen Urlaub!«

Sie holten den Mietwagen – einen scharlachroten Seat – wie vereinbart am Flughafen von Pisa ab und fuhren auf der A 12 in Richtung Norden. Tally hatte die Stöpsel ihres Walkmans aus den Ohren genommen und sah aus dem Fenster. »Das sieht ja aus wie eine wackelige Hochzeitstorte!«

Tom und Pippa sahen erst sich an und dann den Schiefen Turm. Es war für Tally die erste Reise nach Italien, für sie selbst die dritte. Die erste war ihre Hochzeitsreise nach Siena gewesen, die zweite ein verlängertes Wochenende in Florenz vor vier Jahren.

»Warte, bis wir erst von dieser Straße wegkommen. Dann wird es noch besser.« Der Schiefe Turm tanzte vorbei, und der Wagen fuhr weiter, auf die A 11 und nach Lucca, und dann tiefer in die Toskana hinein.

Bevor sie Florenz erreichten, bogen sie nach Norden ab und fuhren durch die hügelige Landschaft. Die Straße war nun schmaler und staubig und umsäumt von schlanken Zypressen aus tiefem, schwärzlichem Grün und eingefasst von knorrigen Kiefern.

Immer wieder lichtete sich das Unterholz und gab den Blick frei auf einen Weingarten in einem Tal oder hellgraue und violette Hügel dahinter. Die frühabendliche Luft roch nach Staub und Rosmarin, wie Pippa es vorausgesagst hatte, und Tallys »Wow!« wurde in immer kürzeren Abständen laut.

»Ist das alles, was du sagen kannst?«

»Was?«

»Wow!«

»Nein. Ich kann auch sagen: *›Dov'è la stazione di servizio piu vicina?‹*«

Tom riss das Steuer herum, um einer Ziege auf der Straße auszuweichen. »Was war das?«

»Ich sagte: ›Wo ist die nächste Tankstelle?‹«

Pippa drehte sich zu ihrer Tochter auf der Rückbank um. »Wo in aller Welt ...?«

»Und ich kann sagen: *›La doccia non funziona‹* – die Dusche funktioniert nicht, *›Non c'è carta igiencia in bagno‹* – auf dem WC ist kein Toilettenpapier – und *›Potrei vedere la lista dei vini?‹* – könnte ich die Weinkarte sehen?«

Tom bremste scharf und hielt am Straßenrand an, dann drehte er sich um und sah Tally an. »Hast du etwa mit deiner Patentante geübt?«

Tally grinste. *»Solo un' po.«*

Zehntes Kapitel

»Sieh dir bloß diesen Himmel an – er ist rosa!« In Tallys Stimme schwang eine Spur von Ehrfurcht mit. »Ich glaube, Italien wird mir gefallen.«

Tom lächelte in sich hinein. Mit sechzehn konnte Tally sowohl die kultivierte junge Dame als auch das staunende Kind sein. Im Augenblick war sie in letzterem Zustand, und durch Tallys Augen sah er Italien, wie er es selbst beim ersten Mal gesehen hatte, in Begleitung von Pippa. Sie hatten ihre Flitterwochen auf Janies Vorschlag hin in Siena verbracht. Janie hatte ihnen erklärt, es gebe keinen romantischeren Ort auf der Welt. »Vergesst Florenz, vergesst Venedig, fahrt nach Siena«, hatte sie gesagt. Und tatsächlich hatte es sie so sehr begeistert, dass sie nie wieder dorthin zurückkehren wollten. »Es würde nie wieder dasselbe sein«, sagte Pippa. Aber noch einmal in das Land zu fahren, in dem ihre Liebe erblüht war, in dem sie nur füreinander Zeit hatten, das erinnerte sie beide an Dinge, die bisweilen allzu leicht vergessen, allzu leicht als selbstverständlich betrachtet wurden.

Tally beugte sich von der Rückbank vor, sodass ihr Kopf zwischen den Köpfen ihres Vaters und ihrer Mutter war. Tom spürte, wie Pippas Hand sanft unter seinen Oberschenkel glitt, als er den Feldweg zu der Villa hinauffuhr, die für die nächsten zwei Wochen ihr Zuhause sein würde. Er warf einen Blick zu ihr hinüber, und er sah auf ihrem Gesicht einen Ausdruck von Zufriedenheit, den er schon seit geraumer Zeit nicht mehr gesehen hatte. Auf einmal schien die Heimat Welten entfernt zu sein. Jetzt befanden sie sich in einem Land von Olivenhainen und Zitrusbäumen, von Weingärten und mit Kürbispflanzen und Maulbeerbäumen gesprenkelten Tälern. Ein niedriges Pfannendach tauchte zwischen einer Gruppe dunkler Zypressen, schlank wie Bleistifte, allmählich auf.

»Ist es das?« Tally reckte den Kopf nach vorn.

Pippa sah auf die Landkarte auf ihrem Schoß. »Das könnte es sein. »Gleich hinter dieser Kurve müsste eine Abzweigung kommen. Haltet Ausschau nach einem Schild, auf dem steht: *›incrocio pericoloso‹* – was immer das heißt.«

»Gefährliche Kreuzung«, übersetzte Tally.

»Das klingt ja viel versprechend«, sagte Tom.

»Und danach sollte ein Schild kommen, auf dem steht: ›Villa Bartolo‹.«

»Noch nichts zu sehen. Bist du sicher, es ist ...«

»Da! Da ist es!«

Tom bog auf eine grobe Kiesauffahrt ein, die von zwei brüchigen steinernen Torpfosten und wildem Grasbewuchs umsäumt wurde.

Pippa kurbelte das Fenster herunter. »Fahr langsamer. Ich will es riechen.«

Tom lachte. »Witzig, dass du so etwas sagst!«

»Du weißt doch, was ich meine.«

»Ich weiß genau, was du meinst«, pflichtete er bei.

Langsam fuhren sie die mit Schlaglöchern übersäte Auffahrt hoch, wobei sie abwechselnd nach rechts und links abbogen, immer den hölzernen Pfeilen folgend, die man in Kiefern und den knorrigen Stamm eines Olivenbaums genagelt hatte.

Das Dach der Villa hatte einen schwärzlichen Terrakottaton; ein massiver steinerner Kamin stand auf einer Seite ab, und auf der anderen hielt ein wackeliges Stützwerk aus Holz und Draht einen Weinstock befestigt. Die Abendsonne fiel zwischen den hellgrünen Blättern hindurch auf eine steinerne Terrasse. Die Fensterrahmen bestanden aus braun gesprenkeltem Holz, die Wände hatte man in einem dunklen Ockerton gestrichen, und ein halbes Dutzend Holzstühle stand rings um einen Bohlentisch auf der Terrasse, über den flackernd das schwindende Licht des Tages fiel.

Tom parkte den Wagen neben der Terrasse und stellte den Motor ab. Ein geladenes Zirpen erfüllte die Luft.

»Was ist das denn?«, fragte Tally.

»Zikaden«, antwortete Pippa.

»Es klingt wie eine Million Grashüpfer.«

»Das ist es auch.«

»Wow? Kann ich aussteigen? Ich will mich umsehen. Das ist einfach so cool!«

Pippa machte die Tür auf ihrer Seite auf, stieg aus, streckte die Arme über den Kopf und wandte sich dann um und klappte den Sitz nach vorn, um Tally aus dem Wagen schlüpfen zu lassen. Sie zwängte sich ins Freie und stand ein paar Augenblicke lang da und nahm alles in sich auf. »Es ist so ... italienisch.«

»Das tut gut.« Tom stieg nun ebenfalls aus. »Was steht dort wegen des Schlüssels?«

Pippa sah auf den Brief, der die Straßenkarte begleitete. »Er liegt in einem Holzkasten auf der Terrasse.«

»Da ist ja vertrauensvoll.«

Sie grinste ihn an. »Willkommen in der Toskana.«

»Du auch.« Er ging um den Wagen, nahm sie in die Arme und küsste sie auf die Stirn. »Hab eine schöne Zeit.«

»Du auch, mein Liebster.«

Tally verschwand auf der anderen Seite der Terrasse, aber ihre Stimme durchschnitt die Abendluft. »Oh, wow!«

Tom warf von der Seite einen Blick auf Pippa. »Ihr Italienisch ist ja beeindruckend, aber ich wünschte, sie würde ihren englischen Wortschatz besser pflegen.«

Sie folgten Tally, und brüchige Rebenblätter knirschten unter ihren Füßen. Wo der Boden vor ihnen abfiel, war ein kleiner, türkisfarbener Pool in den Hang gehauen, und dahinter erstreckte sich die Landschaft wie ein gewaltiger Garten, der zu ihrem Vergnügen angelegt war.

Pippa verschlug es den Atem. »Du meine Güte. Wie wunderschön.«

Tom äußerte sich etwas knapper. »Großer Gott!« Die sanft gewellten Weinberge unter ihnen wurden in Abständen von Zypressen und abgeschiedenen Farmgebäuden durchsetzt. Hellgraue Olivenhaine drängten sich bis an den Rand ihres Grundstücks, und die Aussicht wurde von Bergen umrahmt, die in der untergehenden Sonne kupferfarben, purpurrot und leuchtend orange strahlten. Das Echo meckernder Ziegen hallte durch das Tal. Es war ein Traum.

Der Brief informierte sie, dass am nächsten Morgen ein Hausmädchen kommen würde und dass sie Milch und Brot im Kühlschrank und eine Flasche Wein auf dem Tisch finden würden. Eine Kiste mit Grundnahrungsmitteln stünde in einer Vorratskammer gleich neben der Küche und der örtliche Supermarkt befände sich nur fünf Kilometer entfernt an der Straße nach Pistoia.

Pippa und Tally hängten den Inhalt der Koffer in große Kleiderschränke, während Tom eine Pizza aufwärmte – in einem Ofen, dessen Bedienungsvorrichtung ein erhebliches Maß an Geschicklichkeit erforderte – und die Flasche Chianti aufmachte, die man auf dem Tisch für sie hinterlassen hatte. Sie fanden Gläser, schnitten die Pizza in Stücke und aßen sie unter den Sternen, während sich die Dunkelheit herabsenkte. Dann schlüpften sie zwischen die kühlen, weißen Laken und schliefen zu dem verklingenden Chor der Zikaden und dem warmen Duft der toskanischen Nacht ein.

Tally wachte als Erste auf. Das Morgenlicht war so klar und stark, dass sie glaubte, irgendjemand hätte die Scheinwerfer eines Wagens auf ihr Gesicht gerichtet. Dann fiel ihr ein, wo sie war, und sie setzte sich im Bett auf. Auf ihrer Armbanduhr war es Viertel vor sieben. Viel zu früh. Aber das Licht besaß einen funkelnden Glanz, der ihr Bemühen um noch etwas Schlaf zunichte machte. Sie sah sich um. Die Wände ihres Zimmers waren weiß getüncht zwischen den stämmigen und geschwungenen Balken aus uraltem Holz. Die Möbel waren schwer und dunkel, das Bett besaß ein reich verziertes, aber grob geschnitztes Kopfbrett, und das Dachfenster über ihr ließ einen Strahl der frühen Morgensonne auf den Boden fallen, der mit einer Schilfmatte ausgelegt war. Ein paar Minuten lang beobachtete sie die Staubkörner, die im Morgenlicht tänzelten, dann schlüpfte sie aus dem Bett und trat hinüber ans Fenster. Sie hob einen Metallstab an und drückte die alten, braunen Fensterläden nach außen, sodass sie klappernd gegen die Wände schlugen.

Die Bilder und Geräusche eines italienischen Morgens begrüßten ihre Augen und Ohren. In der Ferne krähte ein Hahn. Eine Eidechse huschte in einen Spalt über ihrem Kopf – sie schauderte, dann lachte sie über sich selbst. Die hohen, schlanken Zypressen, die am Abend zuvor so tiefgrün gewirkt hatten, erschienen nun, im Morgenlicht, fast lavendelblau. Der Himmel war klar und blass wie ein Strauß Vergissmeinnicht, und sie spürte bereits die Wärme der Sonne auf ihrem Gesicht.

Sie wusch sich, putzte sich die Zähne und schlüpfte aus ihrem Schlafanzug und in Shorts und ein frisches weißes T-Shirt, bevor sie auf Zehenspitzen aus dem Haus und auf die Terrasse schlich. Sie atmete tief durch. Etwas Derartiges hatte sie noch nie zuvor gerochen: die frische, klare, fruchtige Luft war erfüllt vom Geruch von Rosmarin und Salbei, von rosenroter Erde und Rebenblättern, von Zypressenborke und Kiefernnadeln – und all das sah sie, nur indem sie den Kopf drehte. Der grobe Sandstein der Terrasse war warm unter ihren Füßen. Sie trat vor bis an die niedrige Mauer, die die Terrasse umsäumte, und genoss noch einmal die Aussicht auf das toskanische Tal. Der klare Pool, dessen Oberfläche von sanften Wellen gekräuselt war, glitzerte und glänzte in der Morgensonne.

Sie ging am Rand der Terrasse entlang, während sie mit einer Hand über die dornigen Stiele der Bougainvillea strich, die die Stufen flankierte, die zum Pool hinunterführten. Sie warf von der Seite einen Blick auf die hell glänzenden, kirschroten Hochblätter, dann ging sie die Stufen bis ans Wasser hinunter. Sie bückte sich und tauchte eine Hand hinein. Das Wasser war warm.

Tally sah sich um. Die Landschaft lag verlassen da. Die Welt war noch nicht erwacht. Italien gehörte ihr – und nur ihr. Fast ohne zu überlegen, zog sie ihr T-Shirt aus und warf es neben sich auf den kühlen Marmor, dann streckte sie die Arme über den Kopf und spürte eine ganz sanfte Brise auf ihrer Haut. Die Zwanglosigkeit war befreiend. Sie knöpfte ihre Shorts auf und schlüpfte heraus. Einen Augenblick lang stand sie nackt am Wasser, den Kopf der Sonne entgegengereckt, die Augen geschlossen. Dann ließ sie sich ins Wasser gleiten, wobei sie nach Luft schnappte, als seine Frische ihr den Atem raubte. Sie tauchte unter die Wellen und kam erst wieder an die Oberfläche, nachdem sie die ganze Länge des Pools durchschwommen hatte.

Sie warf den Kopf zurück, um sich das Haar aus den Augen zu schütteln, und strich sich mit den Händen übers Gesicht. Dann trat sie Wasser, während sie die Landschaft rings um sich durch den schimmernden Dunst betrachtete, der die Zypressen tanzen ließ. Sie hatte sich noch nie so frei gefühlt, so ... glücklich.

Sie schwamm zur Leiter, kletterte aus dem Pool und ging zu ihren Kleidern. Sie streifte sie über die nasse Haut über, stieg die Stufen zur Terrasse hoch, setzte sich in das gesprenkelte Licht unter dem Weinstock, starrte in den Morgen hinaus und wartete darauf, dass ihre Eltern wach würden.

Das Hausmädchen Maria war mittleren Alters, mit olivfarbener Haut und einem ausladenden Gesäß, das in einem hellgrünen Nylon-Overall verstaut war. Sie tauchte im Lauf des Vormittags auf und sagte kaum etwas, gestikulierte aber viel, und die Drummonds zogen den Schluss, dass sie jeden Tag bis auf Donnerstag – *»no giovedì«* – kommen würde. Während Maria die Terrasse fegte, die Betten machte und die Handtücher überprüfte, fuhren die drei Urlauber einkaufen. Der *supermercato* an der Straße nach Pistoia war weitaus unterhaltsamer als der zu

Hause. Es hatte etwas Aufregendes, *latte* anstatt Milch zu kaufen, *vino* anstatt Wein und *pollo* anstatt Hühnchen. Selbst Pippa, die im Allgemeinen äußerst ungern einkaufen ging, hatte großen Spaß dabei, Oliven und Melonen, Parmaschinken und italienische Pasta, Muscheln und Riesengarnelen auszuwählen, während Tom einen Einkaufswagen mit Chianti und Vino Nobile di Montepulciano füllte und dabei ständig von den »Super-Toskanern« murmelte, die Tally für ein einheimisches Fußballteam hielt.

Am frühen Nachmittag saßen sie auf der Terrasse um den Tisch versammelt, nachdem sie Brot, kaltes Fleisch und Melonen zu Mittag gegessen hatten, hinuntergespült mit ein paar Flaschen Peroni. »Also, was wollt ihr machen?«, fragte Tom.

Pippa und Tally sahen sich an und sagten dann einstimmig: »Sehr wenig.«

Tom grinste. »Richtige Antwort.« Er verschränkte die Hände hinter dem Kopf, lehnte sich auf seinem Stuhl unter dem Weinstock zurück und sagte: »Am Donnerstag oder Freitag könnte ich vielleicht bereit für einen Ausflug sein.«

Tally erhob sich und trat an die niedrige Mauer, die die Terrasse umsäumte. Die Sonne stand inzwischen hoch am Himmel, und der Bodenbelag brannte unter ihren Füßen. »Ich denke, ich werde eine Runde schwimmen gehen.«

»Nicht bevor du dein Mittagessen verdaut hast«, sagte ihre Mutter. »Und vergiss nicht, dich mit Sonnencreme einzureiben.«

»Oh, Mum!«

»Ich hacke nicht auf dir herum, Tal. Ich will nur nicht, dass du einen Sonnenbrand bekommst. Haut wie deine fängt bei dieser Hitze an zu kochen.«

Tally legte die Stirn in Falten. »Und was ist mit Dad? Das ist nicht gerecht – er sieht immer braun gebrannt aus, selbst wenn wir seit Ewigkeiten keinen Urlaub hatten.« Sie zeigte auf Tom, dessen Gliedmaßen, die aus Shorts und T-Shirt hervorragten, bereits einen leicht honigfarbenen Ton angenommen hatten.

»Er wird es auch brauchen.«

»Okay, Dad, ich gehe das Bratenöl holen.«

»Mach dir keine Sorgen um mich. Meine Haut ist wie Leder.«

Pippa warf ihm von der Seite einen Blick zu. »Das habe ich schon einmal gehört. Und das letzte Mal konntest du nicht auf dem Rücken schlafen – weißt du noch?«

Tally befand sich im Haus, als Tom murmelte: »Und soweit ich mich erinnern kann, musste ich das auch gar nicht.«

Pippa unterdrückte ein Lächeln. »Angeber.«

Er rückte seinen Stuhl neben Pippas, dann schloss er die Augen und genoss die Wärme der Sonne, während er seine Hand nach ihrer ausstreckte. Sie verhakte ihre Finger in seine und seufzte zufrieden auf, bevor ein lautes Klicken dafür sorgte, dass sie beide die Augen aufschlugen. Ihre Tochter stand vor ihnen, Kamera in der Hand. »Ah! Was für ein entzückendes Foto! Zwei Verliebte, die Hand in Hand schlafen!«

»Wir haben nicht geschlafen, wir haben uns gesonnt.«

»Ohne das hier?« Sie hielt eine Tube Creme und eine Flasche Lotion hoch. »Ihr werdet einen Sonnenbrand bekommen, wisst ihr. Und ich will nicht, dass ihr dann zu mir kommt und jammert, dass ihr nicht auf dem Rücken liegen könnt.«

Das war der Augenblick, in dem Tom von seinem Stuhl aufsprang, sein T-Shirt auszog und Tally die Terrassenstufen hinunterjagte. Ihre Angstschreie hielten nicht lange an. Binnen weniger Sekunden hatte ihr Vater sie vom Boden hochgerissen und in die Arme genommen und mit einem Triumphschrei einen Satz in die Luft gemacht. Mit einem gewaltigen Platscher schlugen sie im Wasser auf und versanken unter einer Flutwelle, die den Pool zu entleeren und seinen Inhalt hinunter ins Tal zu schütten drohte.

Vater und Tochter schwammen plantschend durch den Pool, während Pippa ihre Shorts auszog, unter denen ein Bikini zum Vorschein kam, und in aller Stille ins Wasser tauchte, um einen knappen Meter neben ihnen wieder aufzutauchen. Sie strich sich das dunkle Haar aus den Augen und erkundigte sich: »Kann man hier noch mitspielen?«

Am Abend ihres ersten Tages, während die Sonne hinter dem Olivenhain versank, aßen die drei *spaghetti alle vongole* zu Abend und tranken dazu Toms Gaioli '94, während sie im flackernden Kerzenlicht auf der Terrasse miteinander plauderten. Tom sah die frische Farbe auf Tallys Wangen und das Leuchten in Pippas Augen. Ihr dunkles Haar wurde von einer Schildpattspange zusammengehalten, und ihre Schultern waren leicht gerötet nach ihrem ersten Tag in der Sonne.

»Schmeckt das Essen hier immer so gut?«, fragte Tally.

»Immer«, bestätigte Tom. »Vor allem wenn deine Mum es kocht.«

Pippa protestierte. »Ich glaube, es liegt an der Sonne. Die Oliven sind anders, das Brot ist anders, selbst die Pasta schmeckt besser.«

»Gibt's morgen noch mehr davon?«, fragte Tom.

»Oh, ich glaube schon«, antwortete sie.

»Für mich am Pool. Während ich lese«, sagte Tally und fügte dann, als sie sah, wie ihre Mutter einmal tief Luft holte, hinzu: »Mit Sonnencreme auf der Nase, Faktor fünfzehn auf Armen und Beinen und sonst fast nichts.«

Tom zog eine Augenbraue hoch. »Wie ich sehe, ist das Taschentuch zum Vorschein gekommen.« Er wies mit einem Kopfnicken auf das Dreieck aus schwarzer Seide, das Tallys Top war, das Geschenk von Janie, und versuchte, einen missbilligenden Eindruck zu erwecken.

»Die gute alte Janie. Ich hätte eigentlich warten sollen, bis ich ein bisschen braun gebrannt bin, aber es ist einfach so cool und bequem.«

»Es sieht umwerfend aus«, sagte Pippa. »Vertrau Janie.«

»Wobei mir einfällt«, sagte Tom, »wann hast du eigentlich dieses ganze Italienisch gelernt? Du hast Janie doch seit fast einem Jahr nicht gesehen.«

»Wir telefonieren, und sie schreibt mir Briefe. Ich wollte euch überraschen, deshalb habe ich ein paar nützliche Redewendungen gelernt, wie zum Beispiel ›Gibt es hier einen Markt?‹ und ›Nehmen Sie Kreditkarten?‹«

»Oh, sehr praktisch. Hast du auch gelernt zu sagen: ›Mein Vater würde das nicht gutheißen‹?«

»Leider nicht.«

Kurz nach zehn stand Tally auf und räumte die Reste des Abendessens ab. Das frühe Aufstehen rächte sich nun an ihr, und ihr Kopf war benebelt von den Auswirkungen der Hitze und des Rotweins.

Pippa, der nicht entgangen war, dass die Augenlider ihrer Tochter schwer wurden, sagte: »Zeit fürs Bett, Tal. Na los.«

Tally grinste glückselig, streckte sich und gähnte. Sie küsste erst ihren Vater, dann ihre Mutter. »Du riechst gut«, sagte sie.

»Danke. Schlaf gut, mein Schatz.«

Tally schlängelte sich über die Terrasse in Richtung Bett und ließ Tom und Pippa allein mit den Geräuschen des warmen italienischen Abends, die die Luft rings um sie erfüllten.

»Glücklich?«, fragte er.

»Sehr. Und du?«

»Wunschlos.«

»Bett?«

»Bett.«

Tom erhob sich und streckte eine Hand aus. Pippa ergriff sie, und er legte die Arme um sie. »Es kommt mir vor wie gestern«, murmelte sie.

»Ich weiß.«

»Es ist, als ob es dieselben Gerüche und dieselben Geräusche wären.«

»Das liegt daran, dass es dieselben sind.«

»Und sind wir es auch, was meinst du?«

»Oh, ja.«

Sie löste sich aus seiner Umarmung. »Ich bin froh.«

Er legte ihr den Arm um die Schulter und führte sie langsam über die warme, dunkle Terrasse zu ihrem Schlafzimmer. Dort angekommen, starrte er sie einen Augenblick lang an. Er hörte nichts als ihr Atmen – langsam und rhythmisch. Langsam begann er sie zu entkleiden. Für den Bruchteil einer Sekunde blickte sie ängstlich, dann entspannte sie sich, während er ihr das Baumwollshirt und die dünnen Schwimmsachen auszog. Jetzt war sie nackt, und er strich über die weichen Kurven ihrer

Taille, seine Lippen auf ihrer Schulter. Sie murmelte vor sich hin, angenehm entspannt, während er die Innenseite ihrer Schenkel streichelte und mit den Fingerrücken sanft über ihren Bauch glitt. Dann sah sie zu, wie er selbst seine Kleider abwarf, ohne den Blick von ihr abzuwenden. Er streckte die Hand aus und zog sie zu dem Bett, das unter zwei vergoldeten Putten stand, die an der weißen Wand hingen. Während er sie auf die kühlen, weißen Laken hinuntergleiten ließ, schienen sie im Einklang miteinander zu atmen – anfangs langsam, doch dann immer schneller. Sie lagen Seite an Seite, und er küsste sie erst sanft, dann leidenschaftlicher. Er verspürte das Bedürfnis, ihr zu zeigen, wie sehr er sie liebte, sie begehrte. Zwischen Küssen schnappten sie nach Luft, und sie rief seinen Namen, leise, dringlich. Sie streckte die Hand an ihm nach unten aus, und er krümmte vor Vergnügen den Rücken, während sie ihn streichelte. Dann nahm er sie wieder in die Arme und gab sich ihr in einem Schwall der Leidenschaft hin, von dem er glaubte, dass er niemals enden würde. Während sie in der duftenden Nachtluft als warmer, verhedderter Haufen beieinander lagen, flüsterte sie: »Ich bin so froh, dass ich dich getroffen habe, Tom Drummond.« Elf Worte, die ihn Zeit seines Lebens begleiten würden.

Eine halbe Stunde später schlüpfte Tom aus ihrem Bett, deckte sie zu und kletterte in sein eigenes. Das war der einzige Nachteil des Hauses: Einzelbetten. Aber sie war glücklich, und er war es auch. Italien war ihr Land, das Land, in dem sie ihre glücklichsten Zeiten verbrachten.

Elftes Kapitel

Am nächsten Morgen wachte Tom als Erster auf. Pippas und sein Zimmer war dunkler als Tallys, da es kein Dachfenster hatte, doch die frühe Morgensonne flutete zwischen den Leisten der Fensterläden ins Zimmer und zeichnete ein helles Muster auf die gegenüberliegende Wand. Er sah hinüber zu Pippa, die noch schlafend dalag, dann schwang er sich aus dem Bett. Er wusch sich, zog sich an und schlich leise aus dem Zimmer und auf die Terrasse hinaus, wo der Zauber des Anblicks, der am Tag zuvor Tally begrüßt hatte, nun auch ihn gefangen nahm.

Er ging in die Küche und kochte Kaffee, dann nahm er die Kaffeekanne und einen Becher mit auf die Terrasse. Dort setzte er sich und wartete, während der Tag erwachte, auf den Rest seiner Familie.

Tally tauchte als Erste auf, was ihn überraschte: er hatte damit gerechnet, sie zum Mittagessen wecken zu müssen, wie es nach der Aufregung des ersten Tages im Allgemeinen der Fall war. Sie erschien stirnrunzelnd und mit zerzaustem Haar, in einem verhedderten Pyjama, rieb sich die Augen und fragte, wie spät es sei.

»Neun Uhr. Früh für dich.«

»Gestern war ich vor sieben auf den Beinen«, murmelte sie gähnend.

»Ich dachte, heute würdest du ausschlafen.«

Tally schüttelte den Kopf. »Konnte nicht mehr schlafen. Das liegt an diesem ganzen Licht.«

»Beklag dich nicht.«

»Das tue ich ja gar nicht.« Tally lächelte verschlafen.

Tom schlürfte seinen Kaffee. »Willst du nachsehen, ob deine Mum schon wach ist? Sie hat noch tief geschlafen, als ich gegangen bin. Frag sie, ob sie eine Tasse Tee will oder ob ihr der Sinn eher nach Kaffee steht.«

»Okay.« Tally trottete davon, und Tom stieß einen zufriedenen Seufzer aus, während er die Landschaft betrachtete. Es war, fand er, ein Anblick, für den man sterben könnte.

»Dad!«

Er wandte den Blick um. Tally stand auf der Terrasse. Ihr Tonfall war erstickt gewesen. »Was ist?«

»Mum.« Er stand auf und sah die Angst in ihren Augen. Rasch wandte er sich um und rannte über die Terrasse zu ihrer Schlafzimmertür. Er schob den Riegel hoch und ging hinein. Pippa lag dort, wo er sie erst vor kurzem zurückgelassen hatte. Still und schweigend. Er schritt durchs Zimmer und setzte sich auf die Bettkante. Erst dann bemerkte er, dass sie die Augen weit aufgerissen hatte.

Die Zeit stand still, dann rückte sie stoßweise röchelnd vorwärts. Er stürzte auf die Terrasse hinaus und rief »Hol einen Arzt!«, bevor ihm die Unmöglichkeit seiner Bitte bewusst wurde. Tally zitterte.

»Wo ist Maria?«, brüllte er. »Wo wohnt sie?« Tally wies auf ein kleines Cottage, das eingebettet unter einer Gruppe uralter Olivenbäume lag, ein paar Hundert Meter den Feldweg hinunter. »Geh und hol sie!«

Tally begann zu weinen.

»Schnell!« Er rannte zurück ins Schlafzimmer.

Tally versuchte die Schluchzer zu unterdrücken, die ihren Körper erschütterten, während sie in Windeseile den Feldweg hinunter zu dem baufälligen Cottage rannte, das sich unter die Olivenbäume kauerte. War ihre Mutter noch am Leben? Würde sie sterben? Wie fragte man nach einem Arzt? Die italienischen Redewendungen, die sie so mühsam auswendig gelernt hatte, ließen sie auf einmal im Stich, und sie wollte nur noch schreien: »Rettet meine Mummy!«

Sie verlor eine Badelatsche, dann schüttelte sie die andere ab und rannte barfuß weiter, wobei sie die spitzen Feuersteine kaum spürte, die sich ihr in die Fußsohlen bohrten. Nach einer Weile, die ihr wie eine Ewigkeit vorgekommen war, rannte sie schließlich um die Ecke der kleinen Hütte und sah Maria, die ihren Hühnern ein paar Essensreste hinwarf. Zwischen keuchenden Atemzügen und brennenden Tränen murmelte sie und brüllte dann: *»Il dottore! La madre!«* Und dann: *»Chiami un'ambulanza!«*

Während der Krankenwagen nach Pistoia raste, wusste Tom bereits, dass das Rennen aussichtslos war. Als sie ankamen, erwies sich der Arzt, der gut Englisch sprach, als freundlich und rücksichtsvoll und zugleich praktisch veranlagt. Dann ließ er sie eine Zeit lang in einem Wartezimmer allein. Tom legte den Arm um Tally, die sich zitternd an ihn lehnte. Sie sprachen wenig.

Als der Arzt Tom schließlich aufrief, weigerte er sich, seine Tochter allein zu lassen, und so erklärte der Arzt ihnen beiden, dass Pippa vermutlich an Herzversagen gestorben sei. Es sei nicht leicht, es mit Bestimmtheit zu sagen. Es würde eine Obduktion geben müssen. Man würde sich bemühen, die Formalitäten rasch zu erledigen, es könne allerdings ein paar Tage dauern. Ob sie denn unverzüglich nach Hause fahren oder lieber noch warten und mit der Leiche fahren wollten? Das Wort ließ Tom stocken, aber er musste nicht überlegen: Sie würden nicht ohne sie abreisen.

Der Arzt schlug ihnen vor, in die Villa zurückzukehren, und das taten sie auch, aber nur, um zu packen. Sie zogen in ein Hotel in Pistoia – nüchtern, aber sauber. Es erschien ihnen unmöglich, ohne Pippa an dem Ort zu bleiben, der für sie das Paradies gewesen war.

Zwei Tage verstrichen in einem quälenden Taumel zwischen Besuchen beim britischen Konsulat und im Krankenhaus. Jeder war teilnahmsvoll und hilfsbereit, vor allem das Konsulat, doch das Endergebnis blieb dasselbe: Tom hatte die Liebe seines Lebens verloren, und Tally ihre Mum.

Tom beobachtete Tally sorgfältig. Es gab Augenblicke quälender Fragen – Warum ist es geschehen? Warum sind sich die Ärzte nicht sicher? Warum gab es keine Warnzeichen? Er konnte ihr keine Antworten geben, so sehr er es auch wollte. Dann wichen Wut und Unglauben einer stillen Zurückhaltung. Das fand er beunruhigender, als wenn sie weiterhin unkontrolliert geschluchzt hätte – es war, als würde sie ihn in dieser Stunde der Not nicht im Stich lassen wollen. Das Einzige, was er wollte, war, ihr zu sagen, dass alles gut werden würde, aber er wusste, dass das gelogen wäre.

Auf dem Flug nach Hause saßen sie so eng beieinander, wie sie nur konnten, und hielten sich fest bei den Händen, wo sie früher Pippas Hand gehalten hätten. Keiner von ihnen konnte die Vorstellung ertragen, dass sie diese Reise mit ihnen machte. Obwohl es so war – in einem anderen Teil des Flugzeugs.

Zwölftes Kapitel

Bei ihrer Rückkehr war der Wildings's Barn von einer unheimlichen Stille erfüllt: ein eisiger Beginn eines erbärmlichen Lebens. Tom dankte dem Taxifahrer, der nichts sagte, sondern lediglich verlegen nickte, bevor er in einem respektvoll langsamen Tempo davonfuhr. Ein paar Augenblicke lang standen die beiden auf dem Kies, außer Stande, sich von der Stelle zu bewegen. Dann berührte Tom Tally an der Schulter. Sie schnellte herum und vergrub ihr Gesicht an seiner Brust. Er stellte den Koffer ab, den er eben in die Hand genommen hatte, und schloss sie in seine Arme.

»Ich weiß, ich weiß.« Er wiegte sie sanft, als sei sie ein Baby, und während er das tat, begann ihm allmählich das Ausmaß seiner Einsamkeit zu dämmern, die ungeheure Dimension, die über ihn hereinbrach. Er fühlte sich körperlich übel, und er schluckte schwer. »Na komm.« Er führte sie zur Tür, drehte den Schlüssel im Schloss und schob sie in die dumpfe Stille des Hauses. Die Lautlosigkeit wurde von einem Sopranton durchbrochen: »Huuhuuh!« Maisies Gruß schwebte durch die frühe Morgenluft auf sie beide zu.

Tom setzte Tally auf einen Küchenstuhl. »Ich bin gleich wieder da«, sagte er. Dann überquerte er den alten Feldweg und ging den Pfad bis zu Maisies Haustür hoch.

Eine Viertelstunde später verließ er Maisie, die noch immer in die zerknautschten Falten eines bunten Kopftuchs schluchzte. Es war alles zu viel für sie. »Du armer,

armer Mann! Und das Kind. Oh, die arme Tally!«, platzte sie zwischen Schluchzern hervor. Tom merkte, dass er sie tröstete anstatt umgekehrt. Er sah, wie der Ring aus Kajal um ihre Augen zerfloss und ihr über die Wangen kullerte. »Nun geh schon!«, wies sie ihn an. »Geh zu Tally. Kümmer dich nicht um mich. Es tut mir so Leid, Tom. Oh, wenn ich irgendetwas für dich tun kann – es tut mir Leid, dass ich in diesem Zustand bin. Aber ich werde stark sein. Ich werde euch helfen. Es ist nur – ein solcher Schock.«

Als er in die Küche zurückkehrte, saß Tally noch immer dort, wo er sie zurückgelassen hatte, und starrte ins Nichts. »Ich glaube, du solltest dich erst einmal duschen«, sagte er. Sie sah zu ihm hoch, als hätte er in einer fremden Sprache gesprochen. »Dann wirst du dich schon besser fühlen.« Sie schwieg. Er hatte sie noch nie so verzweifelt, so verloren erlebt. In diesem Augenblick, unter ihrem verständnislosen Blick, legte sich die ganze Schwere seiner Bürde auf ihn. Er wusste, er musste irgendetwas in sich finden, um sie durchzubringen. Scheitern war keine Option. Sie war alles, was ihm noch geblieben war.

Er saß auf ihrem Bett, während sie im Badezimmer duschte. Er war da und doch nicht da, ein Teil des Ganzen und doch seltsam distanziert. Er trieb auf einem Meer der Unwirklichkeit, und doch war nichts wirklicher als das hier. Er lauschte auf das Plätschern des Wassers, das Öffnen und Schließen der Duschkabinentür. In einen Bademantel gehüllt, kam sie ins Zimmer, mit triefend nassem Haar, und setzte sich neben ihn. Er rieb ihr das Haar mit einem Handtuch trocken, dann glättete er es mit einem Kamm. Sie wandte sich zu ihm um und sah ihm in die Augen. »Es ist so ungerecht.«

Er nickte. All die Worte in seinem Kopf schienen so unpassend. Was sagt man zu einer jugendlichen Tochter, die soeben ihre Mutter verloren hat? Wie erklärt man, dass das Leben weitergehen muss, wenn man selbst nicht glaubt, dass es das kann? Wie soll man positiv denken, wenn jede Zelle des eigenen Körpers vor Schmerz und Wut schreit? Er versuchte den Augenblick sinnvoll zu nutzen, versuchte das Richtige zu sagen, ohne allzu sentimental oder allzu gefühllos zu klingen, während er die ganze Zeit zu begreifen versuchte, was geschehen war, und sich zugleich außer Stande sah, es zu fassen. Sie sprachen über Pippa – Pippa, die jünger gewesen war als er. Herzversagen war doch etwas, was ältere Leute betraf, oder nicht? Panik erfasste ihn, und er musste ein ungläubiges Lachen unterdrücken, das in seiner Kehle hochstieg. Er wollte stark sein. Er wollte die beste Stütze sein, die Tally bekommen konnte, und gleichzeitig wollte er schreien: »Nein! Nicht ich! Das ist nicht gerecht! Ich brauche sie!«

Er saß neben seiner Tochter, bis das Licht schwand, dann brachte er ihr eine Tasse Tee. Der Tee stand auf ihrem Nachttisch und wurde kalt. Schließlich schlief sie ein. Als er hörte, dass sie gleichmäßig atmete, erhob er sich und verließ leise ihr Zimmer. Er überquerte den Treppenabsatz und machte die Tür zu seinem und Pippas Zimmer auf. Das Bett war gemacht, die Fenster geschlossen, aber der Geruch war immer noch derselbe – eine Mischung aus frischer Bettwäsche und einem leichten Hauch ihres Parfüms. Er verspürte ein Stechen hinter den Augen, und er trat an eines der Fenster und öffnete es. Das Abendlied einer Amsel durchschnitt die Luft.

Sein Blick fiel auf den Nachttisch auf Pippas Seite des

Betts, und er sah ein zusammengefaltetes Blatt Papier, das dort lag. Er starrte es ein paar Augenblicke lang an, dann nahm er es in die Hand und faltete es auseinander. Es war die Rechnung für seinen hellblauen Anzug. Er umklammerte sie mit den Fingern und zerknüllte sie in der Faust. Dann setzte er sich auf die Bettkante und weinte.

Die nächsten Tage verstrichen wie eine Art verschwommene Halluzination. Der örtliche Pfarrer war freundlich gewesen, der Bestattungsunternehmer nüchtern, und die Ortsansässigen so hilfsbereit, wie er es sich wünschen konnte – auch wenn alles, was er wollte, seine Ruhe war.

Er rief Janie an, die anfangs wütend und dann ungläubig klang. Als sie seinen Anruf erwiderte, erklärte sie, sie sei schon unterwegs. Da ließe sie nicht mit sich reden. Sie sei Tallys Patin, rief sie ihm in Erinnerung, und ihr Platz sei an ihrer Seite. Er war halb froh: vielleicht würde Janies Respektlosigkeit ihnen über die nächste Zeit hinweghelfen. Er machte sich Sorgen um Tally: In den letzten paar Tagen hatte sie sich immer mehr in sich zurückgezogen, war außer Stande gewesen zu weinen. Er machte sich um alles Sorgen, selbst um das Restaurant.

Peter war von der Nachricht tief erschüttert gewesen, und dann hilfsbereit, indem er beharrlich erklärte, Tom würde nicht benötigt und solle zu Hause bleiben, wo er am nützlichsten sei. Rachel hatte nicht angerufen, und dafür war er dankbar: Inmitten all dessen mit ihr konfrontiert zu werden war das Letzte, was er wollte.

Zwei Tage nach ihrer Rückkehr traf Janie ein. Er begrüßte sie an der Tür und wunderte sich über sich selbst, dass er nicht zusammenbrach. Sie weinten offen zusammen, was auch Janie wunderte. Aber sie riss sich rasch zusammen. »Wo soll ich schlafen?«

Tom putzte sich mit einem großen, rot-weiß getupften Taschentuch die Nase. »Gästezimmer am Ende des Treppenabsatzes.«

»Hast du schon gegessen?«, fragte sie, während sie ihren Koffer in die Diele schleifte. Tom steckte das Taschentuch ein, dann nahm er ihren Koffer in die Hand. »Seit dem Frühstück nichts mehr.« Schwankend begann er die Treppe hochzusteigen. »Was hast du denn hier drin? Eine Leiche?« Dann wurde ihm bewusst, was er soeben gesagt hatte.

»Ich an deiner Stelle würde lachen«, sagte Janie. »Sonst fängst du bloß wieder an zu weinen.« Sie wischte mit dem Handrücken die Tränen beiseite. »Gibt's hier irgendwo Taschentücher?«

»Im Bad.«

»Wo ist Tal?«

»Im Garten, glaube ich.«

Nachdem sich Janie das Gesicht abgewischt hatte, ging sie durchs Haus und zur Hintertür hinaus. Es war ein warmer Nachmittag, düster, bedrückend, während der Geruch von Kräutern in der feuchten Luft lag. Sie sah Tally auf einer Holzbank am anderen Ende des Gartens neben einem weißen Bienenstock sitzen.

Als sie näher kam, sah sie den ausdruckslosen Blick des Mädchens. »Hallo«, sagte sie leise und küsste Tally auf den Kopf. »Bist du okay?«

Tally drückte sich eng an Janies Taille. »So halbwegs.«

»Was für 'ne Riesenscheiße.«

Tally nickte.

»Ach, mein Schatz, was werden wir jetzt bloß mit dir anfangen?«

Tally löste sich von ihr. »Hast du es gewusst?«

»Was gewusst?«

»Dass Mum ein schwaches Herz hatte.«

»Nein.«

»Ich auch nicht. Und Dad auch nicht.«

Tally setzte sich wieder auf die Bank, und das Summen der Bienen zwischen den hellvioletten Blüten der Minze hob und senkte sich. »Sie hatte ein bisschen Schmerzen. Manchmal hat sie beim Gehen Seitenstiche bekommen. Hat gesagt, sie sei nur nicht in Form.« Sie sah Janie fragend an. »Vielleicht hatte das irgendetwas damit zu tun. Was, wenn sie Angst hatte?«

»Ich glaube nicht, dass deine Mum vor irgendetwas Angst hatte.«

»Nicht einmal vor dem Tod?«

Die Krassheit dieser Worte verblüffte Janie. »Ich denke, wir haben alle Angst vor dem Tod, wenn wir ehrlich sind.«

»Vielleicht ist es besser, nicht zu wissen, wann er eintreten wird.«

»Vielleicht.« Janie setzte sich neben sie. »Aber andererseits hatte ich Freunde, die langsam an Krebs gestorben sind, und andere, die rasch an einem Herzinfarkt gestorben sind. Ich kann wirklich nicht sagen, dass das eine oder das andere einfach war. Man bekommt Gelegenheit, sich zu verabschieden, wenn sich der Tod langsam nähert, aber in gewisser Weise wird es dadurch nur noch schwerer zu ertragen. Es ist nicht leicht, einen Freund leiden zu sehen. Aber wenn es ohne jede Vorwarnung passiert, dann fühlt man sich beraubt, betrogen, wütend.«

Tally nickte. »Und allein.«

»Ja. Immer. Aber man tröstet sich, indem man sich sagt, dass sie wenigstens nicht leiden musste.«

»Ich hoffe nicht.«

Janie tätschelte Tallys Arm. »Kommst du damit zurecht?«

»Eigentlich nicht.« Tally zwang sich zu einem Anflug eines Lächelns.

»Wenn ich morgen bloß schon hinter mir hätte! O Gott! Ich hasse Beerdigungen, du nicht auch?«

»War noch nie auf einer.«

Janie erkannte, wie unpassend ihre Bemerkung gewesen war, aber sie ließ sich nicht beirren: »Hör zu, ich werde in den nächsten paar Tagen alles Falsche sagen, was man sagen kann, da ich für solche Dinge einfach nicht zu gebrauchen bin, okay? Aber ich werde mein Bestes tun. Ich habe deine Mum geliebt ... Sie war meine beste Freundin, und ich weiß nicht, wie ich ohne sie zurechtkommen soll. Aber das weiß dein Dad auch nicht. Das heißt, du und ich, wir müssen uns auch um ihn kümmern.«

Tallys Augen schwammen in Tränen, und sie biss sich auf die Lippe, um nicht die Selbstbeherrschung zu verlieren.

»Ich weiß, dass ich deinen Dad gern auf den Arm nehme, und ich weiß, dass er mich für eine zynische Zicke hält, aber er mag mich, wirklich, und ich mag ihn. Er ist eine wirkliche Rarität, ein guter Mann. Es gibt Leute wie beispielsweise mich, die behaupten, dass es so etwas nicht gibt, einen guten Mann. Zeig mir einen guten Mann, und ich zeige dir einen Wichser. Aber dein Dad ist kein Wichser. Er ist ein Goldstück.« Janie schniefte. »Erinnerst du dich noch an den Abend vor dem Urlaub, als wir zusammen gegessen haben und ich deine Mum und deinen Dad damit geneckt habe, dass sie sich nie streiten?«

Tally nickte.

»Eifersucht, das ist alles.«

»Nein«, sagte Tally.

»Oh, sie wussten, dass es ein Witz war. Wussten, dass es nur Neid war.« Janie wandte sich zu ihr um. »Und das ist die Wahrheit. Und jetzt muss ich euch beiden wieder auf die Beine helfen. Denn wenn ich das nicht tue, dann wird mir deine Mum das niemals verzeihen.«

Der Tag der Beerdigung dämmerte mit schonungsloser Unvermeidlichkeit. Die Sonne schien. Die Vögel sangen, und eine sanfte Brise raschelte in den Blättern der Platane vor ihrem Zimmerfenster. Tally zog einen langen schwarzen Rock und einen Blaser an und steckte sich das Haar nach hinten. Janie kam über den Treppenabsatz und klopfte leise an ihre Tür. »Alles klar?«

Tally nickte.

»Du siehst ... schön aus.«

Tom kam aus seinem Schlafzimmer, und die beiden Frauen wandten sich zu ihm um. Ein paar Augenblicke lang starrten sie ihn einfach nur an, dann schob er sie hinunter ins Erdgeschoss, wo der Leichenwagen in der Einfahrt wartete. Sie sahen, wie Maisie in ihrem Morris Minor davonfuhr, ein kunstvolles Gebilde aus Chiffon und Taft um den Kopf gebunden, dann stiegen sie in die große, schwarze Limousine, die mit tuckerndem Motor vor dem Haus stand. Während sie langsam den Feldweg hinunterfuhren, hielt Tally die Hände rechts und links von sich fest umklammert, ohne den Blick je von dem Sarg abzuwenden, auf dem ein einzelner Strauß aus Sommerblumen und Kräutern lag, den sie und ihr Vater an diesem Morgen gebunden hatten.

Die Fahrt zum Münster dauerte keine zehn Minuten, und während der helle Eichensarg auf die Schultern der Sargträger gehoben wurde, schlüpfte Janie zur Seite und ließ Tally und ihren Vater unmittelbar dahinter gehen. Während sie langsam den Weg zu dem alten normannischen Torbogen entlangschritten, hörte Tally Flügelschlagen über ihrem Kopf. Als sie aufblickte, sah sie eine Schar Tauben, die sich um den Turm herum in die Lüfte schraubten, während die Sonne ihre Federn in ein blendendes Weiß tauchte. Sie umkreisten den Turm zweimal, bevor sie schließlich in Richtung Meer davonflogen.

Im Münster wurde »Lobe den Herrn, meine Seele« und »Göttliche Liebe« gesungen. Der Pfarrer sprach ein paar freundliche Worte, die nett, aber nicht besonders überzeugend klangen, und dann trat Janie ans Lesepult.

Tom hielt Tallys Hand fest gedrückt. Janie hatte nichts von einer Rede gesagt, aber der Pfarrer lächelte ihr zu und nahm Platz, während sie sich hinter dem massiven Pult aufstellte, das die Form eines Steinadlers hatte. Sie zog ein einzelnes Blatt Papier hervor, faltete es auseinander und begann: »Es ist nicht leicht, sich diese Stunde als eine Feier des Lebens vorzustellen, denn es war ein Leben, das wir weiterhin zusammen feiern wollten – wir alle, die wir Pippa kannten und liebten. Wir glaubten, sie würde immer da sein, weil sie immer da war, wenn wir sie brauchten. Ich lernte sie auf der Hotel- und Gaststättenschule kennen, und anfangs betrachtete ich sie mit Misstrauen. Sie war fröhlich und gesellig und geschickt in all den Dingen, in denen ich es nicht war – Gärtnern, Kochen und Freundschaften schließen. Das hat sie bewiesen, indem sie still und leise die beste Freundin wurde, die ich je hatte.«

Janie hielt einen Augenblick inne. »Und sie war sehr geschickt, was das Heiraten betraf, etwas, an das ich nicht mehr glaubte. Ich hatte genügend verkorkste Ehen mit angesehen, um für den Rest des Lebens davon geheilt zu sein. Aber Tom und Pippa waren das perfekteste Paar, das ich je kannte. Ich war in der Woche, in der sie Tom kennen lernte, viel mit Pippa zusammen. Sie redete in einer Tour von ihm. Pippa Drew, das Mädchen, das so schwer zufrieden zu stellen war, wenn es um Männer ging. Wir haben sie immer damit aufgezogen, die Männer müssten eine medizinische Untersuchung und einen Intelligenztest über sich ergehen lassen, bevor sie auch nur mit ihnen ausgehen würde. Ich versuchte ihr zu sagen, Tom sei zu schön, um wahr zu sein. Aber sie hat einfach nur gelächelt. Ich sagte ihr, sie solle sich Zeit lassen, es sei töricht, sich zu verlieben, sie würde nur verletzt werden. Wisst ihr, was sie sagte? ›Ich habe keine Wahl.‹ Als Pippa Tom begegnete, da wurde sie ein ganzer Mensch. Sie wirkte ruhiger, erfüllter. Früher hat sie sich gern wie verrückt darum gestritten, ob Schwarz nicht vielleicht doch Weiß sei, aber als Tom auftauchte, da war es, als hätte sie das alles nicht mehr nötig.

Ich kann nicht sehr gut mit Kindern umgehen. Sie sind laut. Sie stellen dumme Fragen, und sie kleckern einem Essen und Trinken über die Kleidung. Aber dann kam Tally. Sie hat mich einmal mit Fruchtsaft bekleckert, aber das habe ich ihr verziehen. Und ich habe Pippa verziehen, dass sie mich zu ihrer Patin gemacht hat, als ich feststellte, wie viel Spaß ich mit ihr habe. Genau wie mit ihrer Mum.

Wir glauben vielleicht, dass Pippa von uns gegangen ist, aber das ist sie nicht. Sie ist noch immer hier – in unseren Erinnerungen und in unseren Herzen, und solange sie ein Teil von uns ist, wird sie am Leben sein.« Janies Stimme stockte. »Ich hoffe, ich kann mich auch weiterhin über manche Kleinigkeiten von ihr ärgern, denn dadurch wird sie wirklich bleiben. Pippa hat mich zeit ihres Lebens unbewusst untergraben. Aber es hat mir gut getan. Es hat bewiesen, dass ich nicht immer Recht hatte, und festzustellen, dass man nicht immer Recht hat, erinnert einen daran, dass man noch viel zu lernen hat. Doch in einem bestimmten Punkt wusste ich, dass ich Recht hatte und Pippa Unrecht. Sie glaubte stets, sie sei ein ganz gewöhnlicher Mensch, und ich wusste, dass sie das nicht war. Sie war die liebenswürdigste, witzigste, warmherzigste Freundin, die ich je hatte. Und genau wie Tom und Tally werde auch ich sie schmerzlich vermissen.«

Janie steckte das Blatt Papier ein und kehrte zurück an ihren Platz. Stille legte sich über das Münster. Dann ertönten, erst ganz leise und dann allmählich lauter werdend, Streichinstrumente aus den Lautsprechern, und die Temptations begannen »Night and Day« zu singen. Mit tränenüberströmten Gesichtern folgten Tally und Tom dem Sarg hinaus in den klaren, sonnigen Tag.

Neben den Stufen des Münsters tuschelten zwei alte Damen missbilligend: »Diese moderne Generation. Keinen Respekt. Kein Benehmen. Nicht zu fassen: ein Ehemann, der zur Beerdigung seiner Frau einen hellblauen Anzug trägt.«

Dreizehntes Kapitel

»Heute ist der erste Tag vom Rest deines Lebens.« Er saß da und starrte mit verkrampftem Magen aus dem Fenster und grübelte über die Naivität dieser Aussage nach. »Was, wenn man das nicht will? Was, wenn man genug hat? Was, wenn man sich nicht einen Pfifferling um das restliche Leben schert?«

»Isst du das noch auf oder nicht?« Es war Janie. Sie stand in der Küchentür, einen Teller mit Toast in der Hand.

»Nein, danke.«

Sie kam zu ihm herüber. »Das solltest du aber, weißt du. Du brauchst deine Kraft.«

Er sah ihr in die Augen.

Sie seufzte. »Ja, schon gut, ich weiß.« Sie ging zurück in die Küche, und ganz weit entfernt hörte er, wie Geschirr gespült wurde. Er wollte sich rühren. Nein. Er wollte sich nicht rühren. Wozu denn?

Über die Schulter warf Janie einen Blick auf die Gestalt, die am Fensterrahmen lehnte. Ihre eigene Trauer wurde von ihrer Sorge um ihn und seine Tochter verdrängt. Sie sah auf die Uhr. Viertel vor elf. Tally war noch immer nicht aufgetaucht, was angesichts der Ereignisse des vergangenen Tages kaum verwunderlich war. Wenn die erste Beerdigung eines Kindes die der eigenen Mutter ist, dann könnte man durchaus begreifen, wenn es drei Tage im Bett bliebe. Sie ließ das Geschirr zum Trocknen stehen und stieg die Treppe hoch. Sie klopfte an Tallys Tür. Keine Antwort. Sie klopfte noch einmal. Ein leises Murmeln. Sie machte die Tür auf und trat ein. Im Halbdunkel erkannte sie den Hügel eines kleinen Körpers unter der Bettdecke. Sie zog die Vorhänge auf und ließ das Tageslicht ins Zimmer fluten.

Ein zerzauster Schopf tauchte auf. »Wie spät ist es?«

»Vermutlich spät genug, um aufzustehen.«

»Oh.«

Janie hockte sich auf die Bettkante. »Nur, wenn du willst.«

»Eigentlich nicht.«

»Hmm ... Aber wir könnten eine kleine Spritztour machen. Dir ein bisschen Abwechslung bieten.«

»Mir ist eigentlich nicht nach Abwechslung zu Mute.«

»Möchtest du lieber hier bleiben und verfaulen?«

»Nicht verfaulen. Schlafen.«

»Man kann's auch übertreiben, weißt du.«

»Was? Zu schlafen?«

»Nein. Nach innen zu schauen.«

Tally seufzte. »Es ist schwer.«

»Ich weiß.«

»Ich kann es eigentlich noch gar nicht glauben. Ich denke immer noch ständig an Dinge, die ich ihr erzählen will. Heute Morgen bin ich fast aus dem Bett gesprungen, um zu ihr zu gehen und ihr etwas zu erzählen. Und dann ist es mir wieder eingefallen. Es ist grässlich.« Sie biss die Zähne zusammen.

»Hast du dich denn einmal richtig ausgeweint?«

»Nur in der Kirche. Als ich dieses Lied hörte. Es war ihr Lieblingslied. Ich glaube nicht, dass ich es je wieder hören will.«

»Das wirst du, eines Tages.«

»Woher willst du das wissen?«

»Weil ich meinen Dad verloren habe, als ich zwanzig war. Ich war älter als du, aber es war genauso schwer. Er war wunderbar.«

»Hast du geweint?«

»Eimerweise.«

»Warum kann ich es dann nicht? Es ist nicht richtig. Ich muss schrecklich sein.«

»Sei nicht albern. Es trifft uns alle auf unterschiedliche Weise. Manche von uns kommen aus dem Weinen gar nicht mehr heraus, andere fressen alles in sich hinein. Du bist kein geringerer Mensch, nur weil du dich nicht gehen lassen kannst – das ist einfach deine Art, damit fertig zu werden.«

»Aber was muss Dad denken?«

»Im Augenblick steht er immer noch unter Schock. Er weiß nicht, was er denken soll.«

»Deshalb muss ich stark sein.«

Janie strich Tally die wirren Strähnen blonden Haars aus dem Gesicht. »Nimm nicht die Last der ganzen Welt auf deine Schultern, Schatz.«

»Aber ich muss für Dad stark sein. Du siehst doch, in welchem Zustand er ist.«

»Ich weiß. Und es ist lieb von dir, dass du dich um ihn sorgst, aber du hast auch ein Anrecht auf deine eigenen Gefühle.«

»Und was ist, wenn er nicht damit fertig wird?«

»Das wird er schon. Irgendwann. Er muss sich da einfach durcharbeiten.«

»Aber ohne Mum wird er ein hoffnungsloser Fall sein.«

»Er hat immer noch dich.«

»Genau. Und deswegen kann ich ihn nicht hängen lassen.«

Janie wusste, dass sie genau ins Schwarze getroffen hatte. Sie stand auf, nahm ein Handtuch von der Heizung und warf es Tally zu. »Na los – raus aus den Federn. Dusch dich und komm zum Frühstück nach unten – Obstsaft, Tee, was auch immer.«

Tally sah ihr nach, als sie das Zimmer verließ, und sie verspürte einen leichten Anflug von Ärger über Janies Anwesenheit. Es sollte ihre Mum sein, die ihr Dampf machte, nicht Janie. Dann stützte sie den Kopf in die Hände und schalt sich für solche lieblosen Gedanken.

Tom schleppte sich die Treppe hoch, und sein Blick fiel auf sein Gesicht im Spiegel auf dem Treppenabsatz – trostlos, unrasiert, eingefallen. Es spiegelte seinen innerlichen Zustand wider. Er wandte sich ab und ging in sein Arbeitszimmer, setzte sich und starrte aus dem Fenster über den Kräutergarten bis zum Brindle Hill. Er dachte an den Tag ihres Picknicks, als Pippa versucht hatte, mit ihm mitzuhalten, und stehen bleiben musste, um nach Luft zu schnappen. Eine plötzliche, schmerzliche Erkenntnis. War es wirklich nur ein Seitenstich gewesen? Oder hatte sie gewusst, dass es etwas Schlimmeres war? Sinnlos, sich darüber den Kopf zu zerbrechen. Er würde es niemals erfahren.

Er sah hinunter auf den Ordner, der das Buch enthielt. Er nahm es in die Hand und legte es in eine Schublade. *Wellenbewegungen.* Was für ein erbärmlicher, hohler Titel. Früher hatte er ihn einmal für geistreich gehalten. Aber jetzt nicht mehr. Er sah wieder aus dem Fenster.

Mitten am Nachmittag unterbrach ihn Janie. »Tom?«

Er gab keine Antwort, starrte einfach weiter in die Ferne.

»Tom!« Sie legte ihm eine Hand auf die Schulter.

Er sah auf. »Bitte?«

»Ich fahre nach Hause.«

Die Bemerkung schien nicht zu ihm durchzudringen. Dann kam er zu sich. »Ja. Entschuldige. Was?«

»Du siehst fürchterlich aus.«

Er lächelte halb. »Ja.«

»Hör zu. Ich habe nachgedacht. Es ist vermutlich besser, wenn ich nach Hause fahre und euch beide euch selbst überlasse.«

Er nickte.

»Ich würde ja bleiben, aber ich habe wirklich das Gefühl, ich würde euch bald im Weg stehen.«

Keine wirkliche Reaktion.

»Aber du musst mir versprechen, dass du etwas essen wirst. Und dass du auch Tally dazu bewegen wirst, etwas zu essen.«

Wieder nickte er. »Ja. Natürlich. Nein. Du musst los. Dinge erledigen.«

»Das ist nicht der Grund, weshalb ich fahre.« Es schien ihr wichtig, dass er ihre Beweggründe verstand. »Ich glaube, ihr beide müsst jetzt etwas Zeit mit euch allein verbringen; ihr müsst euch umeinander kümmern. Da will ich euch nicht im Weg stehen.«

Gute Umgangsformen siegten über seinen Schmerz. »Du stehst uns doch nicht im Weg. Du warst uns eine solche Hilfe. Ohne dich hätten wir das nie durchgestanden.«

»Das ist wirklich süß von dir, aber ich habe jetzt alles getan, was ich tun konnte. Hör zu, du weißt ja, wo ich bin, wenn ihr mich braucht. Maisie sagt, sie wird ein Auge auf euch haben, dieses schrullige alte Mädchen, aber ihr müsst mich anrufen, wenn ihr irgendetwas braucht. Okay?«

»Ja. Natürlich.« Und dann, in einem Versuch, eine gewisse Kraft von innen zu schöpfen: »Es tut mir Leid. Das mit mir. Es ist nur ... na ja ... ich kann es einfach noch nicht fassen.« Er saß noch immer auf dem Stuhl, hatte ihr nun aber das Gesicht zugewandt. Und dann begann er zu zittern. Sie nahm ihn hoch und legte ihm die Arme um die Schultern, während ihm die Tränen über die Wangen kullerten. Sie musste ihre ganze Kraft aufbieten, um ihn festzuhalten, während ihm die Worte über die Lippen platzten. »Oh, Janie, was soll ich bloß machen? Was soll ich bloß machen?« Er rang nach Atem. Es war, als sei sein ganzer Körper überwältigt worden, als hätte er die Kontrolle über seine Bewegungen an eine Art Lähmung abgegeben.

»Na komm schon, ist ja gut, ist ja gut.« Sie sprach etwas lauter, um zu ihm durchzudringen und um sich selbst Zuversicht einzuflößen.

»Ich kann ohne sie nicht leben. Ich will nicht.«

»Nein, Tom! Hör auf!«

Er wurde lauter, versuchte sich unter Kontrolle zu bringen, doch es gelang ihm nicht. »Warum musste sie es sein? Warum nicht ich?«

»Fang bloß nicht damit an.«

Jetzt schwamm er in Tränen; seine Stimme brach, und seine Nase lief. »Es ist einfach nicht gerecht. Es ist – verdammt nochmal – nicht – gerecht.« Und dann hielt sie ihn fest, während alle Kräfte ihn verließen, und er weinte die herzzerreißenden Tränen eines gebrochenen Mannes.

An diesem Nachmittag fuhr sie nicht nach Hause.

Am nächsten Morgen winkten sie ihr beide zum Abschied. Janie beobachtete, wie sie im Rückspiegel immer kleiner wurden, während sie sich Sorgen machte, dass sie doch besser hätte bleiben sollen. Aber Tom hatte ihr versprochen, sie anzurufen, falls er sie brauchen sollte, und sie hatte Tally ihre neue Handynummer gegeben und ausdrücklich erklärt, sie solle anrufen, wann immer sie wolle.

Sie sahen zu, wie sich der Golf in seiner Standardlivree aus Schlamm den Feldweg hinunterschlängelte, bis er außer Sichtweite war. Tally ergriff als Erste das Wort. »Was machst du heute?«

Tom war verblüfft von ihrer Frage. »Weiß nicht.«

»Wollen wir ausgehen? Nur du und ich?« Dann wurde ihr bewusst, was sie soeben gesagt hatte, und sie versuchte es zu überspielen. »Ich meine –«

Er fiel ihr ins Wort. »Wohin willst du denn?«

»Ich weiß nicht genau.«

»Weißt du, was ich denke?«

Sie sah zu ihm hoch. »Was?«

»Ich denke, du solltest Emma anrufen und sie besuchen.«

»Aber sie wird in der Schule sein.«

»Heute ist Samstag.«

»Wirklich? Ich habe vollkommen den Überblick verloren.«

Er rieb ihr die Schulter. »Ich auch.«

»Ich bin mir nicht sicher, ob ich ihr schon gegenübertreten kann.«

»Irgendwann musst du es tun.«

»Ich weiß. Aber sie ist vielleicht gar nicht zu Hause.«

»Das weißt du erst, wenn du's versuchst.«

Sie sah zu ihm hoch. »Nur wenn du dir sicher bist, dass du zurechtkommen wirst.«

Tom lächelte ihr beschwichtigend zu. »Ich bin mir sicher. Komm nur nicht allzu spät zurück, das ist alles.«

»Natürlich. Ich werde rechtzeitig zurück sein, um dich ins Bett zu stecken.«

»Bring mich bloß nicht wieder aus der Fassung.«

Sie stellte sich auf die Zehenspitzen und gab ihm einen Kuss. »Du bist wirklich der beste Dad, den es gibt, weißt du.«

Er versprach sich, dass er zum letzten Mal geweint hatte. Ganz abgesehen von allem anderen war er einfach erschöpft.

Sie saßen bei Emma zu Hause am Küchentisch, und Emma hörte zu, während ihre Freundin von den Ereignissen der vergangenen Woche berichtete. Sie wunderte sich über Tallys Gefasstheit, aber andererseits wunderte sie sich häufig über Tally. Hin und wieder drückte sie ihr die Hand, aber die meiste Zeit saß sie einfach schweigend da und hörte zu.

»Wie geht's deinem Dad?«

»Nicht besonders gut. Ich weiß nicht, was ich mit ihm anfangen soll, und er weiß nicht, was er mit sich selbst anfangen soll.«

»Hat er wieder mit der Arbeit angefangen?«

»Noch nicht. Ich glaube, er kann den Leuten dort noch nicht gegenübertreten.«

»Vermutlich braucht er noch etwas Auszeit.«

»Ja. Aber irgendetwas muss er doch auch tun.«

»Vermutlich macht er sich Sorgen um dich.«

»Ich weiß. Aber ich mache mir Sorgen um ihn.«

»Du kannst das nicht alles dir selbst aufbürden, Tally.«

»Aber er braucht mich doch. Er ist in einem fürchterlichen Zustand.«

»Und was ist mit dir? Wie geht's dir?«

Tally sah sie mit ausdrucksloser Miene an. »Ich weiß nicht. Ich meine, traurig. So traurig. Aber ich kann es nicht ... zulassen ... und Dad ...« Sie brach ab.

Emma legte Tally eine Hand auf die Schulter. »Ich glaube nicht, dass das eine besonders gute Idee ist.«

Tally zuckte zusammen. »An guten Ideen bin ich zur Zeit etwas knapp«, sagte sie.

»Wir könnten ein paar Tage wegfahren.«

Tally stand vom Tisch auf und trat hinüber ans Küchenfenster und sah auf den Garten von Emmas Mum hinter dem Haus, was kein großartiger Anblick war. »Ich kann ihn noch nicht allein lassen.«

»Nein, vermutlich nicht.«

»Ich will einfach noch keine Pläne machen.«

»Nein.«

Emma unternahm einen letzten Versuch. »Aber du wirst doch weiterhin aus dem Haus gehen? Nur um etwas Abstand zu gewinnen?«

»Natürlich.«

»Und was ist mit ... du weißt schon ... ihm?«

»Darüber kann ich im Moment gar nicht nachdenken.«

»Wirst du ihn wieder sehen?«

Keine Reaktion.

»Willst du ihn wieder sehen?«

Keine Reaktion.

»Ich dachte nur, du bist ...«

Tallys hellblaue Augen blitzten auf. »Nein, ich glaube nicht. Und außerdem hat er sowieso nicht angerufen.«

Vierzehntes Kapitel

Rachel Jago war verärgert. Allmählich war ihr aufgegangen, dass Pippas Tod zwar ein Hindernis auf dem Weg zu ihrer Geschäftserweiterung ausgeräumt, ihr jedoch andererseits vielleicht ein neues entgegengestellt hatte. Es war unwahrscheinlich, dass Tom für die Idee empfänglich sein würde, solange er noch ganz von seiner Trauer eingenommen war. Außerdem wollte Peter die Sache inzwischen auch noch einmal überdenken – vor allem aus Rücksicht auf Toms Gefühle. Es war typisch für ihn, dass er jetzt kniff, nachdem sie es schon so weit vorangebracht hatten.

Aus Rachels Ärger konnte man vor allem eines schließen: Auf dem Gebiet des Egoismus besaß Rachel Jago einen Abschluss mit Auszeichnung.

Während Toms und Pippas Abwesenheit – über die gesamten fünf Tage – war sie nicht untätig geblieben. Sie hatte sich das georgianische Haus als Zuhause für »ihr« neues Restaurant in den Kopf gesetzt und die Hebel für den Erwerb bereits in Bewegung gesetzt. Der Gutachter hatte die Immobilie besichtigt und seinen Bericht im Voraus telefonisch durchgegeben und erklärt, dass das Gebäude, bis auf ein paar Probleme aufgrund des Alters des Hauses, solide zu sein schien.

Mit der Stärke dieser Aussage hatte sich Rachel an die Bausparkasse gewandt und den Filialleiter – eine alte Flamme von ihr – beschwatzt, seine Zustimmung zu einer Hypothek zu erteilen, »vorbehaltlich der üblichen Zusicherungen«. Sie war sich nicht ganz sicher, was er damit meinte. Trotzdem, sie war sich sicher, dass ihr alter Freund, was auch immer für Probleme auftauchen würden, eine Lösung dafür finden würde. Ein süßer Mann.

Und nun das. Wie konnte sie dieses kleine Problem umgehen? Sie wusste, dass sie freundlich und rücksichtsvoll wirken musste, trotz ihres Eigennutzes. Sie würde eine Dinnerparty geben, nur ein paar enge Freunde und Tom. Sie würde ihn überrumpeln. Sie konnte es beim Kaffee ins Gespräch einfließen lassen, und dann, wenn ein paar andere Leute dabeisaßen, würde es Tom schwer fallen, sich zu streiten. Na bitte. Problem gelöst.

Es ist schon interessant, wie mangelnde Sensibilität einen Menschen in trügerische Sicherheit wiegen kann.

»Ich finde es verrückt von dir, überhaupt hinzugehen.«

»Ich auch.«

»Sie ist eine alte Kuh, und ich kann mir gar nicht vorstellen, weshalb sie dich überhaupt eingeladen hat.«

»Vielen Dank.« Im Spiegel auf dem Treppenabsatz rückte er seine Krawatte zurecht.

»Du weißt, was ich meine.«

»Ja, das weiß ich. Aber sie haben in der letzten Woche wirklich gute Arbeit geleistet, haben den Pelikan ganz allein geschmissen.«

»Sie hat ihn nicht geschmissen. Das war Peter.« Die Begegnung in der Teestube von Axbury war Tally noch frisch im Gedächtnis. Sie erinnerte sich überdeutlich ihrer Gefühle, als Rachel spöttische Bemerkungen über ihre Einkäufe gemacht hatte. Über die Einkäufe ihrer Mutter. »Und außerdem verbringst du doch sowieso nie deine Freizeit mit ihnen. Weil du weißt, dass ihr euch nur zanken würdet.«

Er wandte sich vom Spiegel ab und lächelte ihr zu. Sie sah die Erschöpfung in seiner Miene. »Es sorgt dafür, dass ich aus dem Haus komme.«

Sie bürstete etwas Staub vom Ärmel seines Jacketts. »So dringend nötig hast du es bestimmt nicht.«

»Das glaubst du doch selbst nicht.«

»Vielen Dank!«

Er tätschelte ihr den Kopf. »Du weißt, was ich meine.«

»Da bin ich mir nicht ganz sicher.«

»Ich habe das Gefühl, ich sollte zumindest hingehen und mich bedanken. Ich kann Rachel auch nicht besser leiden als du – vermutlich noch weniger –, aber wenn ich heute Abend hingehe, dann heißt das, dass ich danach eine Weile nicht mehr hingehen muss. Eine ganze Weile, hoffe ich.«

»Na ja, pass auf dich auf. Sie isst Männer zum Frühstück.«

Er kniff die Augen zusammen. »Nicht diesen hier.«

»Sorg bloß dafür, das das auch stimmt. Und komm nicht zu spät zurück«, sagte Tally.

»Danke.«

»Was soll das heißen?«

»Nichts. Einfach danke.«

Während er den Feldweg hinunterfuhr, verspürte er einen Funken von Stolz unter der schweren Hülle seiner Traurigkeit.

Tom war erst seit einer halben Stunde fort, als es an der Tür klingelte. Tally ging die Diele hinunter und sah eine verschwommene Gestalt hinter der Glasscheibe. Sie machte die Tür auf. Blip Butterly lächelte nervös und hielt ihr einen Strauß Gartenblumen hin. »Von zu Hause.

Ich habe sie selbst gepflückt. Wollte nur sagen ... du weißt schon.«

Tally nahm den Strauß Rittersporn und Ringelblumen entgegen. »Danke.« Sie zögerte einen Augenblick, dann küsste sie ihn auf die Wange und hielt ihm einladend die Tür auf.

Blip trat von einem Fuß auf den anderen, die Hände tief in die Taschen seiner Jeans vergraben. Das Hemd hing ihm über die Hose, frisch und weiß. Er hatte sich ganz offensichtlich Mühe gegeben.

Er folgte ihr in die Küche und setzte sich an den Tisch, während sie die Blumen in Wasser stellte. »Willst du ein Bier?«

»Danke.«

Tally holte zwei Budweiser aus dem Kühlschrank, öffnete sie und schob eines davon über den Tisch zu ihm hin, bevor sie ihm gegenüber Platz nahm.

»Prost.«

»Prost.«

Ein paar Augenblicke lang herrschte ein betretenes Schweigen zwischen ihnen, bevor Blip wieder das Wort ergriff. »Ich wollte nur sagen, wenn du irgendwas brauchst, na ja, du weißt schon, wenn du reden willst oder irgendwas ...«

»Danke.«

»Es ist nur ... ich bin nicht sehr geschickt in solchen Dingen.«

»Schon gut. Das ist niemand. Ich auch nicht.«

»Willst du darüber reden?«

»Ich habe das Gefühl, ich habe gar nichts anderes mehr getan.«

»Und hilft es?«

»Nicht viel.« Sie trank einen Schluck aus ihrer Flasche.

Blip verstand den Wink und tat dasselbe. Dann rührte er mit einem Finger in einem Tropfen Bier, der auf den Tisch gefallen war. »Hör zu, ich habe irgendwie das Gefühl, du willst damit nicht weitermachen.«

Tally sah ihn an. »Womit?«

»Mit dieser ... du weißt schon, Beziehung.«

Tally blickte verdutzt. »Wie kannst du das sagen?«

»Weil du mir aus dem Weg gehst.«

»Ich hatte andere Dinge im Kopf«, erinnerte sie ihn.

»Ich weiß. Aber es war auch schon vorher so, oder nicht?«

Tally stand vom Tisch auf. »Wie kannst du das bloß jetzt zur Sprache bringen?«

»Ich wollte es ja nicht. Ich habe versucht, es nicht zu tun. Aber ich wollte einfach wissen, ob ich meine Zeit verschwende.«

»Und was glaubst du?«

»Na ja, im Augenblick ... will ich nicht ...«

Inzwischen blickte Tally wütend. »Nein, du hast es zur Sprache gebracht. Und die Antwort ist Ja. Ich glaube, du verschwendest deine Zeit.«

Blip starrte sie an. Er hatte nicht vorgehabt, damit rauszurücken, aber sie hatte ihn unter Druck gesetzt, und jetzt war sie gereizt. Gereizter, als er sie je zuvor erlebt hatte. »Ich glaube, ich sollte jetzt besser gehen.«

»Ja. Völlig richtig. Mach dich aus dem Staub. Sieh der Sache nicht ins Auge.«

Er blickte geknickt. »Ich will nicht ...«

»Nein. Du willst nicht, und auch sonst will niemand ...« Sie versuchte weiterzusprechen, aber sie schaffte es nicht, und sie schnellte herum und sah aus dem Fenster, während sie mit den Tränen kämpfte.

Blip trat hinter sie und legte ihr die Hände auf die Schultern. Sie wandte sich kurz zu ihm um, dann ließ sie sich gegen ihn fallen und schluchzte unkontrolliert. »Es tut mir so Leid. Es ist nur – ich kann nicht ...«

Er strich ihr über den Hinterkopf, während er verzweifelt überlegte, was er sagen könnte, bis er schließlich kläglich scheiterte.

Schließlich versiegten die Tränen, und Tally schniefte. »Das hast du eigentlich nicht gewollt, oder?«

Blip lächelte. »Macht nichts.«

»Es tut mir Leid. Hab einfach alles zu lange in mich hineingefressen. Hab mich um Dad gekümmert, versucht, mit mir selbst klarzukommen.«

»Du musst sie schrecklich vermissen.«

Tally wischte sich die Tränen mit dem Handrücken beiseite. »Es sind vor allem die Kleinigkeiten. Einkaufen, dass der Tee nicht auf dem Tisch steht, das Haus still ist, die Sachen nicht von dort weggeräumt werden, wo ich sie liegen lasse. Diese Dinge.«

»Ich weiß.«

Tally sah zu ihm auf. »Oh, es tut mir so Leid. Ich hatte es ganz vergessen.«

Blip lächelte verständnisvoll. »Dass die Fußballsachen nicht gewaschen sind, die Milch alle ist, das Bett nicht gemacht ist.«

»Wie lange ist es jetzt her?«

»Drei Jahre.«

»Wird es besser?«

»Ein bisschen. Man lernt ... na ja ... zurechtzukommen.«

»Es tut mir Leid. Ich wollte nicht ...«

»Nein, ist schon gut. Ich weiß. Man kann an gar nichts anderes denken, wenn es passiert.«

»Nein. Aber vielen Dank – fürs Zuhören, meine ich. Und fürs Vorbeikommen.«

»Schon gut. Hör zu, wenn du's dir anders überlegen solltest, oder wenn du einfach ... du weißt schon ... einen Freund zum Reden oder irgendwas brauchst, lass es mich wissen.«

»Das werde ich.«

Blip sah auf die Flasche Bier, die auf dem Tisch stand, dann wieder zurück zu Tally. »Ich mache mich besser wieder auf den Weg.« Er ging in Richtung Tür. »Es wird besser werden. Ich meine, ich bin doch der lebende Beweis.«

Sie war gerührt von seinem Versuch, einen Witz zu machen. Blip, der immer so ernst, so seriös wirkte.

Leise schloss er hinter sich die Tür.

Tally sah ihm nach, wie er den Weg hinunterging, um die Ecke, bis er außer Sichtweite war. Eine Mischung aus Schuld und Erleichterung erfüllte sie. Schuld, da sie vergessen hatte, dass Blips eigene Mutter tot war, und Erleichterung, da ihre Wut offenbar ein klein wenig das Gewicht auf ihren Schultern reduziert hatte. Sie musste weiterkommen. Sie nahm die Bierflaschen, leerte ihren Inhalt ins Spülbecken, warf sie in den Mülleimer und stieg dann die Treppe hoch und ging zu Bett.

Toms Stimmung sank, als Rachel die Tür öffnete.

»Tom ... Darling. Wie schön, dich zu sehen.« Sie küsste die Luft neben seinen Wangen, dann schlang sie die Arme um ihn und umarmte ihn gebieterisch. Er hätte sich lieber von einer Boa constrictor umarmen lassen, auch wenn diese Umklammerung etwas länger gedauert hätte. Rachel führte ihn ins Wohnzimmer des eleganten Stadthauses – überall Eichenböden und Leinenvorhänge, Kissen, die mit penibler Genauigkeit auf Sofas platziert lagen, und hellbeige Farbe an den Wänden.

Der Rest der Gesellschaft, sechs Personen, war bereits eingetroffen – auf Anweisung, wie er vermutete – und sie begrüßten ihn mit gedämpften Stimmen, wobei sie teilnahmsvoll nickten.

Peter kam zu ihm herüber und umarmte ihn freundschaftlich, drückte ihm ein Glas Champagner in die Hand und murmelte: »Alles klar, Kumpel?«

Tom bemühte sich, einen fröhlichen Eindruck zu erwecken.

Rachels Stimme erhob sich über das leise Gesprächsgemurmel: »Also, wir werden heute Abend nicht traurig vor uns hin brüten. Tom ist hierher gekommen, um sich etwas aufzumuntern, und wir sind hier, um ihm dabei zu helfen. Also, auf Pippa. Wir alle werden sie sehr vermissen. Und auf Tom und Tally. Wenn sie uns brauchen, dann wissen sie, wo wir sind.« Rachel hob ihr Glas, begleitet von höflichem Gemurmel.

Tom besah sich die versammelte Gesellschaft. Er kannte niemanden gut. Es waren Rachels Freunde, Damen in teuren Pullovern und Hosen, Männer, die ganz offensichtlich lukrativen Geschäften oder dem Anwaltsberuf oder irgendeiner anderen, ebenso unergründlichen Tätigkeit nachgingen. Aber er musste höflich sein, den Abend durchstehen. O Gott, er wünschte, er wäre nicht gekommen.

Ein Paar kam zu ihm herüber. Sie trug einen cremefarbenen Zweiteiler mit einem perlenbesetzten Ausschnitt, er ein Jacket und ein Hemd mit offenem Kragen. »Was für ein Pech. Tut uns so Leid«, sagte er.

»Entsetzlich«, pflichtete sie bei. »Haben Sie vor, dort zu bleiben, wo Sie wohnen?«

Tom blickte verwirrt. »Na ja, ich denke schon. Ja.«

»Aber es ist doch ein solch großes Haus für Sie beide.«

Er spürte, wie allmählich Ärger in ihm aufstieg. »Eigentlich nicht.« Er trank einen Schluck Champagner. Die Stimme der Frau wurde zu einem Echo. Er versuchte, den Blick weiterhin fest auf die beiden zu richten, aber er sah nur noch ein verschwommenes Bild des rotgesichtigen Ehemanns, der im Einklang mit seiner Frau nickte, und der Frau, die wie ein Wasserfall redete. Dann, auf einmal, wurde er sich bewusst, dass Stille eingetreten war. Er betrachtete ihr Gesicht. Sie musste eine Frage gestellt haben. »Wie bitte?«

»Was ist mit dem Pelikan?«

Er hatte keine Zeit zu antworten. Rachels Stimme schaltete sich ein: »Ich denke, wir werden jetzt ins Esszimmer gehen und essen.«

Tom leerte sein Glas und stellte es auf dem Kaminsims ab. Er fragte sich, ob es auf dem polierten Eichenholz einen ringförmigen Fleck hinterlassen würde. Er hoffte es fast. Dann überkamen ihn Schuldgefühle, und er nahm das Glas und wischte das Holz und den Stiel des Glases mit seinem Taschentuch ab.

Sie gingen ins Esszimmer. Seine schlimmsten Befürchtungen erfüllten sich: Er wurde zwischen Rachel und die Frau mit den Perlen platziert. Ihm gegenüber saß eine entsetzlich dünne Frau mit einem langen Hals und schwerem Goldschmuck, die sich das Haar zu einem schaumartigen Wirrwarr in Walnussbraun und Blond hochgesteckt hatte. Ihre Fingernägel waren lang und leuchtend rot lackiert. Die Männer sahen sich zum Verwechseln ähnlich, alle in dunklen Jackets und grauen Hosen. Er fühlte sich wie in einem Jachtklub.

»Also, wir wollen die Förmlichkeiten beiseite lassen«, verkündete Rachel. »Ihr kennt ja die Regeln: Nehmt euch einfach selbst von allem.«

Peter hatte gekocht, was er für Dinnerpartys dieser Art oft kochte – einen ganzen Hühnerstall von Perlhühnern, die er in die Mitte des Tischs stellte, zusammen mit einer Schüssel grüner Bohnen, die er mit Hilfe von Schnittlauch zu ordentlichen, reisigartigen Bündeln zusammengeschnürt hatte. Florentinischer Fenchel in heller Sauce lag in einer anderen Schüssel, und er schenkte einen Chablis *premier-cru* in hohe Kristallgläser.

Tom wünschte, er hätte etwas Appetit, dann holte er einmal tief Luft und befahl sich, sich zusammenzureißen. Er sprach mit der dünnen, vergoldeten Frau ihm gegenüber, die, wie sich herausstellte, ein Geschäft besaß, das sich auf Innenausstattung und Wohndesign spezialisiert hatte. Typisch für Rachels Freunde. Er versuchte den hässlichen Gedanken aus seinem Kopf zu verbannen. Er bemerkte die Hände der Frau – klauenartig, braun gebrannt und professionell manikürt. Ein Trio aus schweren Goldarmreifen klapperte und klirrte, während sie den knochenreichen Vogel auf die Gabel spießte. Ihr Lippenstift verlief bis in die Winkel ihres Mundes. Es war alles so surreal. Er war hier und doch irgendwo anders. Er trank einen Schluck Wein, in der Hoffnung, es würde ihn entspannen.

Banale Konversation folgte. Er war sich bewusst, dass er mit der Frau über den Zustand des Daches des Münsters von Axbury sprach, worüber er wenig wusste, und mit dem Mann zu ihrer Rechten über die europäische Agrarpolitik, worüber er noch weniger wusste. Die Absurdität all dessen traf ihn wie ein Schlag ins Gesicht, und er lehnte sich auf seinem Stuhl zurück.

Rachel nutzte den Augenblick. »Ich habe eine Neuigkeit, die dich aufmuntern wird.«

Tom zog eine Augenbraue hoch, sagte jedoch nichts.

»Peter und ich sind nicht untätig geblieben, während du fort warst.«

»Ach?«

Am anderen Ende der Tafel sah Peter nervös auf. Der dritte weibliche Gast – eine Amerikanerin mit kurzem dunklem Haar – hatte ihn in ein ernsthaftes Gespräch über die Vorzüge der Austern von Loch Fyne verstrickt. Er stand auf, nahm die Flasche Chablis und ging damit auf Tom zu. Mit einer aus Erfahrung gewonnenen Geschicklichkeit fing Tom den Wein ab, indem er einen Finger quer über sein Glas legte. Er wandte den Blick nicht ein einziges Mal von Rachel ab, während er ihr aufmerksam zuhörte.

Peter erkannte die Sinnlosigkeit seiner Intervention und verzog sich wieder. Die Amerikanerin unterbrach ihren Vortrag, und die Runde verfiel in Schweigen.

»Du weißt doch, dass wir über eine Geschäftserweiterung gesprochen haben?«

Keine Reaktion.

Rachel fuhr fort. »Nun ja, wir haben etwas gefunden. Ein georgianisches Stadthaus in der Portland Street. Perfekt.«

»Wofür?«, fragte Tom ruhig.

»Für das neue Restaurant.«

»Was für ein Restaurant?«

Rachel schien von der Frage überrumpelt. »Eines, in dem Peters Essen serviert wird.«

»Das hatte ich mir fast gedacht.«

»Freust du dich denn nicht?«

»Es hat im Grunde nichts mit mir zu tun.«

»Aber natürlich. Ihr seid Partner. Es wird wie mit dem Albatros sein.«

»Genau.«

Rachel erkannte ihren Fehler. »Ich meine, dass es euch beiden gehören wird. Es wird natürlich weitaus erfolgreicher sein als der Albatros.«

»Woher willst du das wissen?«

»Weil das Klima inzwischen anders ist. Die Nachfrage nach neuen Lokalen, in denen man etwas essen kann, ist weitaus größer als vor fünfzehn Jahren.«

»Verstehe.«

»Und es wird euch beiden die Chance geben, eure Flügel auszubreiten.«

»Tatsächlich.«

Die Atmosphäre um den Tisch wurde allmählich ungemütlich. Der kalte Tonfall in Toms Stimme, wenn auch *pianissimo* vorgebracht, war niemandem entgangen. Außer Rachel.

»Und es wird dir helfen, dich auf andere Gedanken zu bringen.«

Tom holte einmal tief Luft. »Warum sollte ich mich auf andere Gedanken bringen wollen?«

Rachel blickte unbehaglich drein. »Na ja. Du weißt doch. Es war eine grässliche Zeit – das ist es noch immer, ich weiß – aber du musst einfach einen Neuanfang machen.« Sie legte eine Hand auf seine. Er ließ sie dort liegen. Wenn Pippa hier gewesen wäre, wie anders wäre dann alles gewesen. Sie hätte ihm unter dem Tisch einen Stups gegeben und versucht, sich das Lachen über Rachels Einmischung zu verbeißen. Aber jetzt war er allein.

»Ja. Du hast Recht. Es ist Zeit für einen Neuanfang.«

»Ich bin froh, dass du das einsiehst.« Sie tätschelte ihm die Hand, dann hob sie ihr Glas und trank zur Stärkung einen Schluck von ihrem Wein.

Tom nickte. »Zeit für eine Veränderung. Man darf nicht auf der Stelle treten. Wenn man das tut, dann bewegt man sich rückwärts.« Er brach ein Bein aus seinem Perlhuhn.

»Genau. Dann bist du also bereit dazu?«

»Nein. Überhaupt nicht.«

Das Schweigen war eisig.

»Wie bitte?«

»Ich bin bereit für eine Veränderung. Nicht für ein neues Restaurant.«

Rachel blickte verblüfft. »Was denn dann?«

»Ich verkaufe meinen Anteil am Pelikan. Ihr könnt ihn kaufen, wenn ihr wollt. Oder ich kann ihn an irgendjemand anders verkaufen.«

Rachels Mund stand weit offen. Aus Peters Gesicht war alle Farbe gewichen. Einer der Männer hüstelte nervös, ein anderer stand auf und ging auf die Toilette. Mit der Präzision eines Chirurgen im Operationssaal entfernte Tom das Fleisch von der Brust des nackten Huhns. »Schönes Perlhuhn, Peter. Ganz dein üblicher Standard. Ich werde es vermissen.« Er wandte sich an Rachel. »Tut mir Leid, dich zu enttäuschen. Ich weiß, dass du es dir in den Kopf gesetzt hast – vielleicht könnt ihr es ja trotzdem machen, aber nicht mit mir, tut mir Leid.«

»Aber ...« Sie rang nach Worten. »Aber wenn du nicht ... wir können doch nicht ...«

Tom zuckte die Schultern. »Tut mir Leid. Andere Pläne.«

»Was denn für Pläne?«

Tom legte seine Gabel beiseite und wischte sich mit der Serviette die Mundwinkel ab. »Ich habe nicht die geringste Ahnung. Überhaupt keine.« Er erhob sich vom Tisch. »Ich danke euch vielmals für das Abendessen. Bitte entschuldigt mich. Ich muss jetzt nach Hause und mich um meine Tochter kümmern. Die letzte Zeit ist nicht leicht gewesen.«

Peter sah aus, als würde er sich im nächsten Augenblick übergeben.

»Ich werde morgen im Restaurant vorbeischauen, und dann werden wir ein paar Dinge besprechen. Ich werde noch ein paar Wochen bleiben, bis wir die finanziellen Angelegenheiten geregelt haben. Ich bin sicher, es wird alles gut werden. Sally schmeißt inzwischen den Laden vorn, und du hast – wie hieß sie doch gleich? Kate Lundy. Wie hat sie sich eigentlich gemacht?«

Peter hatte die Augen weit aufgerissen. Er antwortete, als würde er zu einem Geist sprechen. »Gut. Ausgesprochen gut.«

»Das ist ja schön. Damit hatte ich eigentlich auch gerechnet. Bin froh, dass wir die richtige Entscheidung gefällt haben. Man kann sich nie sicher sein – aber schließlich kann man sich bei nichts je wirklich sicher sein, oder?«

Fünfzehntes Kapitel

Als er zu Tally ins Zimmer sah, schlief sie tief und fest. Er hockte sich zu ihr auf die Bettkante und strich ihr eine einzelne Strähne von der Schläfe. Sie rührte sich, wachte aber nicht auf. Mondlicht fiel durchs Fenster und warf gespenstische Schatten in das Zimmer. Es gab kein Geräusch außer ihrem Atmen.

Was sollte er ihr sagen? Sie würde denken, dass er völlig den Verstand verloren hatte. Sie war seine Tochter, aber bisweilen schien es, als sei Tally eine Sechzehnjährige mit der geistigen Reife einer Vierzigjährigen. In den vergangenen Tagen hatten sie die Rollen von Erwachsenem und Kind abwechselnd übernommen. Wenn sie eine kindische Bemerkung machte, sah er sie mit einem mahnenden väterlichen Blick an. Oder er tat irgendetwas, was sie für unvernünftig hielt, und sie übernahm die Elternrolle. Jetzt hockte er auf ihrer Bettkante und starrte sie an, die einzige Frau in seinem Leben – seine Tochter, seine Freundin, seine Beschützerin. Wie konnte von ihr erwartet werden, dass sie mit sechzehn all diese Rollen erfüllte? Wo blieb da die Gerechtigkeit? Und jetzt hatte er alle Brücken hinter sich abgebrochen. Na ja, eine von ihnen. Aber immerhin eine entscheidende. Was würde sie denken?

Tally rührte sich und schlug die Augen auf. Einen Moment lang blickte sie verängstigt, dann sah sie ihn und lächelte. Er machte den Mund auf, um zu sprechen, aber bevor er irgendetwas sagen konnte, murmelte sie »Gute

Nacht« und schloss die Augen erneut. Zum ersten Mal seit Pippas Tod war der gepeinigte Ausdruck aus ihrem Gesicht gewichen. Er strich ihr mit dem Handrücken über die Wange, dann stand er auf und ging über den Treppenabsatz in sein Schlafzimmer. Das Bett erschien ihm nun absurd groß – eine massive Insel inmitten des Zimmers, unter den Eichenbalken der Decke. Eine Insel, auf der er mit wenig Hoffnung auf Rettung gestrandet war. Er setzte sich ans Fußende des Betts und zog sich die Schuhe aus, dann beugte er sich vor und stützte den Kopf in die Hände. Er konnte sie noch immer riechen, noch immer ihre Gegenwart in der Luft spüren. Er schauderte und stand auf, um seine Kleider auszuziehen. Der Schrank war voll von ihren Sachen. Was sollte er damit tun? Sie ausräumen und für einen guten Zweck spenden? Er wollte nicht darüber nachdenken. Ihr Schrank war von seinem getrennt. Ihre Kleider konnten dort bleiben, solange er wollte. Es war kein Problem; er würde sich damit befassen, wenn er so weit war.

Er schlüpfte unter die Decke. Die Gespräche und das unbehagliche Schweigen auf der Dinnerparty hallten noch immer in seinem Kopf wider. Er streckte sich aus, sah den fahlen Mond durchs Fenster schimmern und fühlte sich, als sei er in der Zeit erstarrt. Wie sehr wünschte er sich, er könnte die Uhr zurückdrehen, die Dinge sagen, die er nie gesagt hatte, die Dinge tun, die er nie getan hatte. Warum hatten sie nicht öfter zusammen Urlaub gemacht, anstatt so hart zu arbeiten und zu versuchen, irgendwo ein bisschen Zeit für sich abzuzweigen? Jetzt konnte er erkennen, ach so klar erkennen, wie glücklich sie gewesen waren, wie perfekt und was für ein Glücksfall ihre Beziehung gewesen war.

Der Schlaf ließ lange auf sich warten. Es war nach drei, bevor er endlich in einen unruhigen Schlummer fiel, und um halb acht war er wieder hellwach und einem neuen unwillkommenen Tag ausgeliefert.

*

Er war überrascht, dass Tally bereits am Frühstückstisch saß. Sie sah auf, als er in die Küche kam. »Du siehst fürchterlich aus!«

»Danke.« Er fuhr sich mit einer Hand durch sein zerzaustes Haar. »Keine sehr gute Nacht.«

»Nein.«

»Du auch nicht?«

Sie nickte. »Ich habe geschlafen, nachdem du bei mir im Zimmer warst, aber ich bin früh aufgewacht.« Sie knabberte an einer Scheibe Toast und hielt ein Glas Orangensaft in der Hand. Ihr Körper war in einen riesigen, schwarz-weiß karierten Morgenrock gehüllt, und sie sah winziger aus als je zuvor. »Wie war's?«, fragte sie.

»Grässlich.«

»Also wie erwartet.«

Er stellte den Wasserkessel auf den Herd.

»Rachel so freundlich wie eh und je?«

»O ja. Voller glänzender Ideen für unsere Zukunft.«

»Was für Ideen?«

»Erweiterungsideen.«

»Was soll das heißen?«

Er setzte sich ihr gegenüber an den Tisch. »Sie will ein neues Restaurant eröffnen.«

»Nicht das schon wieder.«

»Leider doch.«

»Was hast du gesagt?«

»Zu viel.«

»Ich hoffe, du hast ihr die Meinung gesagt.«

»Eigentlich nicht.«

»Was denn dann?«

»Ich bin ausgestiegen.«

»Wie bitte?«

»Ich habe Rachel und Peter gesagt, dass ich aussteigen will. Dass ich nicht im Pelikan bleiben will. Dass es Zeit für eine Veränderung ist.«

»Das ist gut, Dad.«

Tom blickte überrascht. Das war nicht das, was er erwartet hatte. »Du bist nicht sauer?«

Tally schüttelte den Kopf.

»Hältst du mich für dumm?«

Sie schüttelte ihn wieder.

»Aber vermutlich denke ich nicht logisch.« Er sah aus dem Fenster auf den erwachenden Morgen. »Was hätte deine Mum wohl dazu gesagt?«

»Ich weiß nicht. Aber wenn es wirklich das ist, was du willst, dann hätte sie sich gefreut.«

»Meinst du?«

»Ich weiß es.«

»Aber ich soll doch ein verantwortungsbewusster Vater sein, der sich um dich kümmert und sicherstellt, dass du versorgt bist und dass genug Geld ins Haus kommt, um deine Ausbildung abzusichern. Du hast eben erst die Mittelschule abgeschlossen ...«

»Mittlere Reife«, berichtigte sie ihn.

»Na ja, wie auch immer es jetzt heißt. Aber es gibt auch noch das Abitur und die Universität.«

»Falls ich mich dafür entscheide.«

»Ja, aber ich will, dass du die Freiheit der Entscheidung hast, und ich will nicht, dass du dann ein dickes Studentendarlehen am Hals hast.«

Tally kaute ihren Toast, während ihr Vater ihr seine verrückten Launen erklärte. »Weiß der Himmel, was ich tun werde.«

Der Kessel pfiff, und er stand vom Tisch auf. »Ich sollte besser heute Morgen hinfahren und ihnen sagen, dass ich etwas vorschnell war.«

Jetzt war es an Tally, aufzustehen. »Das wirst du nicht tun.«

Er war erstaunt über den Zorn in ihrer Stimme.

»Du bist dort nie wirklich glücklich gewesen«, sagte sie.

»Aber ich habe mich damit arrangiert. Es hat uns ein ganz gutes Einkommen eingebracht.«

»Das heißt noch lange nicht, dass du damit weitermachen musst. Und wenn ich glauben müsste, dass du es nur für mich tust, dann fände ich das fürchterlich. Wenn du es nicht tun willst, dann will ich auch nicht, dass du es tust. Ich will, dass du etwas tust, was dich glücklich macht.« Sie kam zu ihm herüber und schlang ihm die Arme um die Taille, während er Kaffee aufbrühte. Er spürte, wie sie sich mit einer Seite ihres Gesichts an seinen Rücken kuschelte.

»Aber was werden die Leute denken?«

»Es kümmert mich nicht, was die Leute denken. Lass sie denken, was sie wollen. Wenn sie denken wollen, dass du übergeschnappt bist, wen kümmert das denn? Ich weiß, dass du es nicht bist. Du wolltest doch immer schon schreiben. Warum tust du das nicht?«

Tom wandte sich zu ihr um. »Weil ich mich vermutlich nicht dazu eigne.«

»Das weißt du erst, wenn du's versuchst. Und außerdem hast du doch schon deinen Roman.«

»Ich bezweifle, dass irgendjemand ihn je veröffentlichen wird. Und ich habe mich im Grunde schon seit Ewigkeiten nicht mehr richtig dahinter geklemmt. Ich finde, es klingt alles ein bisschen abgedroschen.«

»Na, dann fang einen neuen an.«

»Ich glaube nicht, dass ich das kann ... noch nicht.«

Ihre Stimme wurde leiser. »Nein.« Sie schwieg einen Augenblick. »Aber das heißt doch nicht, dass du es nicht können wirst ... irgendwann. Wenn ... du weißt schon ...«

»Ich weiß.«

Ihre Miene hellte sich wieder auf. »Warum schreibst du nicht kurze Zeitungsartikel? Schreib doch über ...«

»Worüber?«

»Ich weiß nicht. Das Leben. Die Dinge.«

»Ich glaube, ich habe fürs Erste genug vom Leben und den Dingen.«

»Oh, Dad! Was soll ich bloß mit dir machen?«

Er sah von seinem Kaffee auf zu dem Häuflein Elend, das er eigentlich großziehen sollte. »Ich weiß es nicht, Tally. Ich weiß es wirklich nicht.«

Er freute sich nicht auf das Gespräch mit Peter. Am Abend zuvor hatten sie sich nicht wirklich unterhalten, und er hatte ein schlechtes Gewissen, da er eine spontane Entscheidung gefällt hatte, die sich auf Peters Leben ebenso auswirken würde wie auf sein eigenes. Ängstlich spähte er durch die Küchentür des Pelikan. Peter war nirgends in Sicht, nur eine blonde Gestalt, die Pfannen und Teller aus einem Schrank hievte.

»Hallo«, sagte er.

Kate Lundy schnellte herum, und ein Lächeln huschte über ihr Gesicht, das einen Augenblick später einem teilnahmsvollen Blick wich. »Es tut mir so Leid.«

»Danke.«

Ein verlegenes Schweigen trat ein. Dann fragte er: »Wie kommen Sie zurecht?«

»Gut. Na ja, Sie wissen ja, ich lerne schnell.«

»Ja.«

»Sagen Sie ... möchten Sie vielleicht einen Kaffee? Ich wollte auch gerade einen trinken.«

»Ja, bitte.«

Sie schenkte Kaffee aus einer Kanne in zwei Becher. »Milch und Zucker?«

»Nur Milch.«

»Wissen Sie, ich muss Ihnen dafür danken, dass Sie mir zu diesem Job verholfen haben.«

»Das war ich nicht.«

Sie reichte ihm einen der Becher. »Oh, ich weiß, dass Sie Peter erst überzeugen mussten. Er hat es mir gesagt – und dass er glaubte, ich sei reine Zeitverschwendung.«

»Er hat nicht viel Zeit verschwendet.«

»Nein. Aber ich auch nicht. Ich hoffe, ich habe ihn überzeugt.«

»Ich denke, das haben Sie, nach dem zu urteilen, was er gestern Abend gesagt hat.« Tom fiel ein, wie kurz ihr Abschied gewesen war, und ihm wurde bewusst, dass er aus Peters knapper Bestätigung von Katies Tüchtigkeit vielleicht zu viel abgeleitet hatte.

»Wie geht es Ihnen?«

»Ach, Sie wissen ja ...«

»Nein, ich glaube nicht, dass ich das weiß, aber ich kann es mir vorstellen. Hören Sie, wenn es irgendetwas gibt, was ich tun kann, dann müssen Sie es nur sagen, und ...«

»Danke.«

»Eigentlich ist es schon witzig.«

»Was?« Er war sich nicht ganz sicher, was sie meinte.

»Als wir uns kennen lernten, war mein Leben am Nullpunkt angelangt. Dann haben Sie mich eingestellt. Ein paar Wochen später, und die Dinge haben sich für uns beide – auf unterschiedliche Weise – verändert.«

Tom nahm seinen Becher in die Hand. »Weshalb waren Sie in einem solchen Zustand?«

»Ich hatte kurz zuvor meine Scheidungsunterlagen zugestellt bekommen.«

»Oh, Gott! Das tut mir so Leid.«

»Das muss es nicht. Das tut es mir auch nicht. Ich stand einfach an einem Wendepunkt, das ist alles. Ein Teil deines Lebens endet ... na ja, das ist vermutlich eine schlechte Wortwahl.«

»Nein.«

»Es hatte sich so lange hingezogen. Und wenn dann die Unterlagen eintreffen, dann wird man sich auf einmal der Endgültigkeit all dessen bewusst. Es gibt kein Zurück. Aber in meinem Fall war es wenigstens eine freie Entscheidung.«

»Ja«, pflichtete er traurig bei.

»Das ist doch schrecklich. Da rede ich von mir und meinen Problemen, während ...«

»Nein. Es ändert etwas. Bringt mich auf andere Gedanken ... für eine Weile.« Tom trank einen Schluck Kaffee. »Das hätten Sie uns sagen sollen, als Sie sich vorgestellt haben.«

»Was – und wie eine überemotionale, ungerecht behandelte Frau klingen? Kein sehr guter Anfang, vor allem wenn man sich bei zwei Männern vorstellt.«

»Zumindest wäre Peter dann vielleicht ein bisschen verständnisvoller gewesen.«

Sie sah ihn ungläubig an. »Meinen Sie wirklich?«

Er lächelte. »Nein.«

»Ich wusste, wenn ich gleich am ersten Tag mit meinen persönlichen Problemen hereingeschneit komme, dann würden Sie denken, Sie hätten einen richtigen Jammerlappen vor sich. Dann bin ich auch noch in einem Stau stecken geblieben, und alles drohte den Bach runter zu gehen. Na ja, das dachte ich zumindest, bis Sie mir den Job gegeben haben.«

»Und was jetzt?«

»Oh, ich weiß nicht. Bin einfach froh, dass ich etwas habe, womit ich weitermachen kann – damit ich nicht mehr ständig über die Vergangenheit nachgrüble.« Sie sprach etwas leiser. »Ich denke, Sie sind genauso.«

»Na ja, schon. Aber ...«

Sie wurden vom Geräusch der aufschwingenden Küchentür und Peters impulsivem Auftritt unterbrochen. »Will mir vielleicht irgendjemand diese verdammte Tür aufhalten? Ich kann diese verdammten Steigen nicht allein in die Küche schaffen.«

»Bin schon da, Chef.« Kate ging zur Tür und hielt sie auf, während drei Steigen mit frischem Gemüse um die Ecke kamen, unter denen lediglich ein Paar Beine sichtbar war.

»Weiß der Himmel, woher wir jetzt die Kräuter nehmen sollen.«

Die Bemerkung traf Tom wie ein Messerstich.

Bevor Peter noch tiefer ins Fettnäpfchen treten konnte,

schaltete sich Kate ein: »Kein Problem. Ich weiß jemanden in West Chortle, der welche zieht.«

Sie nahm ihm die oberste Steige ab, und dann sah er Tom.

»Ah. Hallo.«

»Hi.«

»Nehmen Sie mir das hier bitte ab, ja?«, sagte er zu Kate. »Tom und ich müssen reden.«

Kate befreite ihn von dem Gemüse und stellte es auf dem großen Tisch in der Mitte der Küche ab. Tom hielt die Tür des Restaurants auf, und die beiden Männer gingen hindurch.

Eine halbe Stunde lang hörte sie die beiden in einem ernsten Gespräch, wobei Peters Stimme hin und wieder etwas lauter wurde. Als sie wieder in die Küche kamen, spürte sie die Spannung zwischen ihnen.

Peter schwieg, schnappte sich aber eine Jacke von der Küchentür und stürmte hinaus. »Ich geh ein paar Kräuter besorgen.«

Sie rief ihm nach: »Ich hab Ihnen doch gesagt, West Chortle. Da gibt's einen Mann, der ...«

»Hört leider gar nicht zu«, sagte Tom. »Meine Schuld. Hat wie eine Bombe eingeschlagen.«

Kate sah ihn fragend an.

»Ich steige aus.«

»Wie bitte?«

»Ich verlasse das Restaurant.«

»Oh, nein!«

»Es ist lieb von Ihnen, dass Sie sich Sorgen machen, aber das ist nicht nötig. Mit Peter wird alles in Ordnung sein, sobald er sich beruhigt hat. Er muss einfach ein bisschen durch die Gegend stapfen und sich abreagieren. Ich denke, das haben Sie inzwischen schon selbst festgestellt.«

Sie starrte ihn an. »Liegt es an dem, was passiert ist?«

»Ja. Brauche einfach eine Veränderung. Rachel – Peters Frau – will ein neues Restaurant eröffnen, und das konnte ich nicht mittragen. Das hatten wir schon einmal.«

»Den Albatros?«

»Haben Sie davon gehört?«

»Peter hat davon erzählt, und von der geplanten Geschäftserweiterung. Ich wusste nicht, dass Sie nicht viel dafür übrig hatten.«

»Ich glaube einfach nicht, dass der Zeitpunkt richtig ist. Und nicht nur das. Ich will einen Neuanfang machen. Die beiden werden schon darüber hinwegkommen. Vielleicht werden sie die Sache trotzdem anpacken. Ich bin mir nicht sicher. Aber ich weiß, dass hier alles gut laufen wird – Sally beherrscht meinen Job sowieso besser als ich, und seit Sie hier sind, na ja, da weiß Peter, dass er einen guten zweiten Kommandeur hat – das in etwa hat er jedenfalls eben gesagt.«

»Aber was werden Sie tun?«

»Ich weiß nicht. Im Grunde bin ich ganz schön dumm, aber ich weiß einfach, dass ich nicht hier weitermachen kann. Bin eigentlich überhaupt nicht dafür geschaffen.«

»Aber die Leute fragen nach Ihnen.«

»Nur weil ich hier bin. Weil ich derjenige bin, der ihnen einen Tisch besorgen kann. Sie werden rasch lernen, nach Sally zu fragen.«

»Sie verkaufen sich unter Wert, wissen Sie.«

»Wie bitte?«

»Sehen Sie, ich weiß, wir beide kennen uns nicht sehr gut, aber ich schnappe Dinge auf. Einer der Gründe, weshalb dieses Lokal so erfolgreich ist, ist die Atmosphäre hier – nicht die Küche, sondern das da hinten.« Sie wies auf die Tür zum Restaurant. »Und das liegt an Ihnen.«

Tom zuckte die Schultern. Kate kam zu ihm herüber und lehnte sich neben ihm gegen den Tisch.

»Tally findet, ich sollte schreiben. Ich habe immer ein bisschen vor mich hin gekritzelt, aber nie wirklich etwas zu Stande gebracht.«

»Wie geht es ihr?«

»Sie ist mir eine große Hilfe. Aber ich sage mir ständig, dass ich eigentlich ihr helfen sollte.«

»Genau wie ich.«

»Was meinen Sie damit?«

»Ich habe einen Sohn. Er geht auf die Universität. Ich sage mir, dass ich diejenige sein sollte, die ihn unterstützt – na ja, das tue ich ja auch, finanziell –, aber die meiste Zeit scheint er sich um mich zu kümmern.«

»Rollentausch?«

Kate nickte. »Ich denke, das passiert, wenn man allein erziehend ist. Die üblichen Regeln gelten nicht mehr. Es ist fast wie eine Ehe, auf eine komische Weise.« Sie blickte nachdenklich, dann änderte sich ihr Tonfall. »Wenn Ihnen danach ist, kommen Sie doch zum Abendessen vorbei. Ich rufe Sie an, wenn Sie es nicht tun.«

Tom war überrascht von dem Angebot. »Danke.«

»Ich hatte irgendwie den Eindruck, dass Sie auch jemand sind, der die Dinge in sich hineinfrisst.«

Tom lächelte sie an. »Letzte Woche waren Sie noch arbeitslos und geschieden, und jetzt sind Sie schon eine Vollzeit-Sozialberaterin.«

»Dafür sind Mütter schließlich da.« Sie hätte sich die Zunge abbeißen können, kaum dass sie es gesagt hatte.

Sechzehntes Kapitel

In den Wochen nach dem Tod ihrer Mutter hatte Tally ihren Vater sorgfältig beobachtet. Er war beim Anwalt gewesen, hatte etwas von Versicherungspolicen und einer Testamentsbestätigung gemurmelt, während sie wünschte, er könnte über diese Zeit hinwegkommen, ohne sich mit juristischen Formalitäten herumschlagen zu müssen. Was hatte das alles denn schon mit dem wirklichen Leben zu tun?

Keiner von beiden hatte viel unternehmen, hatte irgendwohin fahren wollen. Es reichte ihnen, zu Hause zu bleiben und zu versuchen, die Dinge zu begreifen – nicht Trübsal zu blasen, obwohl das natürlich auch vorkam, sondern die veränderte Lebenssituation in den Griff zu bekommen, sich gegenseitig zu helfen.

Abends, wenn Tom allein zu Bett ging, zerriss es Tally fast das Herz. Sie dachte manchmal an Alex und daran dass er wahrscheinlich gar nicht wusste, was passiert war. Sie fragte sich, wann sie ihn wohl wieder sehen würde – falls sie ihn wieder sehen würde. Doch eines Tages rief er aus heiterem Himmel an und fragte sie, ob er sie am Abend ausführen dürfe. Sie hatte zunächst gezögert, aber schließlich zugestimmt. Am Telefon sagte sie nichts von ihrer Mutter; sie wollte es ihm lieber persönlich erzählen. Er wollte sie um sechs abholen, wenn das in Ordnung sei.

»Hättest du etwas dagegen, wenn ich heute Abend ausgehe?«

Tom spülte das Teegeschirr ab, und während er aus dem Küchenfenster sah, fiel ihm ein, dass er den Kräutergarten jäten musste. »Was?«

»Alex hat mich gefragt, ob ich mit ihm ausgehen will, und ich würde gern.«

»Ist das der mit dem Wagen?«

»Ja.«

»Dem schnellen?«

»Ja. Aber ich passe auf, dass er langsam fährt.«

»Solange du das tust. Wohin wollt ihr denn fahren?«

»Dad!«

Er blickte zerknirscht. »Entschuldigung. Es ist nur ... na ja ...«

»Ich werde schon aufpassen.«

»Ich hoffe, er auch.«

»Um um deine Frage zu beantworten, wir werden wohl nach Nutley Marina fahren.«

»Segelt er?«

»Ein bisschen.«

»Ihr fahrt doch nicht etwa mit einem Boot raus, oder?«

»Nein, wir wollen nur im Spinnaker essen gehen – das ist die Bar dort.«

»Schön. Entschuldige. Ich klinge schon wie eine alte Frau.«

»Bin ja froh, dass du dich sorgst.« Sie trat auf ihn zu und gab ihm einen Kuss. »Ich geh mich umziehen.«

»Weiß er Bescheid?«

»Noch nicht«, murmelte sie. »Dachte, ich sag's ihm besser persönlich, nicht am Telefon.«

»Alles okay mit dir?« Tom trocknete sich die Hände ab.

»Ja. Aber ich mache mich jetzt besser fertig. Er wird in einer halben Stunde hier sein.«

Sie musste Alex gar nicht erst auffordern, langsamer zu fahren, als sie auf die Straße nach Nutley einbogen. Er hatte das Dach heruntergeklappt, und der Abend war warm, auch wenn sich im Westen dicke Wolken zusammenballten. Er beobachtete sie, wie sie in den Wagen stieg – elegant trotz ihres kurzen Rocks. Ihre schlanken Beine waren goldbraun, zweifellos von der italienischen Sonne, dachte er. Das Haar hatte sie zu einem einzigen kurzen Zopf nach hinten gebunden. Sie sah umwerfend aus, aber dünner, als er sie in Erinnerung hatte.

Auf der Fahrt unterhielten sie sich nett über alles Mögliche, bis sie nach etwa zwanzig Minuten schließlich auf dem Parkplatz des Jachthafens hielten, die Kühlerhaube des Wagens genau aufs Wasser gerichtet.

»Hungrig?«, fragte er.

»Ein bisschen.«

»Ich bin am Verhungern.« Er stieg aus und ging um den Wagen, um ihr die Tür zu öffnen.

Tally beobachtete ihn, als er sich in seinem hellblauen Hemd und der beigen Freizeithose auf ihrer Seite über den Wagen beugte. Er trug alte, braune Leinenschuhe ohne Socken, und sein helles Haar war vor kurzem geschnitten worden. Er sah geschniegelt und gestriegelt und sehr süß aus. Sie roch einen Hauch von Aftershave – nicht zu viel, gerade genug, um sie zu erinnern, dass er das letzte Mal nach Seife gerochen hatte. Sie war froh, dass er auf die Sonnenbrille verzichtet hatte.

»Könnten wir vielleicht noch ein bisschen spazieren gehen?«, fragte sie.

»Natürlich.« Alex machte die Wagentür auf und ließ sie aussteigen, dann sperrte er den Wagen ab.

*

Sie gingen zusammen am Rand des Jachthafens entlang, wo Segelboote und Kreuzer längs der Pontons sanft schaukelten. Als sie zu einem hölzernen Landungssteg kamen, hielt Tally an. Sie lehnte sich über ein Geländer und sah aufs Wasser hinaus. »Ich muss dir was sagen. Meine Mum ist gestorben.«

Einen Augenblick lang sagte Alex nichts. Dann wurde ihm die Realität der Aussage plötzlich bewusst. »Oh, Gott! Oh, das tut mir so Leid. Das habe ich nicht gewusst.«

Tally starrte weiter auf das sich kräuselnde Wasser hinaus. »Wie hättest du es auch wissen sollen? Du warst nicht da.«

»Aber ... wann ... was ist passiert?«

Tally sprach völlig ruhig. »Sie ist gestorben, als wir im Urlaub waren – im Schlaf. Herzversagen – wir mussten früher zurückkommen.«

Er legte den Arm um sie. »Ich weiß gar nicht, was ich sagen soll.«

»Ich wollte nur, dass du es weißt.«

Ein paar Augenblicke lang standen sie schweigend da, dann fragte er: »Wie geht es deinem Dad?«

»Er ist ein bisschen verloren. Scheint nicht zu wissen, was er mit sich anfangen soll.«

»Die Beerdigung und das alles ... wann ...?«

»Alles schon vorbei. In der Woche, nachdem wir zurückgekommen sind.«

»Warum hast du mich nicht angerufen?«

»Ich habe deine Nummer nicht.«

Alex ließ seine Hand in ihre gleiten, dann drehte er sie zu sich um. Er sah zu ihr hinunter, dann beugte er sich über sie und küsste sie auf die Lippen. Seine eigenen Lippen waren weich und warm, und Tally spürte, wie sie in seinem Kuss dahinschmolz.

Als er den Kopf hob, waren ihre Augen tränenerfüllt. Sie sprach nicht, aber sie brachte ein schüchternes Lächeln zu Stande, dann wandte sie sich ab und wischte die Tränen beiseite.

Tally konnte sich nicht erinnern, sich je zuvor so gefühlt zu haben. Sie hatte wenig Appetit, schaffte aber einen Teller Räucherlachs mit Rührei und ein Glas Mineralwasser. Alex hatte ebenfalls den Appetit verloren und kämpfte mit einem Teller Scholle mit Pommes frites, die er mit einer Flasche Beck's hinunterspülte.

Inzwischen unterhielten sie sich etwas ungezwungener – er erzählte von seinem Wochenende in Salcombe mit seiner Familie, wo sein Dad wie eine Art moderner Captain Bligh Befehle vom Steuer brüllte. Er brachte sie mit einer Geschichte zum Lachen, wie sie eine Boje hochgeholt hatten – wie er sich über den Bug des winzigen Segelboots gebeugt und versucht hatte, die Fangleine zu sichern, während sein Vater damit kämpfte, das Boot an der richtigen Stelle anzuhalten, und Alex schließlich doch ins Wasser gekippt war.

Sie beobachtete sein Gesicht, während er redete und aß. Seine Augen und Wangen schienen zu glühen. Sie konnte erkennen, wo die Sonne vor seinem Haarschnitt seine Haut gebräunt hatte, an den hellen, blassen Streifen an den Rändern.

Er hörte aufmerksam zu, während sie von ihrer Mutter sprach und ihm erzählte, es hätte Zeiten gegeben, zu denen sie sich eher wie Schwestern gefühlt hatten, vor allem wenn sie einkaufen gegangen waren oder ihren Dad von etwas hatten überzeugen müssen. Besorgnis und Liebe lag in ihrer Stimme, wenn sie von Tom sprach.

Beim Kaffee fragte Alex eine Kellnerin, ob er sich einen Stift von ihr borgen könne. Tally sah zu, wie er etwas auf eine Papierserviette kritzelte und sie ihr reichte. »Meine Telefonnummer – falls du sie immer noch willst. Die obere ist meine Nummer zu Hause, die untere meine Handynummer.«

Tally lächelte und steckte sie in ihre Handtasche. »Danke.« Dann, zögernd: »Willst du meine haben?«

»Ich hab sie schon.« Er grinste. »Wie hätte ich dich denn sonst fragen können, ob du mit mir ausgehen willst?«

Sie nahm eine zweite Serviette und schrieb eine Nummer auf. »Ich meinte meine Handynummer«, sagte sie. Er faltete sie sorgfältig zusammen und steckte sie in seine Gesäßtasche.

Tally warf einen Blick auf die Armbanduhr. »Ich sollte mich besser auf den Rückweg machen. Ich will nicht, dass mein Dad sich Sorgen macht.«

»Ja.« Alex erhob sich, kam herüber zu ihrem Platz und schob ihr den Stuhl zurück, als sie aufstand.

Tally grinste.

»Was ist?«

»Nichts.«

»Sag schon!«

»Es ist nur, du bist der einzige Mensch, den ich kenne, der das macht, abgesehen von meinem Dad.«

Alex hielt mit dem Wagen hinter dem Wilding's Barn, ein paar Meter die Straße hinunter, wie es Tally vorgeschlagen hatte. Er stellte den Motor ab, und sie wandte sich zu ihm um. »Vielen Dank für den Abend.«

»Nein. Ich habe dir zu danken. Es tut mir nur so Leid ...«

Sie hob einen Finger und legte ihn leicht über seine Lippen. »Danke, dass du da warst. Weißt du, als ich dich das erste Mal gesehen habe, da dachte ich, du bist so cool, mit deinem schnellen Wagen und deiner Sonnenbrille und allem.«

Er blickte enttäuscht. »Aber ich bin doch cool ... oder nicht?«

»Im nettesten Sinn.« Sie beugte sich zu ihm hinüber und küsste ihn. Nach ein paar Minuten löste sie sich von ihm, dann legte sie den Kopf an seine Brust.

»Kann ich dich wieder sehen?«, fragte er.

»Gib mir einfach ein paar Tage Zeit.«

Alex berührte ihr Gesicht. »Wie bist du so braun geworden?«

»Hab viel im Garten hinterm Haus gesessen und nachgedacht.«

»Denk nicht zu viel nach. Hmm? Zumindest nicht über traurige Dinge.«

Sie machte die Wagentür auf und trat in die Nacht hinaus, bevor er aussteigen konnte, um ihr behilflich zu sein. Er ließ den Motor an, und der Mazda donnerte über den holperigen Feldweg davon. Als er um die Ecke bog und außer Sicht verschwand, winkte Tally.

In jener Nacht lag sie wieder wach, aber nicht all ihre Gedanken waren traurig, und als sie schließlich in den Schlaf fiel, konnte sie noch immer den Duft seines Aftershaves auf ihrer Bluse riechen. Sie lag neben ihr auf dem Kissen.

»Verdammt!« Tom sah aus dem Fenster auf den leichten, aber anhaltenden Regen.

»Wo liegt das Problem?«, fragte Tally.

»Ich wollte den Kräutergarten jäten, und jetzt gießt es in Strömen.«

»Gut.«

»Was soll das heißen?«

»Du kannst nicht rausgehen, also musst du im Haus bleiben, und das heißt, du kannst mit dem Schreiben anfangen.«

»Hör zu, Schatz, ich bin mir überhaupt nicht sicher, was diese Geschichte mit dem Schreiben anbelangt. Ich habe nicht eine einzige Idee im Kopf, und ich habe auch nicht das nötige Selbstvertrauen. Diese beiden Punkte sind nicht unbedingt eine viel versprechende Kombination.«

»Das weißt du erst, wenn du's versuchst.«

Tom kam und setzte sich neben sie. »Was ist mit dir?«

»Was soll mit mir sein?«

»Du siehst anders aus. Hast du irgendwas mit deinem Haar gemacht?«

»Sei nicht albern, Dad! Ich habe es noch gar nicht angefasst.«

»Na, irgendwas ist anders.« Dann ging ihm allmählich ein Licht auf. »Ach. Gestern Abend. Wie war's denn?«

»Gut, danke.«

»Nur gut?«

»Ja. Ist das nicht genug?«

»Ich nehm's an. Ist er ... nett?«

»Nein, er ist grässlich. Natürlich ist er nett.«

Tom zuckte mit den Schultern. »Reine Neugier, das ist alles.«

Tally seufzte. »Er heißt Alex Blane-Pfitzer, er ist achtzehn, er ist eben in Sherborne mit der Schule fertig geworden, und er wird im Herbst auf die Uni gehen – wenn er einen Platz bekommt.«

»Blane was?«

»Pfitzer. Ein ganz schöner Zungenbrecher, was?«

»Ist er Ausländer?«

»Nein. Engländer.«

»Aristokrat?«

»Du quetschst mich schon wieder aus. Nein. Ist er nicht. Ziemlich betucht, aber einfach ... sehr süß.«

Tom bemerkte den Glanz in ihren Augen. »Na, dann ist ja alles in Ordnung. Nur ...«

»Was?«

»Pass auf. Dass dir nicht wehgetan wird.«

»Ich werd's versuchen.«

Tom sah zu, wie Tally vom Tisch aufstand und auf die Treppe zuging. Ein träumerischer, versonnener Blick lag in ihren Augen. Er versuchte sich zu freuen, dass sie jemanden hatte, der sie von Pippas Tod ablenkte – und er freute sich tatsächlich. Er hoffte nur, sie würde ihn dabei nicht ausschließen. Er verspürte einen plötzlichen Stich tiefer Einsamkeit, Isolation. Dann sagte er sich, dass er über die Maßen dramatisch und selbstmitleidig war. Er folgte ihr nach oben, ging in sein eigenes Schlafzimmer und starrte aus dem Fenster in den elenden Tag hinaus.

Die Dusche summte im Bad, und über dem Plätschern

des Wassers hörte er noch ein Summen: die Stimme seiner Tochter und einen Westlife-Song. Vor ein paar Tagen wäre ein solcher Ausdruck von Glück noch unvorstellbar gewesen. Tom war froh, dass er sich eingestellt hatte. Er wusste, dass es Tally helfen würde, über alles hinwegzukommen. Er wünschte nur, er könnte ebenfalls summen, aber im Augenblick konnte er es noch nicht einmal ertragen, Musik im Radio zu hören.

Siebzehntes Kapitel

Der Anruf kam früher, als Tom erwartet hatte. Kate Lundy hatte gesagt, sie würde sich melden, aber er hatte es lediglich für eine freundliche Geste gehalten.

»Möchten Sie vielleicht am Samstagabend vorbeikommen?«, fragte sie. »Peter hat mir den Abend freigegeben.« Ihm fiel kein guter Grund ein, abzulehnen, also nahm er an.

Als er sich an jenem Abend fertig machte, war er reizbar und nervös. Es war seit Rachels und Peters Dinnerparty das erste Mal, dass er allein ausging. Das musste der Grund sein, weshalb er so ängstlich war.

Tally saß zusammengerollt auf dem Bett und sah ihm zu, wie er sich umzog, in eine marineblaue Hose, Wildlederschuhe und ein blaues Polohemd schlüpfte. »Du siehst gut aus«, sagte sie leichthin, mit der Absicht, sein Selbstbewusstsein zu stärken. Sie war verblüfft über seine Reaktion.

»Ich versuche nicht, gut auszusehen, nur ordentlich.« Im nächsten Moment bedauerte er seinen ungehobelten Ton. »Entschuldige. Es ist nur, es kommt mir so falsch vor, mich nicht für deine Mum fein zu machen.«

»Du hast doch nur eine freundliche Einladung angenommen.«

»Ja. Ich weiß. Dumm von mir, eigentlich. Aber es kommt mir eben irgendwie komisch vor.«

»Das kann ich mir vorstellen.«

Tom setzte sich neben sie aufs Bett. »Was meinst du, schlagen wir uns ganz gut durch?«

»So gut wir können ... in Anbetracht der Umstände.«

»Es ist schon beschissen, oder?«

»Ja. Echt beschissen. Ich weiß noch, wie du mich angeraunzt hättest, wenn ich das früher gesagt hätte.«

Tom seufzte. »Das scheint im Augenblick keine Rolle zu spielen.«

»Nein.«

»Wir haben andere Sorgen.«

Sie knuffte ihn in den Rücken. »Zum Beispiel, dass du endlich loskommst. Nun mach schon. Du siehst toll aus, also geh schon und amüsier dich.«

Er warf einen Blick in den Spiegel und fuhr sich mit den Fingern durchs Haar. »Ich glaube, besser bekomm ich's nicht hin.« Dann wandte er sich um und beugte sich hinunter, um sie zum Abschied zu küssen. »Bist du heute Abend zu Hause?«, fragte er.

»Ja. Ich werde mir ein Video ansehen.«

»Kein Alex Wie-heißt-er-gleich-wieder?«

»Nicht heute Abend.«

»Na ja, ich denke, ich werde nicht allzu spät zurückkommen, aber warte nicht auf mich.«

»Oh, vielleicht werde ich das tun. Ich bin letzter Zeit zu oft früh schlafen gegangen. Bis später.«

Tom schnappte sich eine Flasche mit irgendeinem Roten aus dem Weinregal in der Küche. Als die Tür hinter ihm ins Schloss fiel, schaltete Tally den Fernseher in der Küchenecke ein. Dann schaltete sie ihn wieder aus. Sie hatte *Blind Date* noch nie gemocht.

Kate Lundy hatte ihm den Weg genau geschildert. Sie lebte am Stadtrand von Portsmouth, eine gute Dreiviertelstunde von Axbury Minster entfernt. Tom bewunderte

Kates Bereitschaft, diese weite Strecke auf sich zu nehmen, und er bedauerte sie wegen der langen Heimfahrt vom Pelikan in den frühen Morgenstunden. Er fand den schlichten Wohnblock in einer breiten Straße und drückte auf den Knopf der Türsprechanlage. Ein leises Summen, gefolgt von einem Klicken, öffnete die Tür aus Stahl und Glas, und er stieg auf einer mit Linoleum ausgelegten Treppe drei Stockwerke hoch bis zur Wohnung Nr. 6. Während er nach oben ging, wurde die Musik lauter, nicht die Countrymusic, die er gehört hatte, als er sie anrief, um ihr den Job zu geben, sondern die sanfteren Töne eines Pianos, eines Schlagzeugs, eines Kontrabasses und eines Saxofons.

Als er um die Ecke bog, sah er sie im Türrahmen stehen. Sie schien irgendwie kleiner, und ihre Züge wirkten weicher. Ihr Gesicht war entspannt, ihr Lächeln einladend. »Haben Sie's gefunden?«

»Offenbar. Sie haben mir den Weg ja perfekt beschrieben.« Er hielt ihr die Flasche hin. »Nichts schrecklich Aufregendes, aber nicht schlecht für Sommerabende.«

Die Wohnung war klein, aber freundlich eingerichtet. Sie besaß nicht den Prunk von Rachels und Peters georgianischer Villa, aber dafür eine Wärme und Freundlichkeit, mit der sich Rachels makellose Einrichtung nicht messen konnte.

Kate bat ihn zu einem breiten Sofa, über das ein hellroter Überwurf drapiert war. Sie hielt die Flasche hoch. »Einen Schluck von diesem oder von dem, den ich schon aufgemacht habe?«

»Oh, gerne den, den Sie schon aufgemacht haben.«

Tom sah sich um, während sie einschenkte. Kates Wohnung war ganz offensichtlich mit einem schmalen Geldbeutel eingerichtet worden, aber die Wand zierten leuchtende Drucke von John-Miller-Seestücken, und der abgewetzte Teppich wurde mit indischen Läufern aufgelockert. Die Möbel bestanden aus einer Mischung unterschiedlicher Perioden, von frühem Habitat bis hin zu spätem Ikea. Er fühlte sich behaglich, willkommen, und dankbar nahm er das Glas von ihr entgegen.

»Es ist alles ein bisschen schlicht, leider.«

»Es ist entzückend.« Er hob sein Glas. »Prost! Danke für die Einladung.«

»Prost!« Kate trank einen Schluck, dann sprang sie auf und stellte ihr Glas ab. »O Gott! Ich hab das Gemüse vergessen!«

Während sie in die Küche rannte, rief Tom ihr hinterher: »Aber Sie sind doch Köchin!«

»Freier Tag heute. Zählt nicht.«

Er stand auf, ging bis zur Küchentür und stand da, während sie Brokkoli klein schnitt und auf einem dicken Holzbrett Zuckererbsen putzte. Sie trug ein weit geschnittenes weißes Baumwollhemd und eine schwarze Hose. Sie war barfuß und ihr Gesicht – bis auf Eyeliner und Mascara – ungeschminkt. Ihre Haut war rein und ihre Wangen gerötet von der Hitze in der Küche. Sie war hübscher, als er sie in Erinnerung hatte.

Über der Arbeitsfläche bemerkte er das Foto eines jungen Manns, dunkelhaarig und lächelnd. »Ihrer?«, fragte er.

»Ja. Mit seinen ganzen neunzehn Jahren. Harry. Studiert in Bangor Meeresbiologie.«

»Das ist ja witzig.«

»Wieso?«

»Meeresbiologie will Tally auch studieren. Aber ich glaube, sie hat sich noch nicht überlegt, in welcher Stadt.«

»Es sollte entweder auch Bangor oder Edinburgh sein.

Beides scheint unendlich weit weg zu sein, aber irgendwann muss man sie wohl einfach gehen lassen, oder?«

»Ja.« Er blickte nachdenklich. »Ich glaube, meine hat sich gerade auf den Weg gemacht.«

»Was wollen Sie damit sagen?«

»Hat eben ihren ersten festen Freund gefunden.«

»Oh. Nicht ganz einfach für Dad?«

»Hmm.«

»Da würde ich mir keine Sorgen machen. Sie wird Sie immer noch brauchen, auch wenn es gerade nicht so aussieht.«

»Ich hoffe es.« Tom war sich nicht sicher, ob er bei dem Thema bleiben wollte. Kate sagte nichts, sondern hackte weiter Gemüse.

»Bevor ich heute Abend losgefahren bin, hat sie mich geküsst.«

Kate zog fragend eine Augenbraue hoch.

»Auf die Wange. Früher hat sie mich immer auf die Lippen geküsst.«

»Oh.« Sie grinste.

»Ich glaube, sie ist verliebt.« Er blickte nachdenklich, dann hellte sich seine Miene auf. »Ich hätte nicht gedacht, dass Sie alt genug sind, um einen neunzehnjährigen Sohn zu haben.« Kaum hatte er es gesagt, wurde ihm bewusst, wie sehr es nach einer plumpen Anmache geklungen haben musste.

Kate lachte. »Ich fasse das als Kompliment auf. Ich bin neununddreißig. Ich habe jung geheiratet.«

Er fühlte sich unbehaglich, und in diesem Augenblick wünschte er, er wäre nicht gekommen. Überall schien er auf irgendetwas zu stoßen, was Erinnerungen in ihm wachrief und nur darauf wartete, ihn zu Fall zu bringen.

Kate spürte sein Unbehagen. »Kommen Sie. Setzen wir uns ein bisschen hin. Das kann hier auch allein vor sich hin kochen.« Sie zündete das Gas unter den beiden Pfannen an und schob ihn zurück ins Wohnzimmer.

Tom nahm auf dem Sofa Platz, Kate in einem Sessel ihm gegenüber, die Beine unter sich zusammengerollt. Während sie an ihrem Wein nippten, tauschten sie sich über Kinder, Restaurants und die jeweiligen Vorzüge von Portsmouth und Axbury Minster aus. Schließlich sagte Kate: »Zeit fürs Essen.« Tom saß still da, während sie in die Küche zurückging, und lauschte der leisen Musik, die im Hintergrund lief. Zum ersten Mal seit Pippas Tod wollte er sie nicht abstellen.

Kate kam mit zwei Schüsseln Gemüse und zwei Tellern mit Dover-Seezunge zurück. »Ist Fisch okay?«

»Perfekt.«

»Ist auch ein bisschen spät, jetzt zu fragen.«

»Es sieht toll aus. Tut mir Leid, das mit dem Rotwein.«

»Das konnten Sie ja nicht wissen. Ich bin sowieso keiner von diesen ›Rot-zu-Rindfleisch-weiß-zu-Fisch‹-Typen.«

»Da bin ich aber froh.«

Tom nahm sich Gemüse.

»Haben Sie sich denn schon entschieden, was Sie jetzt machen wollen?«, fragte sie sanft.

»Eigentlich nicht. Es fällt mir nicht ganz leicht, mich zu konzentrieren.«

»Das ist doch kaum verwunderlich, oder?«

»Nein, aber ich kann nicht so weitermachen wie bisher. Orientierungslos. Ich muss mein Leben endlich wieder in den Griff bekommen.«

Kate war sichtlich erregt. »Hören Sie, ich hoffe, Sie finden nicht, dass mein Timing völlig falsch ist.«

Tom sah von seinem Fisch auf. »Inwiefern?«

»Na ja. Es geht um das Restaurant. Den Pelikan. Sind Sie wirklich entschlossen, auszusteigen und Ihre Hälfte des Geschäfts zu verkaufen?«

»Ja.«

Sie trank einen Schluck Wein, um sich Mut zu machen. »Würden Sie sie an mich verkaufen?«

Er war völlig verdattert. »Aber Sie ...?«

»Ich weiß. Ich habe eben erst dort angefangen, und ich kenne Sie beide kaum. Aber ich denke, ich weiß genug.«

»Aber was ist mit ...?«

»Dem Geld?«

»Na ja, ja.«

»Im Augenblick habe ich nicht einen Penny. Das sehen Sie ja an dieser Wohnung.« Sie sah sich um. »Sauber, aber nicht unbedingt schick.«

Tom protestierte.

»Es ist nur, jetzt, nachdem meine Scheidung durch ist, müsste ich eigentlich meine Hälfte des Erlöses von unserem Haus bekommen.«

»Verstehe.«

»Es könnte allerdings ein paar Monate dauern. Oh, ich weiß, es klingt alles sehr überstürzt, und ich habe keinen Grund zu der Annahme, dass Sie einverstanden sein werden. Schließlich bin ich wohl kaum ein Geheimtipp der Szene.«

»Haben Sie Peter gefragt, was er davon hält?«

»Nein. Ich wollte zuerst mit Ihnen reden.«

»Richtig.«

»Sie müssen mich für eine unsensible Kuh halten.«

»Nein. Überhaupt nicht.« Tom starrte vor sich hin. Er hatte sich zum Verkauf entschlossen, aber es war ihm nicht in den Sinn gekommen, dass Kate eine potenzielle Käuferin sein könnte.

»Ich habe sehr gründlich darüber nachgedacht, und ich bin zu dem Schluss gekommen, dass ich einfach weiter meiner Arbeit nachgehen und mit dem Leben klarkommen muss. Aber je länger ich darüber nachdachte, desto genauer wusste ich, dass der Pelikan genau das ist, was ich will. Ich will keine protzige Wohnung oder ein schnelles Auto. Das brauche ich beides nicht, aber ein eigenes Restaurant wäre ein Traum.«

»Und Sie sind sich sicher, dass Sie beim Pelikan einsteigen wollen?«

»Ja. Oh, ich weiß, Peter kann manchmal widerlich sein, aber er ist ein guter Küchenchef, und mit seinen Wutausbrüchen kann ich umgehen.«

»Es ist ein verdammt hohes Risiko.«

»Nach all dem, was ich in den letzten paar Jahren durchgemacht habe, kommt es mir vergleichsweise niedrig vor. Ich bin bereit, das Wagnis einzugehen.«

Tom wusste nicht, was er als Nächstes sagen sollte.

»Sagen Sie jetzt nichts. Versprechen Sie mir nur, dass Sie mir das Vorkaufsrecht anbieten werden«, sagte Kate.

Tom nickte bedächtig.

»Und bitte entschuldigen Sie, dass ich es jetzt zur Sprache gebracht habe. Der Zeitpunkt ist nicht günstig, ich weiß, aber ich wusste nicht, wann der Zeitpunkt günstig sein würde. Ich dachte, wenn ich Sie privat frage, könnten Sie mir leichter gehörig die Meinung sagen.«

»Aber nein. Dazu besteht kein Anlass.«

»Ich sage das alles, ohne dass ich eine Ahnung davon habe, was Sie für Ihren Anteil verlangen werden, aber Rory – das ist mein Ex – rechnet damit, dass ich knapp eine halbe Million bekommen werde, sobald der Verkauf des Hauses über die Bühne gebracht ist.«

Tom war sprachlos. Es kam so unerwartet. Er wusste nicht, ob er froh oder traurig sein sollte – froh darüber, dass jemand seinen Anteil am Pelikan kaufen wollte, oder traurig darüber, dass er das Lokal wirklich verlassen würde.

Als er Kates Wohnung um Viertel vor zwölf verließ, verspürte er eine seltsame Distanz zu allem. Im Türrahmen hielt er inne, um ihr für den Abend zu danken. Sie küsste ihn auf die Wange. Ohne zu überlegen, küsste er sie ebenfalls, und sie lächelte. »Geben Sie mir Bescheid. Und danke, dass Sie gekommen sind. Ich hatte viel Spaß.«

»Ja, ich auch. Danke, dass Sie dafür gesorgt haben, dass ich mal rauskomme.«

»Gern geschehen.«

Er fuhr nach Hause, fast ohne sich der Fahrt bewusst zu sein, und bog um halb eins in die Auffahrt zum Wilding's Barn ein. Das Licht in der Küche brannte noch, aber Tally war nirgends in Sicht. Er schaltete es aus und stieg die Treppe hoch, wobei er den schwachen Schimmer unter ihrer Schlafzimmertür bemerkte. Er steckte den Kopf durch die Tür und sah sie, wie sie im Bett aufgestützt *Cosmopolitan* las.

»Diese Lektüre bringt dich nur auf falsche Gedanken«, sagte er.

»Woher weißt du das?«

»Erfahrung.«

»Ha! Wie lief's?« Sie legte die Zeitschrift beiseite und verschränkte die Arme.

»Gut.«

»Nur gut?«

»Wo habe ich das bloß schon einmal gehört?«

»Und? Wie ist sie?«

»Sie ist sehr nett.«

»Oh. Wie enttäuschend.«

»Sei nicht unhöflich.«

»War nur Spaß.«

»Aber sie hat eine Bombe platzen lassen.«

»Was denn?«

»Sie will meinen Anteil am Pelikan kaufen.«

»Wow!«

»Allerdings.«

»Hast du etwas dagegen?«

»Ich weiß nicht. Anfangs schon. Hab mich ein bisschen geärgert, dass sie mich nur eingeladen hat, um mich zu fragen, ob sie meinen Anteil aufkaufen kann.«

»Was hattest du denn gehofft, weshalb sie dich eingeladen hat?«

»Nur zum Plaudern.«

»Mitleid?«

»Ich nehm's an.«

»Geschieht dir recht!«

»Hmm. Aber andererseits kann ich es ihr nicht verübeln. Ich habe gesagt, dass ich aussteigen will, und sie hat mir ein Angebot gemacht. Was meinst du dazu?«

Tally legte die Stirn in Falten und verschränkte die Arme. »Wenn du glaubst, dass sie das Geld hat – und du mochtest sie doch von Anfang an, oder nicht? –, warum dann nicht? Solange du sicher bist, dass es das ist, was du willst ... Was meint Onkel Peter?«

»Er weiß es noch nicht.«

»Das könnte heikel werden.«

»Na ja, er hat noch nichts dazu gesagt, seit ich es verkündet habe. Hat mir kein Angebot gemacht oder irgendwelches Interesse bekundet, meinen Anteil aufzukaufen.«

»Wie bist du jetzt mit Kate verblieben?«

»Ich habe gesagt, ich würde ihr das Vorkaufsrecht anbieten.«

»Na also. Dann habt ihr das doch schon geklärt.«

»Ja, aber ... ich kann gar nicht glauben, dass es so einfach ist.«

»Scheint aber so zu sein.«

»Ich weiß.« Er stand vom Bett auf und streckte sich. »Aber eines habe ich in den sechzehn Jahren, die ich nun schon dein Dad bin, gelernt ...«

»Und zwei Monaten.«

»Und zwei Monaten ... nämlich, dass das Leben selten so geradlinig verläuft, wie es scheint.«

»Pessimist.«

»Realist.« Er beugte sich zu ihr hinunter und küsste sie, dann klopfte er auf die Zeitschrift. »Nicht zu lange.«

»Halbe Stunde?«

»Wenn's sein muss. Obwohl ich dich mit deinen sechzehn Jahren und zwei Monaten wohl kaum davon abhalten kann, das zu tun, was du willst, oder?«

Sie grinste.

Er schlief tief und fest, als sie ihn weckte. Anfangs nahm er nur verschwommen eine Gestalt am Fußende seines Betts wahr. Dann, als er genauer hinsah, sah er Tally dastehen, die Hände an den Seiten. Sie zitterte.

»Hmm? Was?« Er kam nur langsam zu sich, war dann aber rasch hellwach, als er Tally genauer ansah. Ihre Nase lief, und sie versuchte zu sprechen. Er setzte sich auf, sprang aus dem Bett und ging zu ihr hinüber. »Was in aller Welt ist los?«

Tally kämpfte mit den Tränen. »Ich konnte sie nicht sehen – Mummy. Ich habe versucht, ihr Gesicht zu sehen, und ich konnte sie nicht sehen.«

Die Worte trafen ihn wie ein Messerstich. Er nahm sie in seine Arme und drückte sie fest an sich. »Oh, Schatz.« Er wiegte sie eine Weile sanft hin und her, dann löste er eine Hand und knipste die Lampe an. »Da ist sie doch, da ist sie.« Er wies auf das Foto auf seinem Nachttisch.

Tally sah es an, dann schloss sie die Augen und lehnte sich wieder gegen ihn. »Sag mir, dass das nicht heißt, dass ich sie vergessen habe.«

»Aber nein. Natürlich nicht. Das passiert einfach. Es ist ganz normal.«

»Ich dachte nur, vielleicht ist es wegen Alex und allem.«

»Nein. Das darfst du nicht denken.«

Jetzt schluchzte sie, und er war dankbar, dass sie ihren Gefühlen freien Lauf ließ, und merkte, wie ihm selbst Tränen in die Augen stiegen. »Oje. Ausgerechnet dann, wenn man denkt, es wird besser, was?« Tally nickte, das Gesicht in seine Pyjamajacke vergraben.

»Entschuldige«, murmelte sie.

»Keine Ursache. Wir schaffen das schon, mein Schatz, aber es wird bestimmt noch ein bisschen dauern.«

Achtzehntes Kapitel

Tom hatte Maisie seit fast zwei Wochen nicht gesehen, und er hatte ein schlechtes Gewissen. Sie hatte vermutlich versucht, nicht aufdringlich zu sein, und er wollte sie wissen lassen, dass er und Tally sich allmählich auf dem Weg der Besserung befanden und dass er dankbar für ihre Zurückhaltung war.

Sie traf ihn vor der Tür des Woodbine Cottage, auf ihre übliche exzentrische Weise gekleidet, und schlang die Arme um ihn. »Oh, Tom! Wunderbar, dich zu sehen! Hab euch beide so vermisst! Wollte nicht dazwischenfunken.«

Er erwiderte ihre Umarmung.

»Kommst du auf einen Kaffee rein?«

Er nickte. »Danke. Aber ich kann nicht lange bleiben, ich muss in die Stadt – Dinge regeln.«

Maisie begann, mit Tassen und Untertassen, Kesseln und Kannen zu hantieren. Sie konnte selbst das Kochen von Kaffee zu einer komplizierten Angelegenheit werden lassen. »Was denn für Dinge?«

»Den Pelikan. Ich verkaufe meinen Anteil.«

Maisie unterbrach ihre Zeremonie und wandte sich um. Ihr Turban war heute orange und rotbraun, Hose und Strickjacke schwarz. »Großer Gott. Bist du dir sicher?«

Tom nickte. »Zeit für einen Neuanfang.«

»Wo denn?« Ein besorgter Tonfall lag in ihrer Stimme.

»Ach, nicht geografisch, nur geistig.«

»Dem Himmel sei Dank.«

Tom fühlte sich geschmeichelt von ihrem erleichterten Gesichtsausdruck.

»Einen Augenblick lang dachte ich schon, du würdest vielleicht von hier weggehen ...«

»Das will ich nicht.«

»Aber was wirst du denn tun?«

»Tally will, dass ich schreibe. Aber ich bin mir nicht sicher.«

»Die Künste, ja. Da gehörst du hin.«

»Woher willst du das wissen?«

Maisies Augen glänzten. »Einen Künstlerkollegen erkenne ich auf hundert Meter Entfernung. Körpersprache. Begabung. Lässt sich nicht verheimlichen. Was du brauchst, ist ein Schuppen.«

»Wie bitte?«

»Die besten Schriftsteller haben alle einen Schuppen, ein Atelier zum Schreiben. Bernard Shaw hatte einen, der sich gedreht hat. Sodass er stets der Sonne zugewandt sein konnte.«

»Wie konnte er denn schreiben, wenn ihm die Sonne in die Augen schien?«

Maisie beäugte ihn misstrauisch. »Ich weiß nicht«, sagte sie bedächtig. Dann erwärmte sie sich für ihr Thema. »Robert Graves hat in einem Haus auf Mallorca gelebt, mit einer herrlichen Aussicht. Er hat sich eine Backsteinmauer vor sein Fenster gebaut, damit er sich konzentrieren konnte.«

»Wirklich?«

Der Kaffee wurde aus einem Tonkrug in zwei schiefe Keramikbecher geschenkt. Maisies künstlerische Versuche waren ein Teil ihres Alltagslebens geworden.

»Ian Fleming hatte eine Haus namens Goldend Eye. Auf Jamaika.«

»So weit wollte ich eigentlich nicht fort«, sagte Tom.

»Nein. Völlig richtig. Gut. Aber wir müssen irgendwo eine Art Zufluchtsort für dich einrichten.«

Tom war besorgt, sie würde gar nicht mehr zu bremsen sein. »Ich habe ein Zimmer im Haus, Maisie, ich denke, das dürfte fürs Erste genügen. Ich weiß sowieso noch gar nicht, was ich überhaupt schreiben will.«

»Großer Gott! Ja. Genau das Richtige. Hier irgendwo.« Sie sprang vom Küchentisch auf, griff tief in eine Schublade und holte eine Hand voll Briefe hervor. »Korrespondenz. Ein bisschen im Rückstand.«

Es waren Umschläge in allen Größen, manche gelbbraun, manche weiß, ein paar in grellen Tönen und ein tiefblauer, den Maisie aus dem Stapel zog und aufmachte. »Hier haben wir's. Perfekt. Liebe Maisie ... Oh, er ist von einer alten Schulfreundin. Arbeitet für dieses Hochglanzmagazin ... wie heißt es gleich wieder?« Sie drehte den getippten Brief um und kniff die Augen zusammen. »Ich kann's nicht richtig erkennen.«

Tom wies auf die Lesebrille, die an einer Kette befestigt an ihrem Busen ruhte.

»Ach ja.« Sie setzte sie auf. »So ist's besser. Dumm von mir. Ganz vergessen. Ja, hier haben wir's ...« Sie brach wieder ab. »Das hier kam, kurz bevor ihr in Urlaub gefahren seid. Ich wollte dir davon erzählen, wenn du wieder da bist. Na ja, du bist zwar wieder da, aber ...« Ihr Tonfall wurde erregter.

»Nun red schon weiter«, drängte Tom sie.

Maisie schniefte, räusperte sich und gewann ihre Fassung wieder. »Ja. Richtig. *Metropolitan* – das ist es. Hoch angesehen.« Sie nickte ernst. »Sie brauchen ... also, wie hat sie es ausgedrückt? Ja, jemanden, der über das Landleben schreiben kann, ohne kitschig oder sentimental zu klingen. Vorzugsweise jemand, der etwas von Natur und Landwirtschaft versteht, aber so darüber reden kann, dass es Stadtbewohner verstehen.«

»Oh, Maisie, das bin ich nicht. Ich kenne mich mit Brüssel überhaupt nicht aus.«

»Aber du baust das Zeug doch an.«

»Nein. Ich meine nicht Brüsseler Rosenkohl. Ich meine Brüssel in Belgien.«

Maisie warf ihm einen vernichtenden Blick zu. Sie sprach langsam, als sei Tom schwer von Begriff. »Sie wollen keinen politischen Fachmann, der über die Europäische Agrarpolitik dozieren kann. Sie wollen jemanden, der ›lesenswerte und provokante Artikel über das Leben außerhalb der Stadt‹ schreiben kann, sagt sie. Das echte Landleben, nicht das Leben, wie es sich der nostalgische Städter vorstellt.«

»Aber über welche Themen?«

Maisie äugte durch ihre Brille und studierte das Schreiben. »Was immer du willst, soweit ich erkennen kann.« Sie nahm die Brille ab und sah auf. »Sie dachte, es könnte mich interessieren. Aber Worte ... nicht mein Ding. Ich hab's mehr mit den physischen Künsten ... wenn du weißt, was ich meine. Ich hätte ihr antworten und absagen sollen, aber das habe ich noch nicht getan. Also, soll ich dich empfehlen?«

»Na ja, es ist eigentlich nicht ganz das, was ich im Sinn hatte. Ich hatte eher an einen Roman gedacht, aber im Augenblick habe ich noch gar keine Idee im Kopf.«

»Es könnte dir einen Anstoß geben. Ist doch einen Versuch wert. Ich meine, vielleicht wirst du die Leute nicht mögen, und vielleicht werden sie dich nicht mögen, aber du könntest zumindest mit ihnen reden.«

»Ich nehm's an.«

»Gut.« Ihre Miene hellte sich auf. »Was für ein Spaß. Bin so froh, dass wir ... dass ich helfen konnte. Eine kleine Sprosse auf der Leiter.«

»Hmm. *Der Knüller.*«

»Wie bitte?«

»Evelyn Waugh. Mr. Boot. Der platschende Matsch ...«

Maisie schüttelte den Kopf. Pippas Tod hatte ihn ganz offensichtlich ein bisschen aus der Bahn geworfen.

Peter saß vor der Hintertür des Pelikans und trank Kaffee, als Tom eintraf. »Was machst du denn hier?«, fragte er. Dann tat ihm die schroffe Begrüßung Leid. »Ich meine, ich dachte, du bist mit deinem Buch beschäftigt.«

»Noch nicht. Ich wollte mich nur kurz über das Restaurant unterhalten. Lust auf einen Spaziergang?«

»Wenn du willst.« Peter stellte seinen Becher ab, dann rief er hinter sich in die Küche: »Bin in ein paar Minuten wieder da.«

Die beiden Männer schoben sich durch die Gasse hinter dem Pelikan und gingen auf die Grasfläche zu, die das Münster flankierte. Es war ein warmer, sonniger Morgen, aber noch wimmelte es nicht von Menschen. Beide Männer hatten die Hände tief in die Taschen vergraben. Sie blickten viel zu Boden.

»Ich wollte bei dir nur ein bisschen vorfühlen«, sagte Tom.

»Weswegen?«

»Wegen meines Anteils.«

»Was ist damit?«

Tom kam ohne Umschweife zur Sache. »Kate ist interessiert.«

Peter blieb stehen. »Teufel nochmal! Da hat sie aber keine Zeit verschwendet.«

»Nein. Aber was hältst du davon?«

»Kümmert es dich?«

Tom seufzte. »Natürlich kümmert es mich.«

Peter blickte entschuldigend. »Tut mir Leid, Tom. Es ist einfach ein bisschen viel auf einmal, weißt du?«

»Ich weiß.«

»Oh, Scheiße! Ich bin ein Idiot. Ich seh, was dir passiert ist, und was mach ich – ich bemitleide mich selbst!« Peter rang nach Worten. »Es war nur ein kleiner Schock, das ist alles. Nach all der Zeit. Hör zu, tu, was du tun musst. Ich habe nichts dagegen. Sie ist eine tolle Köchin. Und sehr engagiert. Ein Allround-Talent. Du hattest Recht, weißt du. Wenn ich entschieden hätte, würden wir immer noch suchen. Und Kate schmeißt im Grunde den Laden.« Er erwiderte Toms Blick. »Ja. In Ordnung. Verkauf an sie. Wenn es das ist, was sie will. Und was du willst.«

Tom nickte. »Ja, ich denke schon.«

Die beiden setzten sich auf eine Bank. »Alles okay mit dir?«, fragte Peter.

»Ich bin mir nicht ganz sicher, was ich sagen soll, wenn ich danach gefragt werde. ›Ja, alles okay‹ oder ›Nein, überhaupt nicht‹. Ich meine, wie lange soll man sich denn elend fühlen? Im Augenblick will ich eigentlich nur fort und mich irgendwo verkriechen oder nachts rausgehen und die Sterne anschreien. Ich mache mir Sorgen, dass die Leute mir bald aus dem Weg gehen werden, weil ich ein alter Trauerkloß bin, der einen Neuanfang machen sollte. Aber jedes Mal, wenn mir danach ist, aus diesem Loch herauszuklettern, bekomme ich ein schlechtes Gewissen.«

»Es wird noch eine Zeit lang dauern.«

»Im Augenblick habe ich eher das Gefühl, es wird ewig dauern.« Er sah hoch zu dem Turm des Münsters, der sich vor einem hellblauen Himmel abzeichnete, während sich die Sonnenstrahlen durch die Zinnen bohrten und Tom blendeten. »Ich vermisse sie so höllisch, Pete, so höllisch. Ich weiß gar nicht, wieso ich überhaupt noch weitermachen soll – abgesehen von Tally.«

Peter legte seinen Arm um Toms Schulter. »So darfst du nicht denken.«

»Nein. Aber ich tu's trotzdem.«

»Wie geht's Tally?«

»Ganz gut. Besser als mir, glaube ich. Außer dass sie letzte Nacht Albträume hatte. Hatte das Gesicht ihrer Mum nicht mehr vor Augen.«

»Das ist mir auch passiert, als mein Dad gestorben ist.«

»Und mir bei meiner Mum. Aber Tally hatte richtig Angst. Sah ganz schön entsetzt aus.«

»Ging's ihr heute Morgen wieder gut?«

»Ich glaube schon. Sie hat sich entschuldigt. Entschuldigt! Ich bitte dich! Wofür denn? Dafür, dass sie ihre Mum liebt?« Er brach abrupt ab. »Oh Gott, Pete, ich wusste gar nicht, dass man so viel weinen kann.«

»Du musst dich auf andere Gedanken bringen.«

Tom schüttelte den Kopf.

»Ich weiß, was du sagen willst, aber du musst. Such dir einfach irgendetwas anderes, worüber du nachdenken kannst.«

»Aber das Einzige, worüber ich nachdenken will, ist Pippa. Und Tally.«

»Und was bringt das? Du musst anfangen, für dich selbst zu leben. Dann wirst du auch für Tally eine größere Stütze sein.«

»Vermutlich.«

»Ich weiß es. Hör zu, mein Lieber, verkauf ruhig deinen Anteil am Restaurant, aber such dir ein Projekt, eine Richtung. Ich weiß, es klingt herzlos und egoistisch, aber das ist es nicht. Es ist eine Möglichkeit, für dein Überleben zu sorgen. Das heißt nicht, dass Pippa an Bedeutung verliert, es heißt nur, dass du einen Ausweg aus alledem finden wirst. Klar?«

»Ja, wahrscheinlich.«

»Hab jedenfalls ein bisschen Mitleid mit mir.«

Tom wandte sich zu ihm um. »Wieso?«

»Ich werde wohl Rachel sagen müssen, dass unser neuer Partner weiblich ist.« Er klopfte Tom auf den Rücken. »Na los, schwirr schon ab und mach dich an dein Schreiben. Ich muss einhundert Mittagessen kochen.«

Als Peter nachmittags nach Hause kam, war Rachel bester Laune. Nach zwei Tagen in London war sie nun dabei, ihren Kleiderschrank auszuräumen, um Platz für die Neuanschaffungen zu machen. Aber irgendetwas an ihrer Stimmung machte ihn nervös.

Nachdem sie ihn auf beide Wangen geküsst hatte, berichtete sie ihm die Neuigkeit. »Darling, weißt du was? Das errätst du nie.«

»Dann sag's mir.«

»Sarah und ihr Mann.«

»Der rotgesichtige Richard?«

»Sei nicht unhöflich.«

»Na ja, aber das ist er doch. Zu viel Portwein und Käse und zu wenig Bewegung.«

»Hör zu, du gemeiner Kerl. Du weißt doch, wie sehr er sein Essen liebt?«

»Ich hatte es bemerkt.«

»Na ja, sie wollen uns unter die Arme greifen.«

»Was meinst du damit?« Noch während er die Frage stellte, läuteten schon die Alarmglocken.

»Sie haben sich einverstanden erklärt, bei uns im Restaurant mit einzusteigen. Sie werden nicht nur Toms Anteil am Pelikan übernehmen, sondern auch Geld für das neue Lokal bereitstellen. Ist das nicht wunderbar?«

Peter erblasste und setzte sich auf die Bettkante.

»Na ja, du könntest schon eine etwas zufriedenere Miene machen. Schließlich ist dir damit aus der Klemme geholfen, oder etwa nicht?«

Peter war Rachel gegenüber nie ein guter Lügner gewesen, aber an jenem Abend griff er auf versteckte Ressourcen zurück. »Ich denke, wir sollten nichts überstürzen. Ich habe heute mit Tom gesprochen, und ich bin mir überhaupt nicht sicher, dass er verkaufen wird. Ich denke, wir sollten ihm etwas Zeit zum Nachdenken lassen. Wenn wir ihn zu irgendetwas drängen, könnte ihn das überfordern. Wir müssen Geduld haben.«

»Aber was ist mit Richard und Sarah?«

»Oh, die beiden werden schon bereit sein, ein bisschen zu warten, meinst du nicht auch?«

Geduld gehörte nicht zu Rachels ausgeprägten Attributen, und sie musste lange überzeugt werden, bis sie zustimmte, dass die beste Maßnahme war, keine Maßnahme zu treffen. Peter fiel in jener Nacht erst spät in den Schlaf. Immer wieder brach ihm kalter Schweiß aus.

Neunzehntes Kapitel

»Und? Wie lief's?« Tally schlang die Arme um ihn und gab ihm den üblichen flüchtigen Kuss auf die Wange.

Tom ließ sich auf einen Küchenstuhl plumpsen.

»Erzähl schon! Erzähl schon!«

Er blickte benommen. »Ich hab den Job.«

»Ja! Gut gemacht! Toll! Das heißt, dass du ein Schriftsteller bist. Wow!«

»Nein, das heißt es noch nicht. Nicht bis ich etwas geschrieben habe.«

»Aber was haben sie gesagt? Hast du ihnen gezeigt, was du dir vorstellst? Wie fanden sie's?«

»Sie haben darüber geredet, was ich bisher gemacht habe, haben mich gefragt, weshalb ich den Job möchte, einen Blick auf das geworfen, was ich geschrieben habe – kurz –, und dann gesagt, sie würden mir eine dreimonatige Probezeit anbieten.«

»Wow? Und wie sieht's mit dem Geld aus?«

Tom legte die Stirn in Falten. »Das geht dich nichts an.«

»Oh, Dad! Ist es okay? Können wir davon leben?«

Er war gerührt von ihrer Sorge. »Schatz, ich glaube nicht, dass es dir den Lebensstandard garantiert, den du gewohnt bist, aber bis der Verkauf des Restaurants über die Bühne gebracht ist und die Versicherungspolicen und das alles ...« Er schluckte schwer. »... kommen wir schon über die Runden. Und es wird nicht allzu viel Zeit in Anspruch nehmen, das heißt, ich denke, ich werde anfangen können, an etwas Größerem zu schreiben.«

»Dem Roman?«
»Vielleicht.«
»Großartig! Na, dann komm.« Sie stand auf und ging quer durch die Küche.
»Was?«
»Zeit zum Feiern.«
»Oh, Tal, ich glaube nicht ...«
»Kein Aber. Wir brauchen Dinge, die wir feiern können, du und ich, und das hier ist unser erster Schritt.« Sie lächelte wehmütig.
Er verstand den Wink. »Na, dann los.«
Sie machte den Kühlschrank auf und entnahm ihm eine Flasche Laurent Perrier.
»Wo kommt das denn her?«
»Das geht dich gar nichts an.«
»Was würde ich bloß ohne dich tun?«
»Zunächst einmal würdest du mehr Geld haben.«
»Aha. Habe ich das etwa bezahlt?«
Tally nickte.
»Ich verstehe, was du meinst. Na komm.« Er öffnete die Flasche mit einem geübten Griff und schenkte das perlende Getränk in die beiden Flöten, die Tally ihm reichte. Er hielt ihr eine hin, behielt die andere für sich und sah ihr in die Augen. »Auf uns, meine Liebe.«
»Auf uns.« Sie stieß mit ihm an. »Und die Zukunft.«
Als ihm die perlende Flüssigkeit durch die Kehle rann, verspürte er ein Gefühl von Erleichterung über die Ereignisse des Tages. Er konnte sich keinen anderen Menschen vorstellen, mit dem er lieber feiern würde. Bis auf einen.
Tally rümpfte die Nase und hustete, als ihr der Champagner in die falsche Kehle geriet. Er klopfte ihr auf den Rücken. »Das bist du nicht gewöhnt.«

»Nein, aber wenn du mit dem Schreiben Erfolg hast, könnte ich mich daran gewöhnen.«

»Freches Ding! Wenn du auf den Geschmack gekommen bist, wirst du einen reicheren Mann als mich benötigen, der sich um dich kümmert!«

Er fragte sich, weshalb ihre Augen auf einmal einen glasigen Schimmer bekommen hatten. Sie erzählte ihm nicht, dass sie zwei Stunden zuvor Alex Blane-Pfitzer angerufen hatte. Sie hatte sich tagelang den Kopf darüber zerbrochen, aber schließlich hatte irgendetwas in ihr *klick* gemacht. Sie konnte nicht so weitermachen – sich danach sehnen, mit Alex eine bestimmte emotionale Richtung einzuschlagen – und gleichzeitig aus Sorge um ihren Vater in eine völlig andere gezogen werden. Es war besser, wenn sie es beendete – oder nicht? Zumindest für eine Zeit lang. Bis sie wieder festen Boden unter die Füße bekommen hatte. Sie versuchte so beiläufig wie möglich zu klingen und sagte Alex ganz leichthin, dass sie etwas Zeit für sich selbst benötigte. Als er sie fragte, wie viel Zeit, wusste sie nicht, was sie sagen sollte.

Tallys Prüfungsergebnisse trafen Mitte August ein. Tom konnte sich nicht erinnern, Tally je so ängstlich erlebt zu haben. Er hoffte von ganzem Herzen, die Ergebnisse würden gut genug sein, um sie glücklich zu machen, anstatt sie zu deprimieren. Seine Sorge erwies sich als unbegründet. Angesichts von drei Einsen, fünf Zweien und zwei Dreien machte sie einen Luftsprung und warf ihm die Arme um den Hals. »Nicht schlecht für eine Legasthenikerin!«, rief sie.

»Ich bin so stolz auf dich«, sagte er, während er sie fest

an sich drückte und mit den Tränen kämpfte. Sie tranken Champagner, und Tom erlaubte sich zu sagen, wie stolz Pippa gewesen wäre.

Tally dachte wehmütig an Alex und sehnte sich danach, ihn anzurufen und es ihm zu erzählen, aber sie tat es nicht; stattdessen machte sie sich ans Werk, ein Festmahl für sich und ihren Vater zuzubereiten.

Tom wartete auf Kates Okay, um den Verkauf des Pelikan über die Bühne zu bringen, doch die Dinge entwickelten sich langsamer, als sie erwartet hatte. Rory war »ganz schön gemein« gewesen, indem er die Dinge einfach nicht in Gang gebracht hatte. Tom fragte sich schon, ob er vielleicht einen Fehler begangen hatte, aber Kates Offenheit und Ehrlichkeit überzeugten ihn, ihr zu vertrauen. Er hoffte, er würde letztendlich nicht Unrecht behalten. Jedes Mal, wenn er in der Stadt Peter in die Arme lief, machte er Ausflüchte, in der Hoffnung, die Sache möge sich nicht weiter zuspitzen, aber Peter wechselte sowieso stets das Thema und erklärte, er sei mit allem einverstanden, was Tom wolle.

Als der Sommer dem Herbst wich, bemerkten Vater und Tochter allmählich Veränderungen aneinander, anfangs nicht sehr auffällig, nur ein Abflauen der Anspannung und eine ganz leichte Linderung des Schmerzes. Jahrestage wurden begangen – wie Pippa es gewollt hätte –, aber auf eine etwas gedämpftere Weise.

Die schwerste Zeit war Weihnachten, als die Fröhlichkeit der restlichen Welt offensichtlich im Missklang mit ihrer eigenen Trauer stand. Tom schlug sogar einen Urlaub im Ausland vor, aber Tally erklärte beharrlich, sie müssten die Feierlichkeiten, so gut sie es könnten, hinter sich bringen. Und das taten sie auch. Maisie besuchte sie in einem Aufzug zum Mittagessen, neben dem der Weihnachtsmann schmucklos aussah, und Janie schaute am zweiten Weihnachtsfeiertag auf dem Weg zu ihrer Mutter bei ihnen vorbei.

Blip hatte an Heiligabend vor der Tür gestanden, ein kleines, fein säuberlich verpacktes Geschenk in der Hand. »Das habe ich dir mitgebracht«, sagte er und erinnerte Tally an einen Hirtenjungen, der auf das Jesuskind zutritt.

»Soll ich es unter den Baum legen oder gleich aufmachen?«, fragte sie.

»Mach es gleich auf«, sagte er und wartete mit verschränkten Armen, während sie das Geschenkpapier herunterriss und ein kleines Kunstlederetui zum Vorschein brachte. Sie hatte Angst, es könnte etwas allzu Persönliches sein, etwas allzu Bedeutungsvolles; sie wollte ihn nicht wieder enttäuschen. Sie machte das Etui auf, schnappte einmal nach Luft, dann lachte sie und sagte: »Wofür ist das denn?«

»Für den Fall, dass du mich brauchst. Du musst nur hineinblasen.«

Sie nahm die glänzende Schiedsrichterpfeife und hielt sie in der hohlen Hand. »Das ist sehr lieb von dir.«

Blip sah zu Boden. »Ich wollte dich nur wissen lassen, dass ich da bin, wenn du mich brauchst.«

Tally biss sich auf die Lippe, dann sagte sie leise: »Danke.« Sie umarmte ihn. »Ich werde sie immer bei mir tragen.«

Am Abend des ersten Weihnachtsfeiertages starrte sie aus dem Fenster über die Felder hinaus, eine Weihnachtskarte in Weiß und Gold mit den Worten »Alles Liebe von Alex« in der Hand. Sie sah auf die glänzende Pfeife in ihrer Hand und fragte sich, wieso eigentlich immer alles anders kam, als man erwartete.

Der Winter wich dem Frühling und der Frühling dem Frühsommer. Tally hatte alle Überlegungen in Richtung Meeresbiologie beiseite geschoben, sich stattdessen für ein Abitur mit den Hauptfächern English und Italienisch entschieden und spielte mit dem Gedanken, in der Reisebranche zu arbeiten. Tom war überrascht; er hatte sich schon Sorgen gemacht, der tragische Urlaub in Italien könnte weit reichende Konsequenzen haben, aber er war stolz, dass Tally den Stier bei den Hörnern gepackt hatte. Er hatte es in gewisser Weise selbst getan, indem er weiter mit seinem Roman kämpfte und die freudlose Phase einer Schreibblockade durchlitt.

Als ein Jahr mit all seinen Jahrestagen verstrichen war und beide sich eben fragten, was wohl als Nächstes passieren würde, rief Janie zu Beginn der Sommerferien aus heiterem Himmel an und lud sich selbst ein. »Seid ihr sicher, dass ihr nichts dagegen habt?«

»Absolut. Wir könnten etwas Gesellschaft gebrauchen. Ich glaube, Tally findet mich langsam ein bisschen ermüdend.«

Janie Giorgioni nahm wie üblich kein Blatt vor den Mund. »Blödsinn. Sie betet dich an. Also gut, ich komme am Wochenende, aber nur unter der Bedingung, dass du mich kochen lässt.«

»Erwartest du etwa, dass ich ablehne?« Ein ironischer Unterton schwang in Toms Stimme mit.

»Du wärst der erste Mann, der das täte.«

»Das habe ich auch schon gehört.«

»Frecher Kerl – du bist auf jeden Fall wieder in Form.«

»Fast.«

Sie sprach etwas leiser. »Ich weiß. Hör zu, ich werde am späten Freitagnachmittag bei euch sein, wenn euch das recht ist.«

»Schön.«

»Ich werde alles Nötige mitbringen – kümmer dich nicht darum –, sorg du nur für einen anständigen Wein, okay?«

»Das Beste aus meinen Kellern wird Ihnen zur Verfügung stehen, Madame.«

»Das will ich aber auch schwer hoffen.«

Tom schüttelte den Kopf. Sie machte ein großes Getue, wie üblich. Es heiterte ihn etwas auf.

»Ach ja, und ich bringe dir ein Geschenk mit.«

»Was denn für ein Geschenk?«

»Etwas, was dich zu deinem Schreiben inspirieren soll. Eine Art Leitmotiv für deine Artikel bei dieser Zeitschrift.«

»Eine Art *was*?«

»Wart's ab.«

»Janie, überstürz nichts.«

»Wann habe ich je etwas anderes getan?«

»Eben.«

Mit einem leisen Lächeln legte er den Hörer auf, dann wandte er sich zu Tally um, die im Türrahmen stand, mit benommenem Blick, zerzaustem Haar und bleicher Miene.

»Was in aller Welt ist los?«

»Es ist Alex.«

»Alex?«

»Der Junge, mit dem ich gegangen bin ... für kurze Zeit.«

»Was ist passiert?«

»Er hat eben angerufen.«

»Und?«

»Er hat sich gefragt, ob wir uns vielleicht wieder treffen könnten?«

»Willst du denn?«

»Ich glaube schon.«

»Du scheinst dir nicht sehr sicher zu sein.«

Sie zögerte. »Es ist nur, ich bin so überrascht, dass er angerufen hat. Nach all der Zeit.«

»Das zeigt doch, dass er Ausdauer hat.«

Tally stand völlig reglos da. Im Laufe der Monate war sie zu der Überzeugung gelangt, dass sie die Sache vermasselt hatte – indem sie Alex in genau dem Augenblick den Laufpass gegeben hatte, in dem ihre Beziehung gerade anfing, sich zu entwickeln. Wie sollte sich ein männliches Ego von einer solchen Demütigung je erholen? Und doch hatte er wieder angerufen. Es musste etwas zu bedeuten haben. Er war verzweifelt, ganz offensichtlich. Außer Stande, eine andere zu finden, und daher gern bereit, sich mit ihr zufrieden zu geben. Fürs Erste. Entweder das oder ... Sie weigerte sich, den Gedanken weiterzuspinnen. Sie musste ihn nicht weiterspinnen. Das Leben war weitergegangen. Sie würde ebenfalls weitergehen. Es hatte fast ein Jahr gedauert.

Tom wunderte sich über den verträumten Blick in ihren Augen – und das offensichtliche Dämmern einer bestimmten Erkenntnis.

»Wie dumm von mir. Was für eine Verschwendung«, sagte sie leise.

»Wieso denn Verschwendung?«

»Weil wir ein ganzes Jahr verloren haben.«

Tom sah sie mitfühlend an. »Ja«, sagte er leise. »Also, was wirst du nun deswegen unternehmen?«

»Ich weiß es nicht.«

*

Es war Freitagnachmittag, und Tally hatte sich fast eine Stunde lang mit ihrem Handy in ihr Zimmer zurückgezogen. Tom hatte inzwischen zweimal seinen Kopf durch die Tür gesteckt, und sie hatte ihn jedes Mal weggewinkt. Schließlich kam sie die Treppe herunter und versuchte es mit ihrer besten Schmeichelstimme: »Da-a-ad?«

»Was willst du?« Er stand an der Küchenspüle und wusch das Geschirr ab.

»Woher weißt du, dass ich etwas will?«

»Jahrelange Erfahrung.«

»Oh.«

»Also, schieß los«, sagte er, ohne sich umzudrehen.

»Na ja, es ist nur – du kennst doch Alex?«

»Ich habe von ihm gehört, aber wir wurden einander nie vorgestellt.«

»Sehr witzig.«

»Und?«

»Es ist nur, Mr. und Mrs. Blane-Pfitzer ...«

»Heißen die wirklich so?«

»Sei nicht albern, Dad. Sie haben mich gefragt, ob ich gern mit ihnen nach Devon in Urlaub fahren würde.«

Tom wandte sich von dem hartnäckigen Rest Lasagne ab, den er aus einer Glasschale zu kratzen versuchte.

»Wann denn?«

»Die ersten beiden Augustwochen. Sie werden den

ganzen Monat über dort sein, aber sie haben mich gefragt, ob ich vierzehn Tage mitkommen möchte.«

»Oh.«

»Darf ich?«

Tom fühlte sich plötzlich hilflos. »Kann ich darüber nachdenken? Bis wann brauchst du eine Antwort?«

»Na ja, jetzt, eigentlich.«

Er war völlig durcheinander. »Also, ich weiß nicht recht. Ich meine, wir hatten ja eigentlich keine Urlaubspläne gemacht.«

»Ich weiß. Ich habe gesagt, du würdest dir vielleicht nicht sicher sein, also hat Mrs. Blane-Pfitzer gesagt, wenn du sie anrufen möchtest, würde sie gern mit dir darüber reden.«

»Ach, tatsächlich?«

Sie wunderte sich über seinen Kontrollverlust. »Ich dachte mir nur ...«

»Ich glaube, du hast dir gar nichts gedacht. Das ist das Problem. Wie kann ich dich denn mit jemandem wegfahren lassen, der seit einem Jahr nichts mehr mit dir zu tun hat und dann aus heiterem Himmel beschließt, dass er gern wieder mit dir zusammenkommen würde?«

»Es war meine Entscheidung, Schluss zu machen – nicht seine.«

»Na ja, du kannst ja nicht allzu viel an ihn gedacht haben, wenn du ein Jahr lang glücklich ohne ihn ausgekommen bist. Warum hast du ihn denn abserviert, wenn er dir so viel bedeutet hat?«

»Das lag an ... an allem Möglichen.« Sie wollte sagen: »Das lag an dir«, aber das konnte sie nicht. Warum musste er einen solchen Wirbel darum machen? Sie hatte mit Alex Schluss gemacht, weil sie sich nicht in zwei Hälften zerteilen konnte. Sie hatte ihn zurückgewiesen, um ihrem Dad zur Seite zu stehen, und jetzt, als sie sich im Stande sah, eine Beziehung zu einem Dritten zumindest in Betracht zu ziehen, benahm er sich so unfair.

Inzwischen war Tom richtig in Fahrt gekommen. »Und er ist jemand, den ich nicht einmal kenne, aus einer Familie, die ich nie kennen gelernt habe. Du bist erst siebzehn, weißt du.«

Tally war verletzt. »Aber es ist doch nur für zwi Wochen, und am Telefon haben sie sich sehr nett angehört. Selbst sein Dad ...«

»Oh, wenn sein Dad in Ordnung ist, dann ist ja alles bestens.«

»Dad, sei nicht albern. Ich dachte ja nur, ich könnte dich fragen, das ist alles, aber du bist offensichtlich nicht begeistert, dann werde ich eben Nein sagen.«

»Danke.«

Tallys Lippen bebten, und sie kämpfte darum, nicht die Beherrschung zu verlieren. »Ich hätte nicht gedacht, dass du etwas dagegen hast.«

»Nun, ich habe etwas dagegen. Du bist alles, was ich habe, und ich will nicht, dass du mit irgendwelchen dahergelaufenen Typen abziehst.«

»Er ist kein dahergelaufener Typ. Er heißt Alex, und er ist sehr nett.« Tally stürmte aus dem Zimmer.

Ihr Vater brüllte ihr hinterher: »Du musst nicht gleich eingeschnappt sein. Wie kannst du denn von mir erwarten, dass ich einverstanden bin, wenn ich diese Leute nicht einmal kenne?«

Er hörte, wie ihre Zimmertür zuknallte. Er warf das Geschirrtuch in die Küchenspüle, wo es mit einem Platscher landete. »Scheiße!« Er setzte sich an den Küchentisch.

»Scheiße, Scheiße, Scheiße!« Er warf einen Blick auf die Küchenuhr. Halb vier. Janie würde binnen einer Stunde hier sein, und sie befanden sich mitten in einem Familienstreit. »Oh, Scheiße!« Er zog das durchnässte Geschirrtuch aus dem fettigen Abwaschwasser und wrang es aus, dann warf er es in die Waschmaschine zu einem bereits wartenden Haufen Buntwäsche.

Warum hatte ihn niemand auf all das vorbereitet? Er hatte im Gaststättengewerbe gearbeitet, war an Schüsseln, Töpfe, Pfannen, Gläser, das Besorgen von Mahlzeiten gewöhnt. Aber einen Haushalt zu führen, das war eben doch etwas anderes. Seine Mahlzeiten, ihre Mahlzeiten. Seine Wäsche, ihre Wäsche. Einkaufen, putzen und dafür sorgen, dass sie immer genug Kleidung hatte. Unterwäsche. Die schien sie sich selbst zu kaufen – hoffte er. Warum dachte er jetzt eigentlich an ihre Unterwäsche?

Manchmal schien es ihm, als ob ihm kaum genug Zeit zum Schreiben blieb, nachdem er sich schließlich auch noch um Tallys Stundenplan kümmern und den Garten in Schuss halten musste. Er hatte sich fest vorgenommen, den Kräutergarten genauso gut zu pflegen, wie es Pippa getan hatte. Anfangs wusste er kaum etwas über Kräuter, aber Pippas Bücher hatten ihm geholfen, und er hatte rasch dazu gelernt. Es war ihm sogar gelungen, ein paar Kräuter in der Stadt zu verkaufen, wenn auch nicht an Peter. Das erschien ihm im Augenblick irgendwie nicht richtig. Tally hatte ihre Hilfe angeboten, ebenso wie Maisie, aber er wollte es gern selbst tun. Es war wichtig.

Vielleicht trieb nun alles auf die Spitze zu. Seit Pippas Tod war zwischen ihm und Tally kaum ein böses Wort gefallen. Es hatte Spannungen gegeben, sicher, selbst ein gelegentliches Schmollen, aber nie einen handfesten Streit.

Er war nicht überfürsorglich, nur vorsichtig, weshalb war sie also so unvernünftig?

Er verließ die Küche und trat an den Fuß der Treppe. »Janie wird bald hier sein.«

Keine Antwort. Er war ganz offensichtlich eine Persona non grata. Na ja, Pech gehabt. Wenn sie kindisch sein wollte, dann war das ihr Problem. Was sollte man denn auch von einer Siebzehnjährigen erwarten? Sie war viel zu jung, um mit Leuten, die er nicht kannte, in Urlaub fahren zu dürfen. Sie konnte verdammt gut im eigenen Saft schmoren. Und überhaupt, wenn sie für zwei Wochen dorthin fahren würde, was sollte er denn dann tun?

Es traf ihn wie der Stich einer Biene. War er egoistisch? Nein. Er war aufrichtig besorgt um sie, wollte sie nicht in eine Welt hinauslassen, der er nicht traute. Wer waren diese Blane-Pfitzers überhaupt? In einem Anfall von Ärger stapfte er in sein Arbeitszimmer hoch und zog seine Ausgabe von Debrett's *People of Today* aus dem Regal. Er fand den Eintrag: »Blane-Pfitzer, David. Präsident und Generaldirektor der Unicorn Holdings. Verheiratet, zwei Söhne.« Seine Augen wurden glasig, während er die kurze Biografie überflog. Blane-Pfitzer war ganz offensichtlich ein echter Erfolgstyp. Sherborne und Cambridge, Schirmherr einer Hand voll Wohlfahrtseinrichtungen. Nicht dass ihn das automatisch befähigte, sich um Toms Tochter zu kümmern: Es gab schließlich immer noch Leute, die glaubten, Jack the Ripper sei der Herzog von Clarence gewesen. Er verfluchte sein kindisches Benehmen und stopfte den schweren Band zurück ins Regal.

Warum konnte sie nicht mit diesem Blip in Urlaub fahren? Der schien so weit harmlos zu sein. Ohne protzigen Wagen, sanft und leise, offensichtlich besorgt um sie.

Dann fiel ihm wieder ein, wie er mit Pippa über ihn gesprochen und ihn selbst einen Waschlappen genannt hatte. Ach, man konnte eben einfach nicht immer alles haben.

Er hörte Janies Wagen, der in die Auffahrt einbog, und ging nach unten, um sie zu begrüßen. Sie war bereits dabei, sich aus dem ganzen Drum und Dran ihres motorisierten Lebensstils zu befreien, als er aus dem Haus trat.

»Mein Gott! Was für eine Fahrt!«, sagte sie.

»Verkehr?«

»Und der Rest. Sieh dir das an – irgend so ein Dreckskerl hat mich an einer Kreuzung bei Chichester geschnitten. Hat mir sauber den Kotflügel geschrammt.«

Tom musterte die Karosserie des verbeulten Golfs und tat sein Bestes, die beschädigte Stelle ausfindig zu machen, auf die Janie anspielte. Sie verstand den Wink. »Oh, na gut, er ist sowieso nicht im besten Zustand, aber wieso muss dieser Dreckskerl alles noch schlimmer machen?«

Tom küsste sie auf die Wange. »Nein. Nimm mich richtig in den Arm, ich brauche ein bisschen Zärtlichkeit.«

»Du und ich, wir beide.« Er legte die Arme um sie und drückte sie an sich.

»Was ist denn los?«

Tom löste sich von ihr. »Ach, wir hatten eben unseren ersten Streit. Na ja, unseren ersten Streit seit ...«

»Das musste irgendwann passieren. Du weißt schon, das wirkliche Leben und so.«

»Es tut mir nur Leid, dass es ausgerechnet jetzt passiert ist – und deine Ankunft vermasselt.«

»Blödsinn. Ist doch egal.« Sie schob die überquellenden Reste ihres mobilen Lebensstils zurück in den Wagen und knallte die Tür zu, bevor sie noch einen Fluchtversuch unternehmen konnten. »Worum ging es denn überhaupt?«

»Urlaub.«

Janie zog eine Augenbraue hoch.

»Tally will mit ihrem neuen Freund nach Devon fahren. Na ja, ihrem alten neuen Freund.«

»Ah, verstehe. Und Dad ist nicht allzu begeistert?«

»Wärst du es?«

»Ich bin nicht ihr Dad.«

»Genau.«

Janie drückte die Heckklappe des Wagens auf und begann, Kartons mit Lebensmitteln herauszuzerren. »Kannst du mir die abnehmen?«

»Großer Gott! Wie viele Leute wolltest du denn füttern?«

»Nur uns – es sei denn, du willst noch irgendjemand einladen, Freunde deiner Tochter zum Beispiel.«

»Beschwör's nicht.«

Ihr Gespräch wurde von Tally unterbrochen, die in diesem Augenblick an ihrem Zimmerfenster auftauchte.

Janie sah auf. »Hallo, Süße! Er nervt zur Zeit ein bisschen, was?«

Tally lächelte und zuckte mit den Schultern.

»Kommst du herunter und hilfst uns?«

Sie verschwand vom Fenster.

»Würde es dir vielleicht etwas ausmachen, nicht Partei zu ergreifen?«, fragte Tom gereizt.

»Ich ergreife nicht Partei, ich helfe nur, die Luft zu klären.«

»Ja, na ja, mir wär's lieber, sie klärt sich von selbst, wenn die Zeit reif dafür ist.«

Sie stieß ihn mit dem Ellbogen in die Rippen. »SB.«

»Was?«

»Spaß-Bremse.«

»Janie, es ist ernst.«

»Natürlich ist es das. Sehr ernst. Sonst hätte sie dich wohl kaum gefragt, ob sie mit ihm in Urlaub fahren darf.«

»Das habe ich nicht gemeint.«

»Ich weiß.« Janie zwinkerte ihm zu. »Komm schon, hier steht alles Mögliche, das in den Kühlschrank geschafft werden muss, bevor es schlecht wird. Lass die Wagenfenster offen, ja? Die Luft ist nicht die beste. Hallo, Schätzchen!« Sie begrüßte Tally auf der Türschwelle und reichte ihr einen Karton, der randvoll mit Pasta, frischen Erdbeeren, Schlagsahne und Pfirsichen beladen war. »Ich glaube, ich bin genau im richtigen Augenblick gekommen.«

Sie aßen im Garten an einem alten Eichentisch, über den sie eine karierte Baumwolldecke gebreitet hatten. Kerzen flackerten in Blechlaternen, die Janie in dem Anbau neben der Scheune gefunden hatte. Es war ein warmer Abend, und Tom lenkte das Gespräch vom Urlaub ab. Während er den Tisch abräumte und ins Haus ging, um Kaffee zu kochen, wandte sich Janie an Tally. »Keine leichte Zeit, was?«

»Das kannst du laut sagen«, erwiderte Tally vielsagend.

»Mach dir keine Sorgen. Er wird schon zustimmen. Er ist nur sehr fürsorglich, das ist alles.«

»Na ja, warum kann er Alex' Mutter dann nicht anrufen und mit ihr reden? Dann würde er ja sehen, dass alles in Ordnung ist.«

»Weil er dein Dad ist, darum.«

»Aber das ist so ärgerlich.«

»Hör zu, überlass es mir. Ich werde mit ihm reden.«

»Nein. Ich will nicht, dass er denkt, ich hätte hinter seinem Rücken geplaudert.«

»Das ist wirklich entzückend.«

»Was soll das heißen?«

»Ich finde, es ist entzückend, dass du dich sorgst.«

»Loyalität. Natürlich sorge ich mich, selbst wenn er glaubt, dass ich es nicht tue.« Sie sah Janie mit weit aufgerissenen, hellblauen Augen an. »Es ist nur, ich würde Alex wirklich gern besser kennen lernen – *und* ein bisschen Spaß haben. Dad und ich kümmern uns jetzt schon seit einem Jahr umeinander.«

»Und du willst dein eigenes Leben wiederhaben?«

»Na ja, ich denke schon, ja. Aber das klingt grässlich. Ich finde einfach, wir sollten beide wieder anfangen, jeder sein eigenes Leben zu leben.«

»Hast du ihm das gesagt?«

»Nein. Die eine Hälfte von mir denkt, es ist falsch, aber die andere Hälfte ...«

»Ich weiß. Hab einfach etwas Geduld.«

»Aber ich muss ihnen bis Sonntagabend Bescheid geben, sonst nimmt Alex' Bruder einen Freund mit.«

Janie sah sie mitfühlend an. »Ich bin sicher, er wird zustimmen.«

»Ja, aber dann ist es vielleicht schon zu spät.«

Tom tauchte mit einem Tablett mit Kaffee aus der Küche auf.

»Jedenfalls, ich habe ein Geschenk für euch beide«, sagte Janie.

»Was für ein Geschenk?«, fragte Tally.

»Etwas, um euch aufzumuntern. Inspiration für deinen Vater und Gesellschaft für dich.«

Tom blickte besorgt.

Janie ging hinüber zu ihrem Wagen und drückte die Heckklappe auf. In der einbrechenden Dunkelheit konnten Tom und Tally nicht erkennen, was sie tat, aber als sie aus dem Dämmerlicht zurückkehrte, hatte sie einen Pappkarton in der Hand, der mit einer Schnur zusammengebunden war.

»Was ist das denn?«, fragte Tally aufgeregt.

Janie stellte den Karton Tally auf die Knie. »Mach ihn auf und sieh nach.«

»Janie!« In Toms Stimme schwang ein warnender Unterton mit.

Tally entfernte die grobe Schnur und öffnete vorsichtig den Deckel des Kartons. »Oh! Oh – wie wunderbar! Er ist entzückend!«

»Er ist eine Sie.«

Tally hob ein winziges weiß-gelbes Kätzchen aus dem Karton.

»Was zum ...« Tom war entsetzt.

»Also, bevor du anfängst – ich dachte, es ist an der Zeit, dass ihr beide etwas habt, worüber ihr euch Gedanken machen könnt.«

»Aber es wird Pflege brauchen.«

»Das brauchen Tiere im Allgemeinen, aber die meisten Leute schaffen das ohne große Probleme.«

»Aber ...«

»Oh, hör schon auf mit deinem ständigen Aber, Tom.«

»Na ja, warum?«

»Ich habe mir all diese Schriftsteller angesehen, die Kolumnen für Zeitungen und Zeitschriften verfassen, und die haben alle ein Tier, über das sie schreiben. Ein paar Typen haben gar nicht schlecht damit verdient, dass sie über ihre Hunde geschrieben haben, und ich war der Ansicht, es ist an der Zeit, dass auch eine Katze mal etwas Aufmerksamkeit bekommt.«

»Das ist doch lächerlich.«

»Also, ich finde, sie ist entzückend.« Tally hielt das Kätzchen in ihren Händen geborgen. »Hast du sie etwa die ganze Zeit über in deinem Wagen gelassen? Es ist ein Wunder, dass sie keinen Hitzeschlag bekommen hat.«

»Unsinn, da war es kühl genug. Und außerdem hat sie sowieso geschlafen, als ich angekommen bin.«

»Vermutlich wusste sie, dass das die einzige Möglichkeit war, deine Fahrkünste zu überleben«, murmelte Tom.

»Das habe ich nicht gehört.«

Tally hob das Kätzchen hoch und sah ihm in die Augen. Es miaute. »Wie heißt es?«

»Das musst du entscheiden«, sagte Janie.

Tally legte das Kätzchen behutsam Tom in den Schoß und sah zu, wie ihr Vater das kleine Tier streichelte. »Wendy«, sagte sie. »Ich bin gleich wieder da. Ich muss nur kurz telefonieren.«

Tom sah ihr nach. »Wendy! Was für ein Name.« Er wandte sich zu Janie um. »Wieso Wendy?«, fragte er.

»Erinnerst du dich nicht mehr an *Peter Pan*?«

»Doch, natürlich.«

»Na ja, wer war denn Wendy?«

»Sie hat sich um die verlorenen Jungen gekümmert.«

Janie lächelte. »Genau das hat sie getan.«

Zwanzigstes Kapitel

Mrs. Blane-Pfitzer – »Bitte nennen Sie mich Helen« – hatte einen sehr freundlichen Eindruck erweckt. »Ich verstehe, dass Sie sich Sorgen machen, aber Sie haben keinen Grund dazu. Wir können die beiden genau im Auge behalten, und es gibt jede Menge Zimmer im Haus.«

Tom nahm an, dass sie das gesagt hatte, um ihn zu beschwichtigen, aber er wollte fast schon sagen: »Ja, und wer sorgt dafür, dass sie nicht mitten in der Nacht auf Zehenspitzen zueinander in die Zimmer schleichen?« Dann beherrschte er sich. Es war nicht so, dass er Tally nicht vertraute; er vertraute ihr und ihrem gesunden Menschenverstand vollkommen. Aber wie konnte er diesem Jungen vertrauen? Er war selbst einmal einer gewesen, und er wusste Bescheid.

»Warum kommen Sie nicht selbst über das mittlere Wochenende zu uns? Platz gibt es genug.«

»Oh, nein, das ist dann schon in Ordnung.«

»Sie müssen kommen. Wir würden uns wirklich freuen.«

»Na ja, wenn Sie sich sicher sind ...«

»Absolut. Hören Sie, wir werden Tally am Samstagvormittag gegen elf abholen, und dann können Sie uns alle kennen lernen. Klingt das okay?«

»Schön. Ja.«

Was konnte er anderes sagen? Wie konnte er dagegen etwas einwenden? Die Blane-Pfitzers verhielten sich so vernünftig und rücksichtsvoll. Tally würde nach Devon in

Urlaub fahren, und er würde sich an diesen Gedanken gewöhnen müssen. Auch wenn er sich ein bisschen ausgetrickst fühlte. Janie hatte das alles eingefädelt – ihn gefragt, wie er bloß seine Zustimmung verweigern könne, vor allem nachdem er selbst mit fünfzehn genau dasselbe getan hatte, und erst recht mit siebzehn. Es dauerte nicht lange, bis er begriff, dass er mit dem Rücken zur Wand stand, und so hatte er Mrs. Blane-Pfitzer angerufen, um zu erfahren, ob sie immer noch genügend Platz hätten. »Jede Menge«, hatte sie gesagt. Wieder wurde er skeptisch. Warum hatte Tally dann zu ihm gesagt, sie müsse ihnen bald Bescheid geben, da andernfalls ein Freund von Alex' Bruder ihren Platz einnehmen würde? Oder hatte Alex selbst diesen Trick angewandt, um seine Tochter einzuwickeln? Er schalt sich wegen seines Misstrauens.

Ein paar Tage später hatte er Tally seine Entscheidung beim Frühstück mitgeteilt, nachdem er sie absichtlich hatte schmoren lassen. Sein Gewissen zwickte ihn, als sie die Arme um ihn schlang und ihn küsste. »Tut mir Leid, dass ich so gemein war«, sagte sie, und er fühlte sich noch schlechter.

»Ach, mach dir keine Gedanken. Versprich mir nur, dass du aufpassen wirst.«

»Das werde ich.«

»Eine Sache noch.«

»Hmm?«

»Ich werde es nicht tun, wenn du lieber möchtest, dass ich wegbleibe, aber die Blane-wie-immer-sie-heißen haben mich für das mittlere Wochenende eingeladen.«

»Großartig!«

»Du hast nichts dagegen?«

»Natürlich habe ich nichts dagegen – solange du mich nicht in meinem Freiraum einengst!«

»Ich werd's versuchen.«

»Oh, cool!«

Er sah ihr nach, als sie nach oben rannte, zweifellos, um Alex anzurufen und ihm die gute Neuigkeit zu übermitteln. Nur noch zwei Wochen bis zum August. Zwei Wochen voller Sorgen lagen vor ihm, und dann was? Eine Lücke. Die Aussicht, allein im Haus zu sein, erschien ihm kein bisschen verlockend. Er ging in den Garten hinaus, um zwischen den Kräutern Unkraut zu rupfen und zu versuchen, an etwas anderes zu denken. Es klappte nicht.

»Also, was hat dich bewogen, mich anzurufen?«, fragte sie.

»Ich konnte nicht länger warten. Ich musste herausfinden, ob du mich wirklich nicht wieder sehen wolltest oder ob du nur etwas Abstand gebraucht hast.«

»Nach all der Zeit?«

»Ich dachte, du würdest ein Jahr brauchen, um all die Jahrestage und das alles zu verarbeiten.«

»Ja.« Sie war überrascht von seinem Einfühlungsvermögen. »Und was ist mit Edinburgh?«

»Ich bin nicht dorthin gegangen.«

»Was?«

»Hab stattdessen ein Jahr ausgesetzt.«

»Aber wo? Wieso?«

»In Europa. Ich fand, dass ich mir erst einmal über mich selbst klar werden musste. Bin froh, dass ich es getan habe. Ich musste über vieles nachdenken.«

Am Ende des Gesprächs drehte sich ihr der Kopf. Hatte sie irgendetwas mit seinem Entschluss zu tun gehabt, das Studium in Edinburgh aufzuschieben? Sie verspürte ein höchst seltsames Gefühl – eine Mischung aus Freude und Schuld darüber, dass sie ihn vielleicht ebenso tief berührt hatte wie er sie. Und jetzt würde sie zwei Wochen mit ihm zusammen sein. Die Aussicht war aufregend, aber auch beängstigend. Was, wenn sie sich nicht verstanden? Sie würden sich verstehen. Was, wenn seine Familie schwierig war? Sie würde das Risiko eingehen. Und überhaupt, wenn ihr Dad nach der Hälfte des Urlaubs vorbeischaute, konnte sie immer noch mit ihm zurückfahren, falls die Sache etwas heikel werden sollte. Sie hatte nicht zugegeben, dass das einer der Gründe war, weshalb sie froh war, dass er zu ihnen stoßen würde. Aber es würde ihr auch gut tun, ihn zu sehen, zu wissen, dass mit ihm alles in Ordnung war.

Sie stützte sich aufs Fensterbrett und beobachtete ihren Vater im Kräutergarten. Inzwischen arbeitete er jeden Tag dort. Er jätete erst ein bisschen Unkraut, dann setzte er sich ins Gras und starrte in die Ferne, dann arbeitete er wieder weiter.

Manchmal war ihr so traurig zu Mute, dass es wehtat, während sie an anderen Tagen irgendwo tief in ihrem Inneren Stärke und Optimismus zu finden schien. Sie konnte nie vorhersagen, welche der beiden Stimmungen an einem bestimmten Tag vorherrschen würde. Das Leben kam ihr vor wie eine Achterbahn. Sie versuchte, das Gleichgewicht zu halten, auch wenn sie nicht recht wusste, wie das auf Dauer funktionieren sollte.

Das Kätzchen lag in einem Korb am Fußende ihres Betts. Tom hatte darauf bestanden, dass es unten schlief, bis er es eines Tages dabei ertappt hatte, wie es an den Vorhängen hochkletterte. Tally hatte gesagt, in ihrem

Zimmer sei es leichter zu beaufsichtigen. Ihm hatte es an Willenskraft für einen Streit gefehlt, und so hatten sie Katzenklo, Schüsseln und ein igluähnliches Körbchen in Tallys Zimmer untergebracht.

Oft saß sie in ihrem Sessel am Fenster, das Kätzchen im Schoß, und sah über die gewellten Sussex Downs hinaus. Allmählich hatte sie ihr Konzentrationsvermögen wiedergewonnen. In den ersten paar Monaten nach dem Tod ihrer Mutter hatte sie sich mit rein gar nichts befassen können, darum hatte der Arzt ihr geraten, es langsam anzugehen und sich nicht allzu sehr unter Druck zu setzen. Tally war dagegen gewesen, ihn überhaupt aufzusuchen, aber ein paar Wochen nach der Beerdigung hatte Tom darauf bestanden. Sie war froh, dass sie nachgegeben hatte: Sie fühlte sich als Versagerin, und der Arzt hatte ihr versichert, dass das völlig natürlich und nur zu erwarten sei. Sie versuchte ihm zu glauben, und allmählich begann sie, die Fäden wieder aufzunehmen. Aber manches tat immer noch weh. Am allermeisten fehlte ihr die physische Anwesenheit ihrer Mum. Bisweilen wünschte sie, sie sei beerdigt worden anstatt eingeäschert. Dann hätte sie zumindest noch etwas, wohin sie die Gedanken lenken könnte. Aber das war albern, sagte sie sich. Im Geist war ihre Mum noch immer bei ihr – was spielte es schon für eine Rolle, dass ihre Asche in irgendeinem entlegenen Teil von Sussex auf dem Gras verstreut worden war? Sie versuchte, nicht darüber nachzudenken. Es war immer noch allzu beängstigend.

Der Brief von Kate Lundy kam mit der Morgenpost. Tom hatte mit einem Anruf gerechnet und war überrascht von dieser Förmlichkeit, bis er auf den Gedanken kam, dass es für Kate sicher wichtig war, die Dinge ordnungsgemäß abzuwickeln. Das Angebot war in juristischen Fachbegriffen abgefasst, und es war ein gutes. Er würde nicht feilschen. Er rief sie zu Hause an.

»Hallo?«

»Kate? Hier ist Tom Drummond.«

»Hi!«

»Ich habe eben Ihren Brief erhalten.«

»Ist er in Ordnung? Es tut mir Leid, dass es so lange gedauert hat. Ich hoffe, Sie hatten mich noch nicht abgeschrieben?«

»Nein. Überhaupt nicht. Und, äh, ich denke, damit ist alles in Ordnung. Ich werde meinen Anwalt anrufen, damit er einen Vertrag aufsetzt.«

»Oh, das ist ja fantastisch.«

»Es freut mich, wenn Sie zufrieden sind. Hat Peter irgendwas gesagt?«

»Kein Wort.«

Seltsam, dachte er. »Und haben Sie irgendwas zu ihm gesagt?«

»Nein, ich wollte mich lieber nicht zu früh freuen. Und ich war mir nicht sicher, wie er es aufnehmen würde.«

»Okay. Ich werde ihn anrufen und ihm sagen, dass wir alles klarmachen.«

»Gut. Dann bringe ich jetzt auf meiner Seite alles in Gang.«

Sie tauschten noch ein paar Höflichkeiten aus, und dann verabschiedete sie sich. Er hatte es getan. In Toms Erleichterung schlich sich eine Spur von Traurigkeit, obwohl er nun schon seit über einem Jahr keinen Fuß mehr über die Schwelle des Pelikan gesetzt hatte. Er hatte sich gewundert, dass weder Peter noch Rachel irgendwelchen

Wirbel um die Sache gemacht hatten, aber er hatte sich schon gedacht, dass sie stillhielten und Rachel ganz entgegen ihrer Art Verständnis für seinen Zustand hatte.

Worüber er sich freute, war die Tatsache, dass es ihm gelungen war, mit seinem Roman voranzukommen. Es gab durchaus noch Tage, an denen es ihm vorkam, als würde er versuchen, Sirup mit einer Feder zu löffeln, doch das Manuskript wurde allmählich dicker. Das Schreiben ermöglichte es ihm, sich in eine andere Welt zu flüchten und sich für kurze Zeit aus seiner Einsamkeit zu befreien. Er trat in eine neue Phase seines Lebens ein, ohne eine Partnerin an seiner Seite. Tally war bei ihm, das schon, aber das war etwas anderes: Sie war da, um gelenkt zu werden, um behütet und beschützt, nicht belastet zu werden. Er war sich bewusst, dass er niemanden hatte, mit dem er jene Dinge teilen konnte, die Vertrautheit – auf einer anderen Ebene als der zwischen Vater und Tochter – erforderten. Tally hatte ihr eigenes Feld zu beackern. Seltsame Redensart. Er sah in den Garten hinaus. Das Gras war lang und durchnässt von kristallartigem, frühmorgendlichem Tau. Er würde es später mähen, ein paar Sachen aufräumen. Das schien alles zu sein, wozu er heute im Stande war – ein paar Sachen aufräumen.

Er rief Peter an, noch bevor der Tau vom Gras verschwunden war. Die Antwort war kurz, zustimmend, aber nicht überglücklich. Eine halbe Stunde später rief Peter zurück. »Hör zu, Kumpel, ich glaube, wir haben vielleicht ein kleines Problem.«

»Was für ein Problem?«

»Das Restaurant. Weißt du, Rachel hat ein paar Freunde, die interessiert sind. Du hast sie letztes Jahr bei uns kennen gelernt, Sarah und Richard – du weißt schon, der Typ mit dem rötlichen Gesicht und die Frau mit dem Schmuck.«

»Die hatten alle Schmuck.«

»Sarah hatte mehr als die meisten von ihnen. Jedenfalls wollen sie deinen Anteil am Pelikan kaufen und sich an dem neuen Lokal mit beteiligen. Toll, was?«

»Na ja, toll wäre es gewesen, wenn es etwas früher passiert wäre.«

»Aber es ist doch noch nicht zu spät, oder? Ich hatte es bis jetzt noch nicht erwähnt, da ... na ja, da ich dachte, du hast schon genug am Hals, und es lief ja offenbar alles ganz gemächlich weiter. Keine neuen Entwicklungen. Ich meine, du kannst Kate doch sagen, dass du ein besseres Angebot bekommen hast, oder?«

»Ich habe bereits angenommen.«

Die Stille am anderen Ende des Telefons war beängstigend. Schließlich reagierte Peter: »Sag ihr, du kannst nicht.«

»Warum?«

»Weil ... na ja, wir haben jahrelang zusammengearbeitet. Das bist du mir schuldig.«

»Aber du hast nichts gesagt, als wir uns letztes Jahr darüber unterhalten haben. Ich habe dir von Kate erzählt, und du hast zugegeben, dass es eine gute Idee ist.«

»Das war damals. Heute ist heute.«

Tom verspürte einen Anflug von Ärger. »Nur weil du es dir anders überlegst, Pete, kann ich jetzt nicht hingehen und es mir ebenfalls anders überlegen.«

»Aber ich habe doch nur gewartet, weil ... die Sache ist die, Rachel will unbedingt Sarah und Richard mit an Bord haben.«

»Aha. Verstehe.«

»Gar nichts verstehst du.«

»Doch, ich glaube schon. Tut mir Leid, Pete, dein Problem. Ich habe Kate mein Wort gegeben, und das kann ich jetzt nicht zurücknehmen.«

»Aber du hast doch noch keinen Vertrag unterzeichnet.«

»Ich habe zu Kate Ja gesagt, und damit ist der Fall erledigt. Es hat eine Ewigkeit gedauert, bis sie auf ihrer Seite alles geklärt hat, und ich werde sie jetzt nicht enttäuschen. Sie ist schon genug enttäuscht worden.«

»Oh, Blödsinn, Blödsinn, Blödsinn.«

»Vermutlich. Aber das wär's dann wohl. Es tut mir Leid, aber so ist die Sache.«

»Ich wünschte, da hättest du Recht. O verdammt, ich wünschte, da hättest du Recht.« Peter legte auf, ohne sich zu verabschieden.

Äußerst behutsam legte Tom ebenfalls den Hörer auf und atmete einmal tief aus. »Oh Gott, oh Gott, oh Gott.«

Er befürchtete, dass er in dieser Angelegenheit noch nicht das letzte Wort gehört hatte.

»Hast du denn auch genügend Unterwäsche dabei?«

»Ich wette, das fragst du alle Mädchen!«

»Mach keine dummen Witze.« Tom warf seiner Tochter einen viel sagenden Blick zu. »Ich kann noch rasch ein paar Sachen waschen, wenn du willst. Wenn ich die Maschine jetzt anstelle, sind sie bis morgen früh fertig.«

»Dad, ich habe so viel Unterwäsche, dass sie mir schon zu den Ohren herauskommt.«

»Was du Unterwäsche nennst und was ich Unterwäsche nenne, das sind zwei verschiedene Dinge.«

»Das will ich hoffen. Ich würde dich nicht gern in Spitzen-BHs sehen.«

»Sehr witzig.«

»Kopf hoch, Dad! Mach dir keine Sorgen um mich. Ich werde nicht mit fremden Männern sprechen – nur mit dem einen, den ich kenne.«

»Und seinem Dad. Und seinem Bruder.«

Tally ging zu ihm hinüber. Er stand neben dem Wäscheschrank auf dem Treppenabsatz, die Arme voller Handtücher, mit zerzaustem Haar und einem erschöpften, von Sorgen gezeichneten Gesichtsausdruck. »Bist du sicher, dass du ohne mich zurechtkommen wirst?«, fragte sie.

Er zuckte die Schultern. »Vermutlich nicht.« Er schob die Handtücher in den Schrank und machte die Tür zu. »Was ist mit deiner Regel?«

»Hatte sie eben erst.« Tally schlang die Arme um ihn und drückte ihn fest an sich. »Du bist witzig.«

»Was soll das heißen?«

Sie seufzte. »Ach, nichts.« Sie sah in seine Augen hoch. »Danke, dass du da bist.«

Tom fuhr ihr durchs Haar. »Oh, ich werde immer da sein.«

»Ich hoffe es.«

Er klopfte ihr auf die Schulter. »Na komm, noch ein Gläschen, bevor's ins Bett geht. Ich weiß ja nicht, wie's dir geht, aber ich bin völlig geschafft.«

»Weißt du, Dad, deine Ausdrucksweise lässt in letzter Zeit wirklich zu wünschen übrig.«

»Ja, na ja, ich hatte eine Menge Stress, größtenteils ausgelöst durch eine Tochter auf Irrwegen.«

»Auf Irrwegen? Das hört sich irgendwie gut an. Klingt nach Rittern in glänzender Rüstung.«

»Ja, na ja, vergiss nur nicht, dass eine glänzende Rüstung schnell anlaufen kann.«

»Und dass aus Rittern Schurken werden können?«

Er sah sie nachdenklich an. »Manchmal mache ich mir Sorgen, dass *dein* Wortschatz nicht viel hermacht, und manchmal, dass du mir den Wind aus den Segeln nimmst.«

»Zum Beispiel mit meinem Italienisch.«

»Ja. Das war sensationell. Ich war sehr stolz auf dich. Und deine Mum auch.«

Bevor sie ihn zum ersten Mal verließ, wollte er sie wissen lassen, dass ihre Mutter und ihr Vater beide immer stolz auf sie gewesen waren. Tom schluckte schwer und kämpfte darum, den Augenblick zu überleben. Er gewann nur knapp.

»Komm schon, Kleines, ein Glas Wein und dann stecke ich dich ins Bett. Obwohl – wieso du es in deinem Alter immer noch nötig haben solltest, dass man ein solches Getue macht, ist mir ein Rätsel.«

Tally stand mit offenem Mund da. Tom zwinkerte ihr zu. »Wer als Letzter beim Weinregal ankommt, ist ein Waschlappen.« Er drängte sich an ihr vorbei und rannte die Treppe hinunter. Sie überholte ihn an der Küchentür, schnappte sich eine Flasche Rotwein aus dem Regal und hielt sie sich triumphierend über den Kopf. »Ich habe gewonnen.«

»Na, das ist ja etwas ganz Neues.«

Einundzwanzigstes Kapitel

Tom hatte ein mulmiges Gefühl im Bauch. Er wäre gern noch länger im Bett geblieben und hätte zugesehen, wie die Sonne am Himmel höher stieg, wenn nicht diese Übelkeit in ihm rumort hätte. Nachdem er sich ein paar Mal von einer Seite auf die andere gewälzt hatte, stand er auf und trat ans Fenster, machte es weit auf und atmete die frische Luft ein. Die Bäume auf der Kuppe des fernen Hügels erhoben sich wie Fontänen im morgendlichen Nebel. Er schauderte und ging nach unten, um Kaffee zu kochen.

Bis er sich geduscht und rasiert hatte, war es halb neun, und Tally war noch immer nicht aufgestanden. Er klopfte sanft an ihre Tür, was durch das leise Murmeln beantwortet wurde, das ihm so vertraut war. Behutsam drückte er die Tür auf und betrachtete den Berg, der zusammengerollt unter der Winnie-the-Pooh-Decke lag. Sie stand zwar kurz davor, mit einem Mann in Urlaub zu fahren, aber an mancherlei Komfort aus ihrer Kindheit hielt sie immer noch fest. »Bist du wach?«

Ein Brummen.

»Sie werden in eineinhalb Stunden hier sein.«

Ein Knurren. Noch immer kein Arm, Bein oder Kopf in Sicht.

»Willst du Kaffee?«

Noch ein Knurren, und eine Hand kam klatschend unter dem aufgedruckten Honigtopf hervor. Dann zeigte sich allmählich auch ein blinzelnder Kopf. »Wie spät ist es?«

»Halb neun.«

Ihr Kopf fiel zurück aufs Kissen. »Oh nein.«

»Leider doch.«

»Ich will nicht fahren.«

»Was?«

»Hab Angst.« Sie versteckte ihr Gesicht unter der Bettdecke.

»Sei nicht albern.«

»Und was, wenn sie grässlich sind?«

»Sie werden nicht grässlich sein.«

»Vielleicht doch.«

»Wer versucht hier eigentlich wen zu überzeugen? Ich dachte, du wolltest fahren.« Tom ging durchs Zimmer und strich Tally das Haar aus den Augen. »Komm schon, dummes Mädchen, ab unter die Dusche. Du wirst dich besser fühlen, wenn du erst sauber bist.«

»Wetten, dass nicht!«

»Na ja, du musst ja nicht fahren. Du kannst hier bleiben und für mich kochen.«

»Schon gut, ich fahre.« Sie setzte sich auf und schwang die Beine aus dem Bett.

»Ich dachte mir schon, dass es damit klappen würde.«

Tally rieb sich die Augen und schlich durchs Zimmer in Richtung Bad.

Toms Blick fiel auf Tallys offenen Koffer, der randvoll gefüllt war mit all den Dingen, die Mädchen im Urlaub so brauchen. Er trat an den Schreibtisch, auf dem der Koffer lag, und fragte sich, wie sie ihn je zubekommen würde. In einer Ecke entdeckte er einen winzigen Teddybär, fast versteckt von einem Handtuch, und in einer anderen ein fein säuberlich zusammengelegtes Dreieck aus schwarzer Seide.

Er ließ sich aufs Bett plumpsen. Es kostete ihn ein gewaltiges Maß an Willenskraft, den Koffer genau so zu belassen, wie sie ihn gepackt hatte.

*

Die Blane-Pfitzers kamen pünktlich um zehn Uhr. Der Mercedes-Kombi, mit Koffern und Taschen gefüllt, fuhr knirschend den Feldweg hoch und in einem eleganten Bogen über den Kies vor der Scheune. Vater und Tochter hörten sein Kommen von Tallys Zimmer aus.

»Na, da sind sie ja«, sagte Tom.

»Ja.«

Er legte seinen Arm um sie. »Amüsier dich gut.«

»Ich werd's versuchen.«

»Nur ...«

»Ja, ich werde aufpassen. Und mach dir keine Sorgen.« Sie stellte sich auf die Zehenspitzen und gab ihm einen Kuss. »Ich werde es mir schon gut gehen lassen.«

»Vielleicht ist es das, was mir Sorgen macht.«

Sie starrte zu ihm hoch. »Ich brauche dich immer noch, weißt du. Du bist immer noch mein Dad.«

»Nur dein Dad.«

»Nein. Nicht nur mein Dad. Noch viel mehr als das.« Sie nahm seine Hand und sagte leise, ohne ihn anzusehen: »Ich liebe dich.«

Mit dem Zeigefinger drehte er ihr Gesicht zu sich um. Er wollte sagen: »Ich dich auch.« Letztendlich brachte er nicht mehr zu Stande als ein Nicken. Er schniefte und holte einmal tief Luft, dann warf er einen Blick auf den Koffer – gewölbt, aber geschlossen. »Ich trage ihn dir nach unten.«

»Ich schaffe das schon.«

Er zog die Augenbrauen hoch.

Tally lächelte. »Danke.«

Als sie aus der Haustür traten, wurden sie von den Blane-Pfitzers begrüßt, die in diesem Augenblick aus dem silbergrauen Wagen stiegen. Während die Eltern Höflichkeiten austauschten, ging Tally zu Alex hinüber und stellte sich neben ihn. Mrs. Blane-Pfitzer drückte die Heckklappe des Wagens auf und wandte sich Tallys Koffer zu. Sie warf einen kurzen Blick auf ihn und rief dann ihren Mann: »David, ich denke, den hier solltest besser du hochheben.«

Die beiden Männer wandten sich um. »Oh, bemühen Sie sich nicht.« Tom eilte herüber und trug den Koffer zum Wagen. »Hier hinein?«

Dann kletterten sie alle in den Wagen, Tally eingekeilt zwischen Alex und seinem jüngeren Bruder auf der Rückbank.

Tom las seiner Tochter die Abschiedsworte von den Lippen ab, während der Wagen vorsichtig vom Hof und den Feldweg hinunterfuhr. »Pass auf dich auf«, sagte sie und winkte ihm kurz zu. Es wäre witzig gewesen, wenn es nicht so wehgetan hätte.

Nachdem sie abgefahren waren, versuchte Tom angestrengt, sich mit irgendetwas zu beschäftigen. Er mähte den Rasen, obwohl der Tau noch nicht verdunstet war. Der Rasenmäher hinterließ überall kleine Brocken zermalmten Grases, und er verbrachte eine halbe Stunde damit, sie einzusammeln. Er zupfte Blütenköpfe vom Rhabarber und kämpfte mit der Apfelminze, die er hinter die Rabatte zurückdrängte, wohin sie gehörte.

Dann setzte er sich an seinen Laptop, aber er konnte an nichts denken außer an Tally. Wo mochten sie jetzt sein? Poole? Exeter? Sicher würde sie ihn anrufen, um ihm Bescheid zu geben, sobald sie ankamen. Vielleicht vergaß sie es aber auch in all der Aufregung.

Das Telefon klingelte um zwei. Sie hatten es geschafft. Der Verkehr war etwas anstrengend gewesen, aber nun waren sie da, und das Haus war wundervoll, mit Blick über den Hafen. Es gab Palmen und Boote und die Sonne schien und ... Sie klang glücklich.

Halb erleichtert und halb untröstlich, legte Tom den Hörer auf. Jetzt war sie auf sich gestellt – bis zum nächsten Wochenende. Er sagte sich, dass er überfürsorglich war, sogar neurotisch. Mein Gott, das Mädchen war siebzehn. Sie musste ein bisschen Unabhängigkeit haben. Das Problem war, er vermisste sie.

Er schaltete den Laptop wieder ein, und die Worte flossen.

Die Fahrt nach Salcombe war angespannt gewesen. Der Verkehr war Alex' Vater auf die Nerven gegangen und hatte zu einer ungemütlichen Spannung zwischen ihm und seiner Frau geführt, und Alex' Bruder, Henry, der seinen Gameboy nicht aus der Hand legte, hatte Tally den Ellbogen in die Seite gerammt, während er auf die Knöpfe einhämmerte. Sie hatte versucht, mit ihm zu reden, aber lediglich einen finsteren Blick zur Antwort bekommen.

Alex hatte einmal zögernd ihre Hand gedrückt und sie angelächelt, aber ihr Gespräch wurde durch die anderen und die angespannte Atmosphäre behindert. Als sie in die Einfahrt des lang gezogenen, flachen Cottage auf der Kuppe des Hügels einbogen, befürchtete Tally das Schlimmste, doch kaum war die Fahrt zu Ende, verflüchtigte sich auch die Anspannung. Selbst Henry warf seinen Gameboy auf die Rückbank und sprang jubelnd aus dem Wagen.

»Willkommen in Salcombe«, flüsterte Alex ihr ins Ohr. »Ab jetzt wird es besser werden.«

Und das wurde es auch.

Alex' Vater, der im Auto so mürrisch gewesen war, streckte die Arme und Beine und sagte: »Gott sei Dank!« Dann lächelte er sie an und sagte: »Entschuldige. Ein bisschen angespannt. Ist besser jetzt. Alex, geh und zeig Tally die Aussicht.«

Alex nahm sie bei der Hand und führte sie zur Rückseite des Cottage, auf eine mit Steinplatten ausgelegte Terrasse, die von einer Montbretie mit orangeroten Blüten und kloßförmigen Heben umsäumt war. Eine niedrige Steinmauer verlief rings um die Terrasse, dahinter fiel das Gelände ab und gab den Blick über den Hafen frei, der wie dunkelblauer, mit Saphiren besetzter Samt glitzerte. Er schimmerte unter ihr in der Nachmittagssonne, und darüber erhoben sich die sanften, grünen Kuppen der Hügel von Devon. Boote schaukelten an ihren Bojen, Ausflugsdampfer pflügten sich durchs Wasser, und die grünen Schwerter der Montbretie raschelten in der Meeresbrise.

»Oh, wow! Das ist wunderschön!«

»Dachte mir, es würde dir gefallen. Willst du dein Zimmer sehen?«

Ohne eine Antwort abzuwarten, zog er sie durch die Verandatür ins Wohnzimmer, vorbei an einem Sofa und Sesseln, alle mit Chintz bezogen, und über eine schiefe

Treppe hoch in den ersten Stock. Die Decken waren niedrig, mit dunklen Eichenbalken, die Türen schlichte Planken, die man in einem glänzenden Weiß gestrichen hatte. Am Ende des Treppenabsatzes hob er den Eisenriegel an einer besonders niedrigen Tür an und führte sie hinein. In dem kleinen Zimmer befanden sich ein Einzelbett, über dem eine Steppdecke mit Rosenmuster lag, ein kleiner, weiß gestrichener Kleiderschrank, ein Frisiertisch mit Blumenmuster und ein Waschbecken. Aber das Auffälligste von allem war die Aussicht: Durch das winzige Mansardenfenster, dessen dünne, weiße Vorhänge in der warmen Brise zu schweben schienen, konnte sie den Hafen erkennen, der ausgebreitet vor ihr lag. Eine Bank mit einem rosa Kissen war davor aufgestellt, und sie lehnte sich hinaus, um einen besseren Blick zu haben. »Es ist atemberaubend. Vielen Dank, dass du mich mitgenommen hast.«

»Vielen Dank, dass du mitgekommen bist.« Er beugte sich zu ihr hinunter und küsste sie. Einen winzigen Augenblick lang herrschte Verlegenheit, und dann sagte er: »Ich gehe jetzt besser deinen Koffer holen. Ich hoffe, der Kleiderschrank ist groß genug.«

Sie sah ihm nach, als er ging, in seinem weißen Polohemd, den dunkelgrünen Shorts und uralten Leinenschuhen, dann wandte sie sich wieder der Aussicht zu. Sie war einfach himmlisch. Ein trauriger Stich ging ihr durchs Herz. Zum ersten Mal war sie ohne ihre Mutter und ihren Vater im Urlaub. Sie lehnte den Kopf an den Fensterrahmen und atmete tief durch, um ihr Gleichgewicht wieder zu finden. Dann sah sie noch einmal hinaus auf die glitzernde Bucht unter ihr, während ihre Emotionen einem verworrenen Gespinst aus Schmerz und Freude glichen.

Wie sehr wünschte sie sich, dass ihr Dad dies hier sehen könnte. Und dann rief sie ihn an, um ihm zu sagen, dass sie gut angekommen war.

Tom starrte aus dem Fenster, als das Telefon erneut klingelte. Es war fünf Uhr. Der Tag war wie im Flug vergangen, und obwohl es anfangs aussah, als würde er an seinem Ende nicht mehr vorweisen können als einen zermalmten Rasen, eine halb gestutzte Rabatte und eine gewaschene Winnie-the-Pooh-Decke, hatte er nun einen stattlichen Stapel von Manuskriptseiten auf einer Seite seines Schreibtischs liegen.

»Tom? Hier ist Janie.«

Er war überrascht. »Hallo, du. Wie geht's dir?«

»Viel wichtiger ist, wie geht's dir?«

»Saumäßig.«

»Dachte ich mir schon. Lust auf ein bisschen Gesellschaft?«

»Wenn du mich heute Morgen gefragt hättest, hätte ich Nein gesagt. Ich habe mich in Selbstmitleid gesuhlt. Aber im Augenblick hätte ich sehr gern ein bisschen Gesellschaft.«

»Dann bin ich in einer Stunde da.«

»Ich dachte, du bist bei deiner Mum.«

»Ich kann nur ein begrenztes Maß ihrer schottischen Lebensweisheiten ertragen, bevor ich schreiend davonlaufen muss. Ich stehe an einer Tankstelle in der Nähe von Andover. Ich kann es kaum noch erwarten, mich zu betrinken und zu fluchen.«

»Na ja, um Himmels willen, dann komm her, und ich werde mit dir zusammen trinken und fluchen.«

Tom lachte, als er den Hörer auflegte. Dem Himmel sei

Dank für Janie. Die kämpferische Stimme des Verstandes in einer verwirrenden, beängstigenden Welt.

Er begrüßte sie auf der Türschwelle mit einer Umarmung und einem Kuss. »Hübsch siehst du aus.«

»Vorsicht. Schmeichle einer Frau nie zu viel. Und du hast dich ja auch ganz schön herausgeputzt.«

Tom trug ein weißes Leinenhemd und eine marineblaue Freizeithose. Sein Gesicht und seine Arme waren sonnengebräunt von wochenlangem, therapeutischem Unkrautjäten im Kräutergarten.

»Aber die Haare musst du dir schneiden lassen.«

Er war dabei, eine Flasche eisgekühlten Weißwein zu öffnen. »Auf die Idee bin ich überhaupt nicht gekommen – jetzt muss ich ja für niemanden mehr gut aussehen. Im Restaurant, meine ich, nicht ...«

»Ich weiß. Also, für mich siehst du richtig gut aus.«

»Ist Hühnchen okay? Ein bisschen langweilig, ich weiß, aber ich habe nicht mit dir gerechnet.«

»Gern. Es tut mir Leid, dass ich so spät angerufen habe.«

»Du musst dich nicht entschuldigen. Bin ja froh über die Gesellschaft.«

Janie setzte sich an den Küchentisch und sah zu, wie Tom das Essen zubereitete. »War es schwer, Tally fahren zu lassen?«

Tom nickte. »Dumm von mir, eigentlich. Ich weiß, dass sie erwachsen wird, und das kann ich ja auch akzeptieren, aber ich will einfach nicht, dass irgendjemand sie vielleicht verletzt.«

»Gehört alles mit dazu, leider.«

»Ich fürchte es.«

»Ich weiß es. Ich habe es zu einer Kunstform entwickelt, Süßer.«

Tom grinste. »Und überlebt?«

»Mit Ach und Krach.«

Tom hatte noch nie verstanden, warum es ausgerechnet Janie nicht gelungen war, einen Mann zu halten. Sie war auffallend attraktiv – ihr glänzendes, dunkelbraunes Haar war heute Abend zu einem Zopf zusammengebunden, und sie trug ein hellblaues Leinenhemd, das nicht ganz bis an den Hosenbund ihrer Jeans reichte, dazu flache italienische Schuhe. Ihre Augen waren dunkelbraun – schwarz, wenn sie wütend oder erregt war –, ihre Haut leicht olivfarben, und ihre Zähne weiß und gleichmäßig. Sie aß wie ein Scheunendrescher und hatte Pippa zur Verzweiflung gebracht, weil sie trotzdem nie zunahm, sie aber mit der Zusicherung beschwichtigt, dass das, wie bei allen Italienerinnen, der Fall sein würde, sobald sie in die Vierziger kam, was inzwischen nicht mehr lange dauern würde.

Während das Huhn briet, gingen sie nach draußen und setzten sich unter den Zweigen eines alten Apfelbaums an den Tisch mit der karierten Baumwolldecke, an dem sie erst vor kurzem zusammen zu Abend gegessen hatten. Janie spürte etwas Warmes, Weiches, das ihr Bein streifte. Sie sah hinunter. »Hallo, du, wo hast du denn die ganze Zeit gesteckt?«

»Wo sie nicht hätte stecken sollen. In Tallys Zimmer.«

»Ach du liebe Güte! Legst dich mit dem Boss an, wie?« Janie sah von der Katze zu Tom hoch. »Wie hat sie sich denn eingelebt?«

»Allzu gut. Ich würde mich ja gern beklagen, aber ich bekomme sie kaum zu Gesicht. Na ja, bis jetzt. Nun wird sie wohl eine Weile mit mir vorlieb nehmen müssen.«

Das Kätzchen schmiegte sich um ein Tischbein und begann dann, damit zu kämpfen, bis es plötzlich die Augen schloss und einschlief.

»Sie sollte ebenso Tallys wie deine Katze sein. Du solltest dich um sie kümmern, dann wird sie sich auch um dich kümmern.«

»Oh, um mich muss sich niemand mehr kümmern.«

»Hey, du Jammerlappen, ich bin nicht hierher gekommen, um mir dein Gewimmer anzuhören.«

»Entschuldige. Aber mit meinem Roman bin ich ganz gut vorangekommen. Schon witzig, ich hatte eigentlich gar nicht damit gerechnet. Die Worte fingen einfach an zu fließen, und ich konnte sie gar nicht mehr aufhalten.«

Zum Abendessen saßen sie unter dem Apfelbaum, jeweils an einer Seite des Tischs, während die Kerzen in den Laternen flackerten. Eine zweite Flasche Wein entspannte sie beide, und Janie sprach in derben Worten von der schottischen Gerissenheit ihrer Mutter, die sie in den letzten Tagen allmählich rasend gemacht hatte. Schließlich brach Tom in Gelächter aus und bat sie, nicht mehr weiterzusprechen.

»Oh, ich bin nur froh, dass es nicht auf mich abgefärbt hat. Gott sei Dank bin ich eher Mailand als Morningside. Du liebe Güte! Denk bloß! *Die Blütezeit der Miss Janie Brodie?* Was für eine Vorstellung!«

»Du bist ja übergeschnappt.«

»O Gott, ich hoffe es. Ich fände die Vorstellung schrecklich, dass ich als normaler Mensch genauso geendet hätte.«

Tom lehnte sich auf der Bank zurück. »Also, was suchst du eigentlich, Janie? Eine Karriere oder einen Mann?«

»Oh, scheiß auf die Karriere. Ich hätte jederzeit lieber einen Mann. Obwohl man meinen könnte, dass mir die Lust auf einen inzwischen vergangen ist, oder? Ich hab's schließlich mit aller Kraft versucht.« Sie kniff die Augen zusammen. »Aber noch gebe ich nicht auf. Arme, fehlgeleitete alte Kuh.«

»Sei nicht albern.«

»Das fällt mir noch schwerer. Ich habe doch ständig eine neue Dummheit auf Lager. Ach, na ja, vielleicht klappt es ja eines Tages.« Sie hielt einen Augenblick inne und trank einen kräftigen Schluck Wein. »Und was ist mit dir?«

»Was soll mit mir sein?«

»Was ist mit deiner Zukunft?«

»Daran kann ich eigentlich noch gar nicht denken.«

»Nein. Vermutlich nicht.«

»Es gibt so vieles, was ich noch begreifen will.«

Janie nickte.

»An manchen Tagen scheine ich gar keine Zukunft zu haben. An den meisten Tagen eigentlich. An anderen Tagen will ich keine. Und hin und wieder verspüre ich diese Sehnsucht, mich aufzuraffen und das Leben anzupacken. Wie zum Beispiel heute. Aber das hält meist nicht lange an. Ich spüre, dass ich das Gefühl nicht lange anhalten lassen kann.«

»Aber das musst du.«

»Ich muss?«

»Du musst. Sonst wirst du dein Leben vergeuden.«

»Ich habe das Gefühl, das ist bereits passiert.«

Janie erhob sich, ging um den Tisch und setzte sich neben ihn auf die Bank. »Das darfst du nicht glauben. Wenn du das glaubst, dann bist du schon erledigt.«

Tom senkte den Kopf.

Janie hob sein Kinn mit einem Finger an. »Du bist ein wundervoller Mann, und du darfst dich einfach nicht verloren geben.«

»Das ist sehr lieb von dir. Es ist nur, ich fühle mich so verdammt elend. Das Leben scheint stillzustehen. Es gibt nur Tally, an die ich denken und um die ich mich sorgen muss. Und es wird nicht mehr lange dauern, bis sie fort geht, zur Universität oder wohin auch immer. Im Grunde entgleitet sie mir schon jetzt. Ich weiß, dass ich sie gehen lassen muss, aber es ist nicht leicht.«

Janie legte ihm einen Arm um die Schulter und zog ihn an sich, sodass er quer über ihrem Schoß lag. »Du schaffst das schon. Du bist zäh.«

»Ich will eigentlich gar nicht zäh sein, Janie. Ich will sie nur gehen lassen.« Er sah zu den Sternen hoch, mit abwesendem Blick.

»Ich weiß, ich habe das selbst erlebt – aber es war jedes Mal meine eigene Schuld. Ich kann mir nicht einmal annähernd vorstellen, wie es sein muss, wenn einem etwas weggenommen wird.«

Er seufzte einmal tief auf. »Es klingt so egoistisch, und ich habe ein solch schlechtes Gewissen dabei, es zuzugeben ... aber ich vermisse es so sehr, jemanden zu haben, den ich lieben kann.«

Janie sagte nichts, fuhr ihm lediglich durch sein zerzaustes Haar. Ein paar Minuten lang saßen sie schweigend da, während Toms Kopf in ihrem Schoß lag und sie ihm übers Haar strich. Dann sprach sie, langsam und leise. »Ach, Tom«, sagte sie, während sie nach oben sah, um seinem Blick auszuweichen, »es ist so verdammt schwer, und du kannst mir gern sagen, ich soll den Mund halten und abhauen, wenn du willst ... aber ich liebe dich einfach so sehr.«

Er sagte nichts. Ihr Herz hämmerte in ihrer Brust, und sie wusste, dass sie es vermasselt hatte. Dann sah sie zu ihm hinunter und stellte fest, dass er tief und fest schlief.

Tränen traten ihr in die Augen. Sie strich ihm weiter übers Haar, bis die letzte der Kerzen aufflackerte und verlosch.

Zweiundzwanzigstes Kapitel

»Tut mir Leid, wenn ich gestern Abend ein bisschen weinerlich geworden bin.«

»Schon gut.«

Sie saßen am Küchentisch, Tom unrasiert, in einem alten Hemd und Shorts, Janie in einem langen, weit geschnittenen weißen T-Shirt, das Haar mit einer Spange nach hinten gebunden.

»Das war nicht der Grund, weshalb ich Ja gesagt habe, als du gestern vorbeikommen wolltest. Nur damit ich dir etwas vorjammern konnte.«

»Das weiß ich. Und das ist auch nicht der Grund, weshalb ich vorbeigekommen bin – nur um dir zuzuhören, wie du mir etwas vorjammerst.« Janie nippte an ihrem Orangensaft.

»Warum bist du denn dann vorbeigekommen?«, fragte er leichthin, fast ohne eine ernste Antwort zu erwarten.

»Willst du es wirklich wissen?«

»Ja.« Er biss von seinem Toast ab.

Sie stellte ihr Glas ab und sah ihn über den Tisch hinweg an. »Ich bin gekommen, weil ich sichergehen wollte, dass mit dir alles in Ordnung ist.«

»Was?« Er kaute. »Mit mir und Tally?«

»Nein. Nur mit dir.«

Er schluckte, dann grinste er. »Vorsicht. Das könnte ich falsch auffassen.«

Janie zuckte mit den Schultern.

Tom blickte verwirrt. »Wenn ich dich nicht besser kennen würde ...«

»Aber du kennst mich besser. Besser als die meisten.«

»Was willst du damit sagen?«

»Nichts. Gar nichts.« Sie lächelte wehmütig. »Keine Sorge, Tom. Ich werde keine Dummheiten anstellen. Gestern Abend hätte ich es fast getan. Ich wollte dich unbedingt zu Bett bringen. Dich festhalten und dir sagen, dass alles gut werden wird.«

»Oh, Janie.« Er schüttelte den Kopf. »Das ist sehr nett von dir, aber es ist wirklich nicht nötig ...«

»Jetzt hör schon auf, Tom. Ich bin nicht nett, ich bin egoistisch.« Sie trank noch einen Schluck Orangensaft und sah aus dem Fenster. »Ich würde nur sehr gern etwas mehr Zeit mit dir verbringen, das ist alles.«

»Was?«

»Entschuldige. Ich hätte nichts sagen sollen.«

Tom holte einmal tief Luft. »Das ist nicht dein Ernst!«

»Oh, doch.«

»Aber du hast nie gesagt ... ich wusste nicht ...«

»Warum solltest du auch? Pippa war meine beste Freundin. Du warst ihr Mann.«

»Aber du warst immer so ...«

»Grob?«

»Na ja, ja.«

Janie lächelte. »Alles nur Fassade. War ganz verrückt nach dir.«

Tom rieb sich das Kinn.

»Oh, Tom! Du musst dir wirklich keine Sorgen machen. Ich werde dir nicht lästig werden. Es ist nur, während du darum gekämpft hast, wieder festen Boden unter die Füße zu bekommen, habe ich genau dasselbe versucht. Ich hatte noch nie in meinem Leben ein solch schlechtes Gewissen. Und ein schlechtes Gewissen ist eigentlich nicht meine Art. Aber es kommt mir vor, als hätte ich ihr etwas Böses gewünscht. Das habe ich nicht einen Augenblick lang getan. Ich habe sie so geliebt. Du kennst doch diesen Spruch – das Schlimmste, was dir passieren kann, ist, dass deine Träume wahr werden?«

Tom schwieg.

»Na ja. Genau das trifft auf mich zu.« Sie leerte ihren Saft. »Ich fahre jetzt besser.« Sie stand vom Tisch auf.

»Nein. Hör zu. Fahr nicht.« Er streckte die Hand aus und nahm sie beim Handgelenk. »Setz dich noch ein bisschen her.«

Janie wandte den Kopf ab, und er sah, dass sie mit den Tränen kämpfte. »Mein Gott, sieh mich doch bloß an. Miss Knallhart. Ich sollte ein Buch schreiben: *Wie Sie sich Ihr Leben in fünf leichten Schritten vermasseln.*«

»So viele?«

Sie wandte sich um und sah, dass er lächelte.

»Entschuldige, du Mistkerl.«

»Nein. Entschuldige dich nicht. Ich fühle mich sehr geschmeichelt. Und ...«

»Beleidigt?«

»Nein. Nicht beleidigt.« Er blickte nachdenklich. »Verblüfft. Und verwirrt. Es ist erst etwas über ein Jahr her.«

»Aber wie lange willst du denn noch trauern?«

Tom holte einmal tief Luft.

»Nein. Bitte nicht. Entschuldige. Es war abscheulich von mir, das zu sagen.«

»Nein. Es ist nur ...«

»Was werden die Nachbarn sagen? Was werden andere

Leute sagen? Wie lange ist lange genug? Zwei Jahre? Drei? Es ist eine solche Verschwendung.«

Inzwischen war er aufgestanden, lehnte sich gegen die Küchenspüle. »Janie, ich finde, du solltest jetzt den Mund halten, bevor du irgendetwas sagst, was du später bereuen wirst.«

»Ich bereue nur die Dinge, die ich nicht sage.«

»Aber was ist mit Tally?«

»Ich weiß nicht. Ich bitte dich ja nicht, irgendetwas Dramatisches zu tun. Denk einfach darüber nach, das ist alles. Ich wollte dich nur wissen lassen, wenn du gern ein bisschen Gesellschaft hättest, dann wär's mir lieber, wenn ich es sein könnte anstatt irgendjemand anders.«

Er sah sich um, als suchte er irgendwo nach Verstärkung. »Ich kann das gar nicht glauben.«

»Oh, Tom, sei doch nicht so hart zu dir selbst. Gestern Abend hast du selbst gesagt, du hättest solche Sehnsucht nach einem Menschen, den du lieben könntest.«

»Ich hatte getrunken.«

»Und das war alles? Was ist mit *in vino veritas*?«

»Das ist nicht sehr fair.«

»Es ist absolut fair. Du hast nicht nur deine Frau verloren, du hast auch dich selbst verloren. Deine Lebensweise. Hast du gewusst, dass verheiratete Männer länger leben als allein stehende Männer? Frauen schaffen es, allein zu sein, aber Männer nicht.«

Tom zog die Augenbrauen hoch. »Das heißt, du versuchst mir zu sagen, dass ich aus wissenschaftlichen Gründen eine neue Beziehung eingehen sollte?«

Janie schüttelte den Kopf. »Nein. Vielleicht hast du Recht. Ich bin nur eine dumme Frau, die sich in ein Gespräch verheddert hat, das sie nie hätte anfangen sollen.«

Tom trat hinüber an den Tisch und nahm ihr gegenüber Platz. »Entschuldige. Es ist nur, es fällt mir schwer, mich gehen zu lassen. Ich mache langsam Fortschritte, aber es ist nicht ganz einfach. Pippa ist von mir gegangen, aber sie ist immer noch hier, überall, wohin ich auch blicke. Noch immer in jedem Schrank und jeder Schublade. Im Garten.« Er wandte sich zum Fenster um. »Manchmal sehe ich sie dort draußen, sonnenklar, wie sie zwischen den Kräutern kniet. Und dann ist der Garten wieder leer, sie ist verschwunden, und ich bin wieder allein.«

»Und du bist glücklich damit?«

»Nein, das bin ich nicht. Aber ich muss mir sicher sein, dass ich weiß, was ich tue.«

»Sind wir uns denn je sicher?«

Er zuckte mit den Schultern.

Janie erhob sich. »Ich denke, ich sollte jetzt besser fahren, bevor die Nachbarn zu reden anfangen.«

Tom runzelte die Stirn. »Das ist aber gar nicht deine Art – sich darum zu kümmern, was irgendjemand über dich sagt.«

»Nein, aber es kümmert mich, was sie über dich sagen. Und über Tally.«

»Ich glaube nicht, dass Maisie es überhaupt merken wird.«

»Denk das bloß nicht. Maisie ist aufgeweckter, als du glaubst.«

»Was meinst du damit?«

»Ach, ich werd's dir irgendwann erzählen. Nichts, weswegen du dir den Kopf zerbrechen müsstest.«

Tom stand auf und nahm sie in die Arme. »Du bist schon komisch. All die Jahre machst du mir das Leben zur Hölle, und jetzt das hier.«

»Entschuldige.«

Er hielt sie auf Armeslänge von sich. »Hörst du jetzt endlich auf, dich zu entschuldigen? Es ist nur ein kleiner Schock, das ist alles. Und weißt du was, ich bin eigentlich gar nicht dein Typ.«

»Darf ich das nicht selbst entscheiden?«

»Ich denke, ich habe dabei auch ein Wörtchen mitzureden, oder nicht?«

Sie senkte den Blick. »Ja. Dumm von mir, dass ich immer die wesentlichen Details vergesse.«

Während er in einer Art Trancezustand im Eingang des Hauses stand und ihr nachsah, wie sie fortfuhr, fragte er sich, ob vielleicht alles nur ein Traum gewesen war. Geistesabwesend hob er die Post auf: zwei Rechnungen, eine Wurfsendung und ein Brief in einem blanken, beigen Umschlag. Die Schrift kam ihm irgendwie bekannt vor. Er machte ihn auf und setzte sich an den Küchentisch:

Lieber Tom,

ich bedauere, diesen Brief schreiben zu müssen, aber er scheint der einzige Weg zu sein, der uns offen steht. Peter und ich arbeiten nun schon seit mehreren Jahren im Pelikan mit dir zusammen, und die Ereignisse der letzten Zeit, nicht zuletzt deine Entscheidung, aus dem Restaurant auszusteigen, haben uns selbstverständlich tief betrübt.

Wir sind allerdings durchaus der Ansicht, dass uns die Gelegenheit eingeräumt werden muss, deinen Anteil zu erwerben, bevor er an eine dritte Seite oder irgendjemand anders fällt, der neu im Geschäft ist. Peter hat mir deine fehlende Bereitschaft, an uns zu verkaufen, erläutert, sodass uns keine andere Wahl bleibt, als einen Anwalt zurate zu ziehen.

Falls du es dir anders überlegen und zu dem Schluss kommen solltest, dass dies nicht nötig sein wird, würden wir uns sehr freuen, mit dir zu verhandeln und eine gütliche Einigung zu erzielen.

Ich bitte dich, uns baldmöglichst Bescheid zu geben.

Mit freundlichen Grüßen,

Rachel

Tom faltete den Brief zusammen und steckte ihn zurück in den Umschlag. Dann ging er zum Telefon und rief seinen Anwalt an.

»Du hast was getan?«

»Ihm geschrieben.«

»Und was gesagt?«

»Dass wir, wenn er seinen Anteil am Pelikan nicht an uns verkauft, gerichtlich gegen ihn vorgehen werden.« Rachel saß an der Frühstücksbar aus Chrom und gekalktem Eichenholz im Cross Walk No. 1, pickte an einer Scheibe trockenem Toast wie ein magenkranker Spatz und dachte an ihre Taille. Oder versuchte es zumindest.

Peters Stimme wurde lauter. »Du bist einfach zu dämlich!«

»Sprich nicht so mit mir. Tom hatte nicht das Recht, hinter unserem Rücken zu handeln.«

»Er hat nicht hinter unserem Rücken gehandelt. Er hat mir genau gesagt, was er tun würde. Hat mich sogar gefragt.« Peter stand auf der anderen Seite der Küche und schlürfte starken, schwarzen Kaffee aus einem großen Becher.

»Und du lässt ihn seinen Anteil an Kate Mundy verkaufen.«

»Lundy!«

»Bundy, Sundy, wen kümmert das denn schon? Es ist unser Restaurant, und wir sollten damit tun können, was wir wollen.«

»Falsch. Es ist *mein* Restaurant, und ich sollte damit tun können, was *ich* will.«

Rachel schnellte zu ihm herum. »Das ist nicht dein Ernst.«

»Und ob das mein Ernst ist.«

»Du hast keinen Grund, wütend zu werden.«

»Oh doch. Ich habe allen Grund, wütend zu werden.«

»Na, wenn du das denkst, dann werde ich eben einen anderen Weg finden müssen, die Dinge zu regeln.«

»Das glaube ich nicht.«

»Was soll das heißen?«

Peters Stimme war leise und gefasst. »Es ist mein Geschäft, meines und Toms. Nicht deines. Wenn du ein Restaurant haben willst, dann geh und kauf dir eines.«

Rachels Stimme klang ungläubig. »Was sagst du da?«

»Du hast mich gehört. Nimm dein eigenes Geld. Oder das von deinen Freunden. Aber nicht meines.«

»Du musst nicht gleich wieder einen von deinen Wutanfällen bekommen.«

Peter hielt ihrem Blick stand. »Da tue ich nicht. Ich sage es dir nur. Wenn du diese Sache durchziehst, stehst du allein da.«

250 Kilometer davon entfernt, vor einem Cottage über dem Hafen von Salcombe, sah Tally zu, wie Alex und sein Vater ein kleines Segelboot aus der Garage zogen. Es war

der erste Morgen ihres Urlaubs. Sie hatte in der Nacht zuvor gut geschlafen und war vom Geräusch der Seemöwen aufgewacht, die zwischen den Schornsteinköpfen kreischten.

Beim Abendessen war die Unterhaltung freundlich und locker gewesen, auch wenn sie eine leichte Spannung zwischen Alex und seinem Vater festgestellt hatte, ohne dass sie den genauen Grund dafür hätte sagen können. Sie wollte ihn schon fast danach fragen, doch dann überlegte sie es sich anders.

Um elf Uhr waren sie zu Bett gegangen, und es hatte jenen heiklen Augenblick vor ihrer Schlafzimmertür gegeben, in dem sie sich sicher war, dass Alex ihr einen Gutenachtkuss geben wollte, stattdessen aber nur lächelte, während seine Eltern und sein kleiner Bruder in einer nicht enden wollenden choreografischen Übung ins Bad und wieder hinaus gingen.

Am Morgen stand sie auf und lehnte sich aufs Fensterbrett, nachdem sie das Fenster weit aufgerissen hatte, um die frische Luft hineinzulassen. Auf dem strahlenden, eisblauen Wasser herrschte wenig Treiben, aber sie hörte, wie in der Ferne Fallleinen gegen Masten schlugen, und spürte die Sonne auf ihrem Gesicht. Das Geschrei sich kabbelnder Möwen hallte rings um sie wider. Sie verspürte ein plötzliches Gefühl von Leere, trotz des strahlenden Morgens und der herrlichen Aussicht, und auf Zehenspitzen schlich sie über den Treppenabsatz ins Bad und verschloss sorgfältig die Tür, bevor sie sich duschte und für den bevorstehenden Tag fertig machte. Einen hoffnungsvollen Tag. Einen beängstigenden Tag.

Sie schlüpfte in Shorts und ein T-Shirt und frisierte sich das Haar mit einem Band nach hinten. Sie nahm ein Paar

Leinenschuhe aus dem Kleiderschrank, das sie sich eigens für den Urlaub gekauft hatte, und betrachtete sich im Spiegel ihres Frisiertischs, wobei sie den Hals reckte, um festzustellen, wie ihre Beine in Shorts und Schuhen aussahen. Sie hoffte, sie sah gut genug aus.

Alex hatte beim Frühstück kaum Notiz von ihr genommen. Abgesehen von einem gelegentlichen Nicken schien er ausschließlich damit beschäftigt, das Müsli und die Milch ausfindig zu machen. Aber nach einer Weile besann er sich und lächelte ihr zu. Vielleicht war er einfach ein Morgenmuffel. Was für ein Zeitpunkt, um das festzustellen.

Dann wurde über das Boot diskutiert. Alex' Vater hatte gesagt, sie würden es zusammen zu Wasser lassen, und dann könnten Alex und Tally allein damit hinausfahren, wenn sie aufpassten und Schwimmwesten anzogen. Tally hätte gern einen Spaziergang unternommen und die Stadt erkundet, aber sie wollte weder Vater noch Sohn enttäuschen, und so lächelte sie und sagte: »Wunderbar.«

Die Prozedur, dass Boot zu Wasser zu lassen, hatte zu ein paar scharfen Worten vom Vater zum Sohn geführt. »Nein! Pass aufs Kielschwert auf! Alex, schnapp dir die Fangleine! Schnell!«

Alex sprach wenig, aber er tat, was ihm gesagt wurde, wobei er ein paar Mal verlegen zu Tally hinübersah, als wollte er sich für das Benehmen seines Vaters entschuldigen. Tally tat ihr Bestes, nicht im Weg zu sein.

Und dann waren sie draußen auf dem Wasser und allein, während ihnen David Blane-Pfitzers Stimme von der Helling noch in den Ohren hallte.

Alex stieß einen tiefen Seufzer aus. »Gott sei Dank!«

Tally lächelte weiter, in der Hoffnung, dass Alex' Vater weit genug entfernt war und ihn nicht gehört hatte.

»Entschuldige«, sagte Alex. »Er nervt immer ein bisschen mit seinem Boot. Es wundert mich, dass er uns schon jetzt damit rausfahren lässt.«

»Herrlicher Tag.«

Alex sah zum Himmel hoch. »Ja. Tut mir Leid, dass es ein bisschen kompliziert war.«

»Schon okay.«

»Es wird besser werden, wenn wir erst alle etwas entspannter sind – und wenn Henry darüber hinweg ist, dass er seinen Freund nicht mitnehmen durfte.«

»Ich dachte, du hättest gesagt, es sei nicht genug Platz, aber hier scheint es jede Menge Platz zu geben.«

»Ja. Aber Mum mag Eddie nicht besonders, deswegen hat sie das zu Eddies Eltern gesagt.«

»Aber du hast mir doch gesagt, ich müsste mich schnell entscheiden, sonst würde stattdessen Henrys Freund mitkommen.«

Alex errötete und blickte schuldbewusst. »Das habe ich nur gesagt, damit du dich beeilst. Ich wollte einfach, dass du mitkommst.«

Tally grinste. »Ganz schön dreist.«

Alex grinste zurück. »Ich weiß. Stört es dich?«

Tally schüttelte den Kopf, und zum ersten Mal seit zwei Tagen wusste sie genau, warum sie hier war.

Dreiundzwanzigstes Kapitel

Der Drucker brummte, während die zwölf Seiten Text nach und nach in das Papierfach glitten. Tom nahm sie in die Hand und überflog sie, um sicherzugehen, dass sie sauber ausgedruckt waren – der Drucker war in letzter Zeit etwas launisch –, dann lehnte er sich auf seinem Stuhl zurück und sah aus dem Fenster seines Arbeitszimmers auf den voll aufgeblühten Sommergarten und das hellgraue Hügelland in der Ferne.

Wie lange hatte er nun schon diese Aussicht betrachtet? Sechzehn Jahre? Siebzehn? Er war sie nie leid geworden, aber inzwischen war irgendetwas lästig an ihr, an der Tatsache, dass sein Stuhl stets dieser Richtung zugekehrt stand. Das dicke Manuskript der *Wellenbewegungen* lag in einem roten Ordner auf einer kleinen Kommode. Er starrte auf das Wort »Ende«, dann legte er die letzten zwölf Seiten dazu, nahm den Ordner und schob ihn in die Schreibtischschublade. Der Roman war fertig. Weggeräumt. Erledigt. Jetzt konnte er mit einem neuen anfangen. Der Gedanke überraschte ihn. Er hatte sich so lange auf die *Wellenbewegungen* konzentriert, dass er sich nie überlegt hatte, noch einen zu schreiben. Aber den Titel hatte er bereits im Kopf. Er bedeutete einen Neuanfang.

Er stand von seinem Stuhl auf und stemmte den Schreibtisch an einer Ecke hoch und schob ihn so herum, dass er der Wand zugekehrt war und er seitlich aus dem Fenster blicken musste. Gar nicht gut. So würde er sich bald einen steifen Nacken holen. Er drehte sich auf seinem Stuhl so, dass er wieder der Aussicht zugewandt saß. Tally war seit zwei Tagen fort, und er hatte seit jenem ersten Anruf nichts mehr von ihr gehört. Aber sie hätte ihn doch sicher angerufen, wenn es dort nicht gut lief ... oder nicht? Er musste aufhören, sich Sorgen um sie zu machen. Und um Janie.

Er trat ans Fenster, lehnte sich hinaus und atmete tief durch. Er wagte sich kaum zu fragen, was er für sie empfand. Zu viel Angst. Er litt noch immer unter dem Schock von Pippas Tod, und doch ... Zum ersten Mal, seit er sie verloren hatte, verspürte er eine tiefe Wärme in sich. Es war tröstlich zu wissen, dass er begehrt, vielleicht sogar geliebt wurde.

Wie *konnte* er bloß so denken, nach nur einem Jahr? Aber andererseits, wie Janie selbst gesagt hatte, wie lange muss ein Mann denn trauern? Wie lange würde er warten müssen, bis er wieder den Duft des Parfüms einer Frau einatmete, Einkaufstüten fand, die jemand auf der Arbeitsfläche in der Küche abgestellt hatte, einen weichen, warmen Körper neben sich spürte und Gelächter im Haus hörte?

Ein Schuppen, das war es, was er brauchte. Maisie hatte Recht. Bernard Shaw hatte Recht. Er sah hinaus auf den Kräutergarten. In der hintersten Ecke war ein Platz, auf dem er den Land Rover abgestellt hatte, während er ihn herrichtete. Jetzt war es eine freie Grasfläche – ideal für einen Schuppen. Dort drüben würde er immer noch hierher gehören, aber mit genügend Abstand, um nachdenken zu können. Er könnte vom Haus aus elektrische Leitungen dorthin verlegen, dann würde es wie ein neues Zuhause sein. Es würde ihn nicht mit Erinnerungen belasten. Er würde einen Neuanfang machen können. Einen kleinen.

Ein Anruf bei einer örtlichen Firma war alles, was zu tun war. Ja, sie hätten mehrere Schuppen zur Auswahl. Ja, er könne gern vorbeikommen und sie begutachten. Ja, sie könnten ihn binnen einer Woche beschaffen und ausliefern. Er war schon unterwegs.

Tally hatte es bewusst vermieden, ihren Vater am zweiten Tag ihres Urlaubs anzurufen. Mehrmals war sie kurz davor gewesen, aber sie war fest entschlossen, auf ihren eigenen zwei Beinen zu stehen. Wenn sie allzu oft anrief, würde er vermutlich bald jeden Tag einen Anruf erwarten, und sie wollte schließlich unabhängig sein. Gewissermaßen.

Bis zum zweiten Tag hatte Alex dafür gesorgt, dass er und Tally sich vom Rest des Haushalts unabhängig machen konnten, indem er seine Eltern gefragt hatte, ob sie in dem Sommerhäuschen mit Blick auf den Hafen frühstücken könnten. Ob sie abends dort grillen könnten? Zu Tallys Überraschung hatten sie nichts dagegen, aber sie war trotzdem noch nervös gewesen, als Alex vorgeschlagen hatte, dass sie sich am nächsten Morgen um halb neun am Sommerhäuschen treffen sollten – sie machte sich Sorgen, dass seine Eltern sie beide für unhöflich hielten oder, noch schlimmer, glaubten, dass sie irgendetwas im Schilde führten.

Aber Alex war überzeugend gewesen, die Eltern allem Anschein nach unbesorgt, und so hatte sie schließlich nachgegeben. An jenem Morgen hatte sie sich in aller Frühe angezogen und war auf Zehenspitzen nach unten geschlichen, in den Garten und den sonnigen Morgen hinaus. Leise ging sie über die ungleichmäßigen Steinplatten der Terrasse hinter dem Haus und den kleinen, abschüssigen Rasen hinunter, wo das taufeuchte Gras sie an den nackten Fußsohlen kitzelte. Als sie das verblichene, hölzerne Sommerhäuschen erreichte, war es leer. Sie wollte schon kehrtmachen und zum Haus zurückgehen, als eine leise Stimme an ihrer Schulter sagte: »Hallo!« Sie schnellte herum und sah Alex neben sich, eine Packung Cornflakes in einer Hand und einen halben Liter Milch in der anderen. Sein helles Haar war zerzaust und glitzerte an den Stellen, auf die die frühmorgendliche Sonne fiel, wie Goldfäden. Er trug ein verwaschenes rot-weiß gestreiftes Rugby-Shirt mit hochgestelltem Kragen und Shorts.

Tally errötete. »Hi!«

»Hi!« Er wies mit einem Kopfnicken auf die Tür des Sommerhäuschens. »Könntest du ...?«

»Oh. Ja. Natürlich.« Sie drückte die Klinke und machte die Tür auf. Alex ging an ihr vorbei und stellte die Packung und die Flasche auf einen alten Sperrholztisch, der von zwei noch älteren Lloyd-Loom-Stühlen flankiert wurde, mit einem Geflecht, das bereits starke Verfallserscheinungen aufwies.

Sie sah zu, wie er an einen kleinen Küchenschrank in einer Ecke trat, die Tür aufmachte und ihm zwei Schälchen und zwei Löffel entnahm.

»Woher wusstest du ...?«

Er lächelte. »Hab ich gestern Abend dort hingestellt.« Er holte einen Karton mit Orangensaft und zwei Gläser hervor.

Tally grinste. »Ich wusste gar nicht, dass du ein Pfadfinder bist.«

»Seemöwen-Patrouille. Aber nur einfaches Mitglied, kein Patrouillenführer.«

»Das hätte ich mir denken können.«

»Frechheit!« Er stellte die Gläser und den Karton ab und kam zu ihr herüber. »Du siehst sehr süß aus.«

»Und du siehst aus, als ob du eben erst aufgewacht bist.«

»Bin ich auch.« Er legte die Arme um sie. »Hab aber von dir geträumt.«

Sie spürte, wie sie errötete. »Schöne Träume, hoffentlich.«

Er nickte, dann beugte er sich zu ihr hinunter und küsste sie. Tally spürte erneut das flatternde Gefühl in ihrer Magengegend. Sie legte die Arme um ihn und spürte, wie seine Zunge in ihren Mund glitt. Sie unternahm nichts, um ihn zu bremsen. Langsam glitten seine Hände von ihrer Taille nach oben, bis sie ihre Brüste fast erreicht hatten. Sie hob selbst die Hände, um seine abzufangen, und hielt sie fest.

Alex rückte ein Stück von ihr ab und sprach leise. »Entschuldige.«

Tally lächelte und senkte den Blick. »Schon gut.« Dann sah sie zu ihm auf und sagte fröhlich: »Frühstück?«

Den ganzen Tag lang fühlte sie sich wie im siebten Himmel. An jenem Morgen alberten sie auf dem Boot herum, fuhren damit die Flussmündung hoch und zogen es an kleinen Strandabschnitten an Land, bevor sie fertig gekaufte Sandwiches und ein paar Dosen Cola verschlangen. Sie hatte ihre Kamera mitgenommen, zum ersten Mal seit jenem verhängnisvollen Italienurlaub, und machte Aufnahmen vom Hafen und dem Boot, mit Alex am

Ruder. Sie machten es sich zusammen auf dem Sand gemütlich, beobachteten, wie sich andere Boote durch die sanften Wellen pflügten, und redeten über alles und nichts. Einmal sprang er auf und bat einen verdutzten Urlauber, ein Foto von ihnen zu machen – während er die Arme um sie legte und sie ein wenig verlegen blickte. Hin und wieder küsste er sie und sie ihn, aber seine Hände erkundeten nicht mehr als ihre Arme und Schultern.

In der Hitze des Nachmittags zog sie ihr T-Shirt aus, unter dem ein buntes Bikini-Oberteil zum Vorschein kam, und Alex rief: »Wow!«

»Zu viel?«, fragte sie in einem gespielt besorgten Tonfall.

»Nein. Genau richtig.« Und dann, als er sah, wie sie die Augenbrauen hochzog: »Schon gut. Ich werde versuchen, mich zu beherrschen.«

»Ich will nicht, dass du denkst ...«

»Psst! Es ist heiß.« Er zog selbst sein T-Shirt aus, unter dem sein breiter, aber sportlicher Oberkörper zum Vorschein kam, dessen honigfarbene Haut mit Sommersprossen übersät war. Sie wandte sich verlegen ab und beobachtete die Boote, die die Fahrrinne kreuzten.

Er setzte sich und legte den Arm um sie. »Was denkst du gerade?«

»Wie glücklich ich mich doch schätzen kann.«

»Nicht traurig?«

»Ein bisschen, aber nicht allzu sehr.«

»Da bin ich aber froh.«

Sie wandte sich zu ihm um. »Danke, dass du mich eingeladen hast.«

»Danke, dass du mitgekommen bist.«

Einen Augenblick lang herrschte Schweigen zwischen

ihnen, aber es war nicht unangenehm. Tally beugte sich zu ihm hinüber und küsste ihn leicht auf die Wange. »Was wollen wir heute Abend machen?«

»Oh, ich wollte dich eben fragen ...«

»Mich was fragen?«

»Ich habe hier unten ein paar Freunde. Sie sind letzte Woche gekommen. Ich dachte, vielleicht würdest du sie gern kennen lernen.«

»Oh.« Im ersten Augenblick war Tally enttäuscht über die Aussicht, ihn teilen zu müssen, aber wenn er wollte, dass sie seine Freunde kennen lernte, dann wäre es unhöflich, abzulehnen. Vielleicht sollte sie es als Kompliment auffassen. »Gern. Okay.«

»Nicht, wenn du nicht willst.«

»Oh, ich war eben nur ein bisschen egoistisch.«

»Das ist schön.«

»Nein, das ist es nicht. Ja, ich würde deine Freunde sehr gern kennen lernen.« Sie log. Innerlich war sie auf einmal nervös und verkrampft, wo sie sich doch eben noch zum ersten Mal seit Wochen entspannt hatte. Sie ermahnte sich, nicht so ungesellig zu sein und sich zu freuen, seine Freunde zu treffen. Sie versuchte, den Rest des Nachmittags zu genießen, doch die Aussicht auf einen Abend mit fremden Leuten hing über ihr wie eine dunkle Wolke. Alex schien es nicht zu bemerken – entweder das, oder er war zu höflich, um es anzusprechen.

Als das Telefon klingelte, war Tom überzeugt, dass es Tally sein musste, aber es war Peter, der fragte, ob er auf einen Drink vorbeikommen könnte.

»Hör zu, es tut mir Leid«, sagte Tom, »aber ich will wirklich nicht ...«

»Ich will nur reinen Tisch machen.«

»Was ist mit Rachels Brief?« Toms Anwalt hatte ihm geraten, hinsichtlich der von Rachel angedrohten Klage nichts zu überstürzen und die Entwicklung abzuwarten.

»Ach, scheiß auf den Brief. Und scheiß auf Rachel.«

Tom wunderte sich über die letzte Bemerkung – er war an Peters Flüche gewöhnt, aber er hatte noch nie gehört, dass sie sich gegen Rachel richteten. Er sagte Peter, er solle vorbeikommen, dann legte er den Hörer auf und ging zum Kühlschrank, um sich ein Bier zu holen. Das Telefon klingelte erneut. Das würde Tally sein. Na endlich.

»Tom?«

»Janie.«

»Ich dachte, ich rufe besser an.«

»Oh?« Er war sich ziemlich sicher, was jetzt kommen würde. Die Entschuldigung. Dinge, die im Eifer des Gefechts gesagt wurden.

»Es ist nur, ich wollte nicht, dass du glaubst ...«

»Dass du es wirklich ernst gemeint hast?«

»Nein. Dass ich es nicht ernst gemeint habe.«

Tom stand völlig reglos da, seiner Sprechfähigkeit vorübergehend beraubt.

Janie fuhr fort: »Ich habe es ernst gemeint, aber ich hätte es nicht sagen sollen. Es tut mir so Leid. Ich hatte kein Recht dazu. Du hast schon genug am Hals, auch ohne dass ich dein Leben noch komplizierter mache. Ich denke, es ist vermutlich besser, wenn ich mich eine Zeit lang von dir fern halte.«

»Janie!«

»Nein. Wirklich. Es ist mir so peinlich. Mir! Es kommt mir vor, als hätte ich Pippa enttäuscht. Und Tally. Und dich. Es gibt ein paar Dinge, die man besser für sich behalten sollte, und das gehörte vermutlich dazu.«

»Ich weiß nicht, was ich sagen soll.«

»Sag am besten gar nichts. Hör zu, ich werde dich nach einer Weile wieder anrufen. Ich denke nur, es ist am besten, wenn ich mich jetzt erst einmal nicht blicken lasse.«

»Und was ist mit Tally?«

»Sag ihr, ich musste überraschend fort und werde in einem Monat oder so zurück sein.«

»Aber sie wird mit dir sprechen wollen.«

»Sie würde überhaupt nicht mehr mit mir sprechen wollen, wenn sie wüsste, was ich zu dir gesagt habe.«

Tom suchte nach den richtigen Worten, aber es gelang ihm nicht, irgendwelche passenden zu finden. »Wenn du dir sicher bist.«

»Absolut.«

Er seufzte. »Na schön. Aber ...«

»Nein. Sag jetzt nichts mehr. Ich werde an dich denken, das weißt du. Pass gut auf dich auf.«

Bevor er etwas erwidern konnte, hatte sie aufgelegt, und dann hörte er das Geräusch von Autoreifen, die in der Einfahrt vor der Scheune über den Kies knirschten. Er legte den Hörer auf und sah Peter, der mit einem Gesicht wie sieben Tage Regenwetter auf die Haustür zustürmte.

»Gib mir ein Bier.«

»Was?«

»Gib mir ein verdammtes Bier – schnell.«

»Na schön.« Tom ging an den Kühlschrank und holte eine Flasche Beck's, stemmte den Deckel ab und reichte sie seinem künftigen Ex-Partner. Dann lehnte er sich gegen die Arbeitsfläche in der Küche und sah zu, wie Peter aus der Flasche trank. »Also, hör zu ...«, begann er, als Peter die Flasche absetzte. Dann sah er Peters Gesicht richtig. Er sah fast verängstigt aus, und die Hand, die das Bier hielt, zitterte. »Was zum Teufel ist denn los?«

»Ich habe sie verlassen.«

»Was?«

»Rachel. Ich habe genug.«

Tom starrte ihn an, zum x-ten Mal an diesem Tag unsicher, was er sagen sollte.

»Es ist einfach unmöglich. Ich habe es mit Vernunft versucht, ich habe versucht, mich mit ihr zu einigen, ich habe sogar versucht, mich mit ihr zu streiten, wozu es sehr leicht kommt.« Er trank noch einen Schluck aus der Flasche. »Ich halte es einfach nicht mehr aus. Warum zum Teufel hast du bloß zugelassen, dass ich sie heirate? Beantworte das nicht. Oh Gott, Tom, ich bin einfach fix und fertig. Ich bin nicht mehr ich selbst. Ich meine, sieh mich doch bloß an, ich gehe ständig an die Decke. Früher war ich nie so.«

Tom blickte zweifelnd.

»Na ja, jedenfalls nicht so schlimm.«

Schließlich fand Tom die Sprache wieder. »Wann ist das passiert?«

Peter warf einen Blick auf die Armbanduhr. »Vor siebzehn Minuten.«

»Verstehe. Irgendein bestimmter Grund?«

»Dieser Brief an dich.«

»Oh.«

»Das war der Gipfel. Ich habe sie deswegen ordentlich zusammengestaucht. Ich meine, was zum Teufel hat sie sich denn eigentlich dabei gedacht, in diesem Ton an dich zu schreiben? Als ob wir uns überhaupt nicht kennen würden.«

Tom sah ihn fragend an.

»Ich weiß. Hab verstanden. Ich nehme an, inzwischen kennen wir uns wirklich kaum noch. Nicht so, wie es früher einmal war. Aber warum? Doch nur wegen Rachel.«

»Peter, ich glaube nicht ...«

»Sag jetzt nichts. Ich bin nicht vorbeigekommen, um dich für das Scheitern meiner Ehe verantwortlich zu machen. Ich bin vorbeigekommen, um mich für das zu entschuldigen, was passiert ist, und dir zu sagen, dass es nicht wieder vorkommen wird.« Er sah aus dem Fenster. »Oh Gott, Tom, wenn ich mir überlege, was ihr beide, du und Pippa, hattet und was du verloren hast, und wenn ich mir überlege, womit ich geschlagen bin ... geschlagen *war.*«

»Ich bin mir nicht sicher, ob solche Vergleiche eine gute Idee sind.«

»Nein. Aber sie bringen einen zum Nachdenken.«

»Handelst du nicht ein bisschen vorschnell?«

Peter wandte sich wieder zu ihm um. »Nennst du zwei Jahre vorschnell?«

»Aber du warst doch völlig vernarrt in sie.«

»Bis ich dahinter kam, wie sie wirklich ist. Und das dauerte etwa zwei Wochen. Kein Wunder, dass sie schon zwei Ehemänner hinter sich hatte. Der zweite soll sich angeblich das Leben genommen haben – und nachdem ich zwei Jahre mit Rachel zusammengelebt habe, kann ich durchaus begreifen, wieso.«

»Ich bin mir wirklich nicht sicher, ob du mir das alles erzählen solltest«, sagte Tom leise.

Zum ersten Mal schien Peters Stimme zu stocken. »Na ja, wem zum Teufel soll ich es denn sonst sagen?«

Tom ging zu ihm hinüber und legte seinem Freund eine Hand auf die Schulter. »Entschuldige.« Er hätte nie damit gerechnet, ihn in einem solchen Zustand zu erleben. Peter, der selbstbewusste, arrogante, aber gutherzige Küchenchef, der mit dem launischen Charakter und den anschaulichen, lautstarken Schimpftiraden, sah zerknittert und verzweifelt aus.

Peter rieb sich mit dem Handrücken über die Augen, dann leerte er die Flasche. »Hör zu, Tom, es tut mir Leid«, sagte er leise, fast respektvoll. »Weiß Gott, du hast im Augenblick auch ohne mich schon genug am Hals.«

»Nein. Das ist gar kein Problem. Ich meine ...«

»Wie auch immer. Ich sollte froh sein. Froh, dass ich es hinter mir habe. Und du solltest nicht glauben, dass du irgendetwas damit zu tun hattest. Außer dass du ein Rollenbild warst.«

»Was?«

Peter stellte die leere Flasche vorsichtig auf das Abtropfbrett. »Wenn ich dich und Pippa zusammen gesehen habe, wurde ich immer richtig eifersüchtig. Ihr wart so gut zusammen. Nicht wie ein rührseliges Liebespärchen, sondern einfach so ... richtig. Ihr habt zusammengepasst. Ihr mochtet euch. Ich wollte Rachel so gern mögen. Und ich konnte es nicht. Sie war toll im Bett – konnte gar nicht genug bekommen. Aber man braucht eben mehr als das, um eine Ehe aufzubauen. Wenn sie nicht auf dem Rücken lag, dann war sie unterwegs, um Kleider zu kaufen. Oder sie schmiedete hochfliegende Pläne für ein neues Restaurant.«

Tom fühlte sich ein wenig schuldbewusst.

»Wusstest du, dass sie nicht ein einziges Mal über uns geredet hat? Über sich und mich. Nicht in einem liebevollen Tonfall. Du weißt schon – über Dinge, die wir zusammen unternehmen könnten, Orte, wo wir hinfahren könnten. Wo immer sie hinging, ging sie mit ihren Freunden hin, diesen wiehernden, hochnäsigen Zicken und ihren rotgesichtigen Wichsern von Ehemännern. Der einzige Plan, den sie je für uns geschmiedet hat, war der mit diesem verdammten anderen Restaurant. Ich habe es nie gewollt, aber das schien sie überhaupt nicht zu kümmern.«

Er verfiel in Schweigen und starrte in die mittlere Ferne.

»Also, und was jetzt?«

»Hmm?« Sein Blick war völlig leer.

»Was wirst du jetzt tun?«

»Weiß der Geier. Auf dem Dachboden des Pelikan ein Bett aufstellen, fürs Erste. Und dann mal sehen, was sich auftut.«

»Bist du sicher, dass du gehen willst?«

»O ja. Hab meine Brücken abgebrochen. Hab ihr gesagt, sie soll sich verpissen. Nur, da das Haus auf ihren Namen läuft, wird sie das wohl nicht tun.«

»Was?«

»Ach, keine Sorge. Das Restaurant läuft weiterhin auf meinen Namen, aber ich denke, es wird eine halbe Ewigkeit dauern, bis ich irgendwelches Geld von ihr bekommen kann – falls überhaupt. Das ist vielleicht ein Zustand, was? Ein beschissener Zustand. Du und ich, wir beide wieder allein, aber aus unterschiedlichen Gründen.«

»Ja.«

Peter machte die Tür auf, um zu gehen. »Hör zu, es tut mir Leid, wenn das alles etwas falsch angekommen ist. Schlechter Zeitpunkt und das alles. Jedenfalls, du weißt ja, wo ich bin. Und die Gesellschaft wird jetzt besser sein – nur noch ich und meine hündische Freundin Delia.«

»Ja.«

Peter ging über den Hof zu seinem Wagen. »Wir sehen uns.«

»Ja.«

Er verschwand in die Nacht, und Tom stand im Hauseingang, umhüllt von einer beklemmenden Leere. Er hatte Rachel noch nie gemocht, und doch tat es ihm sowohl für sie als auch für Peter Leid. Es war von Peters Seite eine plötzliche Entscheidung gewesen, aber, das wusste er, eine endgültige. Peter hatte noch nie irgendetwas rückgängig gemacht, und es war unwahrscheinlich, dass er es diesmal tun würde.

Vierundzwanzigstes Kapitel

Tally brauchte länger als gewöhnlich, um sich für den Abend ausgehfertig zu machen. Sie badete, wusch sich das Haar, verbrachte eine halbe Ewigkeit mit ihrem Make-up und noch länger damit, zu entscheiden, was sie anziehen sollte – obwohl ihre Urlaubsgarderobe nicht besonders umfangreich war. Als sie auf dem Treppenabsatz auftauchte, in einem hellblau-weiß gestreiften Baumwollkleid mit Spagettiträgern, begrüßte Alex sie mit »Wow!«.

»Was machst du denn hier?«, fragte sie.

»Ich warte nur.« Er sah sich kurz um, um sich zu vergewissern, dass die Luft rein war, dann küsste er sie leicht. »Kann es kaum erwarten, dich vorzuführen.«

»Ist das der eigentliche Grund für das alles?«

»Natürlich.« Er schob sie auf die schmale Treppe zu. »Kannst du in denen denn laufen?«, fragte er, als sie aus der Haustür traten.

»Kommt drauf an, wie weit.« Tally warf einen Blick auf ihre Riemchensandalen, dann auf den steilen Hügel, der hinunter nach Salcombe führte. »Du willst also nicht den Wagen nehmen?«

»Hat eigentlich keinen Sinn. Die Straßen sind schmal, und es könnte ihn leicht jemand ramponieren, während er dort geparkt steht. Besser wär's schon, ihn hier zu lassen.«

»Deine Eltern haben wir ja noch nicht oft zu Gesicht bekommen.«

»Das tue ich nie. Mum besucht irgendwelche Freundinnen, und Dad sieht sich Boote an. Er will etwas Größeres. Eine Jolle, glaube ich.«

»Ist das der Grund, weshalb wir das kleine Boot benutzen durften?«

»Ich nehm's an.«

Tally zögerte. »Bis jetzt habe ich noch nicht viel mit ihm geredet.«

»Er sagt nicht viel.«

»Das habe ich bemerkt. Was meinst du, woran das liegt?«

Alex rang nach Worten. »Er weiß nicht, wie, nehme ich an.«

»Was meinst du damit?«

»Sein Dad starb, als er noch ganz klein war. Vielleicht hat er einfach nie mitbekommen, wie man es macht.«

»Das hat mein Dad auch nicht, aber er redet zumindest mit mir.«

»Meiner redet ja auch mit mir. Manchmal. Es ist nur ... nicht ganz einfach, das ist alles.«

»Glaubst du, man wird ein anderer Mensch, wenn man von nur einem Elternteil großgezogen wird?«

Alex sah sie an. »Das ist eine schwierige Frage.«

»Vermutlich. Aber es kommt mir irgendwie vor, als ob mir in letzter Zeit eine Menge Leute begegnet sind, die eine Mum oder einen Dad verloren haben.«

»Und was glaubst du, inwiefern sie sich von Leuten mit zwei Elternteilen unterscheiden?«

»Sie sind mehr in sich gekehrt. Im Allgemeinen.«

Sie beließ es dabei. Alex schien nicht gewillt oder nicht im Stande, das Thema weiter zu erörtern, und sie wollte ihnen den Abend nicht verderben, auch wenn die Aussicht ohnehin bereits entmutigend war.

»Also, wohin?«

»Ich habe gesagt, wir würden sie im Happy Sailor treffen und dann sehen, wozu wir Lust haben.«

»Wer sind ›sie‹?«

»Richtig. Also, da sind einmal zwei alte Schulkumpel. Mark ist der mit dem rotblonden Haar, und er ist ein toller Flügelmann – Rugby. Und Raife – er hat dunkles Haar und ist überhaupt ein etwas dunkler Typ, ein kleiner Geschäftemacher. Und dann ist da noch Anna, du wirst sie mögen – sie ist Marks Schwester, aber sie sieht ihm kein bisschen ähnlich. Sie ist klein, mit kurzem dunklem Haar. Clee, das ist kurz für Cleone, ist eine langhaarige Blondine, die seit drei Jahren eine immer mal wieder abgebrochene Beziehung mit Raife hat.«

»Wie ist sie?«

»›Flatterhaft‹ ist das Wort, das meine Mutter verwendet. Und sie kann ganz schön zickig sein.«

»Oh.«

»Du wirst sie alle mögen, ich versprech's dir. Man hat wirklich viel Spaß mit ihnen.«

»Wo schlafen sie?«

»Im Haus von Marks Eltern in East Portlemouth – gleich auf der anderen Seite des Hafens. Sie müssen um halb zwölf das Boot nach Hause nehmen, sonst sitzen sie hier auf dieser Seite fest.«

»Kommst du jedes Jahr hierher?«

»Ja. Jeden August. Und an ein paar anderen Wochenenden.«

»Verwöhnt.«

»Ja. Ich weiß, aber ich versuche, dafür zu sorgen, dass es mir nicht zu Kopf steigt.« Allmählich gewöhnte er sich an ihr gespieltes Missfallen, dachte Tally. Während er früher verwirrt oder sogar verletzt geblickt hatte, erwiderte er ihre sanften Seitenhiebe inzwischen mit äußerst gekonnten Spitzen. Sie mochte das.

Im Happy Sailor herrschte ein dichtes Gedränge. Laute Unterhaltung driftete durch die offenen Fenster auf die schmale, stark belebte Straße hinaus, zusammen mit dem Geruch von Bier und Zigarettenrauch. Sie mussten gar nicht erst hineingehen: Alex rief den beiden jungen Männern zu, die in diesem Augenblick mit einem Tablett voller Gläser und Chips die Eingangsstufen hinunterkamen: »Hi, Leute!«

Sein Gruß wurde von einer hoch aufragenden Gestalt mit frischem Teint und einem rotblonden Haarschopf sowie einer etwas kleineren mit dunklem, stacheligem Haar und einer Sonnenbrille über der Stirn erwidert.

»Wir sind hinten um die Ecke. Am Kai. Hier entlang«, wies der größere der beiden den Weg, während er, ein steifes Bein vortäuschend, das Tablett auf einer Hand balancierte und dabei wie ein Irrer grinste.

»Achte gar nicht auf ihn«, sagte Alex. »Er hat eine leichte Meise. Um Mitternacht verwandelt er sich in einen Kürbis.«

»Oder einen Werwolf.«

»Schön wär's.«

Sie folgten dem geschilderten Weg und nahmen an einer Sitzgruppe Platz, die aus einer Bank und einem Tisch bestand, wie man sie häufig in den Gärten von Pubs sieht – die es einer Frau höllisch schwer machen, anmutig zu sitzen, und erstaunlich leicht, sich Laufmaschen in den Strümpfen zu holen. Tally hockte sich an den Rand.

Alex machte bekannt: »Das ist Tally. Tally, das ist Mark, und das sind Raife und Clee und Anna.«

Mark sagte mit einem freundlichen Grinsen »Hi«.

Raife sagte »Hi« – cool, bemüht, Eindruck zu machen, ohne beeindruckt zu wirken. Clee winkte und brachte ein kurzes Lächeln zu Stande, und Anna sagte: »Hallo, nett, dich kennen zu lernen. Wir haben alle schon von dir gehört.«

»Oh«, sagte Tally mit einem nervösen Lächeln.

»Nur Gutes«, sagte Mark, »und du hast keinen Grund, schüchtern zu sein. Wir sind ein völlig akzeptabler Haufen, wenn man die Tatsache außer Acht lässt, dass diese beiden hier sich heute Nachmittag gestritten haben und nicht miteinander reden – oder vielmehr, sie haben es nicht getan, bis ihr gekommen seid, aber jetzt werden sie sich äußerst geschliffen benehmen und eine sprühende Unterhaltung führen.«

Raife sagte: »Halt den Mund, Blödmann«, und Clee hob entnervt den Blick zum Himmel.

Anna bemühte sich darum, dass sich Tally etwas ungezwungener fühlte. »Gib ihnen ein paar Minuten Zeit und ein halbes Glas Lagerbier, dann ist alles in Ordnung mit ihnen.« Und dann, als sie bemerkte, dass Tally und Alex keine Gläser hatten: »Jungs, ihr habt Alex und Tally nichts zu trinken besorgt.«

Mark schaltete sich ein: »Doch, haben wir. Bitte, der Herr, ein Glas von Mr. Foster's bestem, und für die Dame ein *Smirnoff Ice.* Okay?«

»Danke.« Tally war ein bisschen verunsichert. Sie fragte sich, ob die anderen wussten, wie alt sie war. Ganz offensichtlich waren sie alle ein paar Jahre älter als sie selbst, geschliffener, weltläufiger.

»Also, Alex«, sagte Raife leise, »wo hast du dieses Schmuckstück aufgegabelt?«

Alex ignorierte den unterschwelligen Sarkasmus. »Wir haben uns in Axbury kennen gelernt.«

»Ah, die Zuflucht auf dem Lande.«

»Genau.«

Raife wandte sich an Tally. »Und du bist auf das schnelle Auto und die schönen Worte reingefallen.«

Alex versuchte sich einzuschalten, aber Tally war schneller. In einem süßlichen Tonfall sagte sie: »Nein. Ich dachte, er sei ein aufgeblasener kleiner Idiot, als ich ihn kennen lernte, aber dann habe ich festgestellt, dass er doch anders ist.«

Die Runde verfiel in Schweigen. Clees Kiefer sackte nach unten. Raifes Sonnenbrille fiel ihm vom Kopf auf die Nase wie ein Helmvisier. Marks Augenbrauen verschwanden unter seinem Haar, und Anna warf den Kopf zurück und lachte. »Gut für dich, Tally.«

Tally fühlte sich beschämt – und gleichzeitig bestärkt. Sie war davon ausgegangen, sie müsse von Anfang an Rückgrat zeigen, sonst würde sie sich kaum behaupten können. Aber sie wünschte, sie hätte sich nicht ganz so derb geäußert. Trotzdem, jetzt war es vorbei, und es hatte allem Anschein nach das Eis gebrochen.

Raife schob seine Sonnenbrille wieder auf den Kopf. »Eins zu null für Tally also.«

»Wie schön ist es doch zu sehen, wenn du in deine Schranken verwiesen wirst, Raife«, erwiderte Clee scharf. »Zum ersten Mal heute.«

Mark, der spürte, dass es an der Zeit war, das Thema zu wechseln, eröffnete das Gespräch: »Also, was habt ihr beiden heute unternommen?«

Alex erzählte ihnen, mit gelegentlichen Einwürfen von Tally, von dem Boot, das sie nun offenbar für sich selbst hatten, da Alex' Vater sich nach einem größeren Spielzeug umsah, und von ihren Plänen für die nächsten paar Tage.

Während sich die jungen Männer ins Gespräch vertieften, beugte sich Anna zu Tally hinüber und flüsterte ihr ins Ohr: »Gut gemacht. Sie müssen ein bisschen gezügelt werden, diese Jungs, aber ich denke, du hast ihnen schon gezeigt, wo's langgeht.«

»Danke. Ich bin ein bisschen nervös.«

»Das wundert mich nicht.«

Tally betrachtete die elfenhafte Anna in ihrem kleinen schwarzen Kleid, mit ihren braun gebrannten Schultern und Beinen. »Wie lange bist du schon hier?«, fragte sie.

»Oh, vielleicht einen Monat. Ich habe ein Jahr ausgesetzt, und das geht jetzt zu Ende. Muss ein bisschen ausspannen. Bin völlig geschafft.«

»Was hast du denn gemacht?«

»Praktikantin in einem Kindergarten. Lauter kleine Scheißer. Nein, ehrlich gesagt, waren sie süß. Und du?«

In diesem Augenblick schloss Clee sich ihnen an, die an der Unterhaltung der Jungs offenbar wenig Gefallen fand.

Tally fuhr fort. »Hab eben das erste Vorbereitungsjahr fürs Abi abgeschlossen.«

Clee zog die Augenbrauen hoch. »Wow!«, sagte sie mit einem ironischen Unterton.

Tally hatte ihren Augenblick des Triumphes bereits hinter sich, jetzt fiel ihr keine passende Antwort ein.

»Wohl kaum ein Verbrechen«, sagte Anna.

»Ach, ich weiß nicht«, sagte Clee, während sie herausfordernd an ihrem eigenen *Smirnoff Ice* nippte und mit einem Kopfnicken auf Tallys Glas wies.

»Ach, jetzt hör schon auf, Clee. Sei nicht so hochnäsig. Nur weil Raife dir heute einen Dämpfer verpasst hat.«

Clee verstand den Wink. Sie stellte die Flasche ab. »Tut mir Leid. Ich bin nur ein bisschen sauer, das ist alles. Brauche noch ein paar von denen hier.«

»Na ja, wenn wir diese schlecht erzogenen Jungs von den Themen Boote und Mädchen abbringen könnten, dann würden wir vielleicht bedient werden. Mark! Bekommen wir noch ein paar Drinks, oder was?«

Mark stand auf, rief Anna und Clee ein paar beschwichtigende Worte zu und ging wieder an die Bar.

Sie aßen – schließlich und endlich – in einem Fischimbiss, als Mark bereits angenehm beduselt und Raife schweigsam und grübelnd war, während Anna glasige Augen hatte. Clee kam aus dem Reden gar nicht mehr heraus, vorzugsweise über Jungs, Schuhe und Handtaschen. Tally fand Clee allmählich durchaus witzig, wenn auch ein wenig anstrengend, aber die Drinks hatten ihr geholfen, sich zu entspannen. Nach dem dritten Smirnoff Ice war sie zu Orangensaft übergegangen, zu Clees großer Belustigung und Raifes kaum verhohlener Abscheu.

Alex saß noch immer aufrecht, aber sie bemerkte, dass er ein wenig hin und her schwankte und dass er das S überdeutlich aussprach. Sie wurde von Anna aus ihrer Träumerei gerissen, die laut aufschrie: »Oh Gott, wisst ihr, wie spät es ist!? Wir werden das Boot verpassen!«

»Ich glaube, wir haben es bereits verpasst«, brummte Raife. »Morgen Abend, gleiche Zeit?«

Der Rest der Gruppe stimmte murmelnd zu.

Clee verschwand unter dem Tisch, um den Schuh zu suchen, den sie ausgezogen hatte, um ihre Ansichten zu Riemchen und Schnallen zu verdeutlichen, und Raife stürmte in Richtung Tür mit den Worten: »Ich geh schon vor und sag ihnen, sie sollen noch auf uns warten. Aber legt einen Zahn zu.« Dann durchzuckte ihn offensichtlich noch ein anderer Gedanke. Er kam zu Tally herübergeschlendert, strahlte sie an und sagte: »Bis bald, Prinzessin«, dann küsste er ihr die Hand und schob sich unter Verbeugungen rückwärts aus der Tür.

Clee warf ihm einen bösen Blick zu, dann wandte sie sich an Tally. »Er gehört mir«, flüsterte sie, bevor sie sich in Raifes alkoholischem Windschatten zwischen den Tischen hindurch einen Weg bahnte.

Ganz plötzlich waren sie alle verschwunden, und Tally und Alex blieben allein zwischen den Resten des Fischessens zurück.

»Ich glaube, wir sollten jetzt besser gehen«, sagte sie.

Alex nickte. »Ich glaube auch. Immer munter den Hügel hinauf und dann ab in die Falle.«

Sie half ihm die Straße hoch bis zum Haus, seinen Arm um sich gelegt, während er versuchte, in einer geraden Linie zu laufen.

Zusammen stiegen sie die Treppe hoch, was nicht ganz einfach war. Sie schob ihn vor sich her, und an seiner Schlafzimmertür hielten sie inne. Sie erwartete, dass es nicht leicht sein würde, ihn zu überreden, in sein eigenes Zimmer zu gehen, aber er lächelte nur glückselig und sagte: »Gute Nacht, Tally-Wally«, bevor er fast durch die Tür fiel.

Sie schloss sie leise hinter ihm und murmelte: »Gute

Nacht, Alex«, bevor sie ans Ende des Treppenabsatzes und in ihr eigenes Zimmer ging.

Während sie im Bett lag und den Wolken zusah, die wie ein grauer Gazeschleier über dem Mond vorbeizogen, fragte sie sich, was ihre Mum wohl sagen würde, wenn sie sie jetzt sehen könnte.

Fünfundzwanzigstes Kapitel

»Wie viel?«

»Vierhundertfünfundneunzig, Sir. Einschließlich der Mehrwertsteuer.«

»Bei dem Preis könnte man meinen, das ist einschließlich des Personals, oder?«

Der Mann im Baumarkt blickte unbeeindruckt. »Ist der übliche Preis, Sir, leider.«

»Aber dafür könnte ich mir ja in einer ruhigen Ecke von Lancashire ein Haus kaufen.«

»Das mag schon sein, Sir. Ich bin nie weiter als bis Chichester gekommen.«

Tom kratzte sich am Kopf. »Aber das sind doch nur ein paar zusammengeschraubte Planken mit ein bisschen Dachpappe auf dem Dach. Und wenn ich mir selbst so was baue?«

»Das liegt bei Ihnen, Sir. Wir haben jede Menge Bauholz.« Der Mann wies mit dem Daumen über die Schulter auf die hohen Holzstapel im Hof.

Tom packte den Stier bei den Hörnern. »Na schön. Sie müssen mir aber helfen zu überlegen, wie viel ich brauche. Ich will einen Schuppen, zweieinhalb mal drei Meter, mit Fenstern an einer Seite und einer Tür an einem Ende. Nichts Ausgefallenes, aber er muss gut beleuchtet sein.«

»Haben Sie eine halbe Stunde, Sir?«

»Ja.«

»Na, dann werden wir schon etwas für Sie finden.«

Und das taten sie auch. Als Tom zum Wilding's Barn zurückkehrte, ragte hinten Bauholz aus seinem Land Rover hervor, an dessen überhängendem Ende Toms rotweiß getupftes Taschentuch befestigt war. »Ist streng genommen nicht ganz legal, Sir, dieses Taschentuch. Müsste ein leuchtendes Dreieck sein, eigentlich.«

»Ich riskier's«, hatte er gesagt und es ohne Zwischenfälle bis nach Hause geschafft.

Er lud die Planken, die Stützbalken, die Fenster und zwei Rollen Dachpappe ab und stapelte alles in der Scheune auf, dann ging er hinüber, um den potenziellen Bauplatz zu begutachten – das quadratische Rasenstück in der Ecke des Kräutergartens.

Das vertraute »Huh-huh!« begrüßte ihn von der anderen Seite des Feldwegs.

Er wandte sich um. »Hallo, Maisie.«

Sie schob eine Schubkarre vor sich her, auf der ein Stuhl und eine Staffelei lagen. »Hallo, Tom. Wie geht's? Alles in Ordnung?«

»Ja, nicht schlecht, Maisie. Was macht dein Garten?«

Maisie schüttelte den Kopf, und die Troddeln an ihrem leuchtend rosa Turban vollführten einen gekonnten Purzelbaum. »Nichts Gutes, leider. Ich glaube, ich habe die Wirkung des Düngers im letzten Jahr unterschätzt. Jetzt sehe ich außer Brennnesseln und Butterblumen gar nichts mehr. Vielleicht steckt doch mehr Arbeit dahinter, als ich dachte. Ich werde nächstes Jahr noch einmal einen Anlauf unternehmen.« Ihre mit Kajal umrandeten Augen nahmen den Ausdruck eines Bluthunds an, der seine Fährte verloren hat.

Maisies Sommerbekleidung war noch bizarrer als ihre Frühlingsgarderobe. Der rosa Turban bildete den Abschluss einer locker sitzenden, gelben Batikbluse, einer weit geschnittenen, türkisblauen Hose im indischen Stil und einer orangefarbenen Seidenschärpe. An den Füßen trug sie ein Paar seltsame Latschen, einen grünen und einen blauen, mit Kunststoff-Chrysanthemen, die über den Zehen zu schweben schienen. Sie sah aus wie die herausgeputzte Lieblingspuppe eines kleinen Mädchens.

Dann entdeckte Maisie das Bauholz und die Dachpappe, die an der Scheunenwand aufgestapelt waren. »Was Neues?«

»Ich befolge deinen Rat, Maisie. Baue mir einen Schuppen.«

Maisie klatschte in die Hände. »Oh, ich bin ja so froh. Du wirst sehen, das wird der Knüller, ich weiß es. Und vielleicht ...« Sie zögerte. »... vielleicht wird dir das ja zu einem Neuanfang verhelfen.«

»Das habe ich mir auch schon gedacht. Also, wenn du mich entschuldigst, Maisie, ich mache mich jetzt besser an die Arbeit.«

»Ja, ja, natürlich. Bin froh, dass allmählich alles in Gang kommt. Meine Freundin – die, die mir wegen dieses Jobs bei der Zeitschrift einen Brief geschrieben hat – sagt, sie sind alle begeistert, dass sie dich haben. Sind hin und weg von deinen Artikeln.«

Auf einmal überkamen Tom Schuldgefühle, dass er versucht hatte, sich davonzustehlen, wo es doch schließlich Maisie gewesen war, die ihm die Rettungsleine zugeworfen hatte.

»Oh. Das ist ja nett.« Und dann, mit Gefühl: »Danke, Maisie, der Job macht mir wirklich Spaß. Bringt mich zum Nachdenken über ... na ja, andere Dinge, du weißt schon, alles Mögliche von Schmetterlingen bis zu Fahrrädern. Hilft mir, auf andere Gedanken zu kommen – das hätte ich ohne dich nie geschafft.«

Auf einmal blickte Maisie verlegen wie ein errötendes Schulmädchen. »Hab dir doch gern geholfen.« Sie ging ein paar Schritte rückwärts in Richtung Woodbine Cottage. »Muss mich wieder an die Arbeit machen. Hab ein Bild, das ich fertig malen muss. Staffelei aufstellen. Butterblumen in Angriff nehmen. Wo sie nun schon da sind. Wär doch schade, sie nicht zu nutzen. Sehen uns bald. Bis dann!« Und schon war sie verschwunden, und nur noch das Rascheln ihrer Kleidung an der Weißdornhecke war von ihr zu hören.

Tom machte sich auf die Suche nach seinem Werkzeug. Ein bisschen Sägen und Hämmern war genau das, was er brauchte, um sich einen ganzen Haufen Dinge von der Seele zu schaffen.

Als der Tag zu Ende ging, war er überrascht, wie viel er geschafft hatte. Der Boden war eingebaut, ein Großteil des Aufbaus war an Ort und Stelle, und das Bauholz für zwei der Seiten hatte er auf die richtige Länge zugeschnitten.

Er ließ sich ein Bad ein, schenkte sich ein Glas Weißwein ein und ließ seinen erschöpften Körper in das entspannende Wasser gleiten. Seine Gedanken schweiften über allzu vertrautes Terrain: Er konnte Pippa sehen, und er konnte sie hören, aber ihre Stimme schien weiter entfernt, fast wie die Erinnerung an einen alten Film. Dann sah er Janie, und er lächelte unwillkürlich. Er nippte an seinem Wein und versuchte, den Wirrwarr von Gedanken in seinem Kopf zu ordnen, aber während er sich zurücklehnte und das duftende Seifenwasser an seine Ohren steigen ließ, verspürte er eine ungewöhnliche Wärme in sich. Dann fragte er sich, wie er es sich zu fast jeder Minute des Tages fragte, was seine Tochter wohl in diesem Augenblick tat. Er könnte sie jederzeit auf ihrem Handy anrufen und es herausfinden, aber er nahm an, dass das nicht allzu gut ankommen würde. Sie würde ihn anrufen, wenn sie so weit war. Damit würde er sich einfach abfinden müssen.

Falls es überhaupt möglich war, dann war Tallys Tag noch besser gewesen als der vorige. Die Sonne hatte den ganzen Vormittag über geschienen. Sie hatten das Boot an seinem schaukelnden Liegeplatz im Hafen vertäut und dann den steilen Pfad hinauf zum Bolt Head genommen und sich zwischen das Gestrüpp in das Gras gesetzt und aufs Meer hinausgeblickt.

»Wie hat's dir gestern Abend gefallen?«, fragte Alex.

»Ich finde Mark und Anna sehr nett.«

»Aber die anderen beiden nicht?«

»Man muss sich ein bisschen an sie gewöhnen.«

»Aber du hättest nichts dagegen, wenn wir heute Abend wieder ausgehen?«

»Solange wir auch noch ein paar Abende für uns allein haben.«

»Das werden wir. Ich will dich nicht die ganze Zeit mit anderen teilen, weißt du. Ich dachte nur, es wird dir vielleicht ein bisschen langweilig, wenn wir immer nur zu zweit sind.«

Sie legte den Kopf auf die Seite. »Und ich dachte immer, du bist so selbstbewusst und cool.«

»Alles nur Fassade, leider. Ich bin so unsicher wie jeder andere auch.«

»Aber ein Aufschneider, wenn es um Autos geht.«

»Nur weil mein Dad mir eines gekauft hat.«

Sie blickte nachdenklich. »Warum kauft er dir eigentlich einen teuren Sportwagen, was die meisten Dads nicht tun würden, verbringt aber nicht viel Zeit mit dir, was die meisten Dads tun würden?«

»Ich hab's dir doch gesagt, es fällt ihm nicht leicht. Ich nehme an, der Wagen ist seine Art, mir zu zeigen, dass er mich liebt.«

»Komische Art.«

»Vermutlich. Wie auch immer, können wir jetzt aufhören, über meine Beziehung zu meinem Dad zu reden, und uns stattdessen um unsere eigene kümmern?«

»Entschuldige. War reine Neugier. Ich habe eben noch nie einen anderen Dad kennen gelernt als meinen. Vermutlich sind sie einfach alle verschieden.«

»Vermutlich.«

Bis zum Mittag hatte sich die Sonne hinter dicken Wolken verkrochen. Sie gingen zum Hafen hinunter, aßen zu Mittag einen Snack in einem Café am Kai und machten sich dann auf den Weg zurück zum Cottage, wo Henry den Aufstand probte, da die Batterien an seinem Gameboy den Geist aufgegeben hatten. Alex wies mit einem Kopfnicken in Richtung Garten. Er und Tally zogen zwei uralte Liegestühle aus dem Sommerhäuschen, genau in dem Augenblick, in dem die Sonne wieder zum Vorschein kam, dann legten sie sich nahe der niedrigen Steinmauer hin, genossen die Aussicht und lasen Bücher – sie vertiefte sich in Freya North und er sich in John Grisham. Einmal ertappte sie ihn dabei, wie er sie über den Rand seines Buches hinweg ansah. »Ich kann dich sehen«, sagte sie.

»Na ja, du solltest eben nicht so toll aussehen.«

Ausnahmsweise errötete sie nicht. »Meinst du?«

»Hmm.« Er nickte.

Die Sonne hatte inzwischen Tallys Arme und Beine erreicht, aber dank der Vorsicht, die ihre Mutter ihr eingeimpft hatte, hatte sie sich großzügig mit Sonnencreme eingerieben, sodass ihr Teint nun einen sanften goldbraunen Ton und keinen rosaroten angenommen hatte. Alex war weniger vorsichtig gewesen, und obwohl er bereits recht braun gebrannt war, bemerkte sie die Rötung an seinen Schultern. »Du bekommst allmählich einen Sonnenbrand. Du solltest dich besser eincremen.«

»Machst du's für mich?«

Sie grinste. »Aber nur an deinen Schultern.«

»Spielverderber.« Er warf ihr die Flasche Sonnencreme zu. Sie fing sie auf, stand auf, nahm etwas Creme in die Hände und verteilte sie auf seinem Nacken und seinen Schultern. Sie war überrascht, wie straff er sich anfühlte und wie glatt seine Haut war. Sie hatte ein etwas schlechtes Gewissen, dass sie dieses Gefühl genoss, und nahm sich vielleicht etwas mehr Zeit als unbedingt notwendig, um sicherzugehen, dass die ganze Creme auch wirklich eingerieben war. Er beugte sich vor, während sie ihn massierte. »Das tut gut.«

»Gewöhn dich nur nicht zu sehr daran. So, das wär's.« Sie warf ihm die Flasche aus einer Höhe von etwa einem Meter in den Schoß.

»Autsch!«

»Tut mir Leid!«

»Nein, das tut es dir nicht.« Er nahm seine coole Sonnenbrille ab. »Soll ich dich auch eincremen?«

»Nein, danke, das habe ich schon erledigt.«

»Doppelter Spielverderber.«

Sie hatte fast Mitleid mit ihm, wie er dort saß, mit seinem zerzausten blonden Haar und dem perfekten Körper, und sein Bestes tat, um sich zu benehmen. Sie fragte sich, ob ihr Widerstand gegen mehr Nähe ihn von ihr abbringen würde, und sie fragte sich, wie lange sie seinen Annäherungsversuchen noch standhalten können würde, falls es denn überhaupt noch Versuche dieser Art geben würde. Sie nahm ihr Buch in die Hand und versuchte, nicht mehr darüber nachzudenken. Es dauerte ein paar Augenblicke, bis sie bemerkte, dass sie es verkehrt herum hielt.

Am Abend trafen sie sich alle wieder im Happy Sailor. Mark und Anna verhielten sich so freundlich wie am Abend zuvor, Clee schien ihre beleidigte Phase hinter sich zu haben, und selbst Raife war weniger mürrisch und begrüßte Tally mit einem verschmitzten Augenzwinkern.

»Hört zu, Leute, wie wär's mit einer Strandparty?«, schlug Mark vor. »Ich hab meinem Dad die Schlüssel für das Bötchen abgeluchst, wir könnten also den Fluss ein Stückchen hochfahren und rechtzeitig für die Fähre wieder hier sein.«

»Bist du sicher, dass du dann noch im Stande sein wirst, das Boot zurückzubringen?«, fragte Alex.

»Stocknüchtern. Ihr könnt euch alle voll laufen lassen, und ich fahre euch nach Hause.«

Anna sah ihn ungläubig an.

»Na ja, ein Gläschen werde ich vielleicht trinken, aber ich werde vorsichtig sein.«

»Dafür sind wir wohl kaum richtig angezogen«, sagte

Anna und blickte auf die Kleidung der Mädchen – sie selbst hatte wieder ein kleines schwarzes Teil an, Clee ein langes Leinenkleid, und Tally trug einen kurzen weißen Rock und ein Trägertop, das ihre sonnengebräunte Haut zeigte.

»Und was wollen wir essen?«, fragte Clee in einem Tonfall, der noch eine Spur des gestrigen Gejammers enthielt.

»Chips und so. Nüsse.«

»Ja, Nüsse!«, warf Raife ein, wobei er sich deutlicher ausdrückte als üblicherweise.

»Der Lebensmittelladen ist noch offen«, sagte Anna. »Dort können wir irgendwas besorgen. Ihr Jungs kümmert euch um die Getränke, wir besorgen das Essen, und wir treffen uns am Boot in ...« Sie warf einen Blick auf die Armbanduhr. »... fünfzehn, zwanzig Minuten. Okay?«

Alex sah zu Tally hinüber. »Okay?«

»Gut.«

Und so trennten sich ihre Wege; Tally machte sich mit Clee und Anna auf die Suche nach etwas Substanziellerem als Chips und Nüssen, und Alex machte sich mit den Jungs auf die Suche nach diversen Sixpacks, Smirnoff Ice und Orangensaft.

Ohne die Männer um sie herum schien Clee etwas umgänglicher, wenn auch ein bisschen zu beschäftigt mit ihrem Aussehen. Ihr Thema des Tages war Shampoo – wie man das richtige fand, um sich gegen das Ausbleichen des Haars in der Sonne zu schützen, sodass es glatt und glänzend blieb. Es war ein Problem, zu dem sie bereits reichliche Überlegungen und etliche Experimente angestellt hatte.

»Clee, warum benutzt du nicht einfach *Vosene?*«, fragte Anna, wobei sie Tally schelmisch zuzwinkerte.

»Was? Dieses Geschmier? Als ob ich das je an mein Haar lassen würde! Das stinkt wie ein Männerklo.«

»Ich wusste gar nicht, dass du schon einmal auf einem warst.«

Anna fing Tallys Blick auf, und sie taten ihr Bestes, um sich das Lachen zu verbeißen.

Sie fanden den Lebensmittelladen und kauften ein paar hart gekochte Wachteleier, Räucherlachs-Sandwiches, Shortbread und Pfirsiche, dann gingen sie die Straße hinunter in Richtung Hafen. Die Jungen waren schneller gewesen und winkten bereits von einem kleinen, blauweißen Boot namens *Miss Isle*, auf dessen Boden diverse Einkaufstüten mit etlichen Flaschen und Dosen lagen.

Das Boot neigte sich ein wenig zur Seite, als Tally einen Fuß auf den Rand setzte, um an Bord zu gehen. Alex nahm sie bei der Hand und half ihr hinein, dann tat er dasselbe mit Clee, die zuvor noch ihre Riemchensandalen abstreifte. Das verhinderte allerdings nicht, dass sie stolperte, und Alex musste sie am Arm packen, damit sie nicht über die andere Seite des Boots ins Wasser fiel. Während er ihr aufhalf, schlüpfte Tally ebenfalls aus ihren Schuhen und ergriff Raifes ausgestreckten Arm, um sich aufrecht zu halten. Sie spürte, wie seine Hand leicht über ihr Gesäß strich. Anfangs glaubte sie, sie hätte sich das nur eingebildet, aber dann warf sie ihm einen Blick zu und sah, dass er lächelte. Die Sonnenbrille hatte er sich auf den Kopf hochgeschoben, und seine dunkelbraunen Augen glänzten in der frühabendlichen Sonne. Sie lächelte halb, unsicher, ob er flirtete oder sie neckte. Sie ging vor an den Bug des Bootes und setzte sich neben Alex, der ihre Hand nahm und festhielt.

Mark ließ den Motor an. »Okay, mach die Leinen los, Raife. Den Fluss hoch und los geht der Spaß, Jungs.«

Langsam fuhren sie zwischen unterschiedlichen Booten hindurch, die an schaukelnden, weißen und orangefarbenen Bojen vertäut lagen, und dann hinaus in die Mitte des Flusses, wo Mark den Motor aufdrehte. Tally sah nach hinten auf den schäumenden Halbmond aus strahlend weißem Wasser, der hinter ihnen Spuren im Fluss zurückließ.

Jedes Gespräch verstummte unter dem Dröhnen des Außenbordmotors, bis Mark eine Viertelstunde später das Tempo verlangsamte und das Boot auf ein kleines, verlassenes Stück Strand zusteuerte, vielleicht eine Meile flussaufwärts vom Hafen. »Das müsste reichen.« Er schaltete den Motor ab, während sich das Boot langsam auf den Sand und die Kieselsteine zubewegte, und drückte auf einen Knopf, um den Außenbordmotor vom Boden hochzufahren. Rutschend und knirschend kam die *Miss Isle* mit dem Bug auf dem Strand zum Stillstand.

Hände wurden angeboten – Tally passte auf, dass sie diesmal Alex' Hand ergriff –, und als alle sicher den Strand erreicht hatten, hievten die drei jungen Männer das kleine Boot außer Reichweite der Strömung.

»Also, wo sind die Dosen?«, fragte Raife. »Schlagen wir zu.«

Mark reichte ihm ein Foster's, dann warf er Alex eines zu. »Versorgst du die Mädchen, Raife? Ich will nur rasch sicherstellen, dass sich das Boot nicht davonmacht.«

»Kein Problem.«

Raife kümmerte sich um die Getränke, während Anna, Tally und Clee den Inhalt der zwei Einkaufstüten aus dem Lebensmittelladen auspackten. Mark warf ihnen ein paar Autodecken zu, und sie breiteten das Essen in einer Ecke aus, bevor sie sich die Schuhe auszogen, es sich auf der Decke gemütlich machten und den Blick über den Hafen bewunderten.

»Macht ihr so etwas jedes Jahr?«, erkundigte sich Tally.

»Fast jedes«, sagte Anna.

»Wenn ich eingeladen bin«, murmelte Clee.

Raife kam mit einem Blechtablett herüber, ganz offensichtlich aus dem Happy Sailor »ausgeborgt«, das mit drei Smirnoff Ice beladen war, die er in Plastikbecher gefüllt hatte. »Eure Drinks, Ladys.« Er reichte sie ihnen mit gespielter Unterwürfigkeit. »Darf es sonst noch etwas sein?«

»Noch ein paar mehr, wenn gestern Abend der Maßstab sein soll«, sagte Anna.

»Ich habe den ganzen Vormittag gebraucht, um meinen Kater loszuwerden«, brummte Clee. »Für mich heute Abend nicht ganz so viel, denke ich.«

Tally lächelte und nahm einen Schluck von ihrem Drink. Nach einem heißen Tag in der Sonne schmeckte er herrlich, und je öfter sie an ihm nippte, desto entspannter wurde sie.

Sie saßen im Kreis, tauschten Urlaubsgeschichten aus und aßen und tranken. Alex schlug für Tally Wachteleier auf und tauchte sie in Selleriesalz, bevor er sie damit fütterte, wobei er ab und zu auch selbst einen Bissen davon nahm. Er legte den Arm um sie, und ein oder zweimal strich seine Hand leicht gegen ihre Brust. Sie verspürte ein seltsames Gefühl von Allmacht.

Als sich die Dunkelheit herabsenkte, wurde die Unterhaltung ausgelassener, und Tally merkte, dass sie ziemlich viel redete. Aber alle lachten, also musste es wohl in Ordnung sein. Sie entwickelte allmählich Geschmack an Smirnoff Ice. Als Mark vorschlug, Verstecken zu spielen, erbot sie sich freiwillig, sich zu verstecken, bevor irgendjemand anders die Chance dazu hatte. Sie hätte nie gedacht, dass sie sich so gut amüsieren könnte.

Sie zog sich die Schuhe aus, während die anderen die Augen schlossen und zu zählen begannen, dann schlich sie fort vom Strand und zwischen den Stechginsterbüschen und dem hohen Gras aufwärts, zwischen wogenden Weidenröschen und verblühtem Fingerhut, bis sie schließlich hinter einen knorrigen Weißdorn kroch und sich eng an den Stamm lehnte. Ihr war schwindlig, aber ihr Versteck gefiel ihr. Im schwindenden Licht würde sie, davon war sie überzeugt, völlig unsichtbar sein. Sie hatte vergessen, dass sie etwas Weißes anhatte.

»Einhundert! Wir kommen, ob du so weit bist oder nicht!« Gelächter folgte, und dann das Geräusch von raschelnden Blättern und zerbrechenden Zweigen, einer links und noch zwei eher rechts, weit unter ihr. Sie atmete tief durch und sog die duftende Seeluft tief in die Lungen ein. Es war eine reichhaltige Mischung, und ihr drehte sich der Kopf. Sie klammerte sich an den Stamm des Weißdorns. Ihr Kopf wurde etwas klarer, und sie suchte den Weg unten nach Gestalten ab, die sich bewegten. Nichts. Sie mussten sie verpasst haben. Sie lehnte sich wieder gegen den Baumstamm. »Gefunden!« Erschrocken fuhr sie hoch. Die Flüsterstimme war genau neben ihrem Ohr, und als sie sich umwandte, sah sie Raife, der einen Arm um den Baumstamm gelegt hatte und sie anstrahlte.

Ihr Herz hämmerte in ihrer Brust, und sie lachte nervös. »Du hast mich vielleicht erschreckt.«

»Tut mir Leid.«

»Schon gut. Aber jetzt gehen wir besser los und suchen die anderen.«

»Was ist mit meiner Belohnung?«

»Was soll das heißen?«

»Dafür, dass ich dich gefunden habe?« Sein Blick war glasig, sein Lächeln schief.

»Was für eine Belohnung?«

»Einen Kuss dafür, dass ich eine Prinzessin gefunden habe.«

Es blieb ihr keine Zeit mehr, irgendetwas zu sagen oder sich gar zu bewegen. Er hatte sie mit dem Rücken gegen den Weißdorn gedrückt. Sie spürte, wie er sich gegen sie presste, und als sie Luft holte, um laut zu schreien, lagen seine Lippen schon auf ihren, und seine Zunge drängte sich gewaltsam in ihren Mund. Sie hob die Arme, um ihn von sich zu stoßen, aber er war stärker und presste ihr die Hände an die Seiten, indem er einen Arm um sie legte. Sie spürte seine andere Hand auf ihrer Taille, spürte, wie die Hand ihre Haut knetete, während seine Zunge immer noch in ihrem Mund war. Sie glaubte zu ersticken, und dann schob sich seine Hand unter ihrem Top nach oben, bis sie die linke Brust erreicht hatte. Er hielt sie mit der Hand umfasst und drückte sie fest, während sie um Atem rang. Sie begann, etwas Hartes vorn an seinem Körper zu spüren, und sie bekam kaum noch Luft. Sie fühlte sich außer Stande, sich zu bewegen, und auf einmal merkte sie, dass sie weinte, in stockenden, atemlosen Schluchzern.

Auf einmal machte er einen Satz nach hinten, und sie sah Alex, der seine Hand an Raifes Kragen hatte und dann am Boden auf Raife lag und auf ihn einschlug. Sie konnte nichts tun als schluchzen und sich an dem Weißdorn festklammern.

»Hey, Mann! Hey!«, brüllte Raife zwischen Faustschlägen. »Das war doch nur ein bisschen Spaß!« Und dann landete der letzte Faustschlag auf seinem Kiefer, schnitt ihm die Lippe auf, und der Spaß war zu Ende.

*

Auf der Bootsfahrt zurück herrschte eisiges Schweigen. Raife sah aufs Wasser hinaus und hielt sich seinen Kiefer, Mark fuhr mit aschfahlem Gesicht und grimmiger Miene, Clee saß, den Kopf in die Hände gestützt, reglos da. Tally zitterte und tat ihr Bestes, um das Schluchzen zu unterdrücken, während Alex sie in seinen Armen wiegte. Niemand sagte etwas, als sie und Alex im Hafen aus dem Boot und auf den Ponton stiegen, aber sie sah den bestürzten Ausdruck auf Annas Gesicht, als sie sich zum Gehen wandte, und sie bedauerte, dass ihre kurze Freundschaft so abrupt und unter solch idiotischen Umständen geendet hatte.

Als sie nach Hause kamen, war das Haus dunkel und still. Tally hatte die Arme um ihren Körper geschlungen, als versuchte sie, ihn zu schützen und sich gleichzeitig warm zu halten. Alex machte die Haustür auf und führte sie die Treppe hinauf, über den Treppenabsatz und in ihr Zimmer, wo sie sich zitternd auf die Bettkante setzte.

»Es tut mir Leid, so entsetzlich Leid«, sagte er. Tally begann zu weinen. »Ich glaube wirklich nicht, dass er dir etwas antun wollte, er hat sich nur nicht mehr ganz unter Kontrolle gehabt.«

Sie nickte zwischen Schluchzern.

»Gott! Ich könnte ihn umbringen. Sag mir nur, was ich tun kann, was ich sagen kann, um es wieder gutzumachen.«

Tally schniefte die Tränen zurück. »Nicht deine Schuld.«

»Doch, es ist meine Schuld. Ich hätte verdammt nochmal merken müssen, was er da getan hat.«

»Aber du konntest doch gar nichts erkennen.«

»Nicht, nachdem du dich versteckt hattest, nein. Aber ich hätte merken müssen, was er mit deinen Drinks gemacht hat. Ich hätte es begreifen müssen, als du allmählich immer beschwipster geworden bist. Ich dachte einfach, du amüsierst dich.«

»Was meinst du damit?«

»Er hat dir immer wieder noch einen Schuss Wodka in dein Glas getan. Das habe ich gemerkt, als wir aufgeräumt haben.«

Sie ließ sich aufs Bett zurückfallen. »Oh Gott! Wie konnte ich nur so dumm sein?«

Er schob den Arm unter sie und zog sie hoch. »Du bist nicht dumm. Du bist das schlaueste Mädchen, das ich kenne. Du bist nur auf den ältesten Trick der Welt reingefallen. Ich bin der Dumme, weil ich nicht kapiert habe, was da abgelaufen ist.«

»Aber ich bin siebzehn. Ich durfte allein in Urlaub fahren, weil ich meinen Dad davon überzeugt habe, dass man mir vertrauen kann, und jetzt sieh, was passiert ist – ich werde von irgendeinem Typen im Gebüsch begrapscht, und wenn du nicht gekommen wärst, weiß Gott, was dann passiert wäre.«

»Nein, das wäre nicht passiert. Raife ist ein Trottel, aber er ist kein ... Na ja, jedenfalls ist es ja nicht passiert.«

Jetzt war sie untröstlich, und ein Gemisch aus Tränen und Speichel forderte seinen Tribut auf ihrem Gesicht.

»Hier.« Er zog ein Bündel Kosmetiktücher aus einer Schachtel auf dem Nachttisch und reichte sie ihr.

»Danke.« Sie putzte sich die Nase und wischte sich über die Augen. »Ich muss grässlich aussehen.«

»Ein bisschen schon. Aber du bist immer noch hinreißend.«

Ein paar Minuten lang saßen sie schweigend da, bis sie nicht mehr zitterte, dann legte er den Arm um sie. »Ich nehme an, du wirst jetzt nach Hause fahren wollen.«

Sie sah zu ihm hoch. »Ich bin mir nicht sicher. Ich will unbedingt meinen Dad anrufen, aber ich will mich nicht geschlagen geben. Ich will nicht gescheitert sein.«

»Du musst deinen Dad nicht anrufen. Ich kann mich doch um dich kümmern.«

»So wie heute Abend?«

»Ich weiß. Keine sehr gute Werbung für meine Dienstleistung. Und was, wenn ich verspreche, mich stärker anzustrengen?«

»Ich bin mir nicht sicher.«

Er drückte ihre Hand. »Ich verspreche, ich werde es versuchen. Du solltest jetzt besser ein bisschen schlafen, und ich auch. Wir sehen uns morgen früh, und dann können wir entscheiden, was zu tun ist. Bist du sicher, dass mit dir so weit alles okay ist?«

Sie nickte zwischen der Hand voll Kosmetiktücher.

Er küsste sie leicht auf die Stirn und stand auf. Er ging in Richtung Tür, dann wandte er sich noch einmal zu ihr um. »Du wirst doch Mum und Dad nichts von dem sagen, was passiert ist, oder? Es ist nur, mir wär's lieber, wir würden das unter uns klären, wenn das okay für dich ist?«

Wieder nickte sie, und er verließ das Zimmer und schloss leise hinter sich die Tür.

Es war zur spät für eine Dusche. Sie würde womöglich den Rest des Haushalts aufwecken. Stattdessen zog sie sich aus, wusch sich von Kopf bis Fuß mit einem Waschlappen am Waschbecken, putzte sich die Zähne, zog ein frisches T-Shirt an und schlüpfte unter die Decke.

Was würde ihr Dad sagen, wenn er sie jetzt sehen könnte? Auf einmal wünschte sie, sie könnte zu Hause sein und er am Fußende ihres Betts sitzen, während er ihr mit den Fingern durchs Haar fuhr, was sie immer so wütend gemacht hatte, wenn sie es eben gekämmt hatte, und ihr sagen, dass alles gut werden würde. Schließlich fiel sie in Schlaf, während tausend Trommeln in ihren Ohren hämmerten.

Sechsundzwanzigstes Kapitel

Irgendjemand hatte fein säuberlich den obersten Teil ihres Kopfes abgetrennt. Dass war die einzige mögliche Erklärung für den Schmerz. Sie hob eine Hand und strich sich damit sanft über den Schädel. Dann hob sie den Kopf vom Kissen, neigte ihr Gesicht nach vorn, stützte es in die Hände und sagte ganz leise, aber sehr gefühlvoll: »Auuuuu!«

Sie benötigte ein paar Augenblicke, um festzustellen, dass sie, wenn sie sich ganz langsam bewegte, ihr Gleichgewicht eben noch halten konnte, und so schlüpfte sie aus dem Bett und kroch auf die andere Seite des Zimmers, wo sie an der Handtuchstange neben dem Waschbecken Halt fand. Sie versuchte, nicht allzu schnell zu atmen. Dabei strömte das Blut in einem Rhythmus durch die Adern im Kopf, der wie etwas aus *The Very Best of Meat Loaf* hämmerte.

Es dauerte noch eine halbe Stunde, bis sie in weit geschnittenen Shorts und einem T-Shirt durch die Verandatür in den Garten hinaustrat, blinzelnd, obwohl sie die Augen mit dem Schirm einer Baseballmütze und einer Sonnenbrille schützte. Sie brauchte nicht lange, um festzustellen, dass im Garten niemand war, und so machte sie sich auf den Weg in die Küche und auf die Suche nach irgendetwas, womit sie das Hämmern in ihrem Kopf ausschalten konnte.

»Hallo? Du bist aber spät aufgestanden.«

Sie schob die Sonnenbrille bis auf die Nasenspitze hinunter, lugte über sie hinweg und sah sich Auge in Auge Alex' Vater gegenüber.

»Oh je! Harte Nacht?«, fragte er.

Sie nickte und bereute es sofort, als die Schlaginstrumente des Orchesters eine Zugabe spielten. Sie zuckte zusammen und kniff ein Auge zu.

David Blane-Pfitzer lächelte verständnisvoll. »Und dabei bist du erst siebzehn!«

Tally überkamen Schuldgefühle. Er hatte die Freundin seines Sohns in dieses Haus eingeladen, und sie hatte offensichtlich ein Alkoholproblem.

»Ich habe nicht – ich meine – ich war nicht ...«

»Du musst mir nichts erklären.« Er legte den Kopf auf die Seite und sah sie an. »Tut es weh?«

Sie nickte, und die Trommeln begannen von neuem.

»Also, dann setz dich dort drüben hin, unter den Baum, in den Schatten, und ich mache dir etwas, was dich wieder in Form bringt.«

»Ich glaube wirklich nicht ...«

»Keine Diskussion. Geh schön langsam, keine plötzlichen Bewegungen, und leg dich auf den Liegestuhl.«

Sie tat, was man ihr sagte. Das Hämmern ließ etwas nach, sobald sie still saß.

Binnen weniger Minuten war Alex' Vater wieder da, mit einem Glas in der Hand, das er ihr hinhielt. »Hier, bitte. Es sieht ekelhaft aus, und es schmeckt noch schlimmer, aber es hilft immer.«

Tally schlug ein Auge auf, sah das gelb-braune Gemisch im Glas und dann flehend zu ihrem Gastgeber hoch.

»Trink!«, wies er sie an. »Alles auf einmal. Wenn du dazwischen eine Pause machst, wird dir schlecht werden.«

Ihre Augen weiteten sich, aber sie nahm das Glas und leerte es, verzog das Gesicht, als sie es ihm zurückgab, und presste dann die Lippen zusammen, um die Flüssigkeit, was immer es war, im Magen zu behalten. Sie hatte rohe Eier und Worcestersauce geschmeckt, aber die restlichen Zutaten des abscheulichen Gebräus blieben ein Geheimnis.

Alex' Dad setzte sich auf den Liegestuhl neben ihr und beugte sich vor, sodass seine Arme auf seinen Knien ruhten. »Wir haben uns noch nicht oft zu Gesicht bekommen, seit du angekommen bist. Amüsierst du dich gut – oder sollte ich lieber nicht fragen?«

»Ja, danke. Sehr gut.« Es tat weniger weh, wenn sie nicht nickte.

»Ich habe mir ein paar Boote angesehen.«

»Das hat Alex erzählt.«

»Ich dachte, es ist an der Zeit, dass er das kleine Boot für sich bekommt. Ich mag es auch sehr gern, aber er hat allmählich die Nase voll davon, dass ich ihn anbrülle, wenn wir segeln gehen. Schon komisch eigentlich, normalerweise brülle ich gar nicht – nur wenn wir auf dem Wasser sind.« Er grinste. »Ach ja, ich habe Alex gebeten, seiner Mum beim Einkaufen zu helfen. Anfangs hat er sich ein bisschen gesträubt, aber ich habe ihm gesagt, ich würde schon auf dich aufpassen. Er müsste jeden Augenblick zurück sein. Er schien sehr besorgt, dass mit dir alles in Ordnung ist, wollte dich gar nicht gern allein lassen.«

So hatte sie sich Alex' Vater gar nicht vorgestellt. Nach Alex' Schilderung hatte sie einen mürrischen, humorlosen Mann erwartet, griesgrämig, mit wenig Zeit für seinen Sohn. Er war groß und dunkel, mit einem sonnengebräunten, zerknitterten Gesicht, eher attraktiv als gut aussehend, in einem Polohemd, Shorts und Leinenschuhen, die in etwa so museumsreif aussahen wie die seines Sohns. Sie hätte ihn gern gefragt, wie er sich mit Alex verstand, wieso er ihm den Wagen gekauft hatte und warum die Atmosphäre, wenn sie zusammen waren, immer so geladen wirkte. Aber jetzt war nicht der richtige Zeitpunkt dafür.

»Bist du das erste Mal allein fort von zu Hause?« Er sprach etwas lauter als notwendig.

»Ja.«

»Und fühlst du dich wohl? Es ist sicher nicht ganz einfach.«

»Ja, danke.«

»Na ja, es sind ja nur noch ein paar Tage, bis dein Dad hierher kommt. Wirst du denn mit ihm zurückfahren oder noch ein bisschen bleiben?«

Sie war überrascht von seiner Frage. »Ich weiß nicht. Ich bin mir nicht sicher. Ich meine, es gefällt mir sehr gut hier ... es ist nur ...«

»Zu viel und zu schnell?«

»Ja. In gewisser Weise.«

»Und du vermisst deinen Dad, nehme ich an?«

»Ja.«

»Mehr, als du gedacht hättest?«

»Ja.« Sie sah ihn fragend an.

Er sprach jetzt etwas leiser. »Ich glaube, das tun Töchter.«

»Und Söhne nicht?«

»Oh, vielleicht auf eine andere Weise.«

»Inwiefern anders?«

Er zuckte mit den Schultern. »Söhnen ist es eigentlich

nicht gestattet, ihre Väter zu vermissen. Sie müssen vorwärts kommen. Sind dazu erzogen, ihr Leben selbst in die Hand zu nehmen.«

»Das klingt ein bisschen hart.«

»Oh, das ist es auch.« Einen Augenblick lang blickte er wehmütig, dann hellte sich seine Miene auf. »Ich habe meinen Vater nie kennen gelernt. Starb, als ich erst ein paar Monate alt war.« Er wurde etwas nachdenklicher. »Es ist schon komisch, selbst Vater zu sein – vor allem wenn man Söhne hat. Man ist sich nie wirklich sicher, wie sehr sie einen brauchen, und sie zeigen es einem auch nicht. Es wird von Generation zu Generation weitergereicht, diese verbissene Unabhängigkeit.«

Es war, als würde er mit sich selbst reden. Tally hörte aufmerksam zu. Sie hatte nicht mit einem solchen Gespräch gerechnet und fühlte sich ein wenig unbehaglich dabei, wenn auch gleichzeitig geschmeichelt, dass er sich ihr anvertraute, was er Alex gegenüber nie getan hatte.

»Mit Töchtern ist es glaube ich anders, auch wenn ich nie irgendwelche Erfahrungen damit gemacht habe. Aber ich glaube, Töchtern gegenüber kann man unbefangener beschützerisch sein – eher wie bei einer Ehefrau.«

»Aber Töchter müssen auch lernen, auf ihren eigenen Beinen zu stehen.«

»Schon, aber es wird einem eher verziehen, wenn man versucht, sie davon abzubringen. Und man kann ihnen mehr Zeit zubilligen, erwachsen zu werden. Dann gilt man als guter Vater. Bei einem Jungen ist es irgendwie schwieriger. Man ist sich stets der Tatsache bewusst, dass man ihn einen eigenständigen Menschen sein lässt. Dass man versucht, ihm all die Vorteile zu verschaffen, die man selbst nie hatte, während man gleichzeitig sicherstellt, dass man ihn nicht erdrückt. Nicht ganz einfach, wirklich die richtige Balance zu finden. Ich bin mir nicht sicher, ob Alex und ich den Dreh raushaben. Ich versuche, so gut ich kann, ihm nicht in die Quere zu kommen, ihn seinen eigenen Weg gehen zu lassen. Aber manchmal fehlt mir seine Nähe.«

Er schlug sich auf die Knie und stand auf. »Jetzt habe ich dich aber voll gequatscht. Und das bei deinem Kater. Bleib jetzt einfach hier liegen, bis dieses Gebräu Wirkung zeigt. Und sobald du auch nur ein kleines bisschen Hunger verspürst, gehst du ins Haus und isst zwei Scheiben trockenen Toast. Dann wirst du wieder putzmunter sein. Okay? Ich muss dringend auf einen Sprung zurück nach London, leider. Bin in ein, zwei Tagen wieder da. Wir sehen uns dann ... hoffentlich.«

Und dann war er fort und überließ es Tally, hinaus auf einen silbrigen Hafen und ein paar Tage voller Ungewissheit zu blicken.

Keine halbe Stunde nachdem sein Vater abgefahren war, war Alex mit seiner Mutter und Henry zurückgekommen. Unverzüglich kam er zu Tally in den Garten hinaus. »Alles okay mit dir?«, fragte er.

»So halbwegs. Dein Dad hat sich um mich gekümmert.«

Alle Farbe wich aus seinem Gesicht. »Hast du ihm von gestern Abend erzählt?«

»Ich fürchte, das war ziemlich offensichtlich – bei meinem Zustand ...«

»Ich meine ... von ... du weißt schon?«

Tally schüttelte den Kopf. Es war das erste Mal, dass sie das tun konnte, ohne dass es wehtat.

Alex setzte sich neben sie, während seine Mutter und sein Bruder sich daran machten, die Einkaufstüten auszupacken und die Lebensmittel in den Küchenschränken und im Kühlschrank zu verstauen.

»Also, was hast du für ein Gefühl? Ich meine, ob du glaubst, dass du noch bleiben willst.«

»Bin mir nicht sicher.«

»Du wirst am Samstag vielleicht zurückfahren?«

»Weiß noch nicht ... Nur ...«

»Ja?«

»Könnten wir jetzt vielleicht etwas Zeit zusammen verbringen? Nur du und ich?«

»Natürlich. Ich könnte auf jeden Fall eine Entgiftung vertragen.«

»Ich auch. Obwohl, ich glaube, nach dem, was dein Dad mir gegeben hat, bin ich vermutlich für die nächsten zehntausend Meilen in Schuss gebracht.«

»Oh nein, doch nicht etwa sein Wundermittel gegen Katerstimmung?«

»Leider doch.«

»Und du hast es bei dir behalten?«

»Bis jetzt schon.«

»Das ist beeindruckend.«

Tally stand auf und trat an die niedrige Mauer, die den Garten umsäumte. Eine warme Brise raschelte durch die Montbretie. Alex kam und stellte sich neben sie.

»Dein Dad hat vorhin ganz ernst mit mir geredet.«

»Hmm?«

»Über Söhne und Töchter.«

»Aber er hat doch gar keine Tochter.«

»Ich weiß. Aber ich glaube, er hätte gern eine.«

Als die zweite Dachplatte auf den Schuppen rutschte, war Tom zufrieden mit sich. Er schraubte sie fest, dann begann er damit, die Dachpappe zu befestigen. Kleine Sandsteinkörnchen krochen ihm unter die Kleidung, seine Hände fühlten sich rau an, und die Sonne auf der Dachpappe erzeugte einen teerartigen Geruch, der ihn in der Nase kitzelte. Bald würde sein Schuppen wetterfest sein. Bald würde er eine Tür und Fenster haben, und schon jetzt, nach zwei Tagen Arbeit von früh bis spät, konnte man erkennen, dass er seinen Zweck gut erfüllen würde.

Tom spürte, wie etwas an seinen Beinen vorbeistrich. Als er nach unten blickte, sah er Wendy. Sie zuckte mit den Schnurrhaaren, als sie den teerartigen Geruch schnupperte, dann machte sie vorsichtig einen Schritt auf den Boden und tapste langsam nach vorn, als würde sie sein Werk bewundern. Tom stand da, die Hände in die Hüften gestemmt, und sah zu, wie die Katze auf Entdeckungstour ging. »Und, was meinst du?«

Wendy sah zu ihm zurück, dann wandte sie sich ab und kletterte in den Pappkarton in einer Ecke des Schuppens, der mit abgeschnittenen Holzresten gefüllt war.

»Das ist doch sicher nicht sehr bequem, oder? Na komm.« Er hob den alten Pulli auf, den er getragen hatte, bis es ihm zu heiß wurde, und schob ihn unter die Katze. Sie knetete ihn mit ihren Krallen, dann ließ sie sich hineinsinken, schloss die Augen und begann laut zu schnurren.

»Na ja, ich denke, hier bist du gut aufgehoben. Der Platz wird für uns beide reichen, nehme ich an. Mit ein bisschen Glück werden wir morgen die Tür und die Fenster fertig haben, und dann wirst du dich richtig zu Hause fühlen.«

Er warf einen Blick auf die Armbanduhr. Viertel vor sieben. Zeit für ein Bad. Halb freute er sich darauf, auf die besänftigende Wirkung des Wassers, und halb fürchtete er sich vor der Zeit zum Nachdenken, die es ihm bot. Es war ein tägliches Ritual geworden, eine Art Reinigungsprozess, nicht nur des Körpers, sondern auch des Geistes. Er würde sich im Wasser zurücklehnen und an Pippa denken. Über Dinge nachgrübeln. Sich an gesagte Dinge erinnern und an ihre letzten Worte an ihn: »Ich bin so froh, dass ich dich getroffen habe.« Und dann würde die Leere kommen – die qualvolle Schwärze – und die Erkenntnis, dass sie ihm entglitten war. »Entglitten« – ein solch verschlagenes, verstohlenes Wort. Sie war ihm nicht entglitten, sie war tot. Aber er konnte sie nah bei sich in seiner Seele behalten, oder etwa nicht? Tief in seinem Inneren war sie immer noch bei ihm. Und doch schien ihm irgendetwas in die Quere zu kommen, eine Art unsichtbare Schranke, die seine Sinne betäubte und verhinderte, dass er die Purheit ihrer früheren Vertrautheit spürte.

Er merkte, dass er laut mit sich selbst sprach.

»Was ist mit mir los? Warum kann ich dich nicht *fühlen*? Ich meine, ich *kann* dich fühlen, aber nicht so, wie ich es früher konnte. Ich kann mich noch erinnern, wie es war – ganz genau – über den Hof zu gehen, die Musik durch die offene Tür zu hören, in die Küche zu gehen, dich dort zu sehen, wie du dort stehst, dich umdrehst und mich anlächelst. Dich zu lieben. Ich kann mich noch genau erinnern, wie es sich anfühlte, aber ... ich kann es nicht fühlen. Nicht *richtig*. Ich will es nicht loslassen, will es nicht entgleiten lassen. Ich will dich immer noch so sehr ...«

Siebenundzwanzigstes Kapitel

An jenem Abend rief Tally nach dem Abendessen ihren Dad an. Und der überschüttete sie mit Fragen.

»Wie geht's? Was habt ihr gemacht? Alles in Ordnung? Benimmt er sich anständig?«

Tally lachte. »Was soll ich denn zuerst beantworten?«

»Alles gleichzeitig!«

»Es ist sehr schön. Wir sind mit dem Boot rausgefahren und essen gegangen. Sie sind sehr nett – bis auf Henry, der noch keine zwei Worte mit mir gewechselt hat, seit wir hier sind –, und Alex ist ein absoluter Gentleman.« Ihre Gedanken schweiften zurück an den Abend am Strand, und sie tat ihr Bestes, das Thema zu wechseln. »Aber wie geht's dir denn? Was treibst du?«

»Oh, ich bin in letzter Zeit sehr beschäftigt.« Sie bemerkte, dass in seiner Stimme eine gekünstelte Fröhlichkeit mitschwang. »Ich habe die *Wellenbewegungen* abgeschlossen.«

»Oh, wow! Gut gemacht! Bist du zufrieden?«

»Oh, ich denke schon. Aber ich habe es jetzt erst einmal beiseite gelegt. Ich fange mit einem neuen Roman an.«

»Das ist ja toll.«

»Und ich habe beschlossen, dass ich einen anderen Ort zum Schreiben brauche, also habe ich mir einen Schuppen gebaut.«

»Einen was?«

»Einen Schreibschuppen. Auf dem Rasenstück neben

dem Kräutergarten. Will einen Neuanfang machen – neue Umgebung.«

»Klappt es denn?«

»Ich weiß nicht, ich bin noch nicht eingezogen. Aber ich bin fast fertig damit.«

»Wow!«

»Ja, wow!«

»Und wie geht's Wendy? Benimmt sie sich anständig?«

»Ja, das muss ich zähneknirschend zugeben. Sie ist in den Schuppen gezogen, noch bevor ich die Tür befestigt hatte. Sie verbringt die meiste Zeit des Tages damit, in einem Pappkarton auf meinem alten Pulli zu schlafen.«

»Das ist ja witzig.«

»Nicht für mich. Ich mag diesen Pulli.«

»Nein, ich meine, siehst du denn nicht, was du da gebaut hast?«

»Einen Schuppen.«

»Nein, du hast ein Wendy-Haus gebaut.«

Tom lachte. »Das sieht dir ähnlich!«

»Jetzt werde ich dich Peter Pan nennen müssen.«

»Mit Dad würde ich mich schon zufrieden geben.«

Es entstand eine Pause. »Du fehlst mir.«

»Du fehlst mir auch, Schätzchen.«

»Wann kommst du her?«

»Ich fahre am Samstagmorgen sofort los und müsste gegen Mittag bei euch sein. Meinst du, das wird der Familie Blane-wie-auch-immer recht sein?«

»Ja, bestimmt. Hier geht's völlig locker zu.« Von ihrem Platz auf der Gartenmauer warf sie einen Blick zurück zum Haus, nur um sich zu vergewissern, dass niemand ihr Gespräch mit anhörte. »Alex' Mum habe ich bis jetzt kaum zu Gesicht bekommen – sie scheint die ganze Zeit

Freundinnen zu besuchen, mit Henry, was ein Vorteil ist –, aber mit seinem Dad habe ich mich heute unterhalten.«

»Nett?«

»Sehr nett, seltsamerweise.«

»Wieso seltsamerweise?«

»Ach, nichts. Erzähl ich dir später. Wie geht's Maisie?«

Tom erzählte ihr alles über den Garten mit den gigantischen Brennnesseln und Butterblumen, und Tally lachte, als er ihr Maisies wunderliches Kostüm schilderte.

»Irgendwelche Neuigkeiten aus dem Restaurant?«

»Na ja, ein bisschen.«

»Schieß los.«

»Peter hat Rachel verlassen.«

»Scheiße!«

»Tally!«

»Entschuldige. Ich meine, wow!«

»Das klingt schon besser.« Er gab ihr eine kurze Zusammenfassung der vergangenen paar Tage.

»Und wo wohnt er jetzt? Was will er machen? Hat er eine andere, was glaubst du?«

»Also, wer stellt hier jede Menge Fragen? Die Antworten in der richtigen Reihenfolge lauten: über dem Lokal, ich weiß nicht und ich glaube nicht.«

»Hast du mit Janie gesprochen?«

»In letzter Zeit nicht. Sie ist für eine Weile weggefahren. Arbeiten. Bin mir nicht sicher, wo sie ist.«

»Aber du kannst sie doch auf ihrem Handy anrufen.«

»Oh, ich hatte ein bisschen viel um die Ohren, und ich will sie nicht belästigen.«

Tally war verwirrt. Irgendetwas war seltsam an seinem Tonfall, aber sie konnte nicht genau sagen, was. Zugegeben, ihr Vater war nicht das größte Klatschmaul, aber sie hätte doch angenommen, dass er sich Janie anvertrauen würde. Vielleicht hatte er wirklich nur ein bisschen viel um die Ohren, mit seinem Schuppen und allem. Sie beließ es dabei. »Na ja, jedenfalls freue ich mich schon auf dich.«

»Und ich mich auf dich, mein Schatz. Es war schön, deine Stimme zu hören.«

»Dann sehen wir uns am Samstag.«

»Ja. Wenn Gott will.«

»Sag das nicht.«

»Entschuldige. Wir sehen uns am Samstag. Ich kann's kaum noch erwarten.«

»Hab dich lieb.«

»Ich dich auch, Tal. Und sag diesem Alex Blane-wie-auch-immer, er soll gut auf dich aufpassen, sonst werde ich ihm die Eingeweide ausreißen.«

»Schön, dass du dich um mich sorgst.«

»Bis bald.«

»Mach's gut.«

Sie drückte auf den roten Knopf auf ihrem Handy und steckte es in die Tasche ihrer Shorts, dann zog sie die Knie bis unters Kinn hoch und sah aufs Wasser hinaus. Sie hatte ihrem Vater nicht gesagt, dass sie vorhatte, am Samstag mit ihm nach Hause zu fahren. Vielleicht hielt sie sich auch einfach nur alle Optionen offen. Große, graue Wolken zogen von Südwesten herüber. Es würde noch vor der Schlafenszeit Regen geben.

Tom starrte Janie an. Sie lehnte sich über das Hoftor und lächelte ihn an. Ihr glänzendes dunkles Haar fiel ihr über die braun gebrannten Schultern. Er streckte eine Hand aus, um sie zu berühren, und wachte auf, atemlos und schweißbedeckt. Er beugte sich über die Bettkante, während er nach Luft schnappte, und warf einen Blick auf die Uhr auf seinem Nachttisch. Drei Uhr morgens. Er ließ sich wieder aufs Kissen zurückfallen. Der Traum war so wirklich gewesen. Er ärgerte sich über sich selbst, über seine Weigerung, zuzugeben, dass er etwas für sie empfand. Und außerdem hatte er Schuldgefühle, weil er so kalt und verschlossen gewesen war, als sie gesagt hatte, dass sie ihn liebte.

Oh Gott, was für ein grässliches Durcheinander. Er trauerte um die Frau, die er siebzehn Jahre lang geliebt hatte, er vermisste sie und versuchte, über sie hinwegzukommen, und gleichzeitig wandte er sich von einer anderen Frau ab, für die er eine wachsende Liebe empfand. Aber wie könnte er sie je so sehr oder so gut lieben wie Pippa? Noch nicht, das mit Sicherheit. Nicht vierzehn Monate nach Pippas Tod. Es war zu früh. Es konnte keine Liebe sein. Vielleicht war es einfach nur ein Bedürfnis nach Nähe.

Er dachte an das, was seine Mutter über Männer und ihre Bedürfnisse gesagt hatte. »Männer sind ohne Frauen verloren. Sie kommen nicht zurecht. Sind zu nichts zu gebrauchen, wenn sie allein sind. Wie Kinder. Sie müssen umsorgt und geliebt werden.« War das nicht genau das, was auch Janie gesagt hatte?

Ja. Aber noch nicht. Er würde sich in die Arbeit stürzen. Er würde versuchen, das alles zu vergessen. Er konnte sich nicht immer weiter emotional im Kreis bewegen, er musste eine neue Richtung einschlagen. Mit dem neuen Roman loslegen. Eine Art Raum zwischen sich selbst und der Vergangenheit schaffen.

Er stand auf, zog sich an und ging in den Schuppen hinunter. Maisies Talent, tief und lange zu schlafen, kam ihm an diesem Abend sehr gelegen. Sie hörte das Hämmern nicht, das hinter dem Wilding's Barn hervordröhnte, und bis zum Morgen war der Schreibschuppen fertig.

*

Bis zum Freitagabend hatte sich das graue Wetter wie ein Leichentuch über Salcombe gelegt. Anfang der Woche hatte die Familie noch in Shorts und T-Shirts in der Sonne geschmort, aber jetzt trugen alle lange Hosen und Fleecepullis. Die Wettervorhersage war langfristig nicht allzu düster, aber es würde noch ein, zwei Tage dauern, bis ein neues Hochdruckgebiet über ihnen herrschen würde.

Starke Regengüsse trieben sie ins Haus, wo Alex und Tally das Scrabblebrett oder Monopoly hervorholten und sich um Schlossallee und Parkstraße stritten. Selbst Henry legte angesichts der Aussicht auf einen anständigen Streit für eine halbe Stunde seinen Gameboy beiseite. Aber es war alles gutmütig, und schließlich rollten sie alle über den Boden und versuchten, sich gegenseitig die dunkelblauen Karten zu entringen.

Gegen halb neun riss die Wolkendecke auf, und eine Amsel begann in der Dämmerung ihr Abendlied. Alex sah auf. Henry klebte inzwischen vor dem Fernseher, seine Mutter bereitete in der Küche das Essen zu, und sein Vater war noch immer nicht aus London zurückgekehrt. Alex stand auf, trat an die Verandatür, die zum Garten hinausführte, und rief Tally zu: »Sieh dir mal die Sonne auf dem Wasser an.«

Sie kam und stellte sich neben ihn. »Wow!«

Er wandte sich zu ihr um. »Ich liebe deine Wows!«

»Entschuldigung. Mein Dad sagt immer, es ist ein Anzeichen für einen zurückgebliebenen Wortschatz.«

»Meiner auch. Aber deine Wows sind ausdrucksstärker als die meisten.« Er machte die Verandatür auf. »Lust auf einen Spaziergang?«

Tally sah zu den heranrückenden Wolken hoch. »Damit werden wir uns beeilen müssen.«

»Na, dann komm.«

Er nahm sie bei der Hand und ging mit ihr bis ans andere Ende des Gartens. Sie setzten sich nebeneinander auf die niedrige Mauer und sahen auf das Wasser hinaus, das im schwindenden Abendlicht kupferrot gestreift war. »Sieht das nicht herrlich aus? Als ob es brennt«, sagte sie. Dann schauderte sie, und Alex legte die Arme um sie. Die Wolken schoben sich vor die Sonne, und das feurige Wasser verfärbte sich tintenschwarz. Tally sah hoch, als die ersten Regentropfen fielen. »Oje.« Der Regen wurde heftiger.

»Schnell, hier rein. Wir laufen zum Haus hoch, wenn es nachlässt.« Er zog sie ins Sommerhäuschen und schloss die Tür.

Sie sah ihn an, und ihr Gesicht verzerrte sich zu einem Grinsen. »Das war nur ein Trick, um mich hierher zu locken, stimmt's?«

Er sah sie mit einer Unschuldsmiene an. »Glaubst du, dass ich so etwas tun würde?«

»Ich hoffe es.« Sie schlang die Arme um ihn, reckte den Kopf hoch und küsste ihn auf die Lippen. Er erwiderte ihren Kuss, während er mit den Fingern durch ihr feines, helles Haar glitt.

Sie rückte für einen Augenblick von ihm ab, dann legte sie den Kopf an seine Brust.

»Willst du morgen wirklich nach Hause fahren?«, fragte er.

Sie nickte.

»Warum?«

»Weil es so schön ist.«

»Aber wenn es so schön ist, warum bleibst du dann nicht noch?«

Sie sah zu ihm hoch. »Weil ich Angst habe, es könnte zu viel und zu früh sein.«

Er blickte verletzt. »Aber wenn es so gut ist, wie kannst du dann wegfahren?«

»Weil es auf diese Weise gut bleibt und nicht schief gehen kann.«

»Du meinst, du willst mich nicht mehr sehen?«

»Nein, Dummkopf, ich will dich noch oft sehen. Ich will nur sicherstellen, dass es hält. Du bist mein erster richtiger Freund, und ich will, dass es immer und immer weitergeht. Ich will nicht, dass du von mir gelangweilt wirst.«

»Oder du von mir?«

»Darüber mache ich mir keine Sorgen.«

Er blickte ernst. »Bin ich wirklich dein erster?«

»Der erste richtige. Eine Zeit lang gab es noch einen anderen.«

»Blip?«

Sie sah auf. »Woher weißt du das?«

»Mädchen quatschen.«

»Ja, ich weiß.« Sie seufzte.

»Wie war er?«

»Er ist sehr nett.«

»Aber?«

»Nett zu sein genügt manchmal eben nicht.«

»Nein. Kann ich dir etwas sagen?«

»Kommt drauf an, was es ist.«

»Ich habe so etwas noch nie gefühlt.«

Tally glitt mit einer Hand an seine Lippen und verschloss sie mit einem Finger. »Psst! Bitte.«

Er entfernte sich ein paar Schritte von ihr, setzte sich auf einen der durchgescheuerten Sessel und stützte das Kinn in die Hände. »Entschuldige.«

Tally lehnte sich gegen die Glastür des Sommerhäuschens und sah zu, wie der Regen auf das ausgedörrte Gras fiel. »Ich auch nicht.«

Sie wandte sich zu ihm und ging dann, ohne etwas zu sagen, auf ihn zu und streckte ihm die Hände entgegen. Er ergriff sie und stand auf. Sie kam näher auf ihn zu und sah zu seinem Gesicht hoch, dann schob sie seine Hände sanft nach oben und legte sie auf ihre Brüste.

Er beugte sich hinunter, um sie zu küssen, und sie spürte, wie seine Zunge ihren Mund erforschte, sanft, sinnlich, so völlig anders als Raifes plumpe Versuche. Sie wimmerte leise, während seine Hände ihre Brüste streichelten; sie spürte ein Kribbeln auf ihrer Haut und die Kraft seines Körpers, der sich gegen ihren presste. Langsam glitt er mit einer Hand hinunter auf ihr Gesäß und streichelte es durch den glatten Stoff ihrer Jeans.

Inzwischen atmeten sie beide schwer. Er rückte ein Stück von ihr ab, sah den erwartungsvollen Blick in ihren Augen und hörte ihren Atem, der in kurzen Stößen ging. Er zog ihr den Fleecepulli und das T-Shirt zugleich über den Kopf und ließ beides auf den Boden fallen, dann drückte er sie an sich, während er mit einer Hand über ihren glatten Rücken strich und sie an seinem Nacken atmen spürte.

Ihre Hände begannen, sein dickes Hemd aufzuknöpfen, bis sie sich an seine nackte Brust drücken konnte. Die Hitze seines Körpers raubte ihr den Atem, und er begann, sie leidenschaftlicher zu küssen, in den Nacken, und dann ihre festen, rundlichen Brüste, während er mit den Händen über ihren Rücken, dann hinunter auf ihr Gesäß und schließlich zwischen ihre Beine glitt. Sie keuchte und stieß einen leisen Schrei aus. »Entschuldige«, murmelte er.

Sie schüttelte sanft den Kopf und küsste ihn leicht auf die Schulter.

»Du willst nicht ...?«, fragte er.

Sie lächelte und schüttelte den Kopf. »Noch nicht.«

Sie hielten einander fest, bis ihr Atem langsamer und gleichmäßiger ging, und die Kühle der Abendluft ließ Tally schaudern. Dann half er ihr wieder in ihre Kleidung.

»Stört es dich?«, flüsterte sie.

Jetzt war es an Alex, den Kopf zu schütteln.

»Aber Jungs sind doch angeblich ungeduldig.«

»Ich *bin* ungeduldig.«

»Du wirst vielleicht noch eine Weile warten müssen.«

»Ist mir egal.«

»Das Warten wird sich vielleicht nicht lohnen.«

»Ich werd's riskieren.«

»Vielleicht wird alles schrecklich schief gehen, und wir werden es niemals tun.«

»Ich werd's trotzdem riskieren.«

Tally sah ihm forschend in die Augen.

»Was ist?«, fragte er.

»Ich weiß nicht, ob ich es sagen soll.«

»Was?« Er sah zu ihr hinunter, halb hoffnungsvoll, halb verängstigt.

»Weißt du, der einzige andere Mann, zu dem ich es je gesagt habe, war mein Dad.«

Er sah, wie ihr die Tränen in die Augen traten, und hob ihr Gesicht behutsam an. Ein paar Augenblicke verstrichen, bevor er langsam und sehr leise flüsterte: »Ich liebe dich.«

Sie senkte den Blick und nickte, dann flüsterte sie: »Ich dich auch.«

Achtundzwanzigstes Kapitel

Tally erreichte Tom auf seinem Handy, während er auf dem Weg nach Salcombe war.

»Dad?«

»Tal? Ja?«

»Versprichst du mir, dass du nicht sauer auf mich sein wirst?«

»Warum? Was hast du angestellt?«

»Nichts. Nur ... meinst du, du könntest mich mit nach Hause nehmen?«

»Warum? Was ist passiert? Was ist los?«

»Überhaupt nichts. Es war wunderbar. Es *ist* wunderbar. Nur ... ich denke, ich würde lieber abfahren, solange ich noch Vorsprung habe. Und außerdem fehlst du mir.«

Sie hörte den Seufzer. »Wem sagst du das? Na schön, mein kleiner Schatz, ich nehme dich mit zurück – vorausgesetzt, ich kann dort eine Tasse Tee bekommen, wenn ich angekommen bin.«

»Nur, Dad ...?«

»Ja?«

»Könntest du vielleicht nichts davon sagen, dass es eine spontane Entscheidung war? So tun, als hättest du gewusst, dass ich heute abgeholt und nach Hause gefahren werden will?«

»Wenn du willst. Aber warum hast du es mir denn nicht früher gesagt?«

»Oh, ich wollte einfach nicht, dass du dir Sorgen

machst. Du wärst doch sofort hierher gekommen, nur weil du gedacht hättest, dass ich unglücklich bin, und das bin ich ja nicht.«

»Okay, Schätzchen. Hör bitte zu, ich muss jetzt Schluss machen. Hier herrscht jetzt ziemlich viel Verkehr. Du weißt ja, wie es in Exeter ist. Wir sehen uns bald, okay?«

»Danke, Dad. Du bist wundervoll.«

»Ja, nicht wahr? Alles Liebe. Bis bald.«

Tally setzte sich auf ihren Koffer und versuchte, den Deckel nach unten zu pressen. Dafür würde mehr Druck nötig sein, als sie mit ihrer zierlichen Gestalt ausüben konnte. Sie warf einen Blick in den Kleiderschrank, dann in die Kommode, um sich zu vergewissern, dass sie all ihre Kleider ausgeräumt hatte. In der hinteren linken Ecke der obersten Schublade fand sie ein Dreieck aus schwarzer Seide. Sie sah es einen Augenblick lang an, dann stopfte sie es zwischen die anderen Kleidungsstücke in den Koffer und machte sich auf die Suche nach Alex und ein bisschen Muskelkraft.

David Blane-Pfitzer war am Abend zuvor erst spät zurückgekehrt, als der Rest des Haushalts bereits zu Bett gegangen war. Jetzt saß er bei seiner Familie unten in der Küche – während Helen an der Spüle den Abwasch erledigte, Henry sich beklagte, dass es keine Milch für sein Müsli gab, und Alex mit leerem Blick aus dem Fenster starrte. »Fertig zur Abfahrt?«, fragte David, als Tally in die Küche kam.

»Fast. Brauche nur noch einen starken Mann für meinen Koffer.«

»Das dürftest du sein, Alex.«

Alex sah auf. Sein Vater lächelte ihm zu und nickte in

Tallys Richtung. »Ja. Ja, natürlich. Entschuldige, ich war ganz woanders.«

Er stapfte hinter Tally die Treppe hoch und über den Treppenabsatz in ihr Zimmer. Es dauerte nur ein paar Sekunden, bis er den Koffer festgezurrt hatte.

»Du siehst ein bisschen traurig aus«, bemerkte Tally.

»Bist du es denn nicht?«

»Doch.«

»Bist du sicher, dass du nicht bleiben willst?«

Sie nickte. »Kann ich dich etwas fragen?«

Er sah auf.

»Es geht mich ja im Grunde nichts an, und eigentlich sollte ich mich gar nicht einmischen. Du wirst mich vermutlich für dumm halten ...«

»Was ist denn?«

»Dein Dad.«

»Was ist mit ihm?«

»Würdest du ihn bitten, mit dir segeln zu gehen? Mit dem kleinen Boot?«

»Wozu in aller Welt?«

»Oh ... ich denke nur, es könnte ihm gefallen.«

Er schüttelte den Kopf und lächelte. »Du wirst mir fehlen ... Tal.«

»Du mir auch. Mehr, als du weißt.« Sie beugte sich vor und küsste ihn sanft. Er roch nach ... Alex.

Binnen einer Stunde traf ihr Vater ein, trank die versprochene Tasse Tee und dankte den Blane-Pfitzers dafür, dass sie sich um seine Tochter gekümmert hatten. Er bedauerte, dass sie schon nach einer Woche wieder abfahren müsse, aber es gebe Dinge, die sie zu Hause zu erledigen hätten. Er hoffe, sie hätten nichts dagegen. Tally blickte besorgt, Alex und sein Vater lächelten verständnisvoll. Mrs Blane-Pfitzer konfiszierte den Gameboy von Henry und befahl ihm, im Garten zu spielen, anstatt ihnen auf die Nerven zu gehen.

Während Tom und die Blane-Pfitzers Höflichkeiten austauschten und sich versprachen, das Ganze irgendwann zu wiederholen – »Gar kein Problem, es war eine Freude, sie hier zu haben« –, verabschiedete sich Tally am Ende des Gartens, in der Nähe des Sommerhäuschens, von Alex.

Sie küssten sich zärtlich. »Eigentlich ist es fast wie ein Traum. Ich wusste gar nicht, dass es so etwas wirklich gibt. Dachte immer, das liest man nur in Büchern. Findest du, ich bin ein Weichei?«

»Nein.« Auf einmal spürte sie Panik in sich aufsteigen, als der Aufbruch näher rückte. »Aber du verstehst doch, weshalb ich abfahre, oder?«

»Ich glaube schon.«

»Rufst du mich an?« Sie drückte seine Hand und sah ihn forschend an. »Versprich mir, dass du mich anrufst.«

»Ja. Jeden Tag.«

»Na ja, schick mir zumindest eine SMS.«

»Zumindest.«

Sie ließ seine Hand los. Sie spürte stärker als je zuvor, wie sehr es ihr widerstrebte, von ihm getrennt zu werden, und begann, den Garten hochzulaufen, dann hielt sie auf einmal inne, wandte sich noch einmal zu ihm um und richtete den Blick fest auf ihn. *»Arrivederci, amore mio.«*

Er lächelte ihr zu, seufzte und sagte sehr langsam: *»Guardati a dietro.«*

Ihr Herz setzte für einen Moment aus. »Woher weißt du ...?«

Alex zuckte mit den Schultern. »Meine Oma lebt in Florenz.«

*

Die Fahrt nach Hause verlief ungewöhnlich still. Tom konnte es kaum erwarten, alles über Tallys Urlaub zu erfahren, aber er merkte bald, dass jetzt nicht die richtige Zeit war, um Fragen zu stellen. Von Zeit zu Zeit erhaschte er einen Blick auf Tally, die aus dem Fenster sah, völlig gedankenverloren. Nur einmal legte sie ihre Hand in seine und drückte sie, dann zog sie sie behutsam zurück und legte sie in ihren Schoß.

Erst als sie zu Hause waren und sie auspackte, glaubte er sich erkundigen zu können, wie die Woche verlaufen war.

»Es war sehr schön.«

»Aber du bist doch mit nach Hause gekommen?«

»Ja.«

»Verstehe.«

Tally begriff, dass irgendeine Art von Erklärung angebracht war. Sie ließ sich auf die Bettkante plumpsen und sah zu ihm auf. »Es war so schön, dass ich es nicht verderben wollte. Wir haben uns richtig gut verstanden. Ich wollte nicht riskieren, dass alles schief geht.«

»Das ist alles?«

»Das ist alles.«

»Und ich muss mir keine Sorgen machen?«

»Nein. Er ist entzückend und ... ich habe ihn sehr gern.«

»Gut. Und der Rest der Familie ... waren sie alle okay?«

»Ja. Überraschenderweise. Seine Mum und Henry habe ich kaum zu Gesicht bekommen, aber mit seinem Dad habe ich ein bisschen geplaudert.«

»Das sagtest du schon.« Tom lehnte im Türrahmen, bemüht, lässig zu wirken.

»Da-a-ad?«

Der Drei-Ton-Dad: Vorbote einer heiklen Frage.

»Hmm?«

»Glaubst du, es macht einen Unterschied, ob man Vater eines Mädchens oder eines Jungen ist?«

»Ja. Und wie. Warum?«

»Was für einen Unterschied?«

»Wo soll ich denn da anfangen?«

Tally lehnte sich auf ihr Kissen zurück. »Irgendwo.«

»Wie viel Zeit hast du?«

»Solange es dauert.«

»Na ja, ich denke, es hat im Grunde alles mit der Zukunft zu tun. Und mit Rivalität.«

»Rivalität?«

»Ja. Ich denke, zwischen Vätern und Söhnen gibt es im Unterbewusstsein immer diese ... Nachfolge, könnte man es vielleicht nennen. Der Stammesführer weiß, dass er eines Tages von einem jungen Emporkömmling von seinem Thron gestoßen werden wird.«

Tally stützte sich auf die Ellbogen auf. »Aber das ist doch primitiv. Das habe ich im Fernsehen in Naturfilmen gesehen – bei Löwen und Tigern –, aber doch sicher nicht heute noch bei Vätern und Söhnen?«

»Oh, ich glaube, es ist schon noch vorhanden, irgendwo tief unten vergraben – eher instinktiv als bewusst.

Und dann gibt es noch diese ganzen Geschichten, dass der Sohn den Namen der Familie weiterträgt, die unerfüllten Ambitionen seines Vaters verwirklicht, dass der Vater vor seinem Sohn nicht das Gesicht verlieren will, dass der Sohn seinen Vater nicht enttäuschen will. Es ist eine verdammt schwere Last, wenn man sich's genau überlegt.«

»Meinst du, manche Väter können mit Töchtern besser umgehen als mit Söhnen?«

»Die meisten, würde ich vermuten. Die meisten Männer haben zu Frauen einen besseren Draht als zu anderen Männern. Warum sollte es innerhalb einer Familie anders sein?«

»Weil manche Männer mit Frauen besser umgehen können als andere.«

»Meinst du?«

»Ich weiß es. Kurz bevor ich in Urlaub gefahren bin, hast du mich nach meiner Regel gefragt.«

»Na und? Ich hielt es für wichtig.«

»Manche Väter hätten das niemals gekonnt – nicht so, wie du es getan hast, so nüchtern. Es wäre ihnen peinlich, auch nur zuzugeben, dass es die Regel überhaupt gibt.«

»Vermutlich, aber ganz so freimütig ist das vielleicht gar nicht. Ich denke, es ist alles eine Frage des Talents. Es gibt andere Probleme, wenn man Vater einer Tochter ist.«

»Was denn für Probleme?«

»Ich denke, mein kleiner Schatz, die kennst du inzwischen bis ins letzte Detail.«

Er wandte sich zum Gehen. »Ach, übrigens. Hast du dieses kleine dreieckige Teil getragen? Das aus dem schwarzen, seidigen Stoff.«

»Nein.«

»Oh. Gut.«

Und dann, unhörbar für ihn, während er sich über den Treppenabsatz entfernte: »Das musste ich gar nicht.«

Neunundzwanzigstes Kapitel

Alex stand zu seinem Wort. Er rief sie jeden Tag an und schickte ihr morgens und abends eine SMS. Sie fühlte sich begehrt, umsorgt, geliebt auf eine Art, die sie noch nie zuvor erfahren hatte. Und doch war sie sich der Zerbrechlichkeit einer jeden Beziehung bewusst. Sie half ihrem Vater, einige der Möbelstücke aus seinem Arbeitszimmer hinunter in seinen Schuppen zu schaffen, der ihr gut gefiel: Er ging auf den Kräutergarten hinaus und roch nach frischem Holz. Wendy gefiel er ebenfalls, und sie machte deutlich, dass sie dort ihren Wohnsitz bezogen hatte.

Tom tippte täglich auf seinem Laptop vor sich hin, und Tally las, wagte zu träumen und begann sogar, zwischen der Minze und der Petersilie ein bisschen Unkraut zu zupfen, sich der Tatsache bewusst, wie viel es ihrem Vater bedeutete. Jetzt begriff sie, weshalb er sich so fleißig darum gekümmert hatte. Es war eine andere Art zu zeigen, dass er sich um ihre Mum kümmerte.

Sie beobachtete ihn immer noch sorgfältig, versuchte aber, etwas Abstand zu gewinnen, festen Boden unter die Füße zu bekommen, stets in dem Bewusstsein, dass er nicht denken sollte, dass sie ihn außen vor ließ. Er schien glücklicher jetzt, nachdem er anderswo als in seinem Arbeitszimmer schrieb, glücklicher, nachdem er mit einem zweiten Roman begonnen hatte. Aber irgendwie wirkte er immer noch gedankenverloren.

Sie überlegte, wie sie ihn am besten aufheitern könnte.

Sie dachte viel darüber nach. Was er wirklich brauchte, das war Gesellschaft – neue Gesellschaft. Hin und wieder dachte Tally über die Aussicht nach, dass er eine andere Frau finden könnte. Es fiel ihr nicht leicht. Sie hatte von Kindern gelesen, die sich mit einem verwitweten Elternteil entzweien, sobald ein neuer Partner auf der Bildfläche erscheint. Sie beschloss, sich für Ereignisse zu wappnen, die vermutlich eines Tages eintreten würden, wenn auch noch nicht jetzt.

Auf einer Fahrt nach Axbury, wo sie ihre Urlaubsfotos abholte, dachte sie über Janie nach und erinnerte sich an die ziemlich erbärmliche Ausrede ihres Vaters, sie nicht erreichen zu können.

Sie setzte sich auf eine Bank im Schatten des Münsters und rief Janie auf ihrem Handy an.

»Giorgioni«, kam die Antwort.

»Janie? Hier ist Tally.«

»Schätzchen, wie in aller Welt geht's dir?«

Tally erzählte ihr alles über den Urlaub, während Janie gespannt auf Details über »diesen Mann« wartete. »Ich dachte, vielleicht hättest du Lust, zum Abendessen vorbeizukommen. Wir haben uns seit einer Ewigkeit nicht gesehen, und ich denke, Dad könnte durchaus ein bisschen aufgeheitert werden.«

»Hast du ihn gefragt?«

Tally wollte nichts mehr, als Janie das Gefühl geben, willkommen zu sein. »Natürlich.«

»Und er hat nichts dagegen?«

»Natürlich nicht.«

Wenn Tally gesagt hätte: »Wieso sollte er etwas dagegen haben?«, dann hätte Janie sie vielleicht verdächtigt, dass sie ihn gar nicht gefragt hatte. So, wie sie sich nun ausgedrückt hatte, nahm Janie an, dass Tom gefragt worden war und zugestimmt hatte.

»Na ja, nur wenn du dir sicher bist, dass dein Dad glücklich damit ist.«

»Absolut. Ich weiß, dass er es kaum erwarten kann, dich zu sehen.«

Ein Treffen wurde für zwei Tage später vereinbart, und Tally beendete das Gespräch, zufrieden mit sich selbst. Dann traf sie sich auf ein Stück Teekuchen und eine Cola mit Emma. Es war nicht das glückliche Wiedersehen, das sie erwartet hatte.

Emma saß ihr mit gequälter Miene am Tisch gegenüber.

»Was in aller Welt ist los?«

Emma biss sich auf die Lippe.

Tally erkannte das Problem. »Hast du ...?«

Emma senkte den Blick.

»Oh Gott!« Und dann, nach einer Pause: »Nicht besonders gut?«

»Grässlich.«

Tally streckte die Hand über den Tisch aus und legte sie auf Emmas. Ihre Colas und Teekuchen kamen. Tally begann zu essen, aber Emma starrte nur aus dem Fenster in die Ferne.

»Willst du darüber reden?«

»Eigentlich nicht. Ich wünschte nur, ich könnte einfach noch einmal bei Null anfangen.«

Tally saß leise da und hörte zu.

»Ich war mir ziemlich sicher, dass ich es nicht wollte, aber wir hatten ein bisschen was getrunken. Und dann erschien es nicht mehr so wichtig. Nur wie ein bisschen Spaß, eigentlich.«

»Hat er ... du weißt schon ... hat er mit einem ...«

»Oh ja. Das hat es irgendwie noch schlimmer gemacht. Ich meine, ohne hätte ich es überhaupt nicht getan, mit wurde es einfach so ... gewöhnlich, im Grunde. Ich hatte das Gefühl, es sollte etwas Besonderes sein, etwas Zärtliches. Aber es ging alles so ... schnell. Es war vorbei, noch bevor ich es wusste, und dann lag er da, irgendwie keuchend. Ich habe mich benutzt gefühlt. Als hätte ich gar nicht dazugehört.« Sie saß da, die Hände im Schoß.

»Oh, Em!«

»Ich weiß. Dumm von mir. Und jetzt gibt's kein Zurück mehr. Hab's verloren und werde es nie wieder finden.« Tränen traten ihr in die Augen.

»Hey, na komm. Deshalb geht doch die Welt nicht unter.«

»Aber fast.« Emma putzte sich die Nase und wechselte das Thema. »Und wie ist es dir ergangen?«

Tally blickte entschuldigend. »Schön. Es war sehr nett.«

»Und er hat's nicht bei dir versucht?«

»Ein bisschen.«

»Aber du ...?«

»Nein. Aber in Versuchung war ich schon.«

»Du hast eben mehr Verstand.«

»Eigentlich nicht. Nur mehr Angst.«

»Na ja, behalt deine Angst. Sie ist ein guter Schutzmechanismus.« Emma schlürfte an ihrer Cola und versuchte, ihren Teekuchen in Stücke zu schneiden. »Wann wirst du ihn wieder sehen?«

»Ich weiß nicht. Das haben wir noch nicht entschieden. Er ist immer noch in Devon.«

»Warum bist du nicht geblieben?«

»Weil ich es nicht verderben wollte. Ich wollte, dass es etwas Besonderes ist.«

Emma blickte ungläubig. »Aber wenn es so gut war, wie hast du es dann überhaupt geschafft, es zu beenden?«

»Ich weiß nicht, ehrlich gesagt. Ich weiß nur, dass es richtig war, abzufahren. Ich will ihn lieben ... und ich liebe ihn ja auch ... aber ich habe meine Prüfungen, und er geht in Edinburgh auf die Uni, und wann werden wir uns denn dann überhaupt sehen?«

»Und dann hat sich Miss Vernünftig einfach davongemacht?«

»Nein. Ich habe nur schreckliche Angst davor, verletzt zu werden, wenn du die Wahrheit wissen willst. Ich bin so tief verletzt worden, dass es für lange Zeit reicht.«

»Ich auch.«

»Du hast was getan?«

»Sie zum Abendessen eingeladen. Wir haben sie seit einer Ewigkeit nicht gesehen, und ich fand, du müsstest auf andere Gedanken gebracht werden.«

Ihr Vater blickte verärgert. »Du hättest mich fragen sollen.«

Tally blickte überrascht und ein wenig verletzt. »Ich dachte, du würdest dich freuen.«

Tom war sich bewusst, dass es aussehen würde, als würde er aus einer Mücke einen Elefanten machen, aber er musste eine Ausrede finden, um Janie nicht zu treffen. »Und was ist mit dem Essen und allem?«

»Dad, das ist doch lächerlich. Ich kann die Einkäufe erledigen, wenn du mit Schreiben beschäftigt bist. Willst du Janie denn nicht sehen?«

»Doch, doch, natürlich ... es ist nur ...« Er wusste, dass

er mit dem Rücken zur Wand stand. Es gab nichts, was er tun konnte, ohne Tallys Aufmerksamkeit auf die Situation zu lenken und ihr Misstrauen zu wecken.

»Hör zu, Dad, ich finde, du brauchst ein bisschen weibliche Gesellschaft.«

Ihre Offenheit verblüffte ihn. »Ich habe weibliche Gesellschaft. Dich.«

»Das ist etwas anderes.«

»Und wieso Janie?«

»Ihr versteht euch so gut. Und sie bringt dich zum Lachen.«

Er fragte sich, ob sie es vielleicht wusste. Vielleicht bahnte sie den Weg für ... wofür? Nein. Er versuchte, den Gedanken zu verscheuchen. Und doch schien sie beharrlich dabei zu bleiben, dass Janie kommen sollte. Vielleicht versuchte sie, es ihm leichter zu machen. Die liebe, gute Tal tat ihr Bestes, um ihrem Dad aus seiner Lage zu helfen. Aber er fühlte sich immer noch unbehaglich, und er fragte sich, wie Janie sich wohl fühlte.

»Hattest du den Eindruck, sie würde sich freuen zu kommen?«

»Natürlich.«

»Na schön. Übernimmst du das Einkaufen?«

»Ich übernehme das Kochen, wenn du willst. Ich lade ein.«

Es war alles ein bisschen nervenaufreibend, aber er sagte: »Na wunderbar, dann überlasse ich das dir.«

An jenem Abend erholte sich Tom noch immer von der Ankündigung von Janies Besuch, als das Telefon klingelte. Es war Kate Lundy: »Wollte Ihnen nur kurz sagen, dass mein Anwalt jetzt so weit ist, die Verträge auszutauschen, und dass er morgen früh mit Ihrem Anwalt sprechen wird, wenn das in Ordnung ist?«

»Schön.«

»Hören Sie, sind Sie noch eine halbe Stunde da?«

»Ja.«

»Hätten Sie etwas dagegen, wenn ich kurz vorbeikomme? Es ist nur, es gibt da etwas, was ich gern mit Ihnen besprechen würde.«

»Ich werde hier sein.«

Er hoffte, dass sie ihn um nichts bitten würde, was irgendetwas mit dem Pelikan zu tun hatte. Inzwischen freute er sich auf einen Neuanfang, darauf, dieses Stück seiner Vergangenheit hinter sich zu lassen.

Tally war oben in ihrem Zimmer, als Kate eintraf – Tom hatte ihr gesagt, er brauche eine halbe Stunde, um etwas Geschäftliches zu besprechen – aber das hielt sie nicht davon ab, hinter den Vorhängen hervorzuschielen, um einen Blick auf die Frau zu werfen, die den Pelikan übernehmen würde. Sie war völlig anders, als Tally sie sich vorgestellt hatte – zierlich und hübsch.

Tom bat Kate ins Haus und erwiderte ihren Kuss auf die Wange.

»Wie kommen Sie zurecht?«, fragte er.

»Sehr gut.« Sie blickte ein wenig beklommen. Verlegen sogar.

»Sind Sie sicher?«

»Ja.«

Er versuchte, es ihr gemütlich zu machen. »Glas Wein?«

»Nein. Nein, danke, für mich nicht. Ich wollte Ihnen nur rasch etwas sagen, bevor Sie es irgendwo anders erfahren ... es ist nur, Pete und ich ...«

Tom spürte Panik in sich aufsteigen. »Was ist passiert?«, fragte er vorsichtig.

»Nichts.« Sie lächelte. »Wir ziehen zusammen.«

Tom konnte nicht umhin, verblüfft zu blicken. »Verstehe.«

»Oh, ich weiß, ich bin eben erst geschieden worden – man würde denken, ich hätte dazugelernt, oder? Aber, na ja, so ist es nun einmal. Wir haben uns ineinander verliebt.« Sie lächelte schüchtern.

»Verstehe. Äh ... wie lange denn schon?«

»Oh, die Trennung mit Rachel war schon vorbei ... wissen Sie. Ich meine, die Chemie stimmte von Anfang an, ich denke, das wussten wir beide, aber wir haben deswegen nichts unternommen.«

»Wo seid ihr, äh ...?«

»Im Augenblick in meiner Wohnung, aber wir werden uns demnächst irgendwo in der Nähe des Pelikan eine Wohnung kaufen.«

Tom lachte überrascht. »Das kommt alles so plötzlich.«

»Oh ja, es ist ganz schön verrückt. Ich muss schon durchgeknallt sein. Aber man trifft eben nicht alle Tage einen Menschen, mit dem man sich jeden Tag blendend versteht, oder? Man muss die Chancen ergreifen, wenn sie sich bieten, denke ich. Und ich bin schon einmal verletzt worden, also gehe ich diese Sache jetzt mit offenen Augen an. Und Pete auch. Er weiß ebenso gut wie ich, dass es vielleicht nicht klappen wird, aber wir wollen beide den Versuch wagen. Ich will einfach keine Zeit mehr verschwenden. Wenn man gern mit jemandem zusammen ist, dann ist es falsch, nicht mit ihm zusammen zu sein, nur weil ... wegen der Sitten, denke ich. Respektvolle Zeitabstände und das alles. Wem tut man damit denn einen Gefallen? Doch nur den Klatschmäulern.«

»Vermutlich.«

»Nun, ich will Sie nicht länger aufhalten. Ich wollte nur, dass Sie es von mir erfahren und nicht von diesen Klatschmäulern.«

»Das ist sehr nett von Ihnen. Vielen Dank.«

»Kommen Sie denn zurecht?«

»Oh ja, man kümmert sich sehr gut um mich.« Er hob den Blick in Richtung von Tallys Zimmer. »Zu gut vermutlich.«

»Gewöhnen Sie sich gar nicht erst dran. Irgendwann wird sie in null Komma nichts aus dem Nest geflogen sein, auch wenn es noch ein bisschen dauern wird.«

»Hoffentlich. Hören Sie, sind Sie sicher, dass Sie nicht doch ein Glas Wein trinken möchten?«

»Sehr gern. Ich war mir nicht sicher, wie Sie die Sache mit mir und Pete aufnehmen würden. Ich dachte, vielleicht würden Sie mich für eine kleine Intrigantin halten.«

»Oh, ich fälle schon längst keine Urteile mehr über andere. Hab jede Lust dazu verloren.« Er machte eine Flasche auf und schenkte zwei Gläser Weißwein ein. »Also, auf Sie und Pete.«

Kate lächelte etwas schuldbewusst. »Prost.« Sie trank einen Schluck von den eisgekühlten Wein. »Das habe ich jetzt gebraucht. Sie haben keine Ahnung, wie nervös ich war, als ich hierher kam, um es Ihnen zu sagen.«

»Bin ich ein solcher Unmensch?«

»Nein, überhaupt nicht. Es ist nur ... na ja ... die Umstände, denke ich.«

»Oh, um die würde ich mir gar keine Gedanken machen. Das lässt sich nicht ändern.« Er hoffte, sie würde das Thema wechseln. Er hatte Pech.

»Tom?« Sie schien unsicher, wie sie es anpacken sollte.

»Ja?«

»Ich bin mir nicht ganz sicher, wie ich Sie danach fragen soll ...«

»Wonach?«

»Haben Sie ... ich meine, hätten Sie Interesse ... ich habe eine Freundin, die allein stehend ist. Noch eine Geschiedene.«

Tom suchte stammelnd nach einem Ausweg. »Oh, im Augenblick fühle ich mich ganz okay.«

»Zu früh?«

Er seufzte. »Ja. Na ja, nein, ich denke nicht. Ich weiß nicht, Kate. Es gibt da jemanden, aber ich bin mir nicht sicher ...«

»Tom, haben Sie keine Schuldgefühle deswegen.«

»Hab ich aber.«

»Dazu besteht kein Grund. Das kommt eben vor.«

»Schon, aber ...«

»Haben Sie von dieser Theorie gehört ...«

»Ich habe in letzter Zeit von jeder Menge Theorien gehört. Welche denn?«

»Entschuldigung. Es heißt nur, je mehr man den Partner geliebt hat, den man verloren hat, desto größer ist die Wahrscheinlichkeit, dass man sich wieder verlieben wird.«

»Na, das ist ja praktisch.«

»Ich denke, es stimmt. Wenn man viel geliebt hat, dann hört man nicht plötzlich auf, all diese Liebe in sich zu haben.«

»Vielleicht wird sie einfach nur in eine andere Richtung gelenkt«, sagte Tom grübelnd.

»Sie meinen Tally?«

Er nickte.

»Das ist nicht dieselbe Art von Liebe.«

»Sie meinen, das ist väterliche Liebe und die andere Art nicht?«

»Sie wissen, dass man das nicht vergleichen kann.«

»Ja. Aber warum sollte man damit rechnen, jemand anders zu finden, den man lieben kann, wenn man bereits einen Menschen gefunden hat? Liebe heißt nicht immer ›und sie lebten glücklich bis an ihr Ende‹, wissen Sie.«

»Sagen Sie bloß. Ich war in jemanden verliebt, der mich nicht so sehr geliebt hat wie ich ihn. Und das ist das Schwierige daran. Ich glaube, wenn man sich nichts anmerken lässt, obwohl man weiß, dass die eigene Liebe erwidert wird, dann ist das Verschwendung. Und das ist noch milde ausgedrückt.«

»Vor allem wenn der Grund, weshalb man sich nichts anmerken lässt, Achtbarkeit ist.«

»Und unangebrachte Schuldgefühle, ja.«

Tom trank noch einen Schluck. »Sie haben das wirklich gründlich durchdacht, stimmt's?«

»Ich hatte viel Zeit. Ich finde nur, es ist falsch, jemand anders nicht zu lieben, weil es respektlos gegenüber dem Menschen erscheint, den man verloren hat. Das ist eine solche Verschwendung.«

»Na ja, vielen Dank für Ihre Besorgnis.«

»Es stand mir nicht zu, etwas zu sagen. Entschuldigung.«

»Aber nein, schon gut. Es ist sehr gut, einmal mit jemandem darüber zu sprechen. Aber ich habe das Gefühl, als ob mir die Ratschläge im Augenblick zu den Ohren herauskommen.«

Kate wandte sich im Türrahmen noch einmal um. »Sie verdienen Glück, Tom, keine Ratschläge. Sie sind ein wundervoller Mann. Niemand wird Ihnen ein bisschen Gesellschaft übel nehmen.«

Sie stieg in ihren Wagen und brauste die Auffahrt hinunter. Es war ein verbeulter, alter VW Golf.

*

Am nächsten Tag war Tom außer Stande, irgendetwas in Angriff zu nehmen. Er versuchte zu schreiben, doch die Worte, die er zu Papier brachte, ergaben nur ein kindisches Durcheinander. Er machte einen Abstecher in den Kräutergarten, wo der Koriander und die Petersilie mit Samen schossen, und die Minze dem Majoran ein Übernahmeangebot machte. Der Kampf um die männliche Vorherrschaft war verloren. Pippa hätte sich weitaus besser geschlagen.

Er hörte Tally zu, die in der Küche sang, während sie das Abendessen für drei zubereitete. Er hatte sie schon lange nicht mehr singen gehört. Halb sehnte er sich danach, Janie zu sehen, halb fürchtete er sich davor. Würde sie distanziert sein? Nein. Distanziertheit war nicht Janies Art. Vielleicht würde sie sich mit dem Panzer aus neckischen Schimpfworten umgeben, die sie früher einmal eigens für ihn reserviert hatte – bis zu jenem Morgen, an dem sie ihm ihre Gefühle gestanden hatte. Hätte er dafür empfänglicher sein sollen? Sie war sehr mutig gewesen, und er hatte sie abgewiesen. Jetzt tauchte sie oft in seinen Träumen auf. Und er plagte sich noch immer mit Schuldgefühlen.

Um sechs badete er, zog eine schicke Freizeithose und

ein frisches Hemd an und ging dann im Wohnzimmer auf und ab. Es war zu kalt, um draußen zu essen, daher hatte Tally den Küchentisch gedeckt und arbeitete nun wie eine Besessene an der Vorspeise aus Salat und Räucherlachs.

Als er das knirschende Geräusch von Autoreifen in der Einfahrt hörte, war Tom so nervös wie ein Schuljunge vor dem Zimmer des Direktors. Er holte einmal tief Luft und ging an die Tür, um Janie zu begrüßen. Der verbeulte Golf GTi war durch ein neueres Modell ersetzt worden, aber es war bereits wieder großzügig mit Staub und Schmutz verziert. Janie stieg aus und trat in die Einfahrt. Ihr dunkles Haar glänzte, sie war tiefer gebräunt als sonst und wirkte in einer marineblauen Hose und einem weißen Hemd sehr schlank. Sie machte die Wagentür zu und sagte: »Hallo, du.«

»Auch hallo, du«, erwiderte er. Sie kam zu ihm hoch, um ihn zu begrüßen, küsste ihn auf die Wange und drückte seinen Arm. »Schön, dich zu sehen«, sagte er.

»Und dich erst.«

Er wartete auf den Spitznamen, aber er kam nicht. Es kam kein »alter Esel« oder »du Gauner«, nur ein schlichtes »und dich erst«.

Tally stürzte aus der Haustür. »Janie! *Come stai?*«

»Molto bene, grazie.«

»Also, hört mal, wenn ihr beide den ganzen Abend *parlare Italiano* wollt, dann werde ich mich aber ausgeschlossen fühlen.«

Tally grinste. »Es ist einfach schön, wieder ein bisschen in Übung zu kommen.«

»Hallo, mein kleiner Engel, wie geht's dir denn?«

»Bestens.«

»Und wie steht's mit deinem Pa?«, erkundigte sich Janie.

»Wird allmählich. Lässt sich aber noch verbessern. Ich dachte, vielleicht könntest du helfen.«

Am Küchentisch, der mit dicken, stummeligen Kerzen geschmückt war, die einen orangeroten Schimmer auf ihre Gesichter warfen, unterhielten sich die drei über Tallys Urlaub, Toms Schuppen und die allgemeine Lage der Nation. Sowohl Tom als auch Janie entspannten sich allmählich und wechselten während des Essens sogar wissende Blicke, während Tally den Räucherlachs, dann Pasta mit Speck und Kräutern und schließlich Erdbeeren mit Schlagsahne servierte. Es gab sogar einen kurzen Augenblick, in dem Tom seine Hand auf Janies legte und ihr lächelnd in die Augen sah. Sie erwiderte sein Lächeln und zog dann ihre Hand zurück, als Tally mit dem Kaffee zurückkam.

»Also, ich muss schon sagen, Miss«, sagte Janie, »das war das beste Essen, das ich seit Jahren hatte.«

»Froh, dass du gekommen bist?«, fragte Tom.

»Sehr froh.«

Vielleicht las er zu viel hinein, aber sie schien es mit mehr Gefühl zu sagen, als er erwartet hatte.

»Also, was treibst du so?«, fragte Tom beim Kaffee.

»Dies und das. Bisschen träge zur Zeit. Was macht das Schreiben?«

»Ganz gut, seit ich meinen Schuppen habe.«

Tally erhob sich vom Tisch. »Bin gleich wieder da. Muss kurz nach oben.«

Tom wartete, bis sie außer Hörweite war, dann sagte er leise: »Und wie geht's dir wirklich?«

»Ziemlich übel. Und dir?«

»Genauso. Tut mir Leid. Es kam alles ein bisschen überraschend.«

»Für mich auch.«

»Ich dachte, du wärst vielleicht sauer. Wegen meiner Reaktion, meine ich. Ich war nicht gerade ermutigend, oder?«

»Nein.« Sie lächelte wehmütig. »Aber im Grunde war es ja meine Schuld.«

»Du warst nur ehrlich.«

»Mein übliches Problem.«

Er zögerte. »Ich wollte sagen – musste sagen ... also, ich will nicht, dass du denkst, dass ich nichts empfinde ... also ...«

»Schon gut. Wirklich. Meinst du, Tally ...?«

»Ich bin mir nicht sicher.«

Sie hörten, wie sie die Treppe herunterkam, und wandten sich um, als sie in die Küche trat.

Sie hatte die Hände hinter dem Rücken versteckt und wandte sich an ihren Vater. »Ich habe etwas für dich.«

»Was für ein Etwas?«

»Versprichst du mir, dass du dich nicht aufregen wirst?«

»Wieso sollte ich mich denn aufregen?«

»Na ja, weil du es könntest. Ich dachte nur, du würdest es vielleicht gern haben.«

»Was haben?«

»Das hier.« Sie zog den Arm hinter dem Rücken hervor und reichte ihm ein einzelnes Foto. Es zeigte ihn und Pippa nebeneinander auf Liegestühlen, die Augen geschlossen, sich bei den Händen haltend.

Tally ging um elf zu Bett und ließ Tom und Janie einander gegenüber am Küchentisch sitzen.

»Scheiße«, sagte Janie. »Scheiße, Scheiße, Scheiße.«

Tom lehnte sich auf seinem Stuhl zurück. »Timing.«

»Tadellos.« Janie blickte nachdenklich. »Meinst du, es war ein Warnschuss?«

»Das Foto?«

Sie nickte.

»Nein. Ausgeschlossen. Das ist überhaupt nicht Tallys Stil. Ihr muss ganz plötzlich eingefallen sein, dass sie es von *Boots* abgeholt hat, und sie wusste, es würde mir gefallen, und hat ganz spontan gehandelt.«

»Sonst nichts?«

»Nein. Was immer Tally sonst auch sein mag, sie ist nicht berechnend – nicht auf diese Art. Und sie ist auch nicht grausam.«

»Wohl kaum.«

»Weißt du, man kann diese Sache von zwei Seiten betrachten.«

»Das ist eine mehr, als ich erkennen kann.« Janie trank einen kräftigen Schluck Wein.

»Entweder wir kehren zurück an den Punkt, an dem wir begonnen haben, und ich versuche noch einmal von vorn, die Leiter hochzuklettern, oder wir beißen die Zähne zusammen und machen an dem Punkt damit weiter, an dem wir jetzt sind.«

Janie stellte ihr Glas ab. »Was?«

»Ich kann nicht zaubern, Janie, aber ich will dich nicht verlieren.«

»Du wirst mich nicht verlieren. Ich werde immer deine Freundin sein.«

»Ich dachte eigentlich an etwas mehr als das.«

»Tu das nicht. Ich möchte lieber nicht, dass du irgendwelche Dinge sagst, nachdem du ein paar Gläser getrunken hast, die du am nächsten Morgen bereust.«

Tom deutete auf sein Weinglas. Es war voll. Dann hob er ein Glas Wasser. »Wollte einen klaren Kopf behalten.«

Janie fuhr sich mit einer Hand durchs Haar. »Was willst du eigentlich sagen, Tom? Und bitte pass verdammt gut auf, wie du jetzt antworten wirst.«

»Ich möchte eine ganze Menge sagen, aber es wird vielleicht nicht unbedingt in der richtigen Reihenfolge herauskommen.«

Janie starrte ihn an. Noch nie zuvor hatte er sie so ängstlich gesehen.

»Man denkt bei weitem zu viel, wenn man das durchgemacht hat, was ich durchgemacht habe. Es gibt Tage, an denen würde man alles geben, nur um nicht mehr zu denken. Immer und immer wieder gehen einem dieselben Dinge durch den Kopf, und man kommt genau an dem Punkt an, an dem man angefangen hat. Aber man kann nicht aufhören. Es ist eine Art Übergangsritus, irgendetwas, was man durchmachen muss – als würde man zur Kirche gehen und als eine Art Buße eine Million Ave-Marias sagen. Es scheint nicht den geringsten Sinn zu haben, und doch tut man es, da man weiß, man *muss* es tun, selbst wenn kein Ende in Sicht ist.«

Janie hörte aufmerksam zu, nicht ganz sicher, worauf er hinauswollte.

»Noch schwieriger ist es, wenn ein ganz schwacher Hoffnungsschimmer auftaucht, denn dann sagt man sich, man gibt nach, verliert seine Entschlusskraft. Was man getan hat, um sich durch das alles hindurchzubringen, wird auf einmal selbst eine Lebensweise. Man hat sich so fest und so lange an diese Sache geklammert, dass man ohne sie inzwischen gar keinen Weg nach vorn mehr sieht. Die Trauer ist, in gewisser Weise, deine einzige Quelle des Trostes.« Er hielt einen Augenblick inne. »Ergibt das irgendeinen Sinn, oder klingt es völlig idiotisch?«

Sie sprach mit fester Stimme. »Red weiter.«

»Dieses Elend loszulassen macht einem Angst, denn es ist zumindest eine Konstante. Man kann nie wieder an das Glück glauben oder ihm vertrauen.«

»Aber das stimmt doch nicht.«

»Inzwischen erkenne ich das auch, aber ich habe einfach so lange gebraucht, um an diesen Punkt zu gelangen, und ich bin nicht sicher, dass ich nicht irgendwann wieder einen Rückfall erleiden werde.«

»Aber du wirst keinen Rückfall erleiden, vorausgesetzt, die Quelle des Glücks lässt dich nicht im Stich.«

»Ja, aber was ist mit den anderen Dingen? Außenfaktoren.«

»Dem Tod, meinst du?«

»Ja.«

»Für den kannst du keine Regeln aufstellen, Tom. Das ist das Risiko, das du eingehst.«

»Ich weiß. Ich bin es eingegangen.«

»Und du willst es nicht noch einmal eingehen?«

»Ich müsste wahnsinnig sein, es noch einmal einzugehen.«

»Also?«

»Kann ich auf geistig unzurechnungsfähig plädieren?«

»Was sagst du da?«

»Ich nehme an, ich frage dich, wie ernst du es meinst.«

Janie sah ihn an und sagte ein paar Augenblicke lang gar nichts. Und dann, ganz leise, in einem alles andere als dramatischen Tonfall, sagte sie: »Ich habe es noch nie im Leben ernster gemeint.«

Tom seufzte. »Ist das nicht ein bisschen beängstigend?«

»Jagt mir eine Höllenangst ein.«

»Mir auch.«

»Aber du schienst so überrascht ... als ich es sagte.«

»Das war ich auch. Zu verängstigt, um es mir selbst gegenüber zuzugeben.«

Janie lehnte sich auf ihrem Stuhl zurück. »Na, das ist vielleicht ein Abend geworden.«

»Ja. Meinst du, ich könnte jetzt vielleicht ein Glas Wein trinken?«

»Solange ich einen Brandy haben kann. Sieh mal!« Sie hielt die Hand hoch. Sie zitterte.

»Komm her.« Er stand auf und breitete die Arme aus.

Sie stand auf und ging zu ihm hinüber. »Das ist so albern.«

»Was?«

»Fühl mal.« Sie nahm seine rechte Hand und legte sie auf ihre linke Brust. Er spürte das Pochen ihres Herzens durch das weiße Leinen ihres Hemds. Er spürte die weiche Wärme ihrer Brust, und er beugte sich hinunter, um sie zu küssen. Als er aufhörte und ihr in die Augen blickte, sah er, dass sie vor Tränen glänzten.

»Ich glaube, ich habe verstanden«, flüsterte sie.

»Hmm?« Er streichelte ihr übers Haar.

»Weißt du noch, wie du gesagt hast, wie beängstigend das Glück sein kann? Ich glaube, jetzt erkenne ich, was du meinst.«

Sie gaben sich in der Küche einen Gutenachtkuss, und Janie verbrachte die Nacht im Gästezimmer. Stundenlang fand keiner von ihnen Schlaf, beide starrten nur an die Decke, getrennt durch eine Wand. Das Einzige, woran Tom denken konnte, war, wie er Tally die Neuigkeit beibringen sollte. Das Einzige, woran Janie denken konnte, war, wie Tom Tally die Neuigkeit beibringen würde.

Um sieben waren sie beide unten und angezogen. Tally war nirgends in Sicht. Tom kochte gerade Kaffee, als er Janie in Richtung Küche kommen hörte. Ängstlich sah er sich um: Würde sie besorgt dreinblicken, würde sie es sich anders überlegt haben, entschieden haben, dass alles zu viel und zu früh war?

Sie sah ebenfalls ängstlich aus. Er befürchtete das Schlimmste. »Alles okay mit dir?«

»Ja. Und mit dir?«

»Ich meine, wirklich okay?«

Sie lächelte. »Ja. Solange du es dir nicht anders überlegt hast.«

»Gott sei Dank.« Er ging zu ihr hinüber und umarmte sie. »Ich habe mir solche Sorgen gemacht, ich könnte heute Morgen aufwachen und feststellen, dass du abgefahren bist.«

»Keine Chance.«

Sie küssten sich zärtlich, und sein Herz schlug schneller. »Oh, du fühlst dich so gut an«, flüsterte er.

»Du dich auch. Ja, du dich auch.«

»Du meinst, ich bin kein alter Esel und kein alter Gauner mehr?«

»Oh, für mich wirst du immer ein alter Gauner sein«, sagte sie.

»Na, dann ist ja alles in Ordnung.«

Ein paar Augenblicke lang hielt er sie schweigend fest. »Und damit sind wir bei ...«

»Ja?«

»Irgendwelche Vorschläge?«

»Überhaupt keine.«

»Das heißt, wir können entweder weiterhin so tun, als sei nichts geschehen, oder das Thema sanft zur Sprache bringen und abwarten, wie sie reagiert.«

»Oh, Scheiße! Ist dieser Kaffee bald fertig?«

»Warum warten wir nicht einfach noch ein bisschen? Ich meine, es ist ja noch nichts passiert. Na ja, du weißt ja, was ich meine ...«

»Ja. Bedauerlicherweise. Obwohl, ich weiß nicht, wie lange ich noch die Finger von dir lassen kann.«

Ein Lächeln huschte über Toms Gesicht. »Ich auch nicht.«

Die Diskussion wurde von dem Geräusch unterbrochen, mit dem Tallys Zimmertür aufging. Tom und Janie starrten sich an, während sie die Treppe herunterkam.

»Morgen!«

Tom wandte sich geschäftig dem Kaffeekochen zu. »Hallo, Schatz. Gut geschlafen?«

»Eigentlich nicht. Zu viele Dinge, über die ich nachdenken musste.«

»Was denn für Dinge?«, erkundigte sich Janie.

»Ach, du weißt schon. Dies und das.«

»Kaffee?«

»Nein, nur Müsli, danke.«

Janie sah zu, wie sich Tally in einem weit geschnittenen, weißen T-Shirt mit der Aufschrift »Passt nicht gut zu anderen Leuten« Milch über ihre Cornflakes goss.

Während sie ihr Müsli löffelte, fragte sie: »Und was habt ihr beiden heute vor?«

Janie und Tom sprachen einstimmig. »Was meinst du damit?«

Tally lachte über ihren Chor. »Ich meine, was habt ihr vor? Es ist Samstag. Beginn des Wochenendes, wisst ihr. Freizeit!«

»Oh, das hatte ich mir noch gar nicht überlegt«, platzte Tom hervor.

Janie zuckte mit den Schultern. »Keine Ahnung.«

»Oh. Na ja, ich dachte, ich werde den Tag vielleicht mit Emma verbringen. Sie muss ein bisschen aufgemuntert werden.«

Tom tat sein Bestes, beiläufig zu klingen. »Okay.«

»Da-a-ad?«

»Ja?«

»Ist es in Ordnung, wenn ich über Nacht wegbleibe?«

»Äh, ja. Ich denke schon.«

»Gut.« Tally aß ihr Müsli auf und begann, die Treppe hochzusteigen. »Es ist nur, ich will dir nicht im Weg sein.«

»Kann ich dich kurz etwas fragen?« Tom fuhr Tally nach Axbury.

»Natürlich.«

»Gestern Abend, als du mir dieses Foto gegeben hast ...«

»Ja. Es tut mir Leid. Es war nicht richtig von mir.«

»Wie kann es denn nicht richtig von dir gewesen sein?«

»Weil das Timing falsch war. Das wurde mir in dem Augenblick bewusst, in dem ich es getan habe. Ich kam mir so idiotisch vor.«

»Aber es war ein entzückendes Bild.«

»Ich weiß. Aber ich hätte es für später aufheben sollen.«

»Das heißt, heute Morgen, als du gesagt hast ...«

»Ja?«

»Was hast du da gemeint?«

»Oh, ich glaube, das weißt du.«

»Das weiß ich nicht!«

»Dad, ich kann es erkennen, selbst wenn du es nicht kannst.«

»Was denn?«

»Du und Janie, ihr passt gut zusammen.«

»Schon, aber ...«

»Mum?«

»Ja.«

Sie sah zu ihm hinüber. »Du bist zu gut, um verschwendet zu werden, Dad.«

Er hielt am Straßenrand an. »Aber was ist mit dir?«

»Ich bin deine Tochter.«

»Genau das meine ich.«

Sie beugte sich zu ihm hinüber und küsste ihn leicht auf die Wange. »Und ich werde immer deine Tochter bleiben.«

Tom legte ihr den Arm um die Schultern und zog sie nah an sich. Er holte einmal tief Luft, dann schniefte er laut.

»Aber nur unter einer Bedingung«, sagte Tally.

»Und die wäre?«

»Dass du immer mein Dad bleiben wirst.«

Dreißigstes Kapitel

Es gibt ein paar Dinge, die man über Tom Drummond wissen sollte. Zunächst einmal wusste er, dass das Zusammenleben mit einer Tochter niemals einfach sein würde. Aber es ist eine wundervolle Herausforderung. Janie ist jedes Wochenende bei ihm – aber Tom hütet sich immer noch davor, zu früh zu viel zu erwarten. Der fertige Roman, die *Wellenbewegungen,* ist seinem Titel noch nicht gerecht geworden. Mit zunehmender Resignation legt Tom einen Ordner mit Absagen an, aber nächste Woche hat er einen Termin bei einem Literaturagenten. Das wird zumindest dafür sorgen, dass sein Manuskript gelesen wird, bevor man es ihm zurückschickt.

Er sitzt am fünfzehnten Kapitel seines neuen Buchs. Es heißt *Vernünftiges Verhalten.*

Janie ist so überschwänglich wie eh und je. Fast. Ihre Ausdrucksweise ist nicht mehr ganz so farbenfroh wie früher. Sie ist sich der Tatsache bewusst, dass sie Tally kein schlechtes Beispiel geben darf, auch wenn sie es nur ungern zugibt. Aber sie wirkt entspannter als früher, und sie hat gelernt, geduldig zu sein. Es dient alles einem guten Zweck.

Maisie hat das Gärtnern aufgegeben, nachdem sie zu dem Schluss gekommen ist, dass wild wachsende Blumen schöner sind. Ihre Garderobe sorgt immer noch für Erstaunen. Sie hat Tom noch immer nicht gebeichtet, dass sie den Brief, den sie aus ihrer Küchenschublade gezaubert hat, von Janie bekommen hatte. Aber Maisie konnte schon immer Geheimnisse hüten. Sie bleibt eine bunte, wenn auch schattenhafte Gestalt im Leben der beiden.

Im Pelikan wird noch immer gutes Essen serviert, auch wenn manche sagen, dass der Service ein bisschen nachgelassen hat. Kate und Peter ziehen mit einer Regelmäßigkeit, die schon an Monotonie grenzt, beieinander ein und aus, aber bei zwei temperamentvollen Küchengenies unter einem Dach müssen einfach ständig die Fetzen fliegen. Rachel hat angeblich einen anderen Mann gefunden. Einen Bankmanager.

Und Tally? Sie hat ihr Abitur bestanden – mit einer Zwei in Englisch, einer Drei in Allgemeinen Studien und einer Eins in Italienisch. Sie setzt jetzt ein Jahr aus und denkt darüber nach, eine Zeit lang in Florenz zu leben.

Alex bleibt die Liebe ihres Lebens, und sie treffen sich, so oft sie können, aber Edinburgh ist weit von Sussex, und es gibt so viele Ablenkungen. Tally macht sich auf das Unvermeidliche gefasst – auch wenn sie hofft, dass sie es schaffen.

Heute sitzt Tally am Fenster ihres Zimmers, sieht über die Downs hinaus und erinnert sich an die Einkaufstouren mit ihrer Mum und den Urlaub in Devon. Sie hat sich mit Janies und Toms Beziehung abgefunden, auch wenn es ihr bisweilen schwer fällt. Aber da sie selbst weiß, wie es ist, verliebt zu sein, kann sie es auch bei anderen akzeptieren. Sie versucht angestrengt, sich keine allzu großen Sorgen um ihren Dad zu machen, aber er bleibt ein nicht ganz leichter Fall für sie. Vielleicht wird er eines Tages ganz zu seinen Gefühlen stehen und glücklich sein. Bis dahin wird sie immer da sein, wenn er sie braucht.

Ach ja, und Wendy hat Kätzchen bekommen. Tom weiß nicht, wer der Vater ist, aber er zieht Erkundigungen ein.

Der neue New-York-Times-Bestseller von Fannie Flagg

Elmwood Springs, Missouri, 1945–2000: In der idyllischen kleinen Stadt ist die Welt noch in Ordnung. Fannie Flagg ist es wieder gelungen, Figuren zu erschaffen, die dem Leser ans Herz wachsen. Sie macht den Leser neugierig auf das bunte Kaleidoskop der Sorgen und Freuden, das diese durchleben. Im Mittelpunkt steht die Familie Smith: Mutter Dorothy versorgt die Bewohner der näheren Umgebung mittels ihrer Radioshow mit dem neuesten Klatsch und leckeren Rezepten. Doc Smith gehört der einzige Drugstore am Ort, und er erfährt in seiner Funktion als Apotheker mehr über die Geheimnisse der Nachbarn, als ihm lieb ist. Teenagertochter Anna Lee wird langsam erwachsen – was natürlich einige Probleme mit sich bringt – und der 10-jährige Bobby hält alle mit seinen Streichen in Atem.

ISBN 3-404-15123-2

BASTEI LÜBBE

Wochenlang auf Platz 1 der englischen Bestsellerliste!

Daisy ist 25, als sie erfährt, dass sie als Baby zur Adoption freigegeben worden ist. Ihre Ziehmutter hinterlässt ihr bei ihrem Tod eine Sammlung von Aufzeichnungen und Erinnerungen, die es Daisy ermöglichen, die Spuren ihrer Herkunft zu verfolgen. Die junge Frau fährt nach Cornwall, wo ihre leibliche Mutter auf einer Farm aufwuchs und als Teenager schwanger wurde. Eine Reise in die Vergangenheit beginnt, die Daisy in die Sehnsüchte und Abgründe der menschlichen Seele führt. Zu spät merkt sie, dass sie dabei ist, die Menschen der Gegenwart der Vergangenheit zu opfern ...

ISBN 3-404-15109-7

BASTEI LÜBBE